JN233070

記憶なき人々

ヴィクトール・セガレン
末松壽 訳

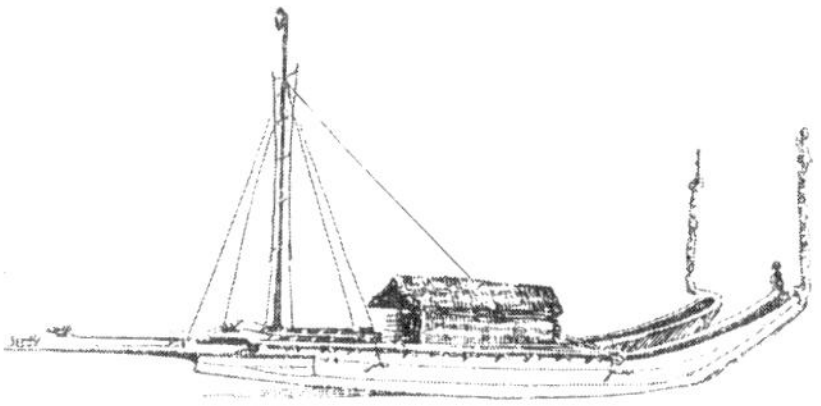

記憶なき人々

Les Immémoriaux

国書刊行会

Victor Segalen

Les Immémoriaux

1907

忘れられた時代の
マオリ人たちにささぐ

——友よ、……何というありさまにわが国は陥ったことか！
おお、オ・タイティよ！　アフエ！　アフエ！　アフエ！
（最後のマオリ大祭司によるJ・A・メランウットへの言葉、一八三一年）

記憶なき人々　目次

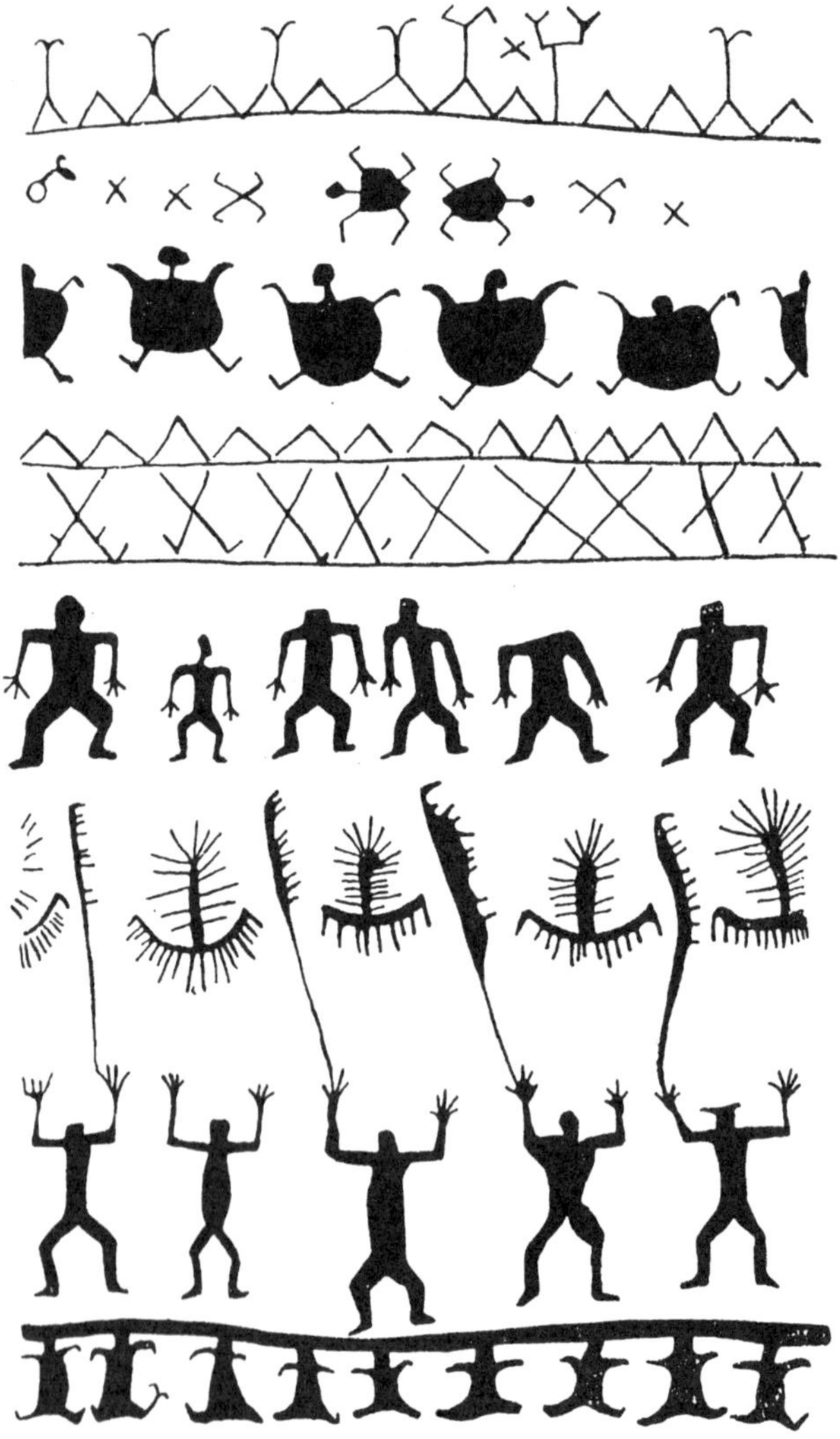

図１——タヒティのある竹製矢筒上の帯状焼絵。

第一部

語り人

その夜——あまりにも多いので、考えればこんぐらがってしまうほど沢山の別の夜とおなじように——語り人テリイはゆったりとした足どりで侵すべからざる庭を歩きまわっていた。起源から続く麗しい語りを、一語とて省かないように休まずくり返すのにふさわしい時だった。その語りのなかには、首長たちのうけあうところによれば、世界開闢《かいびゃく》や星々の誕生、生きとし生けるものの誕生、マオリの神神の数々の盛《さか》りやとてつもない力業がふくまれている。そして死に絶えてはならない最初の物語や身振りを、祭壇から祭壇へ、生贄師から弟子へとひきつぐのは、物覚えのよい《夜歩く者》、ハエレ‐ポたちの役目である。それゆえ、闇がくるとすぐにハエレ‐ポは勤めにいそしむ。神々《こうごう》しいどの段丘からも、輪をなす岸辺に建てられたどのマラエからも、暗闇のなかで単調なざわめきがたちのぼり、それは岩礁のうねる声にまじって祈りの帯で島をとりかこむ。

テリイは、タヒティの土地で、彼の住む谷間ですら仲間のうちで最高の位をしめてはいなかった。その名前「テリイ・ア・パラウラヒ」[★1]が「偉大なる語りの首長」をあらわしてはいたものの。けれども、名前というものは下っ端の神神と同じように欺くものだ。これはヒティア岸辺の《神像運び》、テヴァタネの息子とみられていた。でなければ半島で戦ったあのヴェヒアトゥア・ノ・テアフポオの子だと。まだほかの父親も知られていた。というよりむしろ彼がその幼年時代をつぎつぎにすごした育ての親たちである。彼のいちばん遠い思い出というのは、張出し浮き具もなければ漕ぎ手もいない大きな船のマタヴァイ湾での上陸のことだった。船の首長はトゥティといった。それは蒼白い肌をしたあの異人たちの一人で「ピリタネ」といわれる種族の者だった。というのは彼らはとても遠い場所、「ピリタニア」[★2]なる土地に住んでいたからである。トゥティは昔の首長たちとまじわっていた。彼はまた来ると約束したのにもどっては来なかった。マオリの別の島で人々がこれを二月の間アトゥアとして崇め、それから三月めの最初の日、その骨を拝むためにうやうやしく腑分けしてしまったのだった。

　その後ながれた季節というものをテリイは数えあげようとはしなかった。また種をつける力をもつ日輪にむかってどれだけ別れのことばを叫んだのかも知らない。——蒼白い人たちだけが生まれてこのかたうずもれた年月をたいそう念入りに数え、月ごとにいわゆる「年齢」とやらを見積もるという風変わりな癖をもっているのだ。そんなことをするのは、変わりやすい海岸の肌のうえで数えきれない足跡をはかるようなもの……。自分の体が敏捷で、手足がすばしこく、多くの欲望がす早く確かであることを感じさえすれば、まわる天や滅びる月のことなど気にすることはない。——テリイがそうだった。しかし立派な若者となったころ、彼は祭のことを知りたくなり、神神に通じた人々だけにあてがわれる特別のはからいを望むようになってパパラ谷の祭司たちのもとに頼って行った。

この人々こそは、島のマラエのなかでもいちばん貴いマラエで生贄を捧げていた。語り人の首長であるパオファイ・テリイ‐ファアタウはこの新しい弟子を侮りはしなかった。パオファイは時にはテリイの母親と一緒に眠ることがあったのだ。修業が始まった。師たちがこれまでうやうやしく無頓着になし遂げてきたことのすべてを無頓着にうやうやしくなし遂げなければならなかった。

それは、厳格な身振り、調子をとった深い定かならぬ呪文、そして磨かれたサンゴの囲いをまわる範囲のきまった往き来であった。それは輝く神オロが島のうえを高く翔ぶときにはかならず笑い、乾きの時になってオロが深淵と死者たちの国へと逃れていくとみえるときには、定めにしたがって涙を流すことであった。弟子は素直にこれらの身振りをくり返し、語りもおぼえ、喜んでわめき、悲嘆の声をあげるのだった。彼は徴《しるし》を解きあかす術や、哀願のために供える犬の裂かれた腹のうちに有利な戦《いくさ》を告げる腸《はらわた》の震えを見分ける術がうまくなっていった。白兵戦の初めにまっさきに倒れた敵のうえに身をかがめて、ハエレ‐ポはその断末魔に探りをいれることができた。もし手強い戦士がすすりなくのなら、それは自分の味方の不幸を嘆くためだったし、もし拳をにぎっているならば、そのときには抵抗は執拗なはずだった。そして《偉大なる語り》のテリイは兄弟たちのほうにもどって、心の臓にかみつき突進させるすばらしい言葉を彼らになげかけるのだった。彼は、ひきもきらずに歌い、叫び、駆けずりまわり、

★1（原注）—Tērii a Paraürahi あらゆるマオリ語において u は（ユとではなく）ウと発音されなければならない。atua はアトゥアと、tatu はタトゥのように。

★2（原注）—Piritania ブリテン、英国。Tuti クック船長（18世紀末）。

予言し、ついには勇気をかきたてることに疲れきって、ぶっ倒れてしまうのだった。

けれども、もし運が凶と出たり、師たちの謎めいたお告げに反するとみえる時には、彼は見て見ぬふりをし、曖昧な兆しをもっと安心できる前触れに変えようと熱中した。それは神聖な事柄にたいする不敬ではなかった。もしいきなり現れる神神の不動にして隠れなき思《おぼ》し召しが、お祓いの祈りも利口な便法も禁じてしまうとしたら、祭司というもの一体なんの役にたつというのか。

テリイは師たちを十分に満足させた。ハエレ‐ポの内でもこの誉れ――左の足首にほりこんだ青みがかったタトゥの輪――を誇る彼は、もっと珍しい飾りを得ようとあてにしていた。腰を気高いものにする線、つぎには両肩の印、横腹や両腕の刻印である。それにひょっとしたら、年老いるまえに、いちばん上の第七段階、脚に文身《いれずみ》した《十二人》の位までのぼれるかもしれない。そうなれば、彼は平民にのしかかるこの惨めさ、この重荷をぬぎすてるのだ。空腹をみたすために湿った雑木林にのぼってあちらこちらと重いフェイの房を捜しまわることはいらなくなる。信心深い者たちは彼のファレの入口を祭司の食物で埋めるだろうし、肥えて美しい女たちはいくらでもやってきて不妊に効く手当てとして彼に抱かれることを願うだろう。そのときこそ彼はアリオイとなって、祭り好きな群衆をひきつれて島々をめぐり、その生活をあらゆる肉体の戯れ、あらゆる華々しいもの、あらゆる快楽で飾ることになるだろう。こうして、いのちの神神をことほぐあの《悦楽の主《ぬし》たち》の兄弟となるのだ。

そうなることを望むまえに、ハエレ‐ポは、なん回も、伝えられてきた知識を非の打ちどころなく示さなければならなかった。まだ未熟な自分の記憶を助けるために彼は師たちの許している手管を使っていた。あの細紐の束を念入りに作ったのだ。様々な長さのその一本いっぽんが一つの袋から広がり出ていて、先っぽはどれも結び目となっていた。語り人は目をとじてその紐を指でまさぐった。どの結び目も旅人や首長、もしくは神の名前を思い出させ、全体としてそれはとだえることのない世々の人々を呼び出すのだった。この組紐は《言の葉の起り》とよばれていた。言葉を生み出すかとみえたからだ。テリイはまもなくそれを無視するつもりだった。休みなく反芻すれば、聖なる《語り》はついにはひとりでにすらすらと口から出てきて間違うこともなかろう。ちょうど波のまにまに投げてはきらきら光る魚で重くなったために、両腕をのばしきってひきもどす編んだ葉叢《はむら》がむらなく続いているように。

図２――葬儀用祭服。タヒティ。

☆

さて、その夜——死月《しにつき》から十五番目の夜——の勤めを念入りに仕上げようとしていた語り人は、ふとくちごもり始めたではないか……。彼は中断した。いっそうの注意をこめて試練の語りをやり直そうと試みた。そこには神々しい血筋と背丈をもった首長、アリイ達が由来するおびただしい先祖の系譜が数えあげられていた。

「タウティラのマラエの首長タヴィ、妻タウルアと眠り
次にパパラのマラエの妻トゥイテライと眠りたり
彼らより生まれしはテリイタヒア・イ・マラマ
テリイタヒア・イ・マラマ、ヴァイラオのマラエの妻
テトゥアウ・メリティニと眠りたり
彼らより生まれしは……」

沈黙がのしかかった。そしてひそかな不安が。アウエ！　なんの先触なのか、名前を忘れるとは。神が言葉をまもるために定めた者にその言葉が拒まれるのはまがまがしいことだ。テリイは恐れてしゃがみこんだ。そして、くつろいだ姿勢で囲いに背をもたせて考えこんだ。

なるほどすでに別の夜にもおなじように震えたことはある。それは競争相手であるアタフルのマラエ

にいた下っ端祭司が、彼に向かって毒ある言葉をふんだんにまくしたてた時であった。けれどもテリイは呪文を食らうタネに供え物をあげて魔を破った。それですぐに禍《わざわい》は仕掛けた者のほうにもどった。アタフルの祭司はできものに蝕ばまれ、その脚は腫れあがった——どの腕から落ちてくるのかがわかりさえすれば、攻撃にこたえるのは楽なものだ。

だが今度という今度は脅威はもっとわかりにくくて数も多かったし、あたりのどの風にもそれが棲みついているかのように思われた。失われた言葉はいくらでもある兆しのうちの一つにすぎなかった。それらをテリイは、あたかも聖なる豚がつれていかれる軀《むくろ》置き場のむっとする臭いを喉を切られる前からかぎつけるように、かすかに嗅ぎとり、霊を受けた者の勘によって見分けていた。昔からある馴染みの不快はいまはずっと性悪くなっていたし、思いもよらないべつの沢山の不快が——二十月か百月かもしくはもっと前から——仲間や一族やフェティイ達に襲いかかっていた。だれもが思い出すさえ腸《はらわた》の乱れることだった。すなわち、まるで年寄りのように痩せさらばい、目は光り、皮膚はべとべとし、苦しいしゃっくりのために呼吸がとぎれて喘ぎながら死んでいく人々がいた。手足はかたくなり、肌は、祭の日に身を飾るために叩いてつくる木の皮のようにひからび、無感覚でざらざらになり、黒くくすんだ斑《まだら》が汚らしい印の文身となる者もいた。手の指が、つぎに足の指が鳥の爪のように鉤形にまがって、つなぎ目がはずれて落ちていった。それは歩く者の足からちぎれ落ちるのだった。残った部分の骨はぼろぼろにこわれた。手をうしない足をなくし、目穴は開いたまま、顔には唇も鼻もなくなった哀れな者たちは、それでもまだ多くの季節のあいだ、生きた人々にまじってもう腐っているのに死のうとはしないその肉を動かしていた。ある岸辺の住民たちが、みんな熱にゆさぶられ、身体には赤みがかった腫れ物が

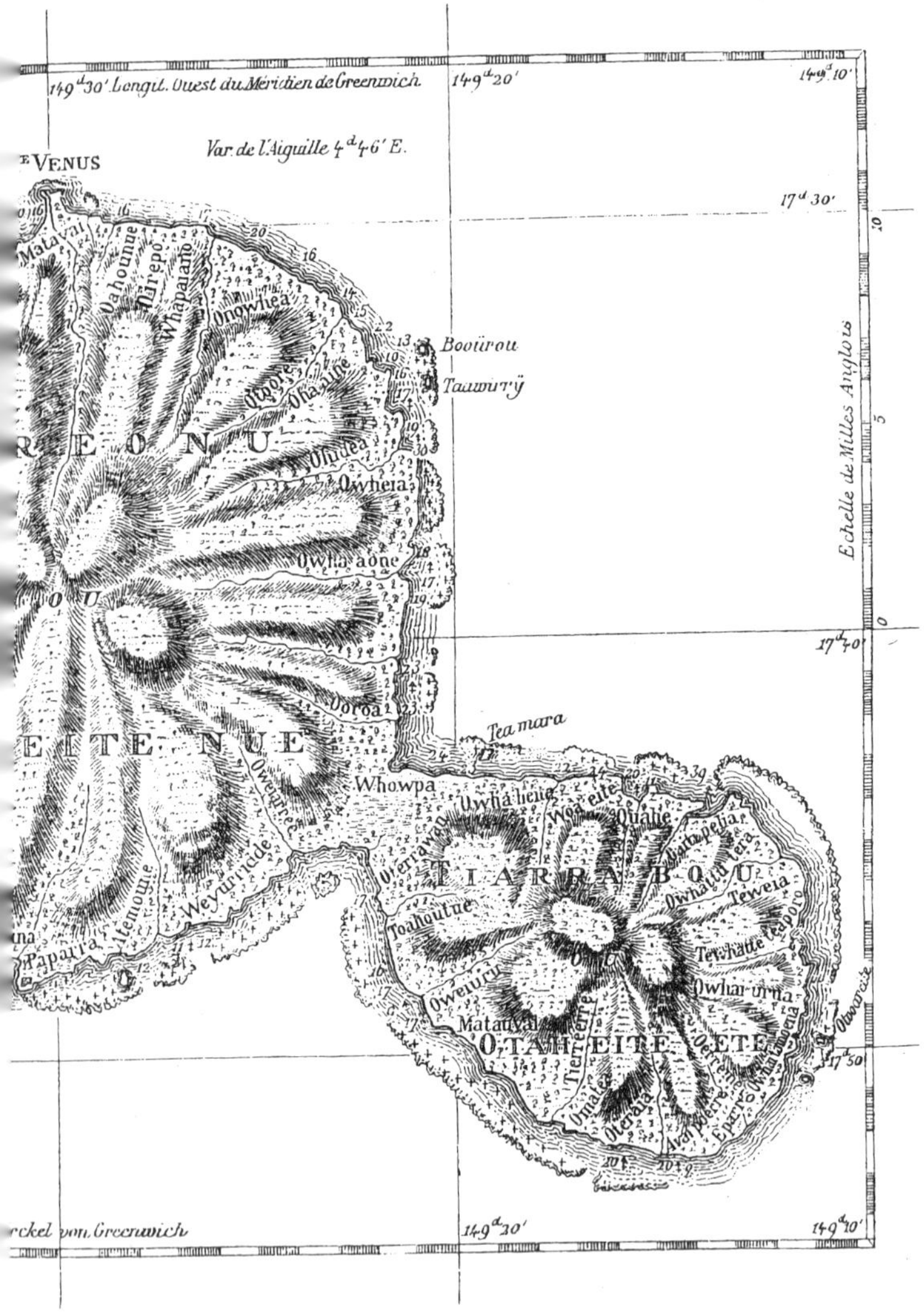
149d 30' Longit. Ouest du Méridien de Greenwich
149d 20'
149d 10'
Var. de l'Aiguille 4d 46' E.
VENUS
17d 30'
17d 40'
17d 50'
Echelle de Milles Anglois
Booürou
Tauwirrÿ
Tea mara
Whowpa
TIARRABOU
OTAHEITE OETE
Matavai
Owhera
Dorpa
Papara
Weyurricde
Toahoutue
Teweia
Owhai-urua
149d 20'
149d 10'
von Greenwich

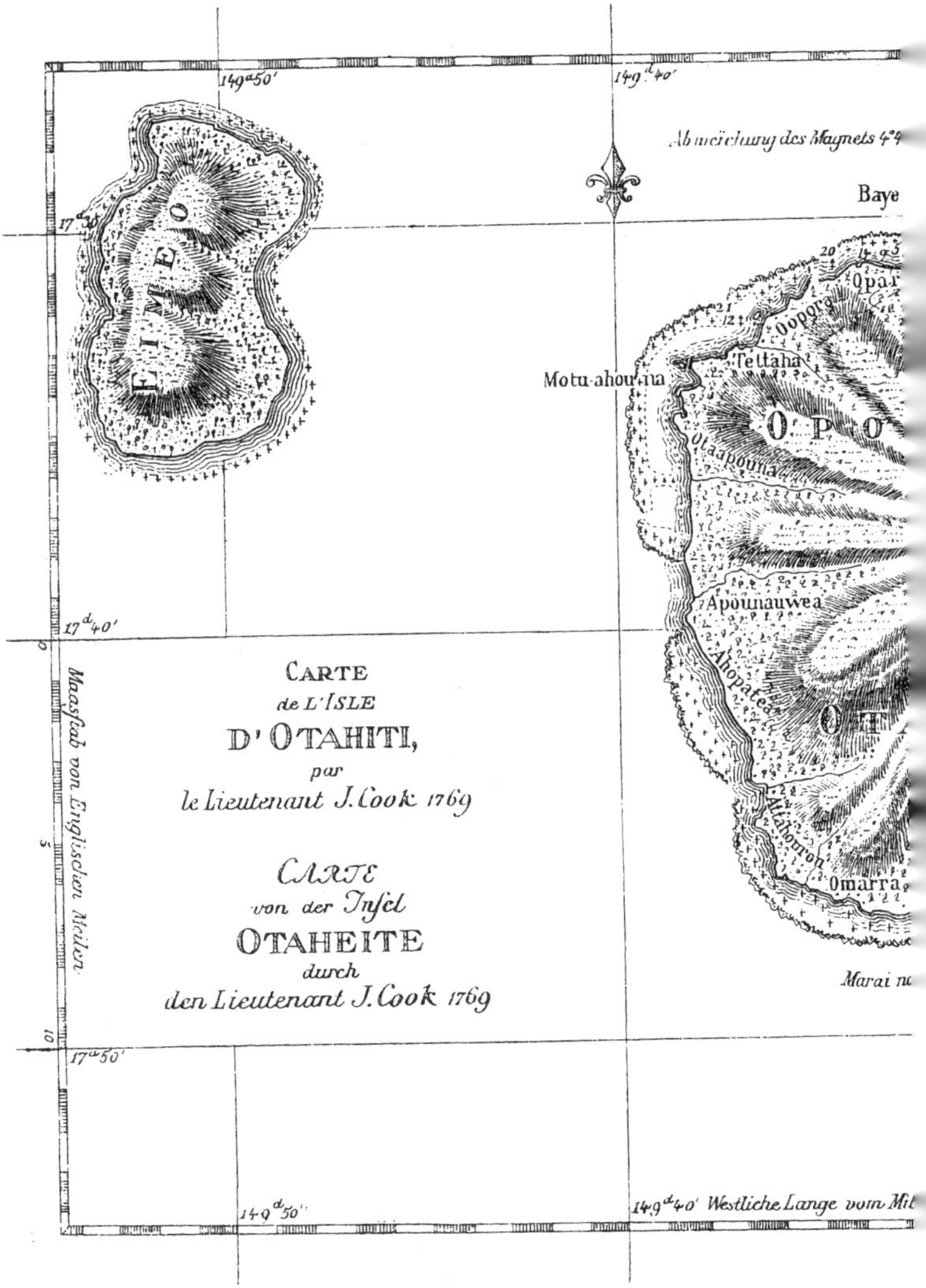

地図１——Ｊ・クック大尉によるオタヒティ島地図（1769年）。

でき、目は血ばしって、まるで《夜歩く霊たち》と戦いをまじえたかのように消えていくこともあった。女たちは石女《うまずめ》となるか、たとえ子を孕《はら》んでも情けないことに月たらずで流してしまうのだった。ひそかに抱き合っても、まったく何でもない盛りにもわけの分からない病が続いた。

こうして幸せな島は、その子らの不安をまえにして緑の腸《はらわた》の中でふるえていた。種をつける神の祭を祝っても安らかではなく、罠を恐れなければならなくなって何月になることか。神をおそれぬ執念ぶかい首長にそそのかされて谷間と谷間とがぶつかり合うのだった。九人の首長たちが土地を裂き合い、珊瑚礁の小島のことでいがみあっていた。祭司たちが「この戦《いくさ》はよいぞ。行け!」と言いわたすまえから、彼らは戦へと馳せるのだった。彼らは《外海》のことでさえ闘っていたのだ。男たちが集まるのは、舳《へ》先《さき》が立ちあがっておどす鼻面となるあの双胴の舟を他の男たちにむかって放つためだった。《建設者アモ》の時代のように、民を海につれていって珊瑚を切りみがき、マオリの神神にうやまいの念をあらわすための巨大な段丘をうち立てることなど、もう誰も考えなかった。こうして奴隷にしろ平民にしろ、《土地もつ者》やアリイ達にしろ、誰かまわずに毒する新しい息吹は、アトゥア達にすら仇をなすことは明らかだった――この息吹にたいしては、仕来りどおりの呪《まじな》いは奇妙なほど無力だった。呪術師や祭司の力をもってしても打つ手はなかった。オロの力をもってしても。それは知られざる神神から来ていたのだ……

ハエレ-ポは平然とした夜のなかでこれらの不安をかみしめていた。雲をなかば身にまとった大きな《天のヒナ》は、不滅の光明で変りやすく儚《はかな》い星々をうずめながらタネの天空にむかって昇っていた。

明るい愛撫のもとで、大きなマラエはその暗い衣を脱ぎ、影から出て、はかりしれない姿を現していた。地上のさまざまな香りをおびたかぐわしい夜のそよ風が冷たく流れていた。沖では暗礁がにぶく唸っていた。島も半島も、それに珊瑚礁にかこまれた海も眠っていた。喜ばしい光になだめられたテリイは、調子をとった朗誦と祭式どおりの身振り、はずみをつけた歩みをまた始めた。

☆

だしぬけに一つの影が前に立って、彼は身を震わせた。――いかがわしい《闇を彷徨《さまよ》う者》のことは何が知られているというのか。しかし、語り人の首長パオファイイだとわかって彼は安心した。

黄色に染めてサフランの粉をふりかけた祭司のマロをまとい、《奥儀に通じた匠》のタトゥを見せるために上体は裸になったパオファイイは、呪師《まじないし》らしい歩き方で、俗人には禁じられた囲いをこえて神神の庭を踏んでいた。テリイは彼をよびとめた。

――「お前さんは今どこに行かれる？」

大祭司は返事をせずに歩みを続けた。それから大きな声で調子のととのった言葉をだした。

――「タネの九天にていや騒ぎ惑いたまう神神の、我が言葉を聴きたまい、鎮まり給わんことを。わしには神神のお怒りのいわれがわかる。《新しい言葉》をもつ者らが来たからだ。奴らは生贄をやめさせる。くすねることは善いことではないと言う。息子は父を、たとえ老いたりといえども敬えという。男は、祭司であっても一度にただ一人の女しかもってはならぬと言う。初子《ういご》の男児を、それがたとえアリオイの子であっても生まれた日に殺すのはよくないという。神神は、とりわけ上位のアトゥアす

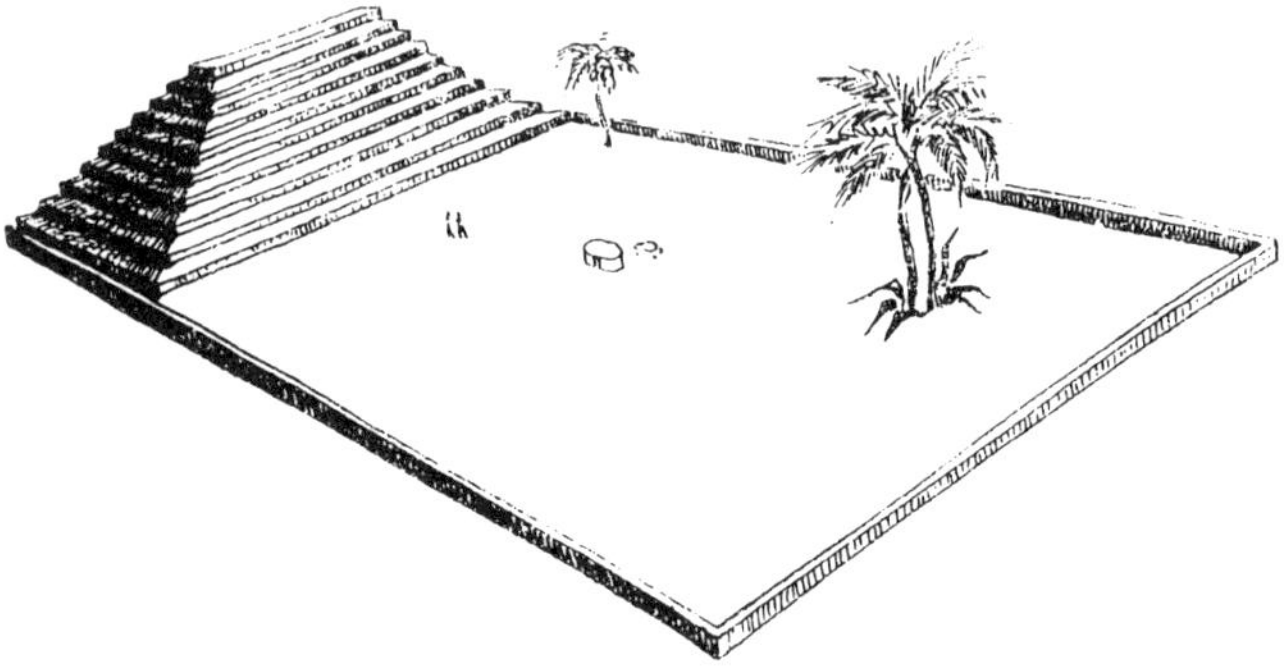

図3――マラエ（宗教的儀式のための聖域）。

ら力なき木偶《でく》にすぎぬというのだ。

あいつらは呪文を標《しるし》のなかに閉じこめている。その小さな標を葉っぱの上に描いている。それを目でうかがっては、口から撒きちらしているのだ。

だが、あいつらに対してオロのお怒りが立ちあがった。オロこそは下っ端の祭司には六人の妻を、アリオイには十二人の妻をたまわり、それらの女たちには子を産み落とすのに手間どってはならぬと命じ給うたのだから。あいつらには、抜け目ない男への覚えめでたい賢いヒロのお怒りもまた落ちかかるのだ。

第九の天にいたるまで、アトゥア達の安らいかつ眠り給わんことを。辱めの言葉を話すあのとつくに人どもを、心くるえる者、弱き者、子だくさんの父親に慈しみ深きファナウテイニが、できることなら助け給うがよい。わしは呪いをかけるぞ！」

テリイは師のあとに従った。もちろん、師の話が彼に全部よく分かったわけではない。――彼らの来たことで神神がひどくたかぶりたもうている《新しい言葉》の男たちとは何者なのか。記憶の助けには《言の葉の起り》の組紐があるというのに、描いた標とは何のため。妻一人で満足するまったく弱い雄どもよ！——しかも奴らは祭司だという。けれどもパオファイの口から怨みのこもった罵りが繰りのべられていくにつれて、弟子の心にはほのかな明るみがよぎってきた。聞いたこともない病、新しい熱病、不和や毒とは、その新しく来た者たち、蒼白い痩せた男達によって、それに彼らがもたらした神々によって幸せな島の上に吐きだされた呪文に他ならなかった。避けようもない病の毒が彼らの肩の汗といっしょにながれだし、飢えも、あらゆる惨めなことどもも彼らの吐く息から出ていたのだ……。頑張るのだ！　テリイにはもうどこから攻撃が来るのか、誰に対して魔術をかけて戦えばよいのかもわかっていた。——パオファイがおごそかに荒々しく平気で呪いの歌を続けているので、テリイもこれに倣《なら》ってそのあらゆる脅しをくりかえした。

☆

彼らは、祭司たちの住処《すみか》と召使たちのファレとを分ける狭い小道をたどっていった。それから、段丘の最初の階《きざはし》をのぼり、供え物をささげる祭壇についた。アトゥアにさし上げる生きた供え物は、生贄師のところに連れていくまえにそこに晒《さら》すのだ。二人は死者の影に触れないように遠まわりをした。低い木の枝の屋根組の下に気高いオリパイアのなかば神となった身体が眠らずにいた。うずくまったこの首長は、両手を膝にあてていたし、細布をまきつけたその肉は香油に漬けられていたが、近づくことはまだ憚《はばか》られた。おそらく周りには御霊《みたま》がぶらついているだろう。これを怒らせるようなことがあってはならなかった。

空では大きな《天のヒナ》の青白いおもてが、雲を脱いで、その冴えわたる光で二人の呪術師を導いていた。ヒナの光明をまといその愛撫で身を飾った彼らには、もう闇に棲む《彷徨う者たち》を恐れることはなかった。彼らはたくましい足どりで十一の段丘をよじ登っていった。まわりでは、最下段と、ちっぽけな人間たちのふるえる地面とが、闇の中で低くなり、沈み、そして消えていった。そのあいだ、彼らは憎しみと信仰を高く掲げて、皓々《こうこう》と照りわたる空間を恐れることなく昇るのだった。彼らは厳かなひと跨ぎに相応《ふさわ》しい十一番目の階によじ上った。神像に触れそうだった。パオファイは聖なる柱のかげに身を隠した。――この柱は人の手がとどかないところで、アトゥアの似姿である石の魚を戴《いただ》く木の鳥を出現させる――。彼はそれを抱きしめた。弟子は慎んでもしくは用心して後じさりした。彼には、師の広い背中が神神のいます所にむけて高まり、島にまといつく呪いを力をこめて振りはらうのが見えた。最高位の知恵をしるす白いマロが威厳にみちた夜のなかに光り輝いていた。もろ肌ぬいだ胴体はヒナの眼《まな》差《ざし》の下で照っていた。ヒナは微笑んでいた。テリイは完全に自信をとりもどして力強く息をすいこんだ。

パオファイはといえば荒々しく歩みをはやめて――なぜかといえば、今やその一歩一歩が異人たちを傷つけるものだったから――、祭壇の裏側の、占いのために咽喉を切られた豚や儀式に則って屠《ほふ》られた男たち、腹を裂かれた贖《あがな》いの犬がたむけのあとで落ちていく軀《むくろ》置き場に向かっておりた。低地――そこでは死肉を食らうタネがうろつき勢力をふるっている――からは、おぞましい臭気と凄まじい恐怖が立ちのぼっていたので、たとえ敵をそこに投げこむことにすら人々はたじろいだであろう。パオファイはいきおいよく跳びおりた。彼の太い足はどぶの中に消えた。骨が砕けきしみ、虚ろな目穴の頭蓋骨はつぶれた。――それから、生温かいぬかるみのなかで身を立て直しながら、マロから小さな編んだ葉の束をとりだして、汚濁をうがち束をつきたてた。そして待った。

ハエレ‐ポは突然わかって驚嘆した。師がこの悪臭を放つ肉のあいだに突っこんでいたのは、異人たちから盗んできた生きたかけら――ひょっとしたら髪の毛か歯、もしくは彼らの唾のついた布――だったのだ。妖術をかけられた者たちは、新しい月になるまえにこれら彼らの人となりの部分を掘りだせないならば滅びるのだ。まず五体は傷だらけになり、皮膚は乾ききって鱗になるだろう……。さて、パオファイは、万象の静寂の中で息をこらして死骸のうえに横になり、埋めた穴に耳をくっつけた。長い間、耳をすました。それから、

――「聞こえるぞ」、と彼はつぶやいた。「聞こえるぞ、とつくに人どもの霊が泣いているのが。」彼は勝ち誇って立ちあがった。

テリイは身震いしていた。彼にはこんな大胆な振舞は想像できなかった。ことにテリイは心のうちでこのような呪いがわが身にはね返るのを恐れていた。それで彼はすぐにパオファイから離れながら、とても熱心にとても正確に不安な夜のための祈りをとなえた。そんな夜にはこう叫ぶのだ――


　今や夜、神神の夜！　夜の危険より我を守り給え。呪うことより、呪わるることより、密かな謀りごとより、土地の境をめぐる争いより、髪を逆立て闇をあるく怒れる戦人《いくさびと》より我を守り給え。

その間にテリイは、予期していなかった敵をかたづけるために彼らに対して自分の女房をつかおうと

決意した。腹と額に印をつけ、冠と香りのよい首輪でめかし、それに乳房も飾って、あれは男たちの方に行って欲情をそそるだろう。奴らは警戒することなく彼女のそばで眠るだろう。だが彼女は——《好かれるために飾られた女》は呪師となって——あの異人らを、ちょうど死者たちについてそうするように嘆くのだ。そうすれば彼等は女が母となるまえに死ぬだろう。

☆

自分のファレにたどりつこうとしたテリイは、彼が来たので脅えて逃げだす人影を竹の格子のむこうにちらりとみた。彼には、女房のタウミがまたもやピリタネの誰かに自分から身をまかせたことがわかった。彼女はピカピカ光る一振りの斧を手で触っていた。彼女は抱き合うのとひき換えにそれを要求し、そんなにも早く手に入れたことを喜んでいたのだ。そういえばこの娘の母親もたった一つかみの釘をもらう代りに蒼白い肌の男たちについて行ったものだった。

だがハエレ - ポはいらだった。連合いの恋の戯れは自分の意のままに使うつもりだった。それは相応しいことなのだ。ところがタウミときたら、ゆるされない戯れのために汚れたものとなってしまい、もう呪いをかけることができなくなったのだ。だから彼は恐ろしい言葉で威しながら女を荒々しく叩いた。彼女は笑った。彼は女を追っぱらった。

こうして、腹もたてば悔しくもある気持ちを激しくあらわしたのでテリイの気は鎮まった。そこで彼はその夜とまた他の夜のために新しい妻をさがしはじめた。

《新しい言葉》の人々

テリイは安心して夜の往来を再開した。生きた男の身体が確かな足どりで進めば、その心の思いはもう衰えることなく藪の繁った過去の小道に彼をつれて行くのだった。しかし、彼は民の敵たちを知りたかったし、彼らにたいする呪詛《じゅそ》の首尾がどんなものかを知りたかった。

さて、島に数多く接岸しつつあった異国の——別天地から、ひょっとしたら別世界からきた——船のうち、とりわけ最後の船はアタフル岸辺の人々には気がかりだった。それは、大きな音をたてて遠くからでも傷つけるピカピカ光る棒をもった、あの騒々しい怒りっぽい若者たちをのせてはいなかった。到着してこのかた、戦人の誰も、首長の誰も上陸してはいなかった。だがそこからは、単調でぎすぎすしたことばの歌声だけがおりてきた。蒼白い肌の女たちも見えていた。それまでは彼らの間に女がいることを疑わしく思う者もいた。その女たちはタヒティの女たちとそれほど違ってはいなかった。ただ、もっと蒼白くもっと痩せていた。アタフル岸辺の者たちは奇妙な噂をしていた。つまり、今度きた者たちは白い葉に彫りこんだ小さな標《しるし》をしょっちゅう見つめることにかまけていて、決して人前で恋に身をゆだねることはないと断言するのだった。パオファイが言っていたのはこの神を神ともおもわない輩《やから》のことだったのだ。そこでテリイは彼らに向かって漕いでいくことにした。

まず、彼は魚捕り用の丸木舟をぜんぶ椰子の編み葉の陰に注意ぶかくすべりこませた。それから外海用の舟を砂の上にひきだしてこれを調べた。外板を繕わないまま出発するのは良いことではなかった。そんなことをすれば、荒波がくればさっそく浸水してしまう。次に小さな裂けめに、粘りつく繊維を木槌で叩いてつめこむのだ。それに《パヒ作り》に覚えめでたいタネ－イ－テ・ハアへの短い祈りをこの仕事にまぜこむとよい。それから張出し浮き具の繋ぎをしっかり留め、竹の帆柱をたてて支え綱をゆるくしめる。こうしておけば、雨水や波しぶきがかかって支え綱はひとりでに固く締まるだろう。これでパヒの準備はできた。しかしなによりも、《外海》に乗りだすまえに《鮫神》ポフへの供え物を忘れてはならない。もし舟旅がごく些細なものならば、このアトゥアは中位の太さの豚一頭で満足してくれる。

テリイはこれらの儀式を、——御利益《ごりやく》のためというより信心の気持ちから——なにひとつおざなりにしなかった。どうせ陸地から目を離すはずはなく、その回りを珊瑚礁の外側にそって辿るつもりだった。二日間で準備は万端ととのった。三日目の日の出に、テリイは、喉の渇きにそなえてハアリの実を、空腹にそなえてはウルの実を舟の窪みに積みこんだ。そして、数人のフェティイと新しい女房に助けてもらって、いっぱい荷をつんだパヒをもちあげた。みんな小股でよろめきながらそれを運んだ。なぜかといえば船体は重く珊瑚が足を切りさくからだった。パヒは浮かんだ。女は帆柱の前にしゃがみこんだ。

——「残るのか、お前さんたちは」、テリイは陽気に、仕来りどおりに言った。

——「じゃ行くのか、お前さんは」、みんな礼儀ただしく声をそろえて答えた。テリイは片足を丸木舟にいれ、砂を踏んばって力強くおした。それからしばらくの間、彼は波のない透きとおった水の上を漕いだ。

彼はアヴァ゠イティという名の細い水路を通って暗礁をこえた。すぐに丸木舟はうねりの力をうけて縦ゆれし、マラアム——日没の方に向かって倦まずおす風——を受けて帆柱の竹の枠の中につるしたござが突然ふくらんだ。舟は突進した。テリイは小刻みに櫂《かい》を動かして舟をあやつった。櫂は《鮫神》の尾のように船尾の水を切った。そよ風が山々の腹にはね返って真横から駆けてくることもあった。パヒは左に傾いてぐらつき、浮き具は空中で水をしたたらせ、今にもひっくり返りそうになった。女房のテトゥアはさっと腕木にかじりついてその先端に体の重みをかけるのだった。彼女は操帆具にしがみついて体を海へとのけぞらせもした。足には泡がはねかかった。

テリイは女をじっと見た。彼はたった四日前からこの女のそばで眠るようになっていた。これはいろいろな手管にかけてあの女房タウミにかなうとは思われなかった。帰ったらよく考えてみよう。それに祭が近づいていた。祭になればハエレ゠ポはその知識を示すことによって新しい夕トゥも受けるし、自由に女たちを選ぶこともできるのだった。テリイはもう得意になって、やってくる日々に向かって自分の望みが馳せて行くままにした。自分が規則正しい強い風におされてこれらの日々を軽々と追いかけているような気がするのだった。

岸辺は軽々と遠のいていった。島に切りこんだ谷間が一つまた一つとひらけてきた。谷間は一瞬のあいだ海にむかって口を開いては後じさりしながらまた口を閉じるのだった。とある岬の端を回ろうとして、テリイはいきなりパヒの鼻面をまっすぐ沖にむけた。じっさい、マラの地のそばをうっかり通ることなどできたものではなかった。その突きでた山はどっしりと水上にそそり立っていて、醜怪な偶像テイイとおなじようにパパラの気高い谷間とアタフルの騒々しい領域とを分けていた。

この尾根はまた空の空間も分けている。雨をふくんだ雲は山の腹で水となって流れ、けっして裏側にこえることはない。小さな子供たちでもそれはよく知っている。けれどもここに祭司たちしか知らない話がある。山の麓には水の滲みだす冷たい底なしの洞《ほら》があって、三月前から《神憑《がか》りの人》ティノの隠れ家になっているというのだ。これは様々の御霊《みたま》を、時にはオロの正体をすら宿すことがあるという。念のために人々は、オロと同じようにこれを敬っている。洞はマラエに劣らず神さびて、厳かなタブーに包まれている。そのうえテリイは穴の穿《うが》たれた山というものは、「起源の歌」でいわれているように、「木の幹」の穴、「丘」の空洞、「地底」の窟《いわや》をかたどっていることを知っていた。

彼は用心しながら進んだ。恐ろしい山はついにほかの山とおなじように消え、《双子島》が現れた。モオレアの地は明るい天空にそのつっけんどんな峰々を擡《もた》げていた。これに対抗する戦い好きな山は、《外海》に落ちた大雨が空を洗っていたので、恐ろしい顎のようなヴァイタへの谷間をタヒティに向かって開き、間にある水に嚙みついているようにみえた。「こちら側は危ない」とテリイは考えた。彼には《深海》にただよう高い島というものは、アトゥア達が水の上を泳ぎながらそれを引く気になれば、どれほど活発に動きまわるものかがわかっていた。もっと安全な路をとるために、彼は船首をまた風上に向けることにした……「何なのいったい。」心配げな大きな身振りで女がパヒの腹の下でうねり動く深みを指していた。彼女は顔を暗い水にくっつくほど傾けて、目でこわごわと海底を探しまわっていた。この淵こそは髪をふさふさと生やした怒りっぽくて気の短いあのルアハトゥのなじみの隠れ場だった。テリイは釣針が一本も波のまにまに流されないように気を配った。もしそんなことにでもなったら、運悪く神の毛髪をひっかけるかもしれない。神を釣り上げなどしたら！　かつて災いが起きたことがある。ルアハトゥが人の種族を溺れさせてたった二人しか生き残らなかったのだ。――だがこの潜るアトゥアは今は恐らく眠っていた。というのも女にはその大きな青い肩はちらりとも見えなかったのだから。

テリイははるか彼方から陸地への水の切りこみをことごとく窺いながら航路を続けた。見渡すかぎりの海上にはピリタネの船は一艘とて見えなかった。アタフル、次いでファア沿いに進んだ。小山には岩が多くなり、丸みをおびた頂の勾配はもっと乾いてきた。いくつもの赤い斑点が、癩《らい》のように側面の腹をむさぼりくっていた。すると、恒風は突きでた陸地に遮られてぱたりとやんだ。不規則で気紛れなさまざまのそよ風が丸木舟をゆさぶった。テトゥアは襞《ひだ》が風にまかせて鋭い音をたてているござを締めた。――「外人たちは飛んでいっちゃった」と女は叫んだ。最後の入江も、ほかの入江と同じように空《から》だとわかった。しかしオロが一日の暑い真ん中を教えていたので、テリイは自分の手足がだるくなっているのを感じた。自分の方に近づいてくるあまり見慣れない谷間とはっきりしない暗礁をじっくりと見つめながら、彼は岸辺にむかって漕いだ。

入江は小さかった。そこによどんで動かない空気は肩を冷やしてはくれない。水の少ない小川が路をつけていた。そして高地は海に近すぎるため人の住む平地にせりだしていた。そこにはマタイエアの山のように、占いに都合のよいゆるやかな下り斜面もなく、プナアル大河の肥えた流れもなかったし、タウティラ原の広いゆたかな麓もなかった。痩せた藪をまとった頂にはアトゥアはいなかったし、縁どっている珊瑚には、定められたマラエすらなかった。停泊地はいちばん高い頂に遮られて風とおしが悪く、ファアにあたって押しもどされる気まぐれな風や《双子島》からもどってくる突風にさらされているので、異国の大きな船――それには漕ぎ手がいない――には不便だと思われたのだ。この岸辺はパペエテとよばれていた。

少なくともそこの新しい首長たちはそう呼んでいた。彼らは生れの卑しい二人の頭《かしら》だった。確かにトゥヌイとその父親のヴァイラアトアは、女がたをたどれば、《瞬く目》をしたアモの血筋に縁つづきだったかもしれない。しかし彼らが貴いパパラの地のアリイ達よりはパウモトゥの平民たちにもっと近いことはわかっていることだった。それでも、彼らの力は月が変わるにつれて大きくなっていた。かつてピラエの谷間を苦労しておさめていたヴァイラアトアは今や近くの土地、アタフル、ファア、マタヴァイ、それにパペノオも握っていた。彼がこれらの土地をものにしたのは、彼がその抜け目ない僕《しもべ》ということになっているオロの好意がつづくからだった。神が彼にかくべつの恵みを与えて、騒々しい武器をもった異人たちをたいてい彼のおさめる岸辺につれてくれば、それらの異人たちは彼の争いごとを支持もすれば、彼がくりだす遠征の手助けもするのだった。習わしにしたがって、彼は自分の力をまだ若い息子に譲りわたし、これを島の《大首長》と宣言していたし、見渡すかぎりの天空をこえたところに漂う土地、つまりフアヒネ島、トゥプアイ-マヌ島、ライアテア島のアリイ-ラヒであると宣言してもいた。ピラエの谷間における自分の征服をはっきりと見せるために、彼はそれまで使われてきたあらゆる名前を廃止したのだった。

　なぜかといえば、誰でも知っているように、物事の変化には、それが取消せないものとなるためにはことばの廃絶が加わらなければならないし、ことばはそれを作りだした人々をひきつれて滅びるものだからだ。入江の昔の名前であるヴァイ‐エテは禁止されて民にとっては死んだ。——祭司たちだけがそれをまだ言いあらわしていた。彼らの尊い、分かりにくくて厳《おごそ》かな語りの数々はこれらすべての忘れられた言の葉を糧としている。

　それにヴァイラアトア本人もいまはヴァイラアトアではなく、ポ‐マレ、つまり《夜咳《しわぶ》く者》となっていた。彼がひと「夜」中をその「咳」の音でみたしたことをからかって、タイアラプの首長の一人がそう呼びかけたことがあった。この名前はヴァイラアトアの耳には快いものだった。彼はこれを首長をなざす威厳にまでたかめ、自分の息子にもまとわせた……

「馬鹿なこと！　それにほらだ」、テリイは言いきった。彼は、パパラの師たちからいちばん尊い習わしの濫用——とりわけ《言葉のタプー》のでたらめな使用——を戒められてきた。「ポ‐マレ」なんて病んだ娘のあだ名じゃないか。——だしぬけに櫂が水底をひっかいた。舟は砂地にふれた。

——「とびおりろ！」とテリイは叫んだ。テトゥアは水面すれすれに姿を見せている珊瑚の上に足をつけた。丸木舟は軽くなって水際まで走った。ふたりは舟を頑丈な木の根につなぎ、それから運にまかせて、日の真ん中の食事を準備しているあるファレに近づいた。男がひとり彼らをみて叫んだ。「おいで、お二人さん、いっしょに飯を食おう！」

☆

テリイは、口いっぱいにほおばったまま、気ぜわしく主《あるじ》にたずねた。――「どこかね、《新しい言葉》の男たちは」

主はのびやかに笑いはじめた。まったくのはなし、この旅人ときたらほかのフェティイ達にそっくりだ。異人たちが来てからというもの、釣針にかかったまぐろと同じでじっとしておれず、新しく来た者たちを追っかけて岸から岸へと走りまわり、彼らをとりまき、真似をし、彼らとおんなじように話そうとつとめている。「こんな具合に……しゅうしゅういわせながら。」男はもっと声高に笑い、口をゆがめた。テリイは思い切ってたずねてみた。

――「異人たちを見たのかい、お前さんは」

見たのかいって！　アタフル岸辺で一番にだ。――ここの連中はせっかちではあるのだが。自分の丸木舟を船に横づけにし、やってきた人々を歓迎するためにそれにとび乗る――。もちろんなにか交換も望んでだけど。……一番にかって？　いや。ここの谷間の大祭司がいつも仲間の先頭にたつ習わしだ。それにあの人はこんな出来事にそなえて自分のパヒは艤装《ぎそう》したままにしている。木の葉で飾り、果物やござ、豚や女をつんで、積み荷をそっくりそのまま気前よくさしだすのだ。異人たちはたいていいっぱいのお返しをくれる……。名前はって？　ハアマニヒ。その位はマラエ‐ウトゥロア。しかし旅のお人は――足首に文身した輪ですぐにハエレ‐ポとわかるのだが――こんな大物のことは知っていてあたりまえじゃないのか。

テリイはいささかの侮りをこめて、アタフル岸辺の祭司などぜんぜん知らないと言った。——「ヒエ！　横柄そのものだ。」話し手はふざけて言いきった。それからまたハアマニヒのことをほめはじめた。これはできものの傷だらけで、アヴァの酔わせる汁に焼けて乾きやつれた年寄りだった。脚は膨れあがり、眼《まなこ》は白くなっていて、自分では盲目だと言い張っていた。けれどもまだ荒々しく、たくましい欲望や憎しみをもつことができ、利口で抜け目なく、しかも上手な話し手だった。病んだ目は鋭く、脚は腫れてはいるがアリイを告発する時の足取りはいささかも衰えてはいなかった。——というのも、かつて彼はライアテアの高地を所有していたのだが、猜《ねた》む者とか喧嘩好きな者たちにそこを追われて逃れてきたのだったから……

ハエレ-ポは馬鹿にして口笛をならした。どの暗礁からでも逃げ出す立派な神仕えだ。アタフルのマ

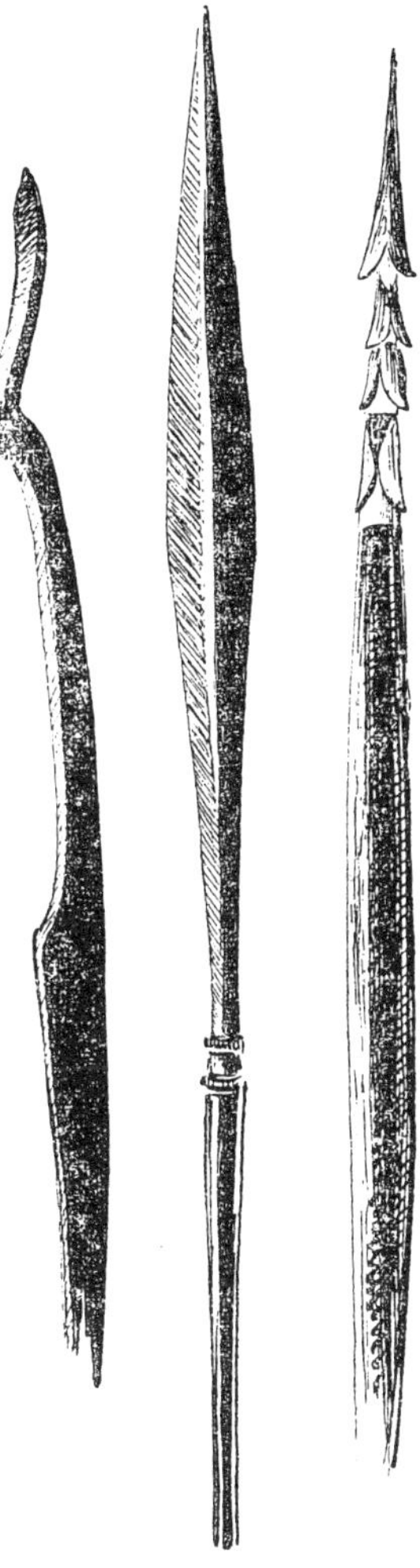

図4——飛び道具。

ラエときたらそんな威厳のない連中をむかえるのか。ほかに祭司はいないのか……面目まるつぶれだ。

――「だから」と主は続けた、「ハアマニヒはいつも自分の島をとり返す人間的な手だてを思いめぐらしていた。――供え物はつぎつぎに捧げつくしたのだ――。異人たち――あの人達はその帆柱に吊りさがっている染めた布の色にも似て様々の言葉を話すのだが――、どの異人もみんな同じように彼に好意を持っているかとみえた。最後に来た《新しい言葉》の人々もそうだ。しかしあの人らは……要するに、祭司はあの人らの船に急いで乗りうつった。そして《パヒの首長》に会いたいと申しいれた。彼は歓迎の印に相手の顔を嗅ぎはしなかった。この男たちに習わしとなっている挨拶の仕方を心得ていたので、右手を開いて差し出し、自分が大きな愛情をもっていることをみせたんだ。『お前さんはわしの親だ兄弟だ、わしのフェティイだ。ここに来た偉い首長たちはみんなわしのフェティイになった。この人たちの約束の印を見てくれ……。』彼は鉄の刃を見せたが、それには祭司の肌のように標《しるし》が嵌めこんであった。彼はそれをトゥティ本人が自分に預けたのだと言い切るのだった……」

――「ヒエ！　ちょっとした自慢の種だな。」テリイは言った。パパラの地では誰でも何か異国の品物を造作なく手に入れてもっていた。「で、年寄りは別の物を欲しがったのかい、すぐに」

――「いや！　まず彼は四頭の太った豚をさし出した」

――「賢いこと！　お返しに何をもらった」

――「エハ！　釘一本ももらえなかった。異国人の首長は、贈り物を押し返してこう言った。『今日は「主《しゅ》」の日だ』とな。『贈物のやりとりをしてそれを汚してはならない』とな」

――「誰のことかい、『主』というのは」

――「新しいアトゥア。もう一体のアトゥアだ。ハアマニヒは面食らいはせず、彼らに『月の別の日には、同じようにして他の精霊を敬うのか』と尋ねた。異人の答えたことは信じられるものではなかった――いやひょっとしたら、その男には答えられなかったのかもしれない。ピリタネの言葉ときたら惨めなもので、たった一体の神のことしか決して語れないからだ。それでもわかったことは、『主』に捧げられたその日は『サバト』と呼ばれることだった。ハアマニヒは抜け目なく相手を誉めた。『そうだ。そうだ。サバトはタプーだ。祭司がタプーをいっぱいかけるのは良いことだし、その規律に目を配るのも良いことだ。では祭司なのかお前さんは』いいや。異人の首長は、それにその仲間の誰も祭司ではなかった。そうではなく、主に送られた者だった。主には祭司など要らない、こう首長は言いきったのだ」

テリイはそんなことを想ってみたこともなかった。

――「それから、ハアマニヒは火縄銃を手に入れようと努めた。蒼白い頭《かしら》は拒んだ。ハアマニヒの方は、『岸辺ではわしがお前さんを敵どもから守ってあげよう。お前さんがもってきた神神に仕えない者らは皆殺しにしてあげよう』と約束したんだが。それから、『お前さんには女たちはいるのか』と言った。彼は、異人のうちの何人かが妻を、けれどもたった一人もっていることを知っていたのだ。自分の丸木舟にむかって叫んだ。六人の、みんな裸でにこにこした娘たちがとり巻いた。『選びなされ！』首長はためらっていた。『みんなお前さんのものだ。首長が少なくとも六人の妻を持つのは正しいことだから』」

「異人は急いで受け取ろうとはしなかった。彼は、まるで妖術のせいで抱き合っても甲斐のない雄どものように立ちつくしていた。贈られた女たちは侮辱に感じて、さも恨めしそうに逃げていった。女たちは下っ端どもをとりまいたが、そこでも構ってもらえなかった。とうとう一人が立派な習わしに無頓着なこの男たちにたいして腹を立てた。女は丸裸になって、からかいのオリを踊った。アウエ！　タネは耳が聞えず……」

「背のひくい赤毛の男が、何かしら下等の霊の息吹をうけたのかと思われたが、女に向かって脅しの言葉――これは誰にもわからなかった――を投げつけて女をうろたえさせた。彼女は仲間の後ろに隠れた。男の方はこれに満足せず、贈り物の女たちを追っぱらった。それから男はもどって来たが、身体じゅうを震わせてくちごもっていた」

「『これこそはまさしく祭司だ』、ハアマニヒは蒼白い首長がそうじゃないと言ったにもかかわらず断定した。タプーを守るには、時には尊い激しい怒りが、それに祭式に従っているために子供っぽくはなくかえって厳かになる身振りが必要なことはわかっている。『間違いない、異人の身体は――あるいは身体のある部分は――女たちには禁じられているんだ。』よろしい、それじゃこれも、ちょっと意外な習わしだけど受け入れることにして、強情っぱりのタネ達に恋をむり強いすることはやめておこう。それにハアマニヒの大盤振舞はそれで尽きたわけではなかった」

「『女たちが気にいらなければ、何人かの悪い男たちをお前さんに譲ろう。これを一緒に殺してマラエに運ぶことにしよう。なぜって、わしはお前さんの神神のためにもてなしの祭壇を建てようと思っているからだ。わしらは一緒に《目捧げ》の式を挙げることにしよう……火縄銃をおくれでないか』」

「異国人には分からない風だった。ハアマニヒの使うピリタネの言葉は下手だった。彼はその願いを一人また一人と繰り返した。けれどもそれは無視された。船の住人たちはみんな、女たちもだが、窪みから出てきて甲板に輪になって並んだ。

――「ひょっとしたら踊るためだな」、その《新しい言葉》の人々をひどく元気がないと見ていたテリイは相手をさえぎって訊ねた。

――「エハ！　踊るためだって」、主《あるじ》は馬鹿にして言った。「女たちの足ときたら動物の皮につつんだ山羊の足だよ。身体には愛嬌も肉づきもなくて、硬い布に締めつけられているんだよ。いいや、一人として踊りはしなかった。異人たちは耳ざわりなぺへ、岸辺からも聞こえたあの単調な歌を唱えだした。そして誰も申し出に答えようとしないものだから、ハアマニヒは自分の丸木舟にもどった。何もかも奮発したというのに手ぶらで帰ることにいたくがっかりしていた」

話し手はやめた。その目は閉じかかっていた。暑い時の眠気の重みにひきこまれる前に彼は旅人にたずねた。

――「腹いっぱいになったかな」

――「もう満腹だ」、テリイは愛想よく答えた。そして主を納得させるために二回おくびを出した。

それから二人とも眠りこんだ。

☆

しかし、目覚めるとすぐにハエレ－ポは辛抱できずにたずねた。

――「それで、どこにいるんだよ、その異人たちは」

図5――タヒヴィ・アヌンハウ。祈りつつ生贄に同伴する祭司が蝿を追っていた聖なる扇の柄。

――「ここから遠くない所だ。あの人らの大きな船はマタヴァイ湾につながれている。それも当分のあいだは」

――「マタヴァイか。」

広くて近寄りやすく、暗礁もなく外海へと開いていて、何をしているのかわからない蒼白い人々を風向き次第で誰でも迎えるというこの湾のことを、テリイは師たちに聞いて知っていた。異国の首長トゥティが岸辺に泊りこみ、黄色く光る太い竹をとおして星々を眺めていたのもマタヴァイだった。ある日のこと彼はこれを太陽にむけて立て、そのフェティイである大祭司のトゥパイアに、「タウルア星が『光』の『面』を横切ろうとしている」と述べた。さらにつけ加えて、自分はこれを見るため、ただそれだけのためにこの島に来る決心をした。そうすれば、ピリタネの物知りたちは標であらわした数を結び合わせて、タヒティの地が太陽から何歩はなれているかを知ることになるだろう、と言った。トゥパイアはそんな話は信じなかった。トゥパイアは他の男たちが、いちばん位の高い祭司でも知らないことを知っていたのだが。しかし何と言ってもそんなのは野蛮な思いこみであり、上位のアトゥアたちを辱めることだった。動きまわる小さな天体であるタウルアは、星の中ではなるほどいちばん光り輝く星であるとはいえ、オロの光を越えていくことなどありはしない。たった一つの星だけがオロの光の中で消え、また生まれて来る。これが《天のヒナ》である月女、つまり空の不滅の雌であって、これは時には「種をつける神」に近づき、これを抱き締め、噛みついて暗くすることもある。それに、とテリイはさらに考えていた。一体どうやって誰もいままで走ったことのない道を描くというのだろう。後に神神の列に置かれることになったヒロはひょっとしたら別かもしれないが。そのヒロにしても、光の湾――そこにタネは住んでいる――にとどくまえに、九回も天穹を飛び越えて九天を横切らなければならなかったのだ。こういったことを何から何まで、たとえ太い竹を使ってとはいえトゥティはちらりとでも見ることはできなかった筈だ。なぜかといえば彼の目は第一天に突き通ることもできなかったのだから。地上の小道を踏みつける人間たちのちっぽけな尺度を上天にまでひろげるのはよいことではない。

テリイは顔をこすりながら伸びをした。丸木舟を妻のテトゥアにまかせて、自分はマタヴァイに向かって歩きはじめた。

小路は始めは岸辺にそって進み、次に陸にむかって曲り、藪の間をぬって一つの丘の腹をとりまいていた。急に旅人の眼差は砂をうつうねりの強い海を見おろした。マタヴァイ湾が開けたのだ。張出し浮き具のない黒ずんだ大きな船が舫《もや》い綱をひっぱりながら縦揺れしていた。いくつもの丸木舟がこれをとり囲み、浅瀬の魚のようにひしめいていた。そしてとても多くの人々が忙しそうに、ひっきりなしに岸から船へと往き来していた。テリイはこの見たこともない不気味な作業の光景にとまどいながら海岸へと降りて行き、用心して人ごみの中にまぎれこんだ。

湾の大弓からはなれた、かつてトゥティが星々を見つめたあの場所に、百月も前にほかの異国人が建てたファレがそびえていた。それはもうピリタネのファレと呼ばれていた。木の葉の屋根は一陣の風に剝ぎとられていた。だが巨きな杭はその根元を珊瑚の塊でかためていたので、まるで供物柱のようにしっかりと立っていた。巧みに組立てた囲いもくずれてはいなかった。ポマレ二世が、新しくやって来る者たちにこれを使わせているのだった。

蒼白い男たちがこの大きな建物のまわりに詰めかけていた。彼らは大勢で船から降りてきて、まるで下顎がウルの皮をむくように材木に細工するあの輝く鉄の道具や、切っ先でどんな大きな木でも倒してしまうあの鋭いまさかりや、ナペの編み綱よりもうまくパヒの外板をくっつけるあの黄色い釘を陸揚げしていた。テリイにはそんな大事な道具が召使たちに任せられているのは驚きだった。けれども彼は、その召使たちが荷物を頭に積んでいるのをみて憤慨したのだった——頭は尊いものだというのに。こんな由々しい辱めを我と我身に加えるなんて何とまあ自分というものを侮っているのだろう、この卑しい連中は！

丸くて中の窪んだ小さな舟——これを使って異人たちは上陸していたのだが——は絶えず大船にもどってはまた積荷でいっぱいになるのだった。物音をたてず整然と器用に身をこなしながら、一人ひとりが、大きなファレの体内にやってきて分担する仕事をうけとるのだった。そして誰もが働いていることといったら！　周りには、岸辺の住民たちが近くまで詰めよって、これらの蒼白い連中をたまげて見つめていた。彼らは十二日もの間ずっと働きづめだったのだ。

——「十二日だって！」、テリイは信じられず話し相手を見つめた。それは立派な身体つきをした信頼するにたる一人の《土地もつ者》だった。男は奇妙な連中のおかしな往き来から目を離さないまま、快活にハエレ‐ポに事情を説明した。

――まず初めに手助けを申し出たのだよ、これらのせわしない異人たちに。力の強い男たちやフェイの房を穫り入れにいく連中は彼らのために木の幹を転がしてやった。いちばん上手な《舟作りたち》は得々として熱心に木を四角に切った。平民は屋根組みを作るためにハアリの繊維を編んだし、魚捕りたちは岸辺を走りまわって船からの陸揚げを手伝ったものだ。

こうして二日間が過ぎた。三日目の夜、仕事が終わっていないことにみんなびっくりした。そして友だちとして扱ってやったこの人々から友としての贈り物があるのを待った。彼らは光る粒とか布きれそれに釘をくばってくれた。けれど、なくなった二丁の斧を返せときつく催促するのだった。ハアマニヒがそれを返しにきた。それを選んだのは、ヒロへの捧げものとして土の中に蒔《ま》くためだったと彼ははっきりと言いきった。そうすれば神様はそれから芽を出させてくれるだろうから。――五日目、作業は進まなくなった。手助けの者たちはくじけはじめていた。とりわけやる気がなくなった。そこで異人たちはフェティイ一人ひとりに布地を二枚ずつあげるがとの申し出をした。そんな物を欲しがる者はいなかった。けれども彼らの方は、これまでよりももっと頑張っていた。

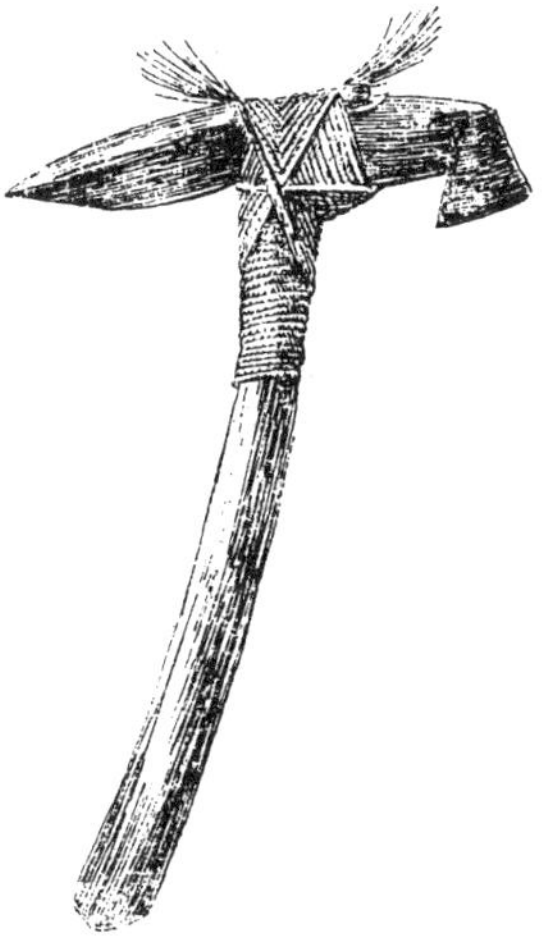

図6――石刃《せきじん》の手斧。

「いつものことだがな……」と言って、《土地もつ者》は話しおわった。

ところで、マタヴァイの住人たちは三々五々と集まってはお喋りをし、食べ、眺め、笑い、そしてまたお喋りするのだった。——テリイは一月の間は人々の真似をしようときめた。ゆっくりと時間をかけて敵のたくらみを見張ってやるのだ。けれどもどの会話を聴いても彼の腸の思いはまったく決まらないままだった。

☆

夕暮れになった。異国人たちはその大事な道具をもって黒い大きな船へともどっていった。すると、涼しい陸風の中で、いつ果てるともない夜の会話は自由に口から口へと移っていった。みんな《新しく来た者たち》のせいで浮きたっていた。彼らの堅苦しい身振りや耳に障る言葉つきを力説した。人々は少しずつそっと建物の足元に寄って行き、ござをひろげて横になった。ひょっとしてなにか硬い金物のかけらでもおき忘れられたのが見つからないかと隅々を手探りしてみてのことだが。竹の篝火《かがりび》がともり、そのくすぶる明るみが、暗い周囲の中で白い壁にほとばしった。女たちはしゃがんでかるく瞼を閉じ胸をはって歌いはじめた。ほかの声を突きぬける声の女が、いくつかの変わらない節《ふし》に即興で新しい詞《ことば》をつけた。仲間の女たちはそれを元気に繰り返した。男達の力強い合唱は女の叫び声に勢いをそえ歌の拍子をとり、闇の中で、優美な飾り輪でひらかれた耳にそそぐ愛撫を鈍く長びかせた。彼らはおごそかでもあれば愉快でもある調べで蒼白い異国人たちを祝うのだった。

静かになった時、ハアマニヒが群衆に向かって話した。彼は《新しい言葉》の人々に奉仕するように促すのだった。――「あの人たちに立派な贈物をあげるがよい。《フェイ運び》は夜明けにさきだって果実をとりに山にのぼるがよい。それにはお供えの豚をつけるがよい。ほかの進物はだめでも、これなら受け取ってもらえるだろう。女を拒むあのとつくに人たちにこうするのじゃ。パペノオの地の十人の男は、山を歩いてフェイを二十房とってくる。アルエの地の十人の男は、湾で松明をつけて魚をとる。ピリタネ達が《祈りのファレ》を造りあげてそのアトゥアに生贄をささげる時、その時には贈り物をもっと増やすのじゃ。」パペノオの首長が立ちあがった。――「谷間の十人の男達は日の出よりも早く山に走りこむがよい……」ピラエの祭司の一人が仲間に演説した。群衆の中でも、熱心な連中が叫んでいた。――「異人のためにフェイの穫り入れをするがよい……」それから歌はひとつまたひとつと消えていった。夜がひろがり寒くなってきた。人々の顔にはけだるさが流れ、まもなく生ける者たちの話し声はしずまった。

気の合ったいく組かの男女が異国人の囲いの中に隠れこんでいた。抱き合った彼らの悦びの息づかいが乾いた壁をうち、闇にひろがり、闇から木霊《こだま》がかえってきた。虚ろな大きなファレに囲まれた動かないよく響く空気は官能の様々の小声、つまりささめきや息の音、すすり泣き、喘ぎでいっぱいになった。これらすべては、見事な話と同じくらい神神の耳には快いものだ。体の望みが湧きおこりそれをはぐくむ時には、男は誰でも大きな神神の背丈まで大きくなるのだから。そして喜びの叫びは生贄の叫びと同じように神聖なものだ。その声のしみこんだものは不滅のものとなる。こうして、やって来た神神の住処《すみか》は祭式どおりに聖別されていった。

日の光が現れた時、全てはそして全ての約束は眠っていた。だがもう異人とその絶え間のない骨折りは目覚めはじめていた。ひょっとしたら半月もたたないうちに、ピリタネのファレは木の葉や顎の骨そして羽根で飾られるかもしれない。彼らはもう一度、想像することもできない儀式をあげてこれを何かの霊に奉納するのだろう……。テリイは真先に起きあがった一人だった。自分が呪いをかけた者どもの真ん中でいつまでも夢を貪るのが恐ろしかったのだ。姿を隠そうとすら試みた。だがその時、突き出た丘の頂に数人の使いの者が立ち現れて、震える椰子の葉を打ちふった。彼らはアリイの到着に先行したのだ。旅人はふみとどまって何が起こるかこっそり全部みてやろうと思った。

ポマレ二世が頑丈な家来たちの肩にのって現れた。家来たちは、尊い重荷の下で次々に交代し合いながら休まずに走っていた。奥方も同じように進んでいたのだが、小道が運び人の足元で険しい下り坂になっているため、後ろによろめかないように膝で下賤の者の首を締めつけているのがわかった。群衆は道をあけた。使者たちは筵《むしろ》をひろげた。アリイはこうして卑しむべき土に触れずに降り立った。

そこで彼は蒼白い男たちをじろじろ見た。彼らもみんな見返した。彼らはこの首長が他の首長たちとひどく違っているのにびっくりしているようだった。黒っぽいその肌といい、厚ぼったい唇や平べったい鼻といい、パパラの本当のアリイたちによくある堂々とした品格など全くなかったのだ。――誰も口をひらかなかった。石投げ器の最初の一発を撃つまえの兵《つわもの》たちのように、人々は探り合っていた。ポマレは船を盗み見ていた。ハアマニヒはその好奇心に気付いた。それですぐにタヒティの言葉で高貴に叫んだ。

――「偉大なるアリイはその『雲』にも似た住処を去って、『虹丸』に乗って、とつくにの船まで飛んでいくとの思し召しだ。御声の神鳴りがそう命じていられる」

次に少し威厳をおとして打ち明けた。

――「この御方はお前さんがたの船にお行きになりたいのだ……」

――「よろしい、我々のお供をなさるがよい……」、と異国の首長は答えて、中の窪んだとても小さな丸い舟をゆびさした。

――「駄目だ！」神々しい御足は尊い丸木舟である「虹丸」の他には触れてはならなかった。それは湾の奥でタプーを打たれた舟屋に憩っていた。念のために漁師たちは別の舟を出してみた。同じ気高さを与えるには同じ名前でこれを聖別すればよかったのだ。ポマレはそこに席を取ることを承知した。奥方も続いた。ハアマニヒは友達になった人々のところを離れなかった。群衆は泳いだ。テリイも、他の者たちと同じように水の上を素早く進んだ。

途中で、異人の一人がかなり無邪気に大祭司に訊ねたものだ。彼は首長にたいして用いられる仰々しい言葉づかいに驚いたのだった。

図7――魔術用に組合せたモティフの装飾。『マルキーズ諸島の美術』より。

ハアマニヒは男を長いあいだ見つめた。これを侮らずにはおれなかった。

――「じゃあお前さんはどうかい、他のみんなにふりまくのと同じ声でお前さんの首長に向かって話すかね。お前さん、とても賢そうに見えるがもの知らずだな。――そもそもアリイの威光にかかわるもの全て、手足も耳も、目の光も、体の些細な部分も、着物も臍《へそ》も、歩みも振舞も、その腸から出る言葉も、そしてそのお方ぜんぶ……それにはこの御方だけにとっておきの語を使わなければならないのじゃ。もしお前さんがその方に挨拶するのなら、平の祭司に言うように『アロハ！』とではなく、『マエヴァ！』と言うのじゃ。もしその御方に褒め言葉を述べたり、頼みごとをしたり、戦運《いくさ》がお強いとか、奥方たちに対して絶倫だと呼んだり、またこの御方を嘘つきで卑怯者だとのべる時でもお前さんは気高い言葉を使わなければならないのじゃ」

――「それではその気高い言葉というのを私に教えてくださいな」、異人は穏やかに答えた。舟を三四回こぐ間ハアマニヒは考えこんだ。そして相手の善意がめざめているのを感じて、火縄銃についての頼みを、巧みに、そっと耳打ちしようかと考えた……。しかしもう大船に横付けになっていた。異国人の首長はす早く乗船した。「虹丸」は用心して少し離れて間切っていたが、合図を受けたので高い船べりをならべた。偉大なるアリイは今にも天に向かって跳ぼうと身構えた。その時、恐ろしい音がした。彼は茫然として張出し浮き具の上におちた。まるで棍棒の一撃をくらった下賤の者のようで何がなんやら判らなかった。彼は水にとびこんで逃げて行こうと身構えた。神々しいお人は怖れのあまり息を切らしていた。

ハアマニヒは、これは偉大なるアリイに対する異国人のお迎えの挨拶ですと大声で言って彼を安心させた。――「この人たちの島では、こんな具合に大きな銃の声で偉い首長たちに話しかけるものだそうです」

――「よしよし」、ポマレは答えた。恐れは飛び去った。やって来た人々が自分を彼らの国の首長のように扱ってくれるのが誇らしかった。けれども、こんな挨拶は自分にはたった一回で十分だと述べた。それから重い身のこなしで船に乗りこんだ。

物見だかい連中はあちこちに散らばっていた。船の奥深いところにずいぶん多くの物や人が入れることにみんなとても感心した——だけど、一体どこに異国の女たちは隠れていたのか。彼女らは遠く離れた所に姿をみせただけだったが、タネ達とはまず着物が、それに髪毛が違っていたし、痩せてもいて易々と区別がついた。ポマレはどっしりと構えて身動きもせず、気のない様子でこれらの人々を眺めていた。異国の首長が船の窪みにおりてみることを勧めた。アリイには急ぐ様子はなかった。多分、組合わせた板材の下に頭をさげることに承知できなかったのだろう……。けれども奥方の方は彼より先に別の通り路を伝ってもう降りていた。笑い声や満足したことばが聞こえてきた。そこで彼も奥方のところに行こうと決心した。

ポマレの訪れを祝って、異人たちはあの焼けるように熱くて陽気にしてくれる飲物を気前よくふるまった。自分たちのほうは控えると言い張った。ひょっとしたら彼らは、厳かで密かな儀式のためにそれをとっておくつもりだったのかもしれない。ハアマニヒは、マオリのあらゆるアヴァよりもきつくて渋いそのアヴァに素晴らしい効き目が期待できることをよく知っていた。もっと沢山もらいたいと懇願した。

——「わしには勇気が要る」、彼はきっぱり言った。「いっぱいの勇気が。今晩のお供えに二人の男を殺すことになっているのじゃ」

異国人たちは愚かな恐れを見せながら身を震わせた。一方ポマレは、貴重な飲み物を入れた長い壺をうばいとって快活に言った。

――「あんたらのピリタネのアヴァをわしにくれ……わし等はもうフェティイなんじゃから。」人々は答えた。

――「この飲み物は首長にはむかないですよ。これを飲んだら気分が悪くなる。目はかすむし足どりは乱れるし……」

――「首長にはむかない？　首長にはむかないって？　じゃ、わしが一人で飲んでやる。これこのとおり。」そう言ってポマレは口いっぱいに頬張った。目はきょろつき、涙が出てきた。ひどく咳き込んで、いきなりその頭――山の頂にも似たその頭――を船の桁に激しく打ちあてた。そこで、恥さらしと思って彼を見ていた手下たちはその尊い乱暴さをなだめにかかった……。ところが首長の方はそれどころか笑っていたのだ！　それから彼は威厳を取りもどし、船の屋根へと導く木の階――子供のために刻まれていたのだ――をのぼった。そして少しばかり踊りたくなって、「アウエ！　女というものは……」の歌の入るあのオリを始めた。けれどもハアマニヒが彼をおしとどめた。

――「お身体の二本の『柱』がお前様を支えきれませんな。とつくに人のアヴァをお飲みあそばしたからじゃ。お気をつけなされ。歩くところにお目の『稲妻』をちゃんと向けなされよ。エハ！『虹丸』だ！」すでに首長はいい加減に下賤のパヒに跳び移っていて、大声で催促していた。

――「挨拶じゃ！　挨拶じゃ！　ピリタネのアリイに対してのようにじゃ！」

彼は大きな銃の声がまた鳴るのをびくびくしながらそれでも威張って待った。それから眠くなったかのように丸木舟の窪みに横になった。奥方は口惜しくて泣いていた。異国の祭司と一緒に眠りたかったのだ。飲みたいだけ飲めなかったハアマニヒだけは立ち去りながらもまだ「勇気を持たせてくれる飲み物」を哀願していた……

それから、首長つきの漕ぎ手たちはこぎ、「虹丸」はす速く陸地についた。大祭司はこの不気味で穏やかな謎の船にたいしてまた苛立ちをおぼえた。そこでは喉を焼くアヴァさえ手に入らないのだ。一人の妻で足りる祭司たちも、彼らが告げ知らせるという未知のアトゥアたちも驚きではあった。けれども彼は、それらが何か新しい力をもっていて、自分の財産を取りもどすうえで助けになるものと見た。だからハアマニヒは彼らに便宜をはかってやることに決めた。

オロ

雨期が終ろうとしていた。オロは島の天空に現れて《大地のヒナ》に種をつけ、それから、雲をお供につれて平然として別の土地と別の雌たちを孕ませるために去って行こうとしていた。オロの出立を嘆かなければならなかった。何故かといえば、褒め言葉のほしい「輝く御者《おんもの》」はもっと信心深い国々に心を奪われて、戻ってくるのが遅れるかもしれなかったのだ。かつてがそうだった。ヌウ－ヒヴァの連中によれば、《雄の日輪》がどうしてももどって来ないことがあったという。しかしどの男よりも強いマフイが、うろつくアトゥアを世界の果てまで追いかけて、光の髪毛をひっつかんでとても手際よくこれをマオリの天にひきもどし、——そこに紐で括りつけたのだった。

その留守を嘆くことは、オロに由来するアリオイ達の務めだった。それゆえに彼らは定められた夜なな夜なとても厳かに咽《むせ》び泣いた。とはいえ、種をつける御者は、立ち去る時にその僕《しもべ》たちにあり余るほどの実りを施してくれてもいたので、とても豊かな供え物として受け入れてもらえるあの五感の悦びをきびしい悲しみにないまぜにしてもその機嫌を損なうことはなかった。つまり遠慮なしに楽しむことができるのだった。そしてテリイはほかの島々の仲間たちを可哀そうに思っていた。彼らはこの二重《ふたえ》の祭式のうち、ただ苦しみの方だけを受けもっていたのだから。

この祭が待ちどおしかった。その時にこそ彼は、自分の非の打ちどころのない語りによってハエレ－ポの中での第四の位――肩のタトゥでそれと分かるあの位――をついに手に入れようと思っていた。それというのもテリイは、新入りの語り人に許されている束や棒や組紐などが、自分の確かな記憶にとってはもう不要だとして無視していたからだ。呪《まじな》いをかけても、まるで煩《うるさ》い蚊のようにはっきりしない恐れに苛まれることはあった。何よりも苛立たしかったのは、この季節の集まりにパパラのマラエが指名されなかったことだった。アタフルの祭司どもが偽って自分たちの威光の方が大きいと言い張ったのを、ポマレは、彼らが自分のいちばん有力な後ろ楯なものだから、これを拒むことはできなかったのだ。不吉な兆し、新しい呪詛だ。そのため、アリイが島の輪へと向けて派遣した《祭のヴェア》が、首長たちや《土地もつ者たち》、それに平民に、アタフル岸辺での精霊への厳かな別れの式を声高に告げながら通って行くのをちらりと見た時、テリイは不安を覚えずにはいられなかった。

☆

黄色いマロを腰に締めた告げ人は休むことなく駆けていた。これが近づくと人々は平身低頭して地面を嗅ぐのだった。その足の下で乾いた木の葉の立てる音が聞こえる間ずっと、誰ひとり囁き声をたてる者すらいなかった。しかし、神々しい衣服は突進する男の足に絡むので、男はそれを肩にひっかけてい

図8――貝殻を改造した楽器。

た。裸で足早の男はその疾走によって巻き起こる風ではためく伝令の棕櫚《しゅろ》を高々と掲げていた。

☆

祭の日の夜明けには、水平線から、ざわめく丸木舟が降りてきて、波を引き裂いて急ぐのだった。竿の間に張った幟《のぼり》がそよ風にぱたぱたと鳴っていた。女たちの歌や漕ぎ手たちのかけ声、力いっぱい漕げと駆りたてる漕ぎ人頭《かしら》の吠え声、出迎えにきた岸辺の人々の歓声が、彼方で、オロの祭司たちが音頭をとって唄う到着祈願のもっと鈍いどよめきに混じって響いていた。とりわけ神々しいその小さな船団は三晩前からライアテアの地を発ったのだった。それは駆けていた。けれども、首長格の丸木舟がどの舟よりも真先に《礁湖》に入っていかなければならなかった。

このやっかいな場所では、珊瑚の帯は陸に向かっていきなり肘の形に曲がっている。沖の波は遮られることもなく転がってきて茶色の砂の上で砕け、弓形の泡となってマラエの足元にまで広がる。それは静かな礁湖に慣れているテリイには興ざめだった。彼の動揺は大きくなった。気がかりな目つきで周りのそびえる土地を眺めまわした。まだ何もなかった。プナアルだけは敵意ある兆しだった。その窪みは見えないが、半ば乾いて辛そうに進んでいた。それを挟む二つの円い小山にはちぐはぐな雲がかかっていた。谷間には雨が降っていた。しかし湿り気を帯びた沖の靄《もや》のために、いつもよりもっと恐ろしい姿で彼方の天を嚙むモオレアの地があらわになっていた。

大舟は速さを増していた。それは乾いた擦る音をたてて二つの尖った木の角を砂につき立てた。番《つがい》の舳先が雄豚の鼻面のように砂地をあされば、海はその舷を打って、喘ぎながらこれをゆすりあげた。パヒを支えるために人々は岸にとび降りた。波しぶきの中を神像を運ぶ者たちはうやうやしい身のこなしで神神の像を陸揚げした。他の者たちも挨拶や祝いの言葉を投げたり笑い声をたてたりしながら上陸した。沖には供え物をつんだ四隻の舟だけが残っていた。供え物はそれにあてがわれる神殿の前庭まで地面に触れることなく運ばれなければならなかった。

山の見張り人たちはすぐに叫び声をあげて行列の出発を宣言した。その声が響くと、川を見下ろす高みという高みは人々の長い列でおおわれた。彼らは雨溝へとあふれ出し、早道をするために流れのなかをすら歩いた。彼らは丸くなった小石の上でよろめいた。谷は、珊瑚礁よりずっと手前で広々となっているのだが、そこから人々の波は海岸に吐きだされた。たいていは肩幅のがっしりした下賤の者で、日毎に重荷をもち上げるので背は曲がっていたし、大きなフェイの房を運ぶせいで両肩やうなじには柔らかい肉の塊が突きでていた。彼らは、アトゥアへの贈り物として、たわわに実った赤い房、バナナ、タロ芋の熟れた球根《おんもの》をかついでいた。しかし、もっと賢《さか》しい連中は食べられない青い実だけを選んでいた。実りを司る御者に供えながら、抜け目なくこう言うつもりだったのだ。「オロよ、御身にわしらがお捧げできるのはこれだけです。けれども早くわしらのところに戻ってきなされ。もういっぺん豊かな実りをお与え下されそうすれば、御身をばもっと相応しく養えましょう。」こうやれば、自分で不自由せずに、やって来る季節にむけて神を励ますことになるのだった。

同時に、あらゆる風の方角から、ノノの油が沼の蝿をひきつけて捕まえるように、立派な祭の魅力に惹かれて姉妹の島々からやってきた他の部族の者たちがなだれこんできた。これらの人々は、背丈といい、身のこなしや髪毛、それに皮膚の色といい様々だった。敏捷で騒々しいヌウ‐ヒヴァの男たちは、その戦闘的な身振りによって他の男たちを威圧していた。顔中に引かれた青いタトゥの精悍な縞模様のために、瞼は落ちこんでいたし、敵を恐れさせる唇のゆがみは巨大にみえた。彼らはたくみに切り溝をつけた大きな棍棒をすばやく振りまわしていた。手足に彫った図はどれも手柄の印だった。——低い島アナアから来たもっと色が黒くて塩水のために痩せた船乗りたちは少し警戒して離れていた。その女たちは頑丈で、筋肉のついた胴体が小さな脚にかぶさっていた。男たちのきつい仕事をわけもち、魚捕りもすれば水に潜りもするので、海の塩のために肌のあちこちにきらめく鱗がくっついていたし、珊瑚の照り返しにやかれて膨れた赤い眼は痛む睫毛の下にうまく隠れきれないでいた。これらの人々の多くは、獰猛な《鱶《ふか》アトゥア》に手足を食いちぎられて、血膿の出る切れ残りをぶきっちょにぶらぶらさせていた。御馳走に縁遠い彼らはみんな、かつて味わったことのない素晴らしい食べ物に見惚れていた。丸木舟の船橋のように平坦で、喉をうるおす川もなければ水溜まりもない岩礁の国では魚とハアリの実だけで我慢するよりほかなかったのだ。それがここでは、食べる楽しみはありふれたことのように見えた。神の食物とみなされ、ただ冒険談の中で現れるような途方もない珍味が沢山の籠にいっぱいだったし、帆柱にも木の枝や人々の肩にもぶらさがっていた。地中の隠し場からも引きだされた。いい国だなあ！——他の旅人たちも犇《ひし》めいていたが、これは寒い島々からきた者たちだった。なかでもいちばん痩せて蒼白い人々は、五昼夜まえに、一隻の鯨をとる異国の船から下りたのだった。彼らは大きな樹々や高々と組み立てられたファレに感心し、たった一本の幹を彫って一艘のパヒが丸ごと作られることにあきれていた。けれども、谷に点々とならぶ、目は平べったくて胴体は堅苦しいティイには、これを卑しんでうすら笑いを浮かべていた。――「ちびっこアトゥアだ！　わしらの地には、山の岩の塊に刻みこんだ像がある。これはすごく巨大で、いま百人の男たちでも立てることはかなうまい。何千とある。わしらはこれを打ち壊しているのだ。」彼らは偉そうにつけ加えるのだった。「わしらの島は《世界の臍《へそ》》という名前だ。」その国のことは知られていなかった。

これら様々のさすらう民は、目に見える天空の背後から海路をたどって馳せつけたのだったが、たまたま生き別れになってまた出会った兄弟のように分かり合うのだった。周りの物や天、星、神神への敬い、タプーなどをさす全ての語、これらもまた兄弟だった。多分、誰もが自分流に話していた。アナアやヌウ－ヒヴァ――彼らはこれをヌク－ヒヴァと呼んでいた――の連中のあらっぽい喋り方は、うまい話し手であるタヒティ人らの柔らかい耳にはきつかった。タヒティ人たちは跳びはねる音を舌の上で好んで転がすのだが、他の者たちは喉の窪みから金切り声を出すのだった。しかしそんなちぐはぐは忘れて、みんな互いに歓迎の呼びかけを長々とかわしていた。

☆

曇った空のように重々しい静けさが、突然、群衆の上に落ちた。人々の叫喚は弱くなり、ただ三つの神々しい響き――珊瑚礁の声、風の声、祭司たちの声――だけが谷間にひろがった。行列は進みはじめた。まず《悦楽の主《ぬし》たち》が、そしてその前に立つハアマニヒがとても厳かに行列を先導していた。

後につづくのは首長たち、《夜歩く者たち》、法螺貝ふき、生贄師、それに《神像守りたち》だった。潮《うしお》の流れのような肩また肩の上にたかだかと神の似姿である「赤い羽」がゆれていた——さても霊験あらたかな羽根、それゆえヒロはかつてこれを追って世界をかけたのだし、ヒナはそれがとび去った時には五昼夜も嘆きどおしだったたし、これを生みだす不思議な鳥を殺さないで見張ることで年寄りの生活はすぎていくのだ。祭司も「羽」もみんないっしょになって聖なる境内についた。人々は柵へと押しよせた。そして年ごとの祭式はそのかわることのない所作をくりひろげるのだった。

運び人の肩からとびおりたポマレ二世はほかの首長たちからは離れていた。すぐにわかったことだが、数多いその手下たちはぶあつい筵の下に柄を松脂でみがいた武器をかくしもっていて、神神をうやまうよりは闘いに備えているようにおもわれた。そのなかに紛れこんだアリイの父親は、特別の飾りも力もなく、自分の息子の第一の家来にすぎなかった。それどころじゃない。危なっかしい足どりの偉いお人は、尊敬の念から上半身はだかになって首長の方に進みよった。黄色い顎鬚《あごひげ》は、時にはこれを切って房をあみ祭司たちにあたえることもあったのだが、その胸に藪をつくっていた。この男の齢《よわい》にはびっくりしたものだ。四十歳だという者もいたし、百歳という者もいた。そのことでは誰もなんにも言いきることはできなかった。本人とてそうだった。過ぎた季節のことなどまったく意に介さないのだった。これがポマレのお祖父さんだった。彼はいちばん下の階《きざはし》に立ちどまって自分の若い子孫に敬意をあらわした。——相手の方は答えもせずにひややかにこの老耄《おいぼれ》を眺めていた。それというのも、「物語り」にいうように「生まるる子は、そのまことの父の頭《かしら》となり、その祖先たちの父となる」のだから。——男の声はふるえ、足元はおぼつかなかった。それから彼は群のなかにきえた。

その間にもアリオイ頭たちのにぶい声は起源の歌をおえようとしていた。そこではこう唱えられる。

「アリオイ！　我はアリオイ！　この世にて父たるべきにあらず。
アリオイ！　我はアリオイ！　わが十二人の妻は石女《うまずめ》ならん。
もしくは我、わが初子の生まれし時、その息の根を止めん」

祭をとり行う一団が祭壇をとりまいた。彼らは実にさまざまな供え物をささげるのだった。赤茶色にかがやくフェイ、うまそうな身をした生魚、数えきれない豚、これは肢をしばられてこきざみに背をうごかしながら唸っていた。これらの貴い動物のなかには腹の赤みがかったのがいた。ヌウ＝ヒヴァ人たちは不敬だと叫んだ。そのわけはといえば、昔のこと、彼らの島の大祭司テモアナがその身を赭《あか》豚の身ととりかえっこしたからだった。それ以来彼らには、赤いものはなんでもタプーとなっていた。彼らは四つ足の親戚をほどくよう要求していた。不平の声は、満ちみちるどよめきの中でかきけされた。最後に、毛の長い痩せ犬たちが厳かにつれてこられた。前肢を耳のうしろで縛られて人の歩き方で歩かされていた。こういった贈り物は、どれも、非常に多くの手で境内よりもっとたかく放られて頭上を飛び、ハアマニヒの前におちるのだった。彼はこれをひょいっとつかんで気のままに配っていた。小さな祭壇には、下っ端の生贄師がすぐに喉をかき切るとるにたりない捧げ物でことたりた。よく太って堂々とした生贄は祭司たちのファレのうしろに消えていった。それが刃をうけて呻く声はきこえなかった。ハアマニヒは仔もちの雌豚をえらんでいちばん上の祭壇に供えさせた。アリオイ達はとなえていた。

「雌豚オロテテファ七匹の仔を生めり
生贄の豚
赤いマロの豚
とつくに人のための豚
恋を讃える祭のための豚……」

鋭い貝殻を手にした大祭司は奉納された獣に近づいて、苦心してその喉をひらいた。アリオイ達は歌っていた。

「食べるための豚
種《たね》を保つための二頭の豚
これぞ、オロ・アトゥアにより妻としてえらばれし肥えて美しき女
ヴァイラウマティに下されたる神の賜物」

獣の断末魔をハエレ－ポ達はじっと見つめていた。獣は両の耳を立てて死んだ。それは敗北に終る戦《いくさ》の兆しだった。人々の目は首長にそそがれた。ポマレはくったくのない態度をくずしてはいなかった。――群衆の中をざわめきが走った。二人の異人、《新しい言葉》の人々が警戒ぎみに近よっていた。境内の番人たちが、皆とおなじように神への敬いから着物をぬぐように彼らをせきたてていたのだ。人々

は気を昂《たかぶ》らせて言い争っていた。しかし、ハアマニヒは、その方々も国では祭司で偉い生贄師であり、強くて好意的な神神につかえる身なのであって、その方々の気をもませるのはためになるまいと説明した。

民はもう御馳走の時をかぎつけていた。なぜかといえば、アトゥア達がたっぷり食べたらすぐ、祭をとりおこなう祭司たちが供え物の残りを柵ごしに放ることになっていたからだ。それが始まった。すばらしく多くの焼けた魚や犬が、緊張してみまもる顔という顔の上をとんでいった。それよりもっと多数の手が、落ちるまえにそれらを捕まえぎゅっとひっ摑むのだった。肉にめぐまれず、海の幸をしらない山々をうろつくあの荒っぽい連中は、誰よりもはげしく夢中になった。そのひとりは一匹の亀をつかんで指で締め殺そうとした。ところが亀の頭は殻のなかにかくれてしまった。男の悔しがるのがおかしかったこと！　その間にも、たらふく食べて満足した岸辺のタヒティ人たちは腹ばいになってうつらうつらしながら、りっぱな演説の時がくるのを待っていた。

☆

突然、番人は賤民どもをかき分けた。《生贄運びたち》がぶらぶらゆれる荷のために足どりも重く前庭を走りぬけた。細紐のまきついた三つの人体がにぶい音をたてて落ちた。それは祭壇の頂《いただき》まで吊りあげられた。頭は石のうえに転がり、どろんとした目はどれも実際よりは開いていて、あらぬ方を見つめていた。これは三人の悪党で、ハアマニヒの選ぶところにしたがって、だしぬけに打ちころされたのだった。大祭司は爪のひとかきでそれぞれの穴から眼《まなこ》をえぐりとり、これを二枚のひろい葉っぱのうえに分けておいた。ひとつは神神の像のすぐ近くまで高々とあげた。もうひとつはポマレにさしだしながら力強くこう言った。

——「《目を食べる御方》アイ‐マタよ、首長に任ぜられよ。汝の先祖とおなじように、汝の子孫とおなじように。神神のたべものを食べよ。また勇気と猛々しさとを食べよ」

アリイは口をあけて、目玉をのみこむふりをした。その有様に、異人たちはなぜかしら場所がらも儀式の厳かさもわきまえず、かん高い声をたてはじめた。彼らのうち背の低い男は、アリイの顎と横たわっている死骸を指さしながらそばの連中にせかせかと尋ねていた。——「あなた達はまさか……」——「そうじゃない。そうじゃない！」、と島の岸辺の住人たちは不愉快そうに抗議していた。しかしパウモトゥの魚捕りたちとヌウ‐ヒヴァの地の何人かの男たちは三つの死体が軀《むくろ》置き場になげ落とされるのを腸から悔しがってみつめていた。彼らは異人たちを嘲り笑った。じゃあこの人らは、ピリタニアの地で敵の肉を食べないというのか。心の臓も？　だけど、《彷徨う霊》の怨念をいっぺんに厄介ばらいする手立てが他にあるだろうか。——男のものか女のものか分からない鋭い叫びが長々とひびいて、口争いはおさまった。人々はそちらに走りよった。

裸で、瞼はうら返しで、顔はじくじくに濡れ、しゃくりあげるように体中がふるえる男が境内にはいってきた。誰ひとりとしてこれを遠ざけることはできなかった。左腕には白いタパがまきついていた。この霊に憑かれた者をしめす印のために、彼は群衆に邪魔されなかったのだ。人としての名前はティノといった。その体は、マラの冷たい洞穴にみじめな状態で住んでいた。けれども、神の霊が風吹くならばその時こそ彼はオロそのものとなるのだった。その身振りはオロの身振りだったし、その話し方はオロの話し方だった。彼の欲望も盛りも神のものとして現れるのだ。この時には、女たちは喜びいさんで身を捧げにやってきて彼と一緒になるのだった。――ところで、この度、神のいましますことは文句なしに、さからいようもなく、眩いばかりにはっきりしていて、叩きつけるように伝わってきた。それにつかまれて、生き身はたわみ、ゆらつき、へたりこんだ。その背骨は逆《さか》さに張った弓のように曲がっていた。声はひゅうひゅう言っていたし、歯はがちがちと鳴っていた。頭は敷石をごつごつと音をたてて打っていた。彼をとりまいたのは、神神――それにあらゆる怪しいものら――を上手に扱って罰のあたることのない《偶像運びたち》だけだった。彼らはこれを祭壇の上によこたえた。するとティノはいきなり変容した。開いた瞼は安らかになり、額ははればれとし、鼻の穴はゆるんで、顔中におごそかな美しさがみなぎった。彼は尊い杭のそばに立ちあがった。そして語った。

彼は、すらすらと、《上位の神神》のものとされている言の葉を使って、ひとの知らない素晴らしい物語をかたるのだった。また起こるべき事ごとをも告げた――ひそかな謀叛による戦、一人のアリイの死、島をおおう新たな呪詛……群衆は震えあがった。食べるための争いもざわめきもおさまった。誰もが、連れあるいて拝むこともあるあの小さな守り神をいれた竹をマロの襞《ひだ》からとり出した。多くの女たちは目を据えて霊に憑かれた男をみつめ、顔をそむけることはできなかった。それから女達は、しゃがれ声をあげて後ろに倒れ、男の姿勢をまねるのだった。彼女らはティノの粗末な体をとおしてアトゥアを垣間見たということだった。男たちのなかにも、着物を脱いで境内にとびこみ、タネとかファナウテイニがのりうつった、とり憑いたなどと声高に叫ぶ者もいた……。しかしペテンはあばかれた。連中は、この手をつかって祭司とおなじように崇められ、女たちから特別の好意を受けようと望んでいたのだ。

番人が棍棒で叩いてこれらを追っぱらった。そしてティノは、神の御霊《みたま》に貪りつくされてぶったおれた。

大祭司ハアマニヒは、憑かれた男の不意のわりこみをいらいらしながらも辛抱したのだった。その不吉な予言のせいで自分自身の目論見《もくろみ》がくずれそうだった。そこで急いで偉大な「語り」の時がきたことを叫ばせた。そしてまず、何人かの並のハエレ‐ポをつぎつぎに登場させた。けれどもこれを聴くものは誰もいなかった。大祭司は自分でもっと気の利いた話をした。人々が静まったなかで、彼は《語り人の石》の上に脚をおりまげて座り、張出し浮き具も漕ぎ手もいない大きな船、その首長はウアリという名だったが、これのタヒティ‐ヌイへの上陸を語り始めた。トゥティの船に先立つこと二年[★1]、これこそが本当のところこの種の最初の船だった。それから驚くべき事件が次々に起った。

――「どっしりとしたその船は髪を生やしているかと思われた。マタヴァイの者たちは、動きまわって旅をする島が来たと思った。

かつてそのようにタイアラプの地はタヒティ‐ヌイに向かって漂ってきたのだ。岸辺の連中は、頑丈なロアの編紐を手にしてこれをひきとめ、タヒティの大地につないだのだった。

岸辺の住人たちが、睦み合いの木の葉を投げこもうと背の高い船にむかって漕いでいると、雷《いかづち》の音がして礁の上に一人の男がたおれた。

石があたったのではなかった。槍が体をつらぬいてもいなかった。背中を支えたのだけれども、男は軀《むくろ》のようにたわんだ。マタヴァイの魚捕りたちは贈り物をふやした。

とつくに人たちは岸辺に降りた。彼らは蒼白かった。彼らが時々その髪毛を脱ぐのが見られた。[☆1]」

物知り自慢のハアマニヒはこれらの《言い伝え》を繰返すことに熱中した。気高く生き生きと、肩や頭の動きも身のこなしも見事に、彼は、かつて別の季節に別の人々の成し遂げた別の手柄も思い出させた。みんなが見つめていた。息は長く、舌は軽やかに、腕と肩の動きはたくみに演説に調子をつけた。これはうまい話し手だった。

次にテリイ・ア・パラウラヒの番がきた。満腹した群衆は今はもっとぞくぞくしながら話し手たちに聴き入っていた。彼らの騒がしい緊張が、いま試されようとするハエレ-ポには気がかりだった。サフランで髪を黄色に染め、胴体には黄色い粘土の線をかき、厳かな祭のための黄色い土を脚にもぬったテリイは《語り人の石》についた。単調な語りに拍子をつけるために膝をまげ、手を差しだした。瞼をなかば閉じ、頭をあげ喉を伸ばして、ずっと前から繰返されてきた物語をはじめた。

「テ・トゥム、見知らぬ妻と眠りたり
彼らに生まれしはタヒト-フェヌア
タヒト-フェヌア、見知らぬ妻と眠りたり

★1（原注）―ウアリすなわちウォーリス（Wallis）、一七六七年。トゥティすなわちクック（Cook）。

☆1（訳注）―かつらのこと。サムエル・ウォーリス『世界周航記』の一七六七年七月十二日の記述（J.-J. Scemla, *Le Voyage en Polynésie: Anthologie des voyageurs occidentaux de Cook à Segalen*, R. Laffont 1994, p. 22）参照。

彼らに生まれしはアテアーヌイ
アテアーヌイ、妻と……」

始原の言の葉がひとりでに思いだされている間、テリイはその「語り」がどれほどポマレの気にいることだろうと考えていた。これまで簒奪者あつかいされて、誰ひとりその先祖のことをわざわざ公に述べてやることなど決してなかったのだから。

「……彼らに生まれしはタアロア・マナフネ
タアロア・マナフネ、テラウポオのマラエの女なる
テトゥア・エ・フリと眠りたり
彼らに生まれしはテウ……」

——そのうえテリイは、祭司たちの記憶のうちにとっておかれた多くの血筋のなかでもいちばん立派なものを巧みに選んだのだった。これによって首長は天と地と海の造り手に連なり、十四世代かかって生きとし生けるものの源につながるのだった。

「テウ、ライアテアのマラエの女テトゥパイアと眠りたり
彼らに生まれしはポマレと呼ばるるヴァイラアトア

ヴァイラアトア、ライアテアのマラエの女
テトゥアーヌイ・レイアと眠りたり
彼らに生まれしは娘テリイ・ナヴァホロア
次いでトゥヌイ・エ・アイ・イ・テ・アトゥア
これまたポマレと呼ばるるアリイーラヒなり」

最後の名前を、彼は首長を見ながら告げた。このように尊いものとされたアリイはその嬉しさを隠さなかった。この血筋のおかげで、彼はパウモトゥの島々にれっきとした権利をもつことになるのだった。それは彼の祖先のタアロア・マナフネの領地だったのだから。

テリイは続けていた。ポマレのあらゆる特権をみせるために、彼は、ポマレをパパラのアリイ達に結びつける、実際にはひどく疑わしい出生の数々をならべたてた。

「タウティラのマラエの首長タヴィ、妻タウルアと眠りたり
次いでパパラのマラエの女トゥイテライと
彼らに生まれしはテリイタヒア・イ・マラマ
テリイタヒア・イ・マラマ、ヴァイラオのマラエの女
テトゥアウ・メリティニと眠りたり……」

彼はこれら先祖の美しい名前といつ果てるとも知れない媾《まぐわ》いのそれぞれを、腕の動きも正しく際立たせながら一気にのべた。言葉の拍子や釣り合いにのせられた群衆からざわめきが昇っていた。彼らもまた延々と繰返される起源からの系譜を唱えていたのだ。

「……彼らに生まれしはパパラのマラエのアロマイテライに
トゥイテライ、これはテロロと眠りたり
アロマイテライ、テラハ-テトゥアと眠りたり
彼らに生まれしはアモと呼ばれしテヴァヒトゥア……」

突然、つぶやいていた聴き手たちはびっくりして静まりかえった。語り人が名前を変えたのだ！　テリイはとびあがった。まわりの呟きに支えられているかと思われたその声は一瞬ゆらめいた。彼は言いなおした。

「……彼らに生まれしはアロマイテライ……
アロマイテライの眠りしは……」

おし黙った虚空があたりにいすわっていた。人々は迷った話し手をもはや唇でなぞってはいなかった。彼の顔をじろじろ見つめていた。待っていた。アリオイ達は茫然として供え物を呑みこむのをやめた。

儀式を執りおこなう祭司たちはじっとして動かなかった。沈黙は、境内にわきたっていた数えきれないざわめきをかき消しながらだんだんと広がっていった。まるで椰子の葉の大綱が人々のざわめきの上に落ちかかったかのようだった。そして張りつめて動かない空中に、神聖な三つの音がまた立ちのぼった。《アイト樹》のなかの風の声、沖にうなる岩礁の声、ハエレ‐ポのか細くしゃくりあげる声。――この声、彼の声、おちついた祈りの練習のときに自分がふりまいていた馴染みの声、それがテリイにはなにか遠くから、呪いをかける別の口からやってきていると思われた。体がこわばった。慣れた身振りに従って、ひきつる手で、助けとなる《起源の組紐》をまさぐった。そして思い切って言ってみた。

「……アロマイテライの眠りしは……」

名前は頑として喉から出なかった。テリイは目を落した。高い石の上でおそれてぐらついた。下には頭、頭、なんとそれは小さく丸っこいことだろう。そしてどれもが彼に悪意の視線を射かけている……それに彼にはハアマニヒが勝ち誇っているように思われた。テリイは自分の師たちを探した。そこに彼が見たのは、裸の肌と祭のための塗り色の最中《さなか》に黒い衣装をまとった二人の敵意ある異人だけだった。今度という今度は、呪詛は明らかだった。呪《まじな》いをかけられた男はすばやくそれを解く呪文をとなえた。もっと口籠るばかりだった。とうとう彼は黙ってしまった。目を大きく開けたまま、唇を震わせながら。

突然、沈黙の淵から、叫び、罵り、辱めの声がさかまく急流となって震え、転がり、はちきれた。人々はあらゆる国の言葉で、敵のためにとっておく戦士の面《つら》つきをして吠えていた。語り人の失敗はオロの罰を受けるべきだった。もし祭司ともあろうものが神神をひどく怒らせるとしたらいったい誰がこれを宥めるというのか。近頃の災いはこのような過ちのせいだ！——とハアマニヒは叫んでいた。——異国人のせいではない！　彼はアタフルの連中におなじ言葉を繰返させた。近くの島々の連中はこの場の光景を面白がって、でまかせにまねをして罵っていた。人々はしだいに迫ってきた。肩のうねりは木の囲いにうち寄せ、渦のなかでそれをばらばらに壊した。憤った番人の制止もきかず、この場所のタプーにも恐れず、ひとりでならば誰も供物柱に触れることすらあるまいに、群衆の波は神聖な境内へと上がってきた。誰もが仲間を頼りにし、自分の大胆さにあきれていた。怒りにじだんだ踏みながら進んでいた。忌まわしい祭司は取り囲まれた。逃げ道はなかった。

テリイは《語り人の石》を離れてはいなかった。真近に迫った懲罰を恐怖のうちに待ちうけて、それにかな縛りになっていた。だがついに彼は身をおどらせた。いくつもの引きつった手が彼の皮膚に食いこんだ。頭の上でぶつかりあう硬玉の斧はがちがちと鳴った。押しかける雑踏のためにそれを振りおろすわけにはいかなかった。隔たりができしだい、これに乗じてふりおろすのだ。——しかし一声、最も危険な敵を攻撃の的として示す呼び声がつんざいた。猛りたった人々の注意はそがれた。パオファイがあの高い石の上にとび乗っていた。彼は声と目で、それに手を伸ばして、本当の敵である呪詛をかけた者ども、民に毒をもる者ども、《新しい言葉》の男たちを指し示していた。忘れられたテリイは恐れのあまり倒れた。あるいは誤魔化すためだったかもしれない。——本当の敵はどこだ？　彼らは取囲まれた。その時、ハアマニヒは手下たちを放った。彼らは異国人たちを捕まえるふりをして、これを騒動からかくまった。そして群衆の怨みをもっとうまくはぐらかすために相手を激しく罵るのだった。

――「パオファイ！　パオファイ・テリイ＝ファタウ！　人の親！　貴様は約束に背いてアリオイのくせに人の親になった！　エハ！　言の葉をなくしたのは貴様の子だ！　なんで生かしておいたのか、奴の母親がこれを産んだ時に。」

ポマレはといえば、この間、民衆を宥めるようなことは何もしようとしなかった。彼は、手下に守られながら、ハエレ＝ポの失敗は自分の先祖への侮りだし不吉な前兆だと考えていた。この咎《とが》をつぐなうために、彼は二人の《死の使者》を別のマラエに向けて急がせた。

それからようやく、いら立つ群衆の中に沸いていた波はおさまった。ざわめきははっきりしない物憂いものとなった。それというのも、オロがその日毎の道のうちでいちばん高い所を天の腹にそって進みながら、人々の身振りを鈍くし瞼を落させていたからだ。その眼差のしみこんだ生ける者たちはけだるくなった。オロの息は肥えた土地を乾かし、海の靄を吸いこむのだった。《真昼の眠り》の精霊がゆったりとそよぐ大気の中を飛びまわっていた。涼しくするものとしては沖から駆けつけるそよ風しかない島は、暑さにまいって騒ぎをにぶらせ、憎しみを宥め、戦を忘れ、腸《はらわた》にたらふく詰めこんだあと、まどろむのだった。

☆

日が暮れかかっていたので、人々は踊りに入ろうとて伸びをした。位の高い祭司たちは心配した。彼らは群衆に教え諭すのだった。何だって！　今から楽しもうというのか。ハエレ＝ポによる忘却、それに突進した群衆による祭壇への接触というこの辱め、これほどの冒瀆をアトゥアたちが、首長たちが、それにアタフルの土地が受けたというのに。――しかし、快い眠りは無事に過ぎたではないか。神神もまたお眠りになったではないか。雲にも水にもなんにも現れはしなかったのだ。もちろん、過ちについては犯人を放ってはおかない。岸辺の者が何人かこれを――あるいは別の誰かを――捜しにかかったが、彼らにはべつに急ぐふうはなかった。あるいは誰の追求もしないまでだ。アトゥア達はやはり黙っていたし、アリイにもこだわりはなかった。こうして祭はほんのわずかに中断しただけで、またその楽しみの全てをとりもどした。安堵させる飲み物、平安と喜びのアヴァ――これをヌウ‐ヒヴァ人たちはそのごつごつした言葉でカヴァとよんでいる――を支度する円座が急いでしつらえられた。タマヌの太い幹をうがって作った四つ脚つきの鉢のまわりに、太った《土地もつ者》、そのフェティイ、平民や女たちが数人ずつ群れあつまった。一人の娘が輪の中で、貴い汁をふくんだ根にがぶりとかみついて皮をむき、それから、唾を混ぜないで長いあいだこれをかむのだった。根肉をくだいて、唇からそっと幹の凹みに吐きだすと、水を少し注ぎかけた。やわらかい繊維の束でかきまぜると、繊維は水気をおびてふくらんだ。それを娘はきらきら光る木の杯の上でしぼるのだった。そこで、まわりのタネ達は褐色ににごった飲み物、手足をなえさせるけれども堂々とした演説にかりたてる苦くてさえない飲み物を飲むのだった。

人々の輪が大きくなった。乾いた竹の松明がはぜて赤い火の粉を放っていた。するともう、頭を冠でかざり、顔には色をぬり、長いあいだ叩きなめした薄い布を体にぐるぐるまきつけたタウティラ岸辺の連中は、叫び声をあげながら身体を動かしていた。彼らは二十夜の間、自分たちの歌のあらゆる部分を念入りに唱えたのだった。人群れの真ん中では女たちが長々と叫んでいたが、その呼び声は際立つことはなく男たちの唸りのうえに落ちかかった。彼らのほうは、よく鳴る小石を規則ただしくうち鳴らして、とび跳ねる体の動きに調子をつけるのだった。声はうまく調えられた輪郭に従ってえもいわれず立ちのぼり、詞は麗しく響きわたる音色で美しくなって、唇から、これはもっともなことだが、興にまかせてほとばしるのだった。

ところで、きまじめなヌウ－ヒヴァ人たちはこの浮かれさわぐ民の戯れに自分たちの歌を混ぜあわせたくはなかった。タヒティの土地の絶えることのない喜びが彼らには鬱陶しかった。それは、とりわけカヴァに心をかきたてられて、彼らのうちにアトゥアへの崇めの念がめざめる時にそうだった。そんな時には彼らは不滅の「語り」を思い出すのだった。これは厳しく秘密にされているために、死んだ男プケへがわざわざもう一度現れて他の人々に教えたほどだった。すると戦《いくさ》への欲がふるい立つのだった。彼らは、もっとも図太い敵の心の臓を嚙まなければならないあの勇ましい宴を、島に帰るまで待つことにした。彼らが山へとひきあげて行くのが見られた。そして間もなくするとその隠れ場からつぶやきが降りてきた。それは膨らみ、聞こえなくなり、また小さな叫び声でふくらんだ。はじめ嗄《しわが》れていたその叫びは、次になごみ、満足をあらわし、ついには脅かすのだった。ヌウ－ヒヴァ人たちは、合図に続いて空腹、狩り、そして罪を贖う豚の盛りと死が歌われるあのぺへを唱えていたのだ。

人々は浜辺で一つの舞台をとりまいていた。物真似や面白い話を演ずるのがうまい若者たちが見物人を喜ばせるためにはしゃいでいた。一人が通俗の言葉で叫んで《抜け目のない男》のお話を真似ると知らせた。人々はもう笑いだした。この寸劇には教えがいっぱいあるのだった。――まず登場したのは太った《土地もつ者》だった。とても大事な荷物をかかえていた。二本の鉄の斧、貝殻の首飾り、神々し

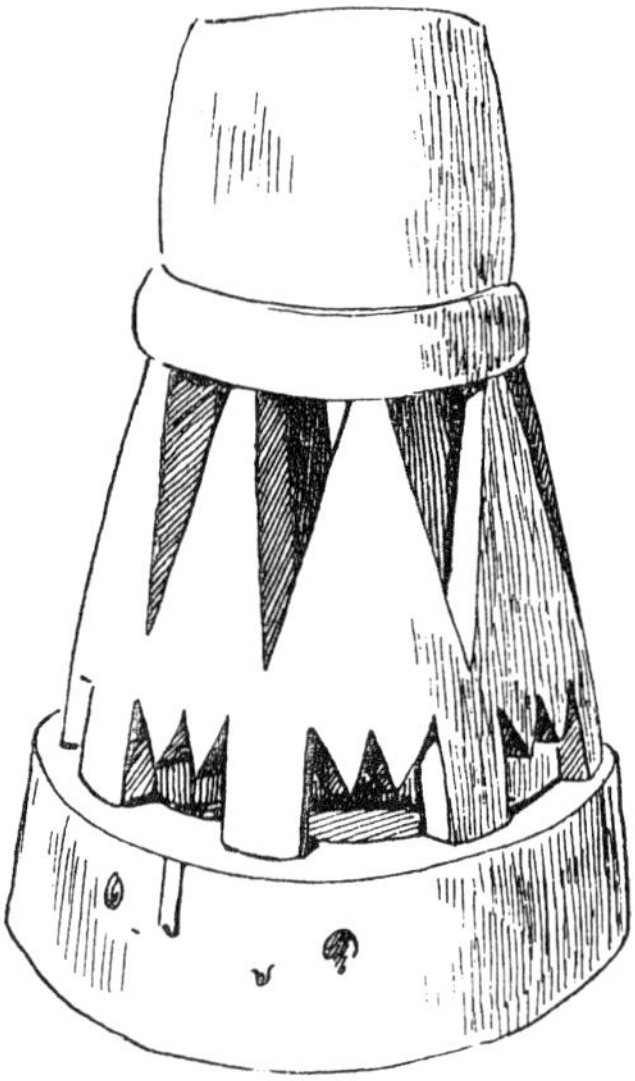

図9——ココヤシ材の太鼓。透かし模様つきの台。

いマロ用の赤い羽根だった。これらの羽根は贋物ということが分かっていた。——つまり色を塗ったぎざぎざの木の葉だった。しかし位の低い神神ならそれに満足なさるはずだ。なんで必要以上に厳しいふりをなさろうか。男はてかてか光るタパで宝物を包み、その上から薄い何枚ものござをかけて、召使たちを呼んだ。痩せた下賤の者らが進みでた。主人は他の島にでかけて来ると言って、このうえなく貴い荷物を見せ、もし自分の留守中にほんの僅かでもちょろまかされるようなことがあったなら只ではすまないぞと威した。男は立ち去った。

残った者らは相談する。宝物を厳重に守るにはその上で眠るのが最上だった。男たちは眠った。——いきなり一人の男が現れる。自分は《巧妙なヒロの祭司》だと名乗る。彼は召使たちの様子を窺う。ござ包みに気づく。出て行く。そしてもう一つよく似たござ包みをもって戻ってきて、眠っている者たちの後ろにしゃがむ。そして竹ひごで一人の項《うなじ》にそおっと触れる。下賤の男はうなり、身震いし、爪の一撃でうるさい蚊を追っ払う。だがその頭がずれてしまった。男はもう一人の方にも同じことをする。こうして宝は自由になった。祭司はす早く空のござ包みと取り替えて逃げる。羨ましさで熱狂する人々のあいだを、お宝を抱えて。人々はこういった賢さの父であるヒロ神を誉め讃えたのだった。しかし目の悦びはもっと強烈になりそうだった。ポマレが壇に上って、定まった形どおりに、アタフルのフェティイからの敬意を受けるのだった。《供物運びたち》の肩に乗った三人の女が彼の前に降ろされた。体中にタパがぐるぐる巻きついた女たちは二倍も肉付きがよくなって、いっそう欲情をそそった。女たちは首長に挨拶をし、それから踊りはじめた。

初めその歩調はゆるやかだった。布が重かったからだ。それから、三人の若者がこの飾り布の端をつかんで引っぱった。娘たちはくるくる回った。とほうもなく長い布は白、赤、白、赤と色を変えながらほどかれていった。それは両の腕をいっぱい広げて手繰りとられた。最後の一巻きが飛んだ。素裸になった娘たちはもっと速く踊った。捧げ物は首長の気にいった。彼は貴重なタパをとり、女たちは手下にあたえた。

ざわめきの中を鈍い音が転がって来て、轟いた。踊りをうながす太鼓の音だった。それが近づくと、どの太股にも戦《おのの》きが走った。鳴らし手——盲《めしい》の老人たち——は窪んだ木の幹にはった鱶の皮を指先で巧みにまさぐり、その肌が鱗のようになった手は、妻の腹のうえの若い生き生きした手のように飛びまわっていた。すぐにぞくぞくと男女の組が立ちあがった。女たち——レヴァレヴァの黄色い繊維の下で髪が胸に乱れかかり、匂いのよい冠を額にはめていた——は細いござで腰をきつく縛っていた。膝をぴくぴく動かさせるあの震えを動かない上体でおし殺すためだった。タネ達はきらめく貝殻、真珠色の留め金、うなじに噛みつく首輪で身を飾っていた。彼らは息をころし、腰に力をこめ、耳をそばだてていた。

太鼓の一打ちが響いて彼らは放たれた。

最初はみんな《踊りの司》の方を向いてその身振りを真似ていた。――曲げた腕をのばし、体をゆすり、頭をかしげ、拍子をとりながらまた頭を擡《もた》げるのだ。それから男女は、まるで足指で土を踏むかのように正確にきびきびと小股で近づきあって、互いの匂いを嗅ぎ合った。顔は無表情のままだった。女たちは瞼を伏せていた。しばらくは欲情を隠すのがよいのだ。突然、打つ音が短く鳴って、すべては沈黙した。全てはとまった。

群の中から女がひとり出てきた。花をきちんと直し、頭の一振りでこれをうまく固定し、巻きつけたタパをすべり落とし、そして叫び声をあげた。女は、欲情する脚を曲げて開き、腕は手までそして手は爪の先まで波うたせながら「早くあたしを抱きにきて」のオリを象《かたど》った。このようにして、見事な体の動き――背の震えや腹の細かな所作、脚の呼びかけ、そして貴い恋の部分の微笑み――とともに、悦楽の神神がその恋の戯れの時に地上のタネの雌たちに明かしたことのすべてが繰り返される。そして人は、悦びのなかでタプーなる生き物の地位にまで高まるのだ。周りでは、見物人たちが裂いた竹を棒で叩いて拍子をとっていた。太鼓は調子を早めていた。鮫の皮を鳴らす拳は、女の皮膚に撥ねかえるかと思われた。女の歩調は早くなっていた。激しい興奮がよぎるのだった。群衆はまるで盛りを嗅ぎとり燃えあがるようだった。腰が、裸の足が、がくんがくんと動いていた。熱にうかれた男たちは四つん這いで女たちの方に近寄っていた。ときどき松明がゆれて爆《は》ぜ、赤い閃光を放った。その明りも踊っていた。女はいきなり反り身になり、姿を消した。人々は悦びの叫び声をあげた。夜更けのなかで体が体に入り合った。炎は衰えていた。影が流れ出た。

そこで、ヒナの出ていない夜の混乱はあきれるばかりとなった。闇の中で、ばらばらの歌や呼び声、すすり泣き、満足しきった笑い声がとめどなく彷徨っていた。あらゆる民がそれぞれの言葉ではっきりしないざわめきを立てていた。たとえば岸ではどの奴隷をかは知らないが返せと要求するパウモトゥ人たちの怒りの声が湧き起っていたし、あるアリオイの一党は、祭司たちのアリイであるトゥパイアが戻ってこないことを呻き声をあげて嘆いていた。その途方にくれた言葉は、声の高みから涙のように転がり落ちた。女たちは激しく揺すぶられて、いかがわしい呻き声を出していた。犬が吠えた。しかし息づかいは弱くなっていった。胸は疲れはてていた。動く腰は落ちた。夜は曙を望みはじめた。眠りこんでいる山々から、涼しいそよ風が悦楽に浸りきった生ける者たちの上にたっぷりと降りてきた。

☆

静けさ。ざわめき。嗄《しわが》れた絶叫が谷間をとびはねながら岸辺に響きわたった。人々はけだるい体を起こしてこれに聞きいった。ヌウ－ヒヴァ人たちが現れた。その何とも言いようのない唸りがこの新たな喧騒の正体だった。彼らは土蟹のように走っていた。彼らのふる松明もまた狂っているかのようだった。わかった。これこそ異国の船から燃える飲み物をもらった者たちなのだ。彼らは互いにぶつかりあい、罵り合っていた。その一人が泣きだした。他の連中はこれをあざけった。男はつっ走り、斧をふるって顎をひとつざくりと裂いた。人々は道をあけた。男はもどってきた。猛々しく襲いかかり、頭を一つ叩き割った。彼はまだ涙をながしていた。

——エハ！　この初めてみる酔いざまはいったい何だ。マオリのアヴァの酔いのように手足をなだめるどころか、人殺しに誘い、とんまな気違いにするとは。

だが、誰の目も疲れていた。みんなあがくのをやめた。狂う男は仲間のあいだにおとなしく長々と横になった。朝が来た。

奇　蹟

テリイは珊瑚礁のうえを走っていた。群衆の攻撃からやっとのことで逃れたのだった。うろたえて息せききって大急ぎで逃げ、休むことはなかった。燃える傷にサフランの粉がしみて顔を切るようだった。萎れた花の冠《かんむり》は頭から肩にすべり落ちた。マロは裂けて太股をあらわにし、海水にぬれて膝にくっつき煩《わずら》わしかった。波が一つもりあがり、ふるえ、頭に落ちかかって砕けた。テリイはころがった。生きた珊瑚の沢山の刺が皮膚にささって折れた。起きあがり、もうひとつの波を避けるために跳んだ。恐ろしかった。これこそ、かつては不信心な祭司の罰ではなかったか。ハエレ－ポは、たとえ生贄師であってもそうだが、もっと軽い失敗の場合でも島の回りをぐるっと走らなければならなかった。波のうねりに襲われながら、丸木舟から槍を振りまわす連中に責めたてられて、彼らは岩礁の切れ目を泳ぎ渡り、地に足をつけてはまたつっ走るのだった。テリイは自分の苦しい逃亡が、怨みがましい神神によるまず最初の復讐にちがいないと感じた。——けれども同時に、追及から逃れる手立てが与えられていることを嬉しく思った。彼を追っかけて暗い海の危険に身をさらす者はいなかったからだ。

　環礁は、沖へと遠回りしたあと、また陸地に近づいていた。逃げる男は夜をうかがった。歌声は——ひょっとして風に食われたのか——まったく絶えはてていた。まばらな明るみだけが時々ちらついていた。それで彼は一息いれた。それから、ためらいながら、悔しく鬱陶しい気持ちで、影を警戒しつつ、祭の場所ちかくに眠りこけている番《つがい》の男女の間をうろついた。

　夜の天空は青みがかっていた。新しく始まるはっきりしない明るみの中で、テリイは寝そべっている人体にぶつかった。誰も目覚めなかった。ヌウ－ヒヴァの兵《つわもの》が判った。これが鈍重にだらしなく眠っているのを見てびっくりした。マオリのアヴァでなら、眠る生き物たちはこんな死骸の面相をしたり、獣《けもの》じみた状態になることはないのに……。その一人、あの額のわれた男はまるで死人に他ならなかった。これを、横向きに寝そべっているもう一人がちょうどフェティイか何ぞのように抱いていた。——こいつらは恐れるに足りないぞ。テリイはこれを股越した。半ば食われた食物類、皮をはいで焼くばかりになった豚、穴をあけたハアリの実、踊り用の首輪や飾り具などを踏んづけるのだった。

　目をさました明るい日の光が山の頂でおどった。朝の涼しさの中で女たちが起きあがった。瞼は重く、身のこなしは恋の熱に焼かれたため痛々しかった。この夜に抱いてくれた男たちにまじって、汚れた花だけを体につけた女たちは腕をのばし、湿った手の平で鼻と口とを押さえるのだった。それから、冷たい大気のなかで陽気になり、身震いしながら河にむかって走った。テリイは新しい妻が祭に姿をみせていたことを思いだした。彼女は、ある《舟作り》の側で眠っていた。彼は女をゆすり起こした。二人は大いなるプナアルの水を浴びに走った。それから落ちている布を身にまとい、《休みなきマラアム》が吹いてくるあの天の一角をめざして歩きだした。あたかも隠れ家にもどるように、尊いパパラの地に帰るためだった。

☆

二人は黙ったまま進んで行った。小道は岸辺の形にしたがってうねっていた。いきなりそれは山に向かってまるでつき刺さるかのように突っ走った。藪だらけの岩が砂浜につき出していた。そして麓には、丸い穴がひとつぽっかりと口を見せていて、それは大地の腹にむかって開いているようだった。湿った羊歯《しだ》の房がその巨大な口をうずめていたが、そこからはひんやりした息吹が出ていた。動かない水の面をピシッ、ピシッ、と拍子をとって打つ滴り《したた》のほかには何の音もなかった。その時テリイは、今度こそはもう遙かな《外海》からではなく、間近から恐ろしいマラの洞窟に接近していることを知った。しかしタプーを打たれたこの場所は隠れ家を与えてくれるかもしれなかった。逃げる男は、怖かったけれども葉叢を裂いた。洞《ほら》が現れた。

陽の光りにみちた目には、はじめは、彼方で夜の中に低くなって消えていく深みを包む大きな暗い弧しか見えなかった。急流の水よりもっと冷たい水が足に嚙みついた時、彼は身震いした。力をとりもどした目は闇の中でゆっくりと物の形を見分けていった。岩々。もっと先にもまた岩。そして洞穴のいちばん遠いあたりに、定かならぬ襞がひとつ。そこで岩壁《いわかべ》は水の面と合わさるのだ。周りではまだ滴《しずく》が規則ただしい音を繰返していた。それは円天井から滴るのだった。水気の多いこの丘は、土台から湿気をしみだしていた。その得体のしれない流れは、祭司たちのいうところによれば、とても高い所、山々の切れ目に紛れこんだヴァイヒリア湖の伸び縮みを調えているのだった……。「止まれ！」、一声があった。テリイは、人の形の輪郭をもつ岩の間に、じっと動かずにその岩を真似ようと努めている一人の男を見た。まるで、山の中に刻まれたティイの固い真っ直ぐな像だった。思い出した。マラの洞は、神の霊に憑かれた人ティノの棲家《すみか》になっている。そしてこの男は洞窟に人を近づけないように恐ろしい文句をまき散らすのだった。ティノは多分、暗がりがくる前に祭から離れて、神の息吹が通り過ぎるとすぐに地の隠れ家にもどったのだ。

——「何しているの、お前さんは」、旅人は言ってみた。相手に声が聞こえたとは思われなかった。動きも話しもしなかった。しかし答えは返ってきた。

——「オロ - アトゥアに従っているのだ。わしは石に変る。」声は何度も転がり、とどろき、跳ね返ったあとで消えた。

テリイは《奇蹟をなす者》に触り、これを嗅ぎたくなった。粘り気のある水の中に入って泳ぎはじめた。周りの影が深まった。洞の奥は一掻きごとに遠ざかった。岩の男はとても近くにいるかと思えば、またとても遠いところにいた。一目うしろをみて、テリイは遠ざかる日の明るみを計った。天井全体が自分の両の肩にのしかかり、我慢のならない瞼のように落ちかかって天の眼差しを閉じるかのようだった。不安になった彼は、泳ぎながら急いで岸の方に向いた。声はせせら笑っていた。

——「エハ！　マラの洞穴で手を使って漕ぐ男か。腕で水を抱き締め、指で魚を数えたがる男か。たいそうな自惚だな！　舟を使え！」

テリイはタプーのことを、ひょっとしたらそこには神が棲みたまうこともぜんぶ忘れた。石をつかんだ。石は飛び、天井をかすめるかと思われた。それから岸に間近い所の水を裂いた。矢の飛ぶ距離の半分も飛ばなかったのだ。

——「ヒエ！」声はまた嘲った。「洞の中の息吹はお前の石ころよりはずっと強いぞ……。わしの言葉をきけ。マラの洞窟はタブーだ。息は重く性悪だぞ。息は重く……」そしてやや沈黙があって、「立ち去れ！　お前は立ち去れ！　わしは石に変わるぞ……」

テリイは小道にもどった。物思いに沈みながら、泥だらけになった足を草でぬぐった。それから、光を体いっぱいに浴びながら道を続けた。テトゥアも依然として傍を歩いていた。聖なる歩みの永遠の連合いであり、忘れっぽい祭司の罰である岩礁が、脅しの声を長々とあげて唸っていた。夕暮れが近づいていた。足音に脅えた土蟹は、乾いてかさかさ鳴る棕櫚の葉をひきずりながら穴にもぐりこんだ。——彷徨う者たちはまだ進んでいた。夜の帳《とばり》が落ちたとき、彼らは歩きやめた。パパラの谷間が目の前にその隠れ家を開けていた。けれどもハエレ－ポの気持はけっして鎮まってはいなかった。聞えた声はまだ耳に響いていた。

☆

数多くの夜が過ぎた。だがテリイには、生贄師たちにまじってマラエでの自分の地位につきなおす勇気はなかった。夜の歩みを思い切ってやってみることもなかったし、自分の住処《すみか》の敷居をこえることすら恐ろしかった。くる日もくる日もがっかりしていた。かつての功名の夢は、アリオイ達に迎えられることにしても、信心深い民衆からの供え物にしても、やっとのことで最後の階に触れようとしていた勝利の段丘登りにしても、どれもこれも、《語り人の石》の上で手に負えない言葉が唇から逃げるのと同時に彼の希望から遠ざかってしまったのだ。もうひとり別の男が、疲れきった惨めな男が自分の内に立ち現れて嘆いてばかりいる感じだった。以前なら、苦しみは陽気な思いを被せてやれば眠りこんでしまった。でなければ、それは心のなかでひとりでに死んでいった。だが今度という今度は、悲しみはもっとしつこかったし、悔しさは一向に変わることがなかった。ちょうど魚捕りたちが毒をもつ獲物をすてるように、それを肩越しに投げ捨てることもかなわなかった。口惜しさは彼にのしかかり、責め苛《さいな》み、腸にまで突き刺さっていた。眠りの時にもとび起きて、暗すぎると彼は言うのだった。心をなごませてくれる夢を求めて、苦しい頭を木の枕の上で返してみても首が痛くなるだけだった。昼の間は、鈍くて無気力で、欲望もなくどんな喜びもなかった。なによりも心配になったのは、自分が「祖先」の物語を間違えたために誇りを傷つけられたポマレが、早速にも、《死のヴェア》を使って、生贄を指し示すまるっこい黒石を自分に指し向けはしないか、ということだった。そうなれば、彼はいきなり棍棒の一撃を食らうことになる。身体は《供物運びたち》に引きずられ、祭壇の上からあの軀を食らう棄て場へと落ちていくことだろう。

毎朝、どっちつかずのまどろみから醒めたテリイは、寝ござの端に、妻よりも忠実に座っている自分の悲哀に再会した。それが飛び去りはしなかったことに憤慨した。夜な夜な休みなく嘆くのは異人にふさわしいことではないか。何月ものあいだ涙をながすなんて！　タヒティの人間はまずこんな熱に負けたりはしない。なるほど異人たちは、このような病から癒えるために信じられない手を使う。たとえばあるピリタネの船乗りは、一緒に眠っていた女に逃げられたことを痛く悲しんで、口をきかなくなり、他の連合いを望むこともなかった。ある日のこと、男はそのファレの太い梁に吊りさがっていた。首を自分の布帯にはさみつけ、青い顔をして。「どうかしている」とテリイは考えたものだった。「放っておいてもひとりでに過ぎていき去っていく日々に満足できないからといって、生命から立ち去ろうなんて！」そして彼は別の祭、また別の祭、さらに他の試練を思い浮べようと努めた。そして今度こそは大勝利をおさめてやるのだ。だが彼はもっとひどく過去への怨みに落ちこむのだった。そこには新しい話し方をする男たちの悪意がみてとれた。奴らの神神が彼の策謀の裏をかいたのだ。この神神が呪師を圧倒していたのだ。

それに、洞窟のなかでのオロの霊につかれた者との出会いのこだまが彼につきまとっていた。「わしは石に変るぞ」と声はきっぱりと言った。テリイは、人間は神神の助けによって人としての形を脱ぎ捨て、思いどおりの別の姿を纏《まと》うことができることを思い出した。例えばむごい飢饉の季節に、祭司にしてアリオイであった老テアエは民を救うためにわが身を捧げたと言われている。儀式をふまえてのことだが、オロはこれを実り豊かな一本の大木に変えた。この不思議な話をかたる律動のはっきりした詞は、そしてこれは神がかりの調子で唱えられるのだが、ハエレ‐ポの唇でこう歌われるのだった。

「ここにテアエ、島の飢えたるによりその地の者を集めたり。瘦せ、乾きたる男たち、乳房涸れたる女たち、食べものをと泣き叫ぶ子らを。

——エ　アハ！　テアエ。

テアエ言いけるは、――われ谷を登らん。主なるテ・ファトゥに向いて、われ力ある言の葉を言わん。皆して谷に行かん。

――エ　ラヒ！　テアエ。

人みな従いたり。流れは乾きて、大いなるプナアル滴《しずく》となりて、乾きたる石の窪みを下りていたり。彼らの後ろより来たるは、終わりの日々の飢えにそなえてとりおかれし痩せたる豚たち。

――アヘ！　テアエ」

これこそ、やってみても向こう見ずすぎることではなかった。テリイは自分が希望でいっぱいの群衆を元気に案内することに前もって思いを馳せた。更に夢想を続けた。

「島の腹なるタマヌ山に到りし時、テアエ彼らに言えるよう。『地に穴を掘れ、大いなる木を突き立つるためなり』

――ア　ラヒ！　テアエ。

テアエその穴に降りたり。乞い願う言葉にて主なるテ・ファトゥに助けを求めたり。諸の腕《かいな》を上げ、脚はまっすぐに伸ばし、動かざりき。

――アヘ！　テアエ」

「諸の腕を上げ、脚はまっすぐに伸ばし……」とテリイは繰り返した。これこそ霊に憑かれた昔の人の姿勢だったのか。おそらくそうだ。そして奇蹟に好都合な姿勢だ。その証拠に奇蹟が現れたではないか。

「見よ。裸身太き木のごとく固くなり、肌え強《こわ》き木の皮となり、足わかたれて不毛の土に根を下ろしたり。翁、誰にもまして背高くなりにけり。

――エ　アラ！　テアエ。

諸の腕は十の腕となり、二十、百、数百の腕となれり。千の手は掌《たなごころ》の形したる葉となりて、未だ知られざる麗しき実を飢えたる者らに与えたり。

――アタエ！　テアエ。

美味なるかなと言いつつ、タヒティの者ら飢えを癒せり。これぞウルなる。★1　それよりこの方、ウル、大島、半島、さては水の果ての下なる地をも養いたり。

――アウエ！　テアエ」

なんでわしも、とテリイは望んだ。ひとつ素晴らしい冒険をやってみないことがあろうか。奇蹟を行う者をいつでも喜びむかえる民の寵愛をとりもどすのだ。――祭司たちはといえば、彼らの助けなしに

★1（原注）―Uru　《パンの木》。

図10――家族のティキ。木製小像。

成し遂げられる神々しい偉業をうさん臭く見るのだが、奴らの恨みは蔑み返してやるのだ。

「わしは石に変るぞ」、洞の中の声は叫んだのだった。テリイは木に変りたくなった。この考えは、狂った者の望みか、もしくは遊び事をしながら犬とか山羊とかに変身したと思いこむ子供の望みのように思えることもあった。けれどもあらゆる望みのうちでこれだけが少しは気を静めてくれた。テリイはそれにしがみついた。やっとのことで浮いてはいるものの、その重さのために沈んでいくのが感じられる底の抜けた舟に縋《すが》りつく思いだった。《偶像運び》や平民どもの冷やかしの的になるのはもう全くのところ我慢できなかった。奴らは彼のことを「言の葉を忘れた者」と呼びあっていたのだ。

テリイは奇蹟をやり遂げる心づもりを妻に話した。妻は大笑いした。――「あたしが欲しいのはタネのあんたよ」、と彼女はからかいながら言った。「食べられる実になったあんたじゃない！」それから女は仲間たちに何もかも急いでふれまわった。

☆

罪あるハエレ－ポの気をもたせる言葉は口から口へと伝わった。真先にパパラの地のフェティイ達がやって来て、まるで戯言《たわごと》を言う気の触れた者をとりまくように、しげしげとこの祭司を見つめた。しかし、この話を別にすれば、彼の受け答えは賢い人に相応しいものと思われた。彼らは、言い逃れなどして欲しくないと思って彼と議論した。けれども彼らはどっちつかずで帰っていった。それというのも、たった一夜にして思慮深い者と分別をなくした者とを見分けることなど、利口な者でなければできるものではない。それに神が係わっている時には……エハ！　もっとずっと巧妙でなくてはならないのだ。万が一のことを考えて、人々は彼のうちに神がいるものとして崇拝した。こうして、新たに現れた霊に憑かれた者のまわりに人々がおしよせた。冷やかしはおさまった。女たちは彼をとりまいたし、年寄りたちは古《いにしえ》の大袈裟な言の葉でしか話しかけてこなかった。少年たちは傍を離れなかった。彼らはテリイの僅かの文句にも注意したし、それを人間を超えるものとして記憶にとどめた。恭しく言い伝えていくためだった。

予告はしたものの、テリイはこのど偉い業を急いで実現しようとはしなかった。数々の敬意と供え物を受けて満足した彼は、また陽気な生活をとりもどしていた。向こう見ずの約束が実際にどうなるのかはわからなかった。新しい弟子たちは早く力を見せてほしいとせきたてた。彼はヒナをじっと見つめて、天の時はまだ吉になっていないと答えるのだった。こうして彼は、わかりにくい言葉を投げるのだったが、それはいかにも深遠だった。それはちょうど、曖昧な意図の中に深いものをまぜこむよう勧めている師たちの忠告にかなっていた。また彼は眠りながら話すふりもした。夢みる者の声が目覚めている者たちをどれほど仰天させるかを知っていたからだ。ある夜のこと、もっともっとせかされた彼は、ゆったりとした口調で宣言した。――「人は人ならざるものとなろう。『暁の犬』が『六つの小さき目』よりも高く、星々の天に昇る時に。」そんなことはあるはずがないと彼は考えていた。試練を遠ざけるつもりだった。人々はあからさまに苛立った。奇蹟の夜を第一月の月の出の時と決めざるを得なくなった。

☆

奇蹟の夜、これはすぐにやって来た。テリイが乾いた木を擦り合わせて火を起こそうとしていた時、ひどい騒ぎが聞えた。彼の名が呼ばれていた。「エハ！　テリイ！　エハ！　ハエレ－ポ！　月が昇るぞ！　忘れなさるな！」

――「この月じゃない」、もう退けないと分ってはいたのだが彼はまだ言いはった。連中が、好奇心をあおるものなら何にでも夢中になるのが嫌だった。彼らは物を知らないのが悔しくて、何にでも神々しい名前をつけて讃えるのだ……。やって来た恭しい者たちは、「アロハ！」と言った。「神の霊に憑かれた者にアロハ！」――「お前さんはパパラの地の偉い神憑《がか》りだ」――「アトゥア・オロがお前さんの歯の間からお話しなさるのだ。エ　アハラ！　神様だ……地面に転がりなされ。わしらが運んでいくから」――「わしらに噛み付きなされ。わしらの手足を差し上げよう」――「わしらの妻をとりなされ。わしらは嬉しいことじゃと申しましょう。」

みんなが一緒になってわめくのだった。

――「テリイ、約束しただろう！」

――「そのとおり」、と相手は苦々しく溜め息を吐くのだった。「わしは神の霊に憑かれた者だ。あいつらに奇蹟を見せてやらねば」

群衆はひしめいていた。また導き手がひとり増えるのが嬉しかったのだ。――この大きな島にはもう数多くの導き手が知られてはいたのだが。ことにパパラの連中は誉れをあてにしているので、物事をいっそう大袈裟なものにするのだった。

――「ティノが消えた！　ティノはマラの窟で石に変ったのだ！　テリイ、お前さんはパパラの地で何をして見せるかね。頑張れよ！　夜になったらわしらも一緒に行くぞ。歌と祭式でもってお前さんを力づけてやる。お前さんが死ぬかそれとも姿を変えたなら、繰返し唱える語りのなかでお前さんの名前を言ってやるぞ。」彼らは、あらかじめ、栄えある音調に則って葬儀のためのぺへを作りはじめた。

「ティノその身を石に変えたり。されどパパラなるテリイ更に優《すぐ》るることをなせり」

一人の女が近づいた。――「あたしには子ができなかった。あたしこの方のファレの側で眠ったの。これで子ができるわ！」また別の女が言った。――「あたしの腸《はらわた》は体の中でごちゃごちゃになってたの。テリイがおなかを押して治してくれたわ！」

テリイは、自分でも知らなかったこのような力に驚いていた。願いごとをする者たちの群が彼をとりまいた。――「目があかないわ」――「骨が痛いんだ」――「《鱶アトゥア》から身を守る呪いをとなえてくれ。」誰もが彼のほうを向いて、その一挙手一投足、力を発揮する唇、病を癒す彼の体全体から目を離さなかった。数人の若者たちが藪の中に引きずりこんだタイアラプの娘が連れてこられた。粗暴に絡まれた時の恐れのために、それ以来女は身体が動かなくなっていたのだ。その目は哀願していた。

テリイは、師たちがしていたように、でまかせに唇を動かしながら女の曲った脚を手で触った。娘は一っ飛びに立ち上がり、思いがけない回復を喜んで踊るのだった。テリイはどぎまぎした。自分はすると、他の者が努力してもできないことをやってのけているのか。この、マラエから追われた忘れっぽいハエレ－ポの自分が、群衆をうごかし、護り、病を癒しているのだ……

そこで彼は、自分のうちにしみこんで彼を支配している自分よりも強い新しい存在者に本当にしたがうことにして、降りたもうた神の印である白いタパを堂々と左腕に巻きつけた。それから身を起こし、不意に訪れた力に頼って、哀願する人々の群を睨めまわした。見られた者たちはどぎまぎした。彼の方では、闇の中で自分の目にそそがれている数えきれない開かれた眼差しから、自分が成そうとしている前代見聞の事柄にたいするかぎりない信仰、確信が立ち上ってくるのを感じた。彼は群衆にむかってつきあたりばったりの言葉で予言を投げたのだった。ちょうど、あてにならないアウテの実を藪にばら蒔くようなものだった。ところがどうだ。言葉は芽を出し、群衆の中で予想以上に殖えたのだ。これらの人々は自分を現れ出たオロと呼んでいる。彼はオロになったのだ。心がはねていた。未だかつてこんな風に戦慄《わなな》いたことはない。自分には何でもできるのだ。彼は大声でいった。

——「山に行こう！　今夜こそは待ち望んだ夜だ！」

そして、かつてと同じように、祭司のマロを纏い、身体を黄色く塗ってサフランの粉をふりかけ、《松明運び》に先導され、フェティイたちに取り巻かれ、熱狂する何百という群衆の歓呼を受けて、テリイは奇蹟への歩みを命じた。

まっさきに、流れが一様でないために岸辺の人々がとまどうあの逞しいヴァイラハラハ川を渡らなければならなかった。つぎには、ヴァイヒリア川が通路を断ち切った。小道が消えてなくなった。テリイは顔をまっすぐ山に向けて急流にそって進んだ。それで彼は湖へと登るつもりだということが分った。その岸は多くの不思議を生みだすのだ。神の霊をうけた者は、手を伸ばして誰よりも先をすすんでいた。その足跡について、他の者たちも唯々諾々として藪のなかにすべりこんだ。背後では珊瑚礁の大きな声が静まっていった。踏みしだかれる草のきしむ音のほかに物音はなかった。精霊のうろつく長い谷間は、生ける者がいなくて沈黙している。

☆

乾きの季節が始まって一月と十夜たっていたけれども、雲から落ちた水はまだ集まって流れていた。水は小さな灌木の汁の多い幹に満ち、広い肥えた葉っぱに滲みとおっていた。通り路にある茎は折れてねばねばし、透明の唾《つば》を流していた。水は岩を分け、丸い小石を磨いていた。水は生きた泉となって土から湧きだして、またじっとりとした俄雨となって第一天から落ちてきた。水は音をたて、走り、あり余るほどにほとばしった。大地はふやけて柔らかい泥となり、人々をのせることを嫌がった。足は泥濘《ぬかるみ》にはまりこむのだった。胸までほとばしってくる流れにさからって、急流の窪みを遡《さかのぼ》らなければならなかった。

ヴァイヒリア川は、もっと若くて落ち着かないぎくしゃくと跳びはねる急流をながしていた。歩く者たちと動く川とのはげしい格闘は絶えることがなかった。川はすばしっこい鰻のように足の間をすべりぬけた。また時には、山々の巨大な膝がせり出してきて、川を挟んで締めあげることもあった。まるで聖なる場所の境内よりももっと入りにくい岩壁が谷をさえぎることもあった。けれども、捕まえられない水は、邪魔物をたくみに避け、岩を回り、思いがけなく盛り上がって身をかわした。そして一瞬広くなった峡谷は、もっと先ではまたも震え、波うち、小おどりし、逃げつづける動く流れを狭めるのだった。

ずっと前から先頭にたって道を通していたテリイの足取りはおもくなった。信徒たちが追いついた。彼らは先頭につき、鉄の斧を大きくかませて幹や枝を切った。最後にもう一度ヴァイヒリア川が暗い藪から出た。そして消えた。人々は山に挑んだ。泥のついた石が、先によじ登る者らの手足に揺すられて転がりだし、続く者のうえに落ちかかった。彼らはよろめいた。けれどもすぐに、手探りでだが、しっかりした岩がどれか分かってきたし、またどんな茎ならその根が頑丈で支えとなってくれるのかも分かってきた。

とうとう、最後の丘をのりこえ、湿った土の上の最後の一歩で、人々の腰がまっすぐに立った時、格子状の葉の茂みをすかして湖が現れた。動かない、沈黙した冷たい湖が。

☆

テリイは岸辺のぽつんと離れた小高い場所を選んだ。もう疲れてはいなかったし、恐れもぜんぶ捨て去っていた。頭のなかでは威厳にみちた言の葉が唸っていた。テアエと同じように彼は言った。

「地に穴を掘れ、大いなる木をつき立つるためなり……」

人々は急いだ。テリイは、哀願のことばを唱えて主なるテ・ファトゥの加護を求めながら穴に降りた。両の腕をあげて脚をのばした。そして動かなかった。

仲間たちは、神業の邪魔にならないようにと遠ざかった。それはまた、うろつく精霊から闇の中で触られないためでもあった。奇蹟はすぐには起らないかもしれなかったし、湖では雨は止むはずもないので、彼らは急いで小屋を建てた。これをパペノオの谷から広がってくる風に向けて建てた。こうして彼らは信仰ぶかく待った。少しずつ疲れに襲われた。眠りがやってきた。

膝まで土に埋まったテリイは眠らずにいた。この上もなく熱心に希望していた。老テアエの故事にしがみついていた。心配でもあった。いったい、どんな木に、あるいはどんな物に変身しようとしているのか。自分の脚が固くなって皮膚はがざがざになるのを腸《はらわた》も鬱陶しく窺っていた。決まった姿勢をくずさずに頭を傾けて、腕を嚙んでみた。まだ柔らかい肉に歯は痛く感じられた。つぎに、両の足が根のように土を探っていることを確かめて、きづかわしい努力をしてその重さを調べてみた。足はまだ自由に動いた。周りの闇に耳をすました。大急ぎで作られたファレはどれも静かだった。湖も山も、木々や人々もみんな眠っていた。

彼は目をあげた。苦しげな天空に、《天のヒナ》が赤みをおびた雲を纏《まと》ってその不滅の面《おもて》を進めていた。こがね色の雲がその前を勢いよくよぎるので、光は乱れた。テリイは、神神が好意的ではないのではないかと思った。どっちつかずのままで、彼はぼんやりした目つきをしてもの思いにふけっていた。

もしかしたら、夜の顔や周りのあらゆる物をこんなに長い間じっと見つめたことはかつてなかったかもしれない。「美しい！　素晴らしい！」などという愚にもつかない言葉をだしながら、夜の山々をじっと見つめるのは異人たちだけの習しだ。あるいは、日没の赤い色の天に驚いたり、土が発散する匂をうっとりとして嗅いだり、腕の動きもおおげさに、雲に隠れた頂の輪郭を辿ったりするのは。同時に彼らの顔は、まるで山々や大気や雲間に何か不思議な様子を見抜いたかのようにほころびる。——自分のまわりに、予兆を探すのでなければいったい何を探すことがあろうか。あの人たちの眼はひょっとしたら、マオリ人の眼には見えない光景とか徴を見分けるのだろうか。テリイはそういった徴を見破ろうとつとめていた。

湖は果てもなく底もないように思われた。暗がりのなかで、低い林がもっと暗くしている山々の頂が立ち現れていた。蒼白い液状のすじが大地の肩から流れだし、ヒナの下できらめきながら冷たい水の中にまぎれこんでいた。とても高い尾根にひっかかった雲のせいで、あらゆる頂がでこぼこをなくしていた。またべつの雲が天を走っていて、湖に映るその影は、黒褐色の翼の羽ばたきのように飛んだ。テリイはその触れることのできない愛撫の下で身震いするのだった。体が漬かっている地からは息吹が立ち昇り、両の肩を濡らすじっとりとした雨の滴は、こうして地の汗と合わさるのだった。

まだ、およそどんな奇蹟も顕《あらわ》になってはいなかった。彼の手足は、夜や大地、木々とは別に依然として生きていた……。——木々よ！　木々よ！　フェティイ達、覚醒と奇蹟の仲間たちよ！　これらのとりとめのない戯言《たわごと》に彼は微笑んだ。いや、それは待ちのぞんだ奇蹟ではなかった。けれども、こうして啓示されているのは何なのか。それというのも、まわりのあらゆるものが吐きだす生きた息吹が優しく彼の中に染みこんでいたからだ。山々の波打つ襞は眼差しをとおして流れこんでいたし、さまざまの匂いや静寂《しじま》さえもが生きていて、未知のときめきを打っていた。それらは分かりにくい穏やかな語りだった。何ともいいようのない別の感情も彼の胸に渦巻いていた。ひとつの魔の力が喉と瞼をよぎった。突然、努めたのでもなく不安のためでもなく、彼は泣いた。儀式のための涙を別にすれば、今までにこのようないわれのない涙を教えてくれた者はいなかった。「雲を真似て……」と彼は言った。そして自分が口を利いたことにびっくりした。

この馴染みの世界、肉身やその欲望にかくも身近な生きた大地からはるか遠くに、彼はかいま見た。約束された、けれども冷たく陰鬱で、不気味で、危険にみちたあのロフトゥを。——ほら、死んだらすぐに、闇に沈んだ盲目の霊はモオレアはパペアリにあるどっちがどっちか分らない二つの石へと向かって行くだろう。魂は、やみくもに片方の岩に触ってその未来の生存の仕方を決める。《オファイ－ポへ》石は殺すのだ。とり返しがつかない。《オファイ－オラ》石の方は悦楽の野への道を開くのだ。依然として目の見えない魂は、どっちつかずのアトゥア達に送られて、これまたあやふやな何千もの他の魂に伴われて、いきあたりばったりにあてもなく流れていく。走りながら岸辺のティアレの花の薫りを摘む。その中には、これまた成り行きまかせにだが、死を招くものがあって、魂を夜の中に投げかえす。最も悪い霊たちときたら、途中で情け容赦のない裁き手につかまって、自分の骸《むくろ》をまたもや身に纏わされ、腐っているのにまだ生きている肉を、それも三度にわたって骨までむしりとられる。

ハエレ－ポの体は震えた。彼は喘《あえ》いだ。けれども喉はもう叫ぶことができなかった。まだ狂おしく見つめてはいた。匂いを嗅ぎ耳をすましていた。窺っていた。――けれども、彼の内で変りつつあったのは何だろう。彼はあらがい反逆していた……。しかし、それはいきなり湧きおこったのだ。腸の中に――しかも神の支配よりも荒々しく――自分の島、自分が地上の日々をおくるタヒティ‐ヌイへの、《珊瑚礁の海》、《淵なす海》への、そして別の天、別の土地への狂わんばかりの愛しさが。これら全てのものが自分から隠れようとしている！　自分の目や手から逃れようとしている……。ハ！　わしはこの全部にとって死んでしまおうというのか。彼はひどく骨折って、まだ生きている足をもたげた。まだ人間のままの手足をゆすぶった。人間としての、人間のままに止まった自分の存在を彼はまた見つけ取りもどした。それから名づけようのない恐怖に襲われて穴から跳び出した。背後の茂みを裂き、そこに寝そべった。土に噛みついたり走ったりできる、要するにまだ生きているのは嬉しいことだった。快活に大きく跳んで、彼は自分の信者や神神、約束をした奇蹟から逃れ去った。

☆

夜の明けるずっと前から、テリイの弟子たちはぽつんと離れた塚をうかがっていた。生ける者の形は暗い木々と区別できなかった。それはまだ「諸の腕を上げ、まっすぐに脚をのばした」ままで動かないと思われた。大胆に近づいてみる者もいた。いちばん熱狂し信頼している者たちだった。彼らは誰もない場所を恨めしそうに見つめ、困って笑った。――しかし、民を失望させるわけにはいかなかったし、新しく現れてくる霊に憑かれた者にたいする民の熱意に、あらかじめ水をかけることなどできなかった。急いで一つの奇蹟を作り上げる必要があった。ある者はそこに葉のついた小枝を植えつけ、それを崇拝の的にしたがった。そんなことはとてもできないと言う者たちは、裂けて思いがけない斑紋をみせている灰色の岩を選んで、これを穴の縁に転がしておいた。そして、大声をあげて群衆を起し、師の素晴らしさと力とを宣言した。師は雲のアトゥアであるオロがまことにその肩にのせて連れ去ったのだ。

群衆は感嘆した。――夜明けの雨にうたれて寒かったので、みんな帰ろうと考えた。この出来事が、生ける者たちの食欲をみたすうえでも無駄にならないように、彼らは谷間にいくらでもあるフェイをあちこちで採り、野豚を狩り立てた。――不思議な話は島中に広まった。湖にのぼってきて見たり嗅いだりしたがった賢い人々は異様な石の方へと連れてこられた。彼らは誘拐した御者《おんもの》の足が岩に刻みつけた畏れおおい印を他の連中よりうまく見分けた。彼らはひれ伏して神の遺物を拝むのだった。

《新しい言葉》の男は、目をしぱしぱさせて群衆を見まわし、アタフル岸辺の人々に話しはじめた。

――「神は人間をとても愛されて、そのひとり息子をあたえられた。これに信頼する人々が死なないで、かえっていついつまでも生きるためでした」

そう聞こえた。いや、むしろそう聞こえたと思われた。というのも、タヒティの言葉を初めて話してみた異人はおびえきった小娘のように震え声をだしていたからだ。どんよりした目を伏せ、唇はたどたどしく、腕をだらりと垂らして、彼は聴衆と自分の四人の仲間、それにどこにでもくっついて行く肌の萎《しお》れた二人の女とを代わるがわる窺っていた。言いよどみ、おずおずと声を出して見て、はっきりしない言葉をもぐもぐ言うのだった。それでも物見高い人々は聴いていた。おそまつな話し手は、いまだかつてどんな語り人も決してのべたことのない事柄を告げていたからだ。ある神の父親であるもう一体の神が、生ける者たちを憐れみ、これを救うために自分の息子を委ねたというのだ！　この子は、とある山の頂で一本の木に釘づけにされ、仲間たちに見捨てられて死んだという。それ以来、その弟子たちはみんな――かなりあくどくて軽蔑すべき連中なのだが――「彼」に頼るならば、首長たちのもっとも立派なファレにも匹敵する素晴らしく楽しい住処で、彼と一緒になれるとかたく信じているという。この新しいアトゥア、その名を異人は明かした。「イエズ‐ケリト」、と。

叫び声をあげようとする者がいた。すると、抜け目のない話し手は強く断言した。つまり、タヒティやモオレア、ライアテアの土地に生きる者たちもまた、ピリタネたちと同じようにイエズの子として生まれるということ、それに、新しく来た者たちが、自分たちの国からこんなにも遠い国々に危険を冒してやってきたのは、この慈悲深いアトゥアの愛と終わることのない命の道をみんなに教えるためだった、と。

さあそこで、みんなは演説者の顔をまじまじと見つめた。生き生きした言葉で驚くべき話し方をする蒼白い水夫たちがよく歌うどんな歌よりも、男の語りはもっと思いがけない妙なものだった。それじゃ、別天地の神神がマオリの人間のことまで心配するというのか。この島々の雲の上にいるアトゥア達は、水を越えた所で食べる民草のことなど気にかけはしない。「終わることのない命」についてなら、師たるテ・ファトゥが、ヒナに懇願されたにもかかわらず、誰についてであれそれを認めていないことが保存された「語り」によって分かっていた。

「優しくして！」、と穏やかな月女は哀願しながら呟いたのだった……

「優しくしてやろう！」と《いとも強き者》は譲歩したのだった。それでも、人間たちは死ぬ。四つ足の獣たちも鳥たちも死ぬ。ヒナの眼差しを別にすればすべてのものが死ぬ。精霊――アリオイや首長や戦士たちの霊——はといえば、悦楽のロフトゥの雲の中で渦を巻いていればよいのだ。それ以外のものがどうなろうと、すべての天空にいます神神にとって構うことはないじゃないか。——おめでたい異人は多分このことを知らなかったので、あんな約束をしてみたのだろう。

とても信じられないと思われたけれども男の話は興味をひいた。人々は気をもんで囁き合った。神が人間たちを救ったんだって……。それじゃ人間たちは危ない目にあっていたのだろうか。飢饉の恐れだろうか。敵となって膨れあがった海で溺れるかも知れなかったのだろうか。あるいはひょっとして、神への不敬の罪があったのだろうか。——突然口をはさんだのは、早くも巧妙なピリタネ達の思慮深い弟子きどりで威張っているハアマニヒだった。彼は群衆の戸惑いを見抜いて、それを驚くべき話し手にとく

図11——二義性をもつデッサン。『マルキーズ諸島の美術』より。

と考えた言葉で説明した。話し手が身の上を語ってくれたその人間たちは、いったいどんな恐ろしい罪を犯したのか。それに、その神はどんな弱みを持っていたのか。自分の子を……たぶんもっと力ある神神の怒りにまかせたなんて。

異人は、言葉遣いに気を配りながら長々と答えた。それで、次のようなことが分かった。イエズの父であり偉いアトゥアであるイエホヴァは、人間、つまり雄と雌とをひとりずつ作ったのだが、彼らは二人とも、ある実を食べることによってこれを侮辱した。そのことで、アトゥアは非常にお怒りになり、全てはその怒りのもとに滅びたかもしれなかった。もしこのアトゥアが、自分を宥めるために、自分のとても愛しい独り息子を死に到らしめ給わなかったならば。もっともこの独り息子というのは、死ぬことなどできないのだった。

――「アウエ！」、第四の位の語り人たちはこのすばらしい話に喜び、感心して小声で言った。勘違いだったのだ。神はひ弱くはなかった。それが獰猛なものであることが明らかになったし、その獰猛さは、知られている限りのアトゥア達のどんな気紛れもどんな怒りも凌ぐものだった。――タネやルアハトゥでもかなわない。何故かといえば、このアトゥアはこれらの神神への仕来りどおりの供え物、たとえば真珠や人、山羊や果物では満足せず、もう一体の神の死をも必要としたのだから。いやはや、これは参った。人々はその力を見る前からもう敬いはじめた。話を聴いていた他の者たち、とくに聞く耳をもたず記憶する力もない平民たちは、話が判りはしなかったのだが、それでもやっぱり目を見張っていた。けれども、邪《よこしま》な霊とつきあっているのではないかと疑われてマラエから追われていた一人の下っ端の《偶像運び》が冷やかしてやろうと試みた。だが、ハアマニヒがこれをやりこめた。

――「たとえハエレ‐ポたちといえども、なぜ世界の息子であるあの測りしれないマフイが、かつて母なる世界を二つに切り離し、天と巌とを形作ったのかを分かりやすい言葉で解き明かすことはできないのだ。分かりにくい物語を信ずまいとするのは良いことではない。それに今聞いたのは素晴らしい話ではないか。《唱えの言葉》のうちにこれを取っておくことにしよう。」ハアマニヒ自身、今後やって来る祭にはこれを大きな身振りで語ってやろうと心にきめた。

それから、客人たちを自分の谷間にひきとめて敬うために、威厳にみちた口調でこう結んだ。

――「わしらは二月まえに精霊への別れの祭を執り行った。だから、今は安心してお前さんらの精霊への祈りをなさるがよい。生贄をはじめなされ。お供え物はどこですじゃ」

――「供え物だって？」、異人たちは密かに眼差しを交しあった。とても困った様子だった。一人が説明した。

――「我々が仕える神はお供えなど要求なさらない……。その子らの愛だけで十分なのです。」これはとても信じられるものではなかった。ハアマニヒはほのめかした。

――「ひょっとしたら準備を怠ったのじゃろう。わしと手下で出してやってもよいが、お前さんの儀式を挙げるには何頭の豚がいるのかな」

異国人は率直に答えなかった。まったく、言葉を濁すのだった。しかしアタフルの《大祭司》は、自分の岸辺にとって大いに得にもなるし、とにかく目新しくはあるこの礼拝をなしですますことなど思いもよらなかった。彼はせわしなくほとんど威すように厳しく続けた。

――「贈り物を加減するのは神神を侮ること、儀式を加減するのは信者みんなを侮ることじゃ！」そう言って、彼は待った。

相手の方は決心がつかなかった。ノテと呼ばれる男――あの目をしぱしぱさせる話し手――がピリタネの語で囁いた。――「この連中が求めているのは神意の徴ではないだろうか。彼らはまだ知らないのだが、つまりそれは《聖餐》に他ならない。」仲間たちはこの言葉に賛成するらしかった。――「だが何よりもまえに、この人たちを遠ざけてほしい。お前さんだけは我々と一緒にほらそこのファレに残ってください……他の人たちは、もしお望みならば離れた所から見てもよいです。」こう言って彼は崩れかけた小屋の中に逃げこんだ。

ハアマニヒは相手の慎重さを、それに自分ひとりが選ばれたことをよしとした。ひょっとしたら異国人たちはあからさまな侮辱を恐れていたのだろう。あの精霊への別れの祭に際しての大騒ぎと様々な脅しが彼らにはまだ不安なのだろうか。そこで《大祭司》は人々の群を下がらせ、彼らをうまく抑えるために木から木へとロアの編紐をタプーであると宣言しながら張りめぐらせた。見物人のなかにほんの近くのマラエの仕え人やハエレ - ポが数人目についた。マラエのもり上がる段丘は、頭上に、石投げ器の一打ちの距離より近く迫っていた。そこで彼は急に心配になった。何と無謀なことを自分はしているのだろう。かくも異なる神神を、少なくともその信者たちを互いに近寄らせるなんて。それに何と恐ろしいことか。いまだかつて決して互いに交わったことのない儀式が、双方の信者たち、イエズの子らにとってもオロの息子らにとっても、突如として不吉なものになるとしたら？――しかし彼は、内心で冷笑しながら気を落ち着けた。アトゥア達は穏やかで、その祭司たちが祭壇のまわりで折り合うよりもはるかにうまく高い所で睦み合うものではないか。ヒエ！　人がうるさく願ってその神々しい安逸から引っ張りだし、人間の戦いに巻き込み、策略をせがんだり人殺しを哀願したりして、広大無辺の御心が生ける者らのちっぽけな争いごとの仲裁にやむなくお立ちになるまでは、全くのところ神神というものは人を害することはない。のんびりしたものなのだ。

彼は安心して異人たちのところに来た。――「では今度は」と彼らは言った。「私たちにイエズの誉め歌をうたわせて下さい。」すぐに、年寄りの口先から出る嘆きのようにか細い、緩やかなぺへが痩せた胸から出てきた。息は短く嗄れていた。離れた所にいた群衆はその子供のような声を気の毒がりもし、その努力を面白がりもした。砂浜に輪になって座っている女たちはこの貧弱な調子に耳をかたむけていたが、自分たちの滑らかな抑揚をこれに混ぜ合わせた。数人のタネが女たちをとりまいた。蒼白い男らのはっきりしない歌が、マオリ人の口でもっとたくましく生れ変り、思いがけない飾りの音を受けて尊いものとなった。規則正しい息とともに出てくる低い叫びが飾りとなり、とても鋭いまま続くはっきりした美しい音も歌を飾った。これは、あたかもそれに哀願されて出てきたかのような更にもっと鋭い他の音に合わさり、この音の上に、喉の力いっぱいの声がおおらかに降りそそいだ。敏捷な唇からはでまかせの詞が生れた。それは踊りや喜びを思い出させた。こうして、お祭気分の群衆は、かつてマタヴァイの地で幾夜も幾夜も祈りのファレを抱擁によって奉納したように、いっぷう変った神神を立派に誉め讃えるのだった。

けれども、一休みした後で異人はまた声を出した。もっと自信がついたらしく、歌わないで言った。――「このあわれなもの知らずたちの心に染みこみなされたことを、主ケリトよ、感謝いたします。この者らが同じ熱意をもってあなたの御名を誉め讃えますようお願いします」

——「お前さんがいま歌ったぺへはなんて名だね」、ハアマニヒが遮ってたずねた。

——「これは、お前さんらのぺへのように、踊ったり飲んだりするためのぺへではありません」、とノテは言った。「私たちはこの祈りを主へのイムヌと呼んでいます」

——「イムヌだって」、《大祭司》はくりかえした。この固い話し方にあわせて舌を動かすことのできない群衆は口籠もりながら言うのだった。

——「イメネ？　イメネだ。」[☆1]こうしてすべての歌がこの名でよばれることになった。

☆

異人たちは台架の上に薄い板切れをならべて、その上に薄い布をかぶせた。儀式の準備だった。ひょっとしたら神神の宴《うたげ》かもしれなかった。すぐにハアマニヒが立ち上がった。脚は太く脹れていたが身のこなしは激しくて、しかも怒っていた。見物人たちの中にとびこみ、女たちを指差しながら口汚く罵り、これを鶏のように追いかけて遠くまで追い散らした。ぐずぐずする女たちが多かった。それで彼はもっと激しく怒った。

ノテはその淡い色の目をまん丸くして、不意のお怒りの理由を訊ねた。なぜ夫人たちを帰らせなさる？　今度は、《大祭司》の方が驚いた。——「まさか大の男が、首長が、とりわけても神神と話す者

☆1（訳注）——「讃美歌」（hymne）がタヒティの訛りで“hyménê”となっている。ちなみにこれはフランス語では異教神話に源をもつ雅語の“hyménée”（婚姻、婚姻の神）と同音である。

がゆるすことなどあり得ようか、女、この不浄で聖なるものを穢す生き物が淫らな姿で宴を汚しにくるのを！　お前さんは、女たちがお前さんの主の日のあいだに踊ろうものなら船から追っぱらいなさる。それなのに今は……」

――「あなたがたの夫人や娘たちは」、とノテは答えた。「あなたがたと同じように、ケリトの子なのです。何ヵ月かしたら、あなたがたと同じように儀式を分け合うことができましょう。」ハアマニヒはびっくり仰天したが、女たちがもどってくるのをそのままにした。

――「しかし一体、お前さんの供え物はどこにあるんじゃ」、祭の支度をじっと見つめながら彼は言った。《大祭司》は異人たちの習慣を知っていた。つまり、地面の上の方に食べ物をもちあげ、その後でこれを小さくちぎってのみこむのだ。ところが、ノテが《食べ物のための台》とよぶこれらの台や板切れには、これまでのところまったく食べ物はなかった。――あるいは少なすぎた。こんなことでは、遺憾ながら、腹を空かせたアタフルの連中をがっかりさせるだろう。盛大な宴をいつも探しまわっているそのいかがわしい群は、残り物を奪いあおうと生贄の終わるのを窺っていたし、まもなく始まる御馳走をあらかじめ見積もってもいたからだ。新しい神神は、――その弟子たちの船の大きさや武器を考えれば――大した連中のようだった。だから、その名において他ならぬ弟子たちが振舞うこの宴は盛り沢山であるはずだった。

――「さあ食事の準備ができました」、ノテが言った。ハアマニヒには焼き方のまずいいくつかのウルの実が見えただけだった。また、すき透った器――彼はそれがもろいものだと知っていた――の中には赤い飲み物があった。これはピリタネのアヴァに似て気を高ぶらせる力をもっていた。ハアマニヒは、気の毒そうな眼差しで粗末なお供えを見わたした。――「神の食べ物がたったのこれだけ？」群衆はうすら笑いしながら動きまわっていた。ぶつぶつと悔しがる声がとどろいた。こんな貧しさ、こんなけちさ加減が信じられるものだろうか。ハアマニヒは、この貧弱さを埋め合わせてあげようと再び申し出た。それがいたく異人の評判を傷つけると思えたのだ。ノテは苛立った。

――「なぜ私たちに卑しい食物が必要でしょう！　あなた方の言葉で云えば腸《はらわた》を、なぜいっぱいにすることがありましょう。私たちには霊の食べ物が約束されているのです。」それから彼は人々の真ん中に立って、手にウルの実をとり、顔つきを変え、瞼を上げ、ファレの屋根をじっと見つめた。――これがあの人の国での神に憑かれた者たちの慣わしなのか。――そしてついにこう言った。

――「イエズはパンをとりなさり、感謝の祈りをささげた後でこれを裂き、弟子たちに与えていわれた。取りなさい。食べなさい。これはわたしの身体です。次にイエズ杯をとりなさり、感謝の祈りをささげた後でこれを彼らに与えていわれた。みな飲みなさい。これはわたしの血です。契約のために流されるわたしの血です……」

――「エ　アハ　ラ！」、大祭司が羨ましさに身震いしながらさえぎった。これぞ祭式よ。これぞ群衆の期待にこころゆくまで応えるために言う文句よ。粗末な供え物は神の食べ物などではなかった。まったくそうじゃなくて、この神の似姿なのだ。ひょっとしたら……アトゥア御自身かもしれない。それも、神の力を伝えるために人間に贈られるのだ。老テアエは、かつて島の飢えをなだめるために木に変身したものだが、ピリタネの神は果物と赤い飲み物に身を変えて、弟子たちを助けるという。これより上手い手があるだろうか！　ハアマニヒは感心した顔をやきもきしている連中の方に向け、肌の蒼白い人々を指さしながら言った。――「この人たちは今から自分たちの神を食べなさるのだ。」そして早速に自分も宴に加えてほしいと要求した。

　誰もかれも相伴したがった。聖なるものを穢したと認められている変節者、怠慢や忘却で失墜したハエレ－ポ、悪いことの起こる岸辺から逃げて来た者、不愉快にも丸木舟がタヒティに置き去りにした賤しい流れ者たち、これら全ての者らが綱を切って、平民や《偶像運び》、それに使者や魚捕りの真ん中におしよせ、ピリタネ達をとり巻いた。もっと多くの手管や力や運を祭式から引きだそうとあてにしている者たちもいたし、なにか訳の分からない病を治そうという者たちもいた。不妊を願う女たちも、もう追っぱらわれることはなかったので近寄った。霊に憑かれたふりをしているヒティアの地の男は、他の連中よりもっと頑張った。この男は、手にさわることのできない神神の息吹をその腹に受けとっている競争相手たちに負けていたのだ。もしこの目に見える神の料理を食べるとしたら、彼は一体どんな者になるだろうか。声は集まって一つになった。「神を食べるぞ！　神を食べるぞ！」群衆が殺到したためにファレの柱がきしんだ。

　ところが、いつもは寛大なピリタネ人が邪険にこれを拒絶したのだ。騒《ざわ》めきにもかかわらず、彼は何とかして、アトゥアを食べるのではないということを分からせようと努めていた。違う！　違う！――激しく頭を振りながらわめいていた。そうではなくて、「主の記念として」果実を分かち合うのです……。時が経ってあなたがたにも分かるようになったら……あなたがたもみんな加わることになります……。けれどもがっかりした群衆は、もう彼が何を言ってもその演説に感心することはなかった。

その間、叫び声はあまり鎮まってはいなかったが、異人たちは自分たちだけでそのちっぽけな食べ物を噛んでいた。次に彼らが赤みがかった飲み物の杯を唇にもっていくのが見えた。何か不思議議が起るのではと人々は心待ちにしていた。だが、なにもかも落ち着いたままだった。そのうえ彼らの食べ方にはがつがつしたところはまったくなかった。腸の満足を示すでもなく、貧弱な食欲を充たす風でもなかった。人々は蔑んだ。か細くて不快な歌、ぴたりとくっついた黒い着物、女たちの不浄な参拝、そして挙句の果てがこの惨めな宴だ。いや！　神は降りなかった。こんな情けない霊能者の呼びかけにこたえて降りることなどあろうはずがない。おそらく神は天で怒っておいでなのだ……。ハアマニヒは神の祟《たた》りを恐れて、急いで二人の手下を間近のマラエに送った。たとえピリタネ達がこんなふうにイエズを笑いものにするとしても、すでにイエズの弟子と名乗っている自分は少なくともこれを荘厳盛大に敬おう。

二人は駆け足で藪のなかに消えた。

蒼白い男たちはまた歌いはじめた。けれども会衆は顔をそむけた。豪勢さの嫌いな神を褒めそやしたところで何になる。尊く威厳にみちて高くひびく他の音、枝の中でひゅうひゅう鳴る風の声や沖で唸る珊瑚礁の声に圧倒された彼らのヒメネの音は、木霊を返すでもなく岸辺にみすぼらしく散っていった。突然、ハアマニヒの手下がふたたび姿を現した。二人は木の葉をきせた大きな荷物をぶらさげていた。

――「わしにとっては」、と生贄師は言った。「これこそイエズ‐ケリトへのわしの捧げ物じゃ。お返しにケリトがライアテアの地をわしに賜わらんことを。」彼は枝をはねのけた。一つの死骸が現れた。その顔面は緑だった。頭骸は棍棒の打撃でこわれていた。気前の良さをほこるオロの祭司は、異人の口から嬉しい言葉が出るのをまった。

しかし、異人たちは体をふるわせた。それだけだった。ノテは死んだ男を恐ろしそうにみつめて、供え物をあげることなど考えてもいないようだった。ハアマニヒは、待ちきれなくなって命令をくだした。《生贄運び》は二人で死骸を抱えあげた。腕を伸ばして、あっという間に頭のうえに放りあげた。死体は台架のうえに落ちた。顔面がぶるんと震えて後ろに垂れさがった。ハアマニヒは神々しい身振りを成し遂げようとして手をもっていった……

——「情けない人だ！　なんという情けない！」ピリタネは脅えた子供のようにぶつぶつ言いながら涙をながしていた。その仲間たちは、女たちまでも、大胆になって生贄師をとりまき、叫び、自分たちの祈りの邪魔をしないでくれと懇願するのだった。ハアマニヒはついに憤慨した。それらのけちんぼ連中にたいして激しく体をうちふった。なんだというのだ！　この人らは強くて好意的な神をもっている。それなのに、たったあれだけが供えの食べ物だとは。だが、第七位の祭司であり、神々しい島々、あらゆるアトゥアいますゆえにいとも尊き島々のアリイであるわしは、彼方の海の面《おもて》からもたらされたこの新しい神に、ならびなき誉れを捧げようとしているのだ。——晴々とした彼の声は、異人たちのぶつぶついう声をかき消した。彼は、額と肩の分だけ異人たちの背丈を上回っていた。生贄の右の目をえぐりとった。そして、荒れはてたファレの外にぬけだした。雲に向かって身をたかめ、天駆けている神に分かってもらえるように胸いっぱいの声で叫んだ。

——「オオ、新しいアトゥア、大いなる神イエホヴァの子なるイエズ゠ケリトよ。オロの祭司は汝をおのれの地にむかえる。歓迎の印に、汝の糧として、神の食べものなる人の目玉を捧げる。今より後、タヒティの天を喜び給わんことを！」

ピリタネたちは、自分たちの神が侮辱されていると言って前よりひどく嘆いていた。ノテは残念でたまらない様子で溜息をついた。――「急ぎすぎた！　この人たちには分からなかった……。ケリトよ、彼らはあなたの名をけがし、あなたの生贄の記念をけがした。」彼の仲間たちはまた歌った。そのいらだった痩せた声は弱い風のように鳴った。群衆はもういなくなっていた。ハアマニヒは山にむかって大股で歩いた。《供物運び》だけが残って生贄を見張っていた。軀置き場に投げるまえにこれを見張るのは正しいことだった。

☆

蒼白い女たちはまっさきに飽きて溜め息をつきはじめた。哀れをもよおす姿だった。その窮屈な着物は藪ですりきれ、赤土にまみれ、祭司の妻に似つかわしくなかった。彼女らはこれを夜も昼もけっして脱がなかった。四肢を洗うこともなければ、埃まみれの髪毛に櫛をあてることもなかった。油気を与えるモノイを使うことにも興味がないようだった。まったく、女たちもそのタネたちも、タヒティの地にとっては相当にみすぼらしい客といった姿だった。

彼らはつぶやいていた。

――「神の子は自分の死刑執行人をお許しになった。これら不義の人々をもお許し下さい。彼らは自分が何をしているのか知らないのですから……」

――「ヒエ！　弱さそのものだ。」二人の《供物運び》は言葉を交わした。それから、耳をそむけて遠くの方の物音に注意した。山の腹からプナアルの沖の水へと騒めきが出ていた。それはちょうど遠い海鳴りのようにさだかならぬ微かな音をたてていた。騒めきは、大地のそよ風がいつも通る道をつたって谷間を下っていった。それは膨れあがった。ついに海岸にひろがった。勝ち誇った群衆の行列がやってくるのが感じられた。そして聞えてきた。

「陸路をとおり水路をとおり、主《ぬし》としてわしらは行く、
喜びの主として、生命《いのち》の主として……」

ピリタネ達の間には不安が起るらしかった。

——「あなたの御言葉が、主よ、悪しき者らの騒ぎにかき消されることをお許しになりませんよう。願わくば御名が……」遠くでまた歌がはじまった。

「主としてわしらは行く、
喜びの主として、生命の主として
悦楽の主として！　アウエ！　エ！」

それは珊瑚礁の声や、震えて泣きごとを言っている喉をしのいで陽気に響いていた。

——「主よ、不信心の輩から私たちをお救いください。——心の内にわるい謀りごとをめぐらす——あらくれ者たちから私たちをお守りください！」

やって来た者たちはもっと近くで歌っていた。

「乾きの時よ来るがよい、
わしらの蓄えは埋まっている。
潤いの時よ来るがよい、
わしらの女は肥えている！」

異人たちはもういちど哀願した。けれども彼らの言っていることは誰にも聞えなかった。祭の堂々としたぺへが何の妨げも受けずに周りで轟いていたからだ。すぐ近くの雑木林から、数多くの忙しそうな連中が目を光らせ、身振りも敏捷に突進してきた。これは「十二人」に仕える者たちだった。彼らは出発をひかえて忙しかった。親しい島へ向けての盛大な出発に必要なあの儀式の準備をしていたのだ。彼らのまわりには、《偶像守り》に宮つきの祭司、ハエレ - ポに法螺貝吹きがいた。彼らはみんな、それにその師たちも二月も前に上陸し、供え物を存分にたべ、快楽で身をやしない、今や頭たる地にもどるのだった。きらめく螺鈿《らでん》に引きよせられる魚のように歌声に惹きつけられた放浪の民は、――こんどこそは本当の施しものを期待して――いきなり現れた人々に喝采をおくった。それから法螺貝が耳のすぐ傍で鳴りわたった。それは第七位のアリオイたちの到来を告げるものだった。

彼ら、「脚に文身《いれずみ》した十二人」が現れた。彼らは祭司用の白いマロを締め、サフランの粉を身にふりかけ、体を黄色にぬって、ねっとりした肌に流れかかる黄色い太陽のなかを歩いていた。その動かない

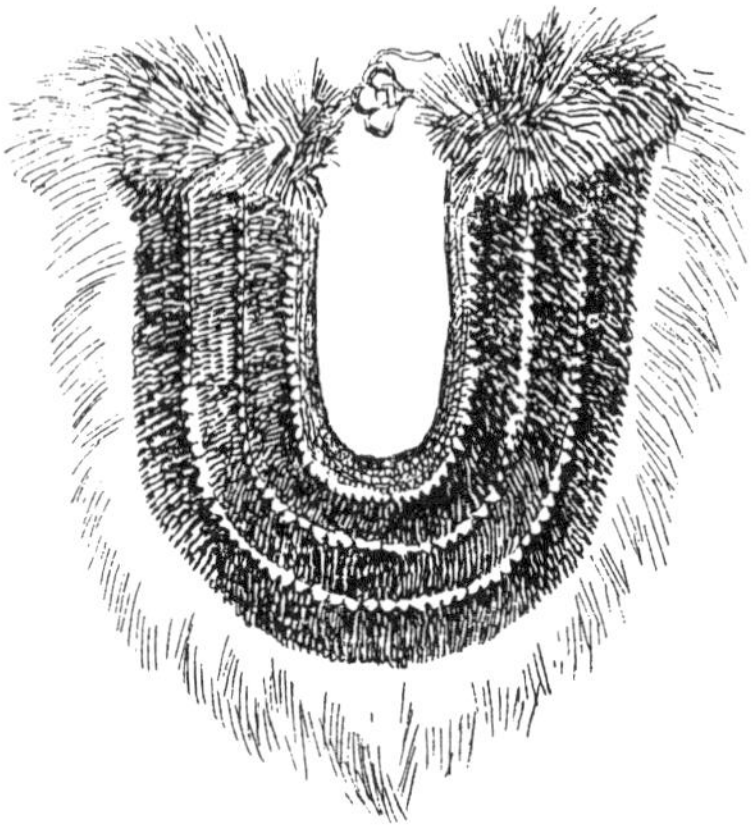

図12——羽毛の胸飾り。

静かなまなざしは《外海》を見つめていた。風のひと吹きまたひと吹きが、光る髪毛のあいだをとおり、触れても感じられないタトゥを額の上で動かしていた。権勢ある者にふさわしい巨大な胸は、律動をもった言葉を投げながら喜びと力とで震えていた。身体に色をぬった妻たち——見事な太股をし、《鱶アトゥア》の生きた歯のようにきらめく歯をもち、神神しい《好かれるために飾られた女たち》——にとり囲まれた主たちは、オロの十二体の息子たち、死すべきものたちに交わるためにパヒア山に降臨したあの色好みの息子たちを象《かたど》っていた。

彼らは自分たちの静謐《せいひつ》に自信をもってゆっくり通っていた。彼らの影の周りでは、見えないけれども形をもつ平安と悦楽の霊たちが風を満たしていた。彼らの息のなかにアトゥアたちはすべりこんでいた。彼らの目を輝かせ、筋肉を膨らませ、彼らの口で話すのだった。陽気で力強く、あらゆる知恵を意のままにするアリオイたちは、その祭の一団を島から島へとねり歩かせて、また自分たちの生活をあらゆる肉体の戯れごとや華麗なもの、あらゆる官能の喜びで飾ることによって、生命の神神を誉め讃えていた。

この意気も盛んな流れをまえにして、みすぼらしい異人たちは姿を消していた。最初の渦がおし寄せたときに、彼らの《祈りのファレ》はまるで壊れた丸木舟のようにひっくりかえり、そして沈んだ。それは踏みつけられた。竹はふとい足の下で音をたて、脆い骨組みは子供の肋骨《あばらぼね》のように飛び散った。フアレよ、粉々になれ！　逃げていけ、《新しい言葉》の者ども！　奴らはいったいどんな為になることを宣べ伝えたのか。ある神が、別の天のどこかで人間たちを助けることにかまけているんだって……。だが人間たち、とりわけ生けるマオリ人たちは、その境遇を心配したり嘆いたりしなければならないほど哀れな状態にはない……。逃げていけ、逃げていけ！　そうすればもう一体の神、抜け目ない光のオロが何の気兼ねもなく輝くことだろう。なぜかといえば、おかしな身振りをする異人たちと一緒に、おそらくアトゥア・ケリトも消え失せるだろうから。

☆

そこで喜びは大きくなった。歌は跳ね散ったし、律動は交じり合い、叫び声は喉から跳びだした。輝く瞳にはきらめく光が現れ、瞼は晴れやかな口とおなじように微笑むのだった。時にはこの素晴らしい混交のなかで、一つの頭からもう一つの頭へと同じ戦《おのの》きがよぎることがあった。すると、みんなは一斉に立ちあがって歓喜の大音声《おんじょう》を発するのだった。アヴァの精に照らされた軽やかな魂には、活発な思いとおいしい欲望だけが湧きでた。慣れ親しんだ山々の姿、大弓をなす珊瑚、海の色、好意ある澄みきった天空が顔をとおって胸の底まで滲みこむのだった。日中は見えない炎の峰は波打つ靄を吐きだしていて、それを透かして、山や人々や木々が脈打つのが見えた。砂はきらめく渦となって踊った。珊瑚、海、天空、炎の峰、砂、これら全てが《幸せな主たち》の悦楽のために仕上げられ飾られた華々しい住処だった。

それというのも、タヒティの空の下では、なにもかもが享楽と悦楽のきっかけになるからだ。アリオイが立ち去るとすれば、お別れのお祭だ。雨期になって戻るとすれば、お帰りのお祭だ。オロが遠ざかるならば、人を養う果実を配る豊穣の神への感謝だ。また近づいて来るって？——その務めにもどる「輝けるもの」にマエヴァ、だ。もし戦争がおこるなら？——そうすれば喜びだ。戦い、敵をおどし、巧みに逃げ、傷をうけぬよう身をかわし、かがやく武勲を語る喜びだ。戦いが終わるって？——仲直りする喜びだ。これらのあらゆる楽しみは、季節におうじて、物や神神とか、また自分たち自身の成り行きにまかせて生まれ、苦もなく撒かれて際限もなく広まるのだった。筋肉の中の精気、流れる水の冷たさ、光る髪毛のしなやかさ、アヴァでけだるくなった平安な眠り、それに見事な話のあたえる酩酊……。異人たち——彼らはどこで寝そべっているのか——は自分たちの神神で身を養うと言うんだって？　だが、ここ、この天空の下では、マオリ人たちは幸せしか食べないときっぱりと言うのだ。

☆

乾ききった天の下で、プナアルの大河がおだやかにまどろんでいたのだが、突然、谷間に大騒ぎがみなぎった。藪がひらいた。敵の不意を突くために、予想できない小道を選んだ戦士たちがそれを突き破ったのだ。彼らは岸辺におどりでた。

十二人の「主たち」は落ち着いたままだった。その平静さは闘いによって左右されるようなものではない。彼らの尊い肢体をまもる油断のないタプーは、杭と土の囲いよりもっともっと尊いものだ。——けれども岸辺の有象無象は不安で、もうとげとげしく動揺していた。彼らは隠れ場をさがす疑い深い蟹のように走りまわっていた。侵入者たちが誰であるかはすぐに判った。それはポマレの配下たちだった。連中は誰を狙っていたのか。というのはアタフルはこの日まで、首長にたいして好意的な態度を示してきたからだ。だがポマレというのは全くのところ、パレの地を盗みとった者に他ならなかった。この肌黒く唇の太い男、先祖なき賤民、土地の低いおとなしい島々から逃げてきた者は！——主たちは笑いながらこの衝突を見ていた。連中は怒号していた、

「高き山々に轟け雷鳴！
なにもかもぐらつきなにもかも輝くぞ
なにもかも戦っているぞ！」

熱狂した喉とおそろしく顰《しか》めた唇を通りぬける語は、あたかも翡翠《ひすい》の斧よりも鋭い武器のように思われた。勇気をくじく武器だ。けれども、この脅しは「十二人」の和やかな心にかすり傷をつけることすらなかったし、石投げ器から飛んでくる石は肌に掠《かす》ることすらなく、周りの地面にぴしっぴしっと音をたてて跳ね返るだけだった。彼らは聴いていた。彼らには聞こえた。

「あれは勝利者たちの呼びかけの声、
死に行く者の呻き声、
——死者の儀式のために残るのはだれ？」

　そして主たちは、踏みしだかれた灌木の背後を、闘いからはなれて全速力でマラエへと疾走する男を垣間みた。マラエには祭壇より高く、「杭」と「羽根」とがそそり立っていた。三つの階《きざはし》、三回の跳躍。男の手は守護の御印《みしるし》へと伸びあがった。住民たちはおののいた。神がひっ摑まれるのだ。ポマレが彼らの神を盗もうとしている！　彼らは略奪者に向かって突進した。そいつはもう杭にしがみついてふんだんにある羽根をめったやたらにむしりとっていた。同時に、猛りたつ攻撃を受けた祭壇の四本の柱が、大風を受けたパヒの帆柱のように折れた。尊い杭も神像も、「羽根」も、泥棒も、盗みにあっている連中も、敷石のうえに崩れ落ちた。

　けれども、一人の賤民のしかけた賤民たちのこの闘い、無駄な強奪、ずるい振る舞い、狂乱の全ては主たちにとってどうでもよいことだった。彼らはその神々しい島で、土地でも妻たちでも神神の好意でも文句なしに持っているではないか。だから、死にもの狂いの男ポマレが、羽根をぎゅっと握りしめて、今にも飛び立とうとしている自分の船団に向かって逃げていくのを、彼らは目で追うことすらほとんどしなかった。男のせわしない喘ぎは耳を打ちはしたが腸《はらわた》に滲みとおることはなかった。「十二人」はゆっくりとその穏やかな面を、彼らと同じように物に動じない海の方へと向けるのだった。

　彼らはオロの没落を待っていた。それに夜の帳《とばり》が落ちて星々を昇らせて、彼らが辿ることになる波の道の上に導き手を与えてくれるのを待っていた。光る神は礁の彼方の沖、《外海》に落ちていく。それとともに、尾根にひっかかった雲も逃げていく。オロの輝く住処といわれる鋭く尖った山の頂であるオロヘナが、澄みわたる天に堂々と鋭くそそり立っていた。山腹の凹み、藪の生えた谷間、ふるえる流水の道、そして土地のあらゆる襞が影と闇の霊とに満たされていった。ひんやりとなった空気に手足が震えるのだった。風はさらに微《かす》かになった。山々はひそやかな息で呼吸していた。遅れた者がまだ《脅しの叫び》を丘から投げつけていた。「死者の儀式のために残るのはだれ？」そして灌木の中では、ぶきっちょな戦士たちが胸を割られて、ひゅうひゅうぜいぜい息をしながら死につつあった。彼らは物を言わなくなった。静かになった水際では、夜のゆったりとした愛撫がさいはてもなく流れはじめた。それは騒ぎの最後の声を沖へ、そして黄昏の水へと運んでいた。こうして、人間たちが息をするようになってこの方、島は夜ごとに、その息と、香りと、彼らの《昼の欲望》のくつろいだ鎮まりとを人々に吹きかけるのだった。

「主」たちはもう一度別れの食事をすることを承知した。注意ぶかい仕え人たちが彼らの口にあり余るほどの食べ物をもっていけば、あらゆる悦楽にたけた数多い彼らの妻たちは、あの恋心を目覚めさせる律動に合わせて踊るのだった。それは目にとっての愛撫でもあった。「十二人」は眺め、食べた。アタフルの民は動揺もおさまり、略奪がなされたこともすでに忘れて、この高貴な旅人たちの力、崇高な食欲、大いなる渇き、見事な宴に見惚れていた。まさに《悦楽の主たち》だった。彼らにはしがらみも気がかりも不安もまったくなかった。自分たちの餌のことで心配な痩せた平民たちは、これをじっと見つめていると自分自身の欲望が満たされる思いがした。それにひきかえ、浅ましい異人たちの有り様はどうだったか。山羊の食欲に、蟹の歩き方、それにまだ毛も生えていない小娘のような声をもつあの蒼白い人々は！　もしひょっとして首長というものに従わなければならないのなら、もちろんこれら祭の導き手、《麗しい話し手》アリオイ、健啖《けんたん》の人々、頑丈な夫たちに身を任せたほうがよかった。何事につけても感嘆すべき強い人達だったのだから！
一つまた一つと導きの天体が現れてきた。タウルアがその小さな輝く面《おもて》を海の上にあげつつあった。実に明るい光を放つので、水に映るその姿はヒナの光の反射かと見まがうほどだった。いつ出発してもよかったし、夜なのでどの航路をとってもよかった。何百という仕え人たちが何隻もの舟のまわりで忙しく働いていた。大きな舟はすでに進水していたのだが、八十人の漕ぎ手の重さで揺れていた。それほど重くない他の舟は、その大きさにあわせて建てられたとても長いファレに収められているのだが、この地上の住処から出てくるところだった。力強い肩に押された舟は、砂の上を水にむかって勢いよく滑っていた。水先案内の長《おさ》たちは、船倉甲板によじのぼってじっと星々を見つめていた。漕ぎ人の頭たちは、手に竿をにぎって漕ぎ手たちに訓示をたれていた。祭の幟《のぼり》が目に見えないほどゆったりとはためいて、出発を祝い縁起のよいものにし豪華にもするアウテの絡み合った葉のあいだで音を立てていた。

首長たちの人数が数えられた。一人足りなかった。そういえばハアマニヒはどこだ？　彼はあのちっぽけな異人の友達と一緒に祭の奔流をまえにして姿を消していた。お望みなら新しい仲間と一緒に居れば良い！　そこで、脚の文身《いれずみ》でその地位が明らかなパオファイがこの一団に席をしめることになり、「十二人」にまじって、歓迎している海の方にむかってあるいた。彼はいいようのない不安に動揺していた。たしかに、いきなりアリオイ達が現れてあの不吉なピリタネどもを岸辺から駆除した時には、《神に憑かれた祭司》としての意気は胸のうちで高鳴った。——けれども、いまの彼には復讐が心配だった。だからこれを祓いのけるために、《知識ゆたかな島》ライアテアが最初の中継点となる原初の国、ハヴァイ-イ[★1]にむけて発とうとしていた。——ところがなんと、闇の中でこっそりと一人の男が低い声で話しかけてきたのだ。パオファイにはそれが罪あるハエレ-ポ、《偉大なる語り》のテリイだとわかった。その名はいまでは「言葉なくせし者」というのだったが、「奇蹟で姿を消した者」とよばわる人々もいた。パオファイはそれが他ならぬ彼の弟子であり、ひょっとしたら自分の息子かもしれないということを思い出した。彼を漕ぎ手たちの間にもぐりこませた。海面に身を乗り出して、みんなが今か今かと合図を待っていた。

——「ア　ホエ！」、水先案内の長がどなった。千もの櫂《かい》が水を切った。船体がはずんだ。数えきれない松明が風に火をつけた。叫び声がひとつあがり、広まり、膨れた。出立の叫び、幸せな人々の《出発への呼びかけ》、また他の喜びや他の快楽を求める呼びかけだった。とてつもない叫喚が海原をおおい、珊瑚礁の声をのみこみ、潮の騒ぐ汀《みぎわ》に拡がり、どよめく美しい別れの言葉で膨らみ、天の下すべてを満たし、それから谷々の裂け目におしよせ、ついには島の腹に達してこだまし、轟きわたった。——島はその緑なす腸で歓喜した。

★1（原注）—Havaï-i　サヴァイイ。サモア諸島のこと。

第二部

《外海》の道に苦労して漕ぎだし、天を替えるほど遠くに行く者は、留まっている者にとっては彷徨う霊みたいなものだ。この人たちは、長い夜更しの時にノノの油がほのかな明かりを放ちながら煙る時、尊敬をこめて名指される。それで、帰ってくると——もし帰れたとしての話だが——「航海者」は文句なしに二重の利益を得る。沢山の物見高いフェティイ達からの敬意、それに望むかぎり多くの女たちだ。堂々ととりわけ向こう見ずの出発をし、測りしれないほどの時が経って帰るならば、平民はハエレ‐ポに、《偶像運び》は第七位のアリオイに肩を並べ、そしてアリオイは神にも達するというものだ。アトゥア、それも決して下っ端とはいえないアトゥアのなかには、(だがこのことは民草に言うべきではない)、正真正銘、これら第一級の旅人、島から島へと巡る肝っ玉の太い航海者や、あるいは名もない土地を発見してこれに親しみやすい名前をつける者や、さらにはまた未知の国々へと導く者がいるようだった。多分パオファアイにはそんなことはよく分かっていた。それに危険が伴わないわけにはいかないことも承知していた。すでに神になった人間たちは、自分に競争相手ができるのを嫌って、びっくりするような嵐を引き起したり、星の位置を変えてみたり、彼らを迷わせるために天体をまるごと裏返しにしたりすることがあるからだ。しかしかまうものか。命びろいする者たちは数々の素晴らしい冒険譚で埋め合わせをするのだから。

冒険など期待しない者たちでも、訊ねられて狼狽《うろた》えることなどないようにあらかじめちゃんと冒険を想像しておくものだ。かくして、海上の第一夜にしてすでに、パオファイ・テリイ‐ファアタウとその弟子テリイは二人とも小さな物語を都合しようと努めた。それを、伝えられてきた「語り」にならって拍子をつけた文句でつくった。彼らがはたして《原初の土地》であるハヴァイ‐イに本当に辿りついたのかどうか断言することはできない。なぜかといえば、判っているのは彼らが語ろうと望んだこと、それだけなのだから。もう一度いうが、それで構わない。上手に語られる素晴らしい話は、たとえ実際に冒険が伴っていなくとも、盛大な宴《うたげ》を行うだけのことはあるのだ。

I

アホエ！　何月ものあいだ、マラアム風は息もつかずに走りまくる。パヒもまた休まずにその息吹の前を走る。前や後の海がまた同じように、いやもっと速く、その気ぜわしい小山なすうねりとともに走る。櫂はパヒをもちあげ、その腹の下にもぐり、鼻面の先に行き、音をたてながら水を白くつぶす。

頑丈な腕をもつ漕ぎ手たちは格子の上に両足を組んで憩い、青い水の流れを見ながらお喋りをする。だが目にはなにもかもゆっくりゆったり見える。何故ならば、風にしても海にしてもどの丸木舟にしても、あらゆるものが同じ速さで無理をしないで天の同じ方角へと進んでいくからだ。

ア　ホエ！　タヒティの地が天より遠くにのみこまれていく。雲はそれに帯を巻き、締めていなくてはためくマロのようだ。恵み深いヒナの下で、見るがよい、オロの王座もまた消えていく。またモオレアの地が回る。今度はモオレアが見えなくなる。今や夜のなかを行くのだ。頭上には新しい屋根、周りには何もない。

二日の間の明るみ。丸木舟の鼻の前に雲が昇る。だがこれは天空を航海しない。三つだ。これは三つの《土地の高い島》だ。水先案内の「道をつけろ！」という声。そこで珊瑚礁の上を走る。

和んだ水の上を泳ぐライアテア。アトゥアと賢い人間たちの土地、双子のタハアの向かいにある《明るみの天》、ライアテア。一つの珊瑚礁が双子をかこんでいる。あたかも二人のフェティイが椀を一つしかもたないように、双子は同じ潟の水を飲んでいる。

もうライアテアのタピオイが見える。あれ――世界の神々しい杭――に向かって走れ。そのために、《主櫂》のひと漕ぎで航路を風の道から逸らすのだ。そうすれば、雲より高く「甘美なる」ロフトゥを支えるあのタプーの山がおまえの方にやってくるだろう。けれど、精霊の場所を発見しようなどと望むなよ。光が尾根の上をよぎるように、霊はその高みでは風のように透けて顕れるものなのだ。

――「お前さんはどこにいく？　わかった。オポアに行くんだな。祭司に会うんだろう……」　あてもなく歩むテリイに、見覚えのない男がこんな風に話しかける。

その男は「オポア」と言った。そう言ったということは一つの前触れじゃないのか。テリイは道につく。日没には、十倍も聖なる地に足で触れている。

土地は裸で、岩だらけで、人気《ひとけ》がない。人々はここを捨てて、これほど名高くない別の場所で別の祭礼や別の主たちを祭るという。テリイは、ただひとり生ける者として少しびくつきながら進む。だが、恐れは神神の霊にとって不快なものではない。

ほらそこだ。あらゆるマラエの祖であるマラエは。——だが、ひどく荒れ果てている。切り珊瑚の塊には年寄りの顎のように裂け目ができている。階は地面に崩れかかっていて、裂け目からはその土台がみえる。化け物じみた石が旅人をさえぎる。——「それはタプーだよ」、と一人の少年が叫ぶ。

旅人にはそれが首長たちを見つめる石だとわかる。首長たちを別にすれば、誰もこの石の大きな背丈には及ぶまい。そして、祭壇の上に引き上げられた「奉献の丸木舟」はまだある。それには紐で吊った十の顎骨の飾りがついている。戯れる海の風はそれを思いのままにかたかたと鳴らしている。

子供、——「祭司に会いたいの？　トゥプア・タネに会いたいの？」トゥプアには、首長もアリイも《脚に文身した十二人》すらも耳を傾けるということをテリイは思い出す。それに子供があぁ言ったということは一つのお告げじゃないのか……。彼は導かれるままに行く。昔の生贄師のファレの側に、トゥプアは自分の日々を脱ぎ捨てるための小さな隠れ家を建てたのだ。彼はまどろんでいる。——「この人がお話ししたいんだって」

祭司はちっぽけで、顎にはうすい髭がある。その腹にあれほどの知恵が住めるなんて驚くべきことだ。

――「この人がお話ししたいんだって」

祭司は身動きしなかった。――上手いものだ。物知りの唇には上手に話しかけて誘わなければならない。旅人は言う、

――「アロハ！　アロハ‐ヌイ！　道を探しているのです。多くの人々がお前さまの記憶は立派だと声高に申しました。お前さまを養った父御はトゥパイア。様々の見える土地と見えない土地のあいだをぬってあれほどまで確かな航海をしたお方です」

祭司は身動きしなかったが、その顔はもっと注意深くなった。旅人は言う、――「わしもまた出発したいのです。けれども、海の道を知らないのです。『赤い星』と『六つの小さな目』くらいなら他の星から見分けられます。けれども、導く者としての『名前』もアヴェイアも、いつも眺めねばならない天の一角も知りません。どの島にもどの人間にも腸が煮えくり返るのです。どの方向に逃げたらいいのでしょうか。エ！　祭司よ海の道を教えて下され」

祭司は身動きしなかった。旅人は言う。

――「立ち去らねばなりませんか。」知恵のために重くなった唇はすこし開く。

――「そこに残れ！」

言葉の沈黙は、ひゅうひゅう鳴る枝のなかの風の声と沖にどよめく珊瑚礁の声との神々しい響きに満ちて、彼らの間をよぎる。ついに祭司の声が響いて約束する。

――「わしがハヴァイ‐イへの道を言おう」

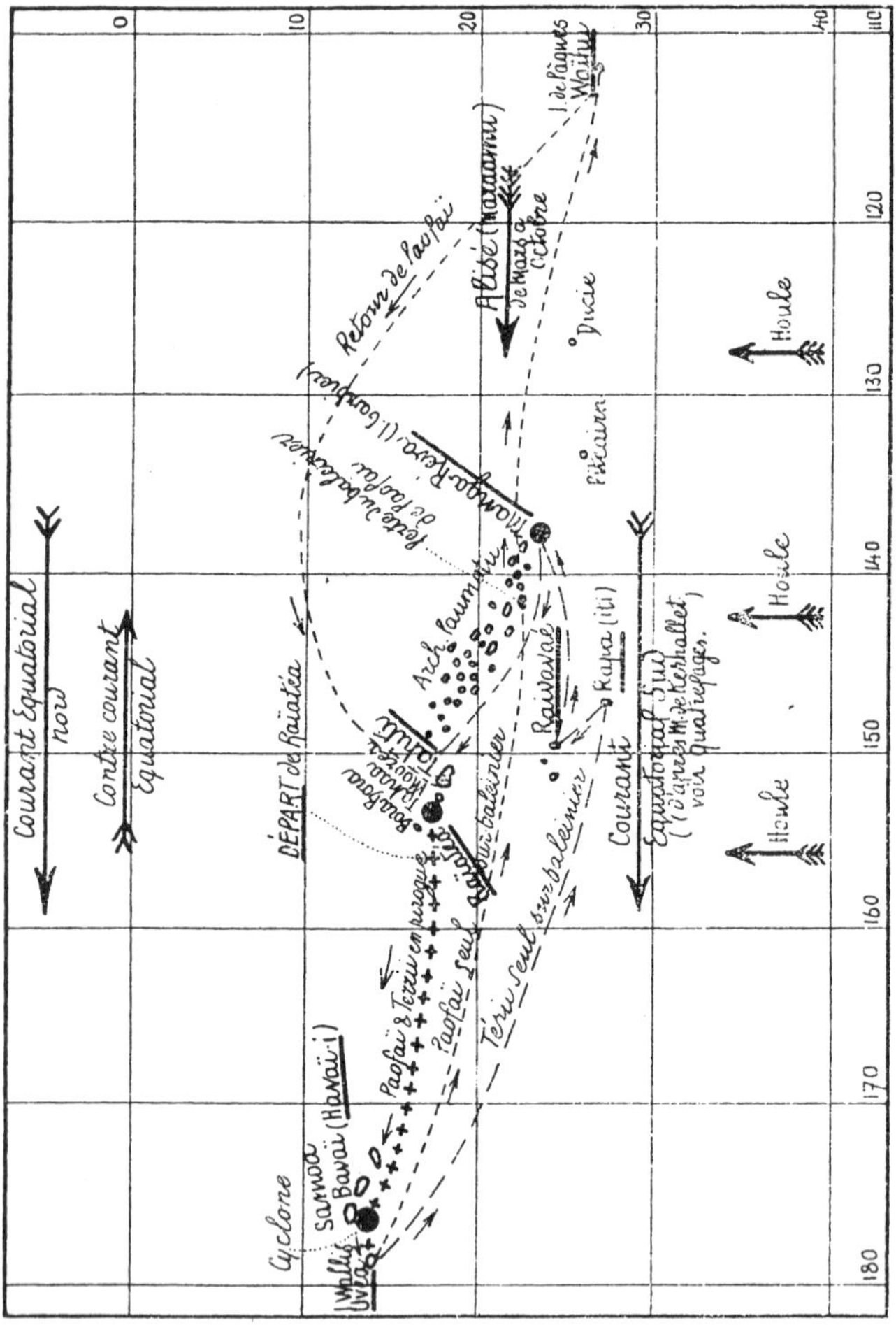

地図２――テリイの航路（Ｖ・セガレンのデッサン）。

II

「聞け、これがわしの教えだ。土を踏んでいる人間たちは、もしタネの天を眺めるならばまだそこに無いものをあばくことができる。幾夜にもわたって波の道のさなかで道標《しるべ》となるものを見つけることができる。

このように、二十人の肝の太い漕ぎ手たちは考えた。そこで出発した。ハヴァイ‐イに到り、それから乾きの季節が水に浸されるまえにまたフェティイのもとに戻ると言って。そして頑張って漕いだのだ。ところがどうだ。彼らは言葉を失ったのだ。星々の生れのことを忘れた。恥ずべきことだ。どちらに向かう？　潮に流される。がっかりする。けれども到着はした。だが山なすその地にはとりつく岸がない。

彼らはそこにどうにかこうにか着いて上陸する。空腹を満たすためにフェイを、渇きを癒すためにハアリを探す。土地は生ける水の面《おもて》のように澄み切り、木々は軽くて軟らかい。フェイは腹を満たしてはくれぬ。ハアリは渇きを癒してはくれぬ。

彼らは石を投げながら太った豚を追う。石はあたる。だが豚は倒れぬ。ある神が、風とともに旅人たちの間をよぎる。神はのたまう。珊瑚礁も岸辺もない島では運勢が良くない、と。――なぜなら、果物にしても豚にしても全て食べ物が、神神と同じように手にさわれないのだから。

生ける者らを養う岸にもどってきた旅人たちは干からびて死んだ。肝の太さに罰があたったからではなく、透きとおったあの島で人には良くない息吹を呑みこんだからだ。

この人らの行った跡を、浅はかにも今度は人間の国を知りたがったアトゥアたちが辿った。雄雌あわせて二百神。地上の島々に着いた。

ただちにその中の一体が腫れあがった。他のアトゥア達は不安になって逃げ出した。けれども、粗い息吹で重くなったため道を続けることはできなかった。何月も、何年と何月も前から道に迷い放浪する神神は弱い死すべきものになりはてて、自分たちの不滅の島を見つけだそうと努めているのだ。

言葉を忘れてでまかせに発つのはよくない。神神にとって、人間と混じり合うのは良いことではない。人間たちにとって、大胆にも神神の住処に入りこむのは良いことではない」

——「本当です」、とテリイは認めた。「言葉を忘れてでまかせに発つのはよくない。だからわたしにハヴァイ-イへの道を教えてくだされ」

——「お若いの——お前さんが歳を多くとっていないことは声で分かるんだが——、お若いの、わしの言うことを終りまではきけぬじゃろう」

——「わたしはハエレ-ポ！　聴くことができます」

——「そういうことなら、

ハヴァイ-イへの道はこれだ。お前のパヒをまっすぐに落日へと向けよ。

マラアムよ吹け。海は青緑、天は海色をなすがよい。

夜の中に沈むがよい、フェティア・ホエ星は。これぞお前の導き。これぞ『言の葉』、お前のアヴェイア。これによりて歩むのだ。

マラアムはお前を押す。お前の星はお前を引く。アホエ！　これぞお前を夜に導くもの。

日が昇る。これは、うねりがどう来るかを見つめつつ逃れよ。日は落ちる。これを追え。これぞお前を昼に導くもの」

☆

語る祭司は言葉を長いあいだ嚙んでふくめることが多い。これを聞くのは気持ちがよい。もしお前の口が、やはり長いあいだ嚙んだあと、四足の大鉢に吐き出すおろしアヴァでいっぱいならば。もし辺りが静かでござは柔らかならば。お前が脚を伸ばして警戒をゆるめることができるならば。ゆったりした言葉。真っ昼間の熱い息吹。ひんやりしたござと和ませる飲み物。これこそがお前をそっと眠りに連れていくもの。――こうしてテリイはうわの空で聞きながら、遠い微かな並ぶもののない「物語」を夢みていた。

☆

――彼はいた。その名はタアロア。
膨大さの中に立っていた。
大地はなく、天はなく、
海はなく、人もなく。

彼は呼ぶ。何も答えぬ。

ただ一人あって、タアロアは世界に変る。

世界はまだ浮いている。形なく揺れ、淵の底まで潜る者のように息もせわしく。神それを見たまい、四方《よも》にむかって呼びたまう。

——地の上に誰がいる？——声は谷間に転がり行く。答えがあった。

——わしだ、どっしりした大地。わしだ、動かぬ岩。

——海の方には誰がいる？——声は淵に沈んで行く。答えがあった。

——わしだ、海の中の山、水底《みなそこ》の珊瑚。

——上には誰がいる？——声は大気の中を高く昇って行く。答えがあった。

——わしだ、輝く日輪だ。わしだ、輝く雲だ。わしだ、輝く天だ。

——下には誰がいる？——声は窪みに落ちて行く。答えがあった。

——わしだ、幹の中の洞《ほら》、大地の洞。

成し遂げたまいて、神はその業をよしと見たまう。そして神のまま留まり給う。

☆

——「お若いの、まだ聴いているか」

——「わたしはハエレ - ポ！　聴くことができます」

安心した師は、しゃがれ声で、父や雄の媾《まぐわ》いの「語り」を続ける。

かくてわだつみ――外なる女――の水より生まれしは白雲、黒雲、それに雨。
かくて大地――内なる女――より芽生えしは、初めの根、全ての育つもの、勇気ある男、そしてその名も輝く《好かれるために飾られた》人間の女。
かくて天の女より生まれしは、初めの虹、月の明るみ、赤い雲。
かくて地底の女より生まれしは洞の音。

☆

老いさらばえた口は裂けた法螺貝のように息づいている。だが語りの力によってどんな痛みもやわらぎ、どんな弱さにも力が与えられて言葉を言えるようになる。何故かといえば言葉とは神神そのものなのだから。

年寄りの身体が弱まるにつれて、その照り映える霊はいっそう高く「記憶の知」を、いかなる年齢よりも高く昇っていく。そしてその霊が垣間見ることは、まだ死のうとしていない者らにあてて語れることではない。これがそれだ。

初めに「無」ありき。「おのれ自身」の似姿をのぞけば。

☆

沈黙。耳を澄ますと竹の背後に土蟹の音。子供は空の椀をこそぎながら耳だけはそばだてている。師はくぐもった声で言う。

——「ハエレ‐ポよ、わしの言うことを忘れるな。これを、わしのように息をひきとる際に他の人間たちに渡せるとよいが……」

沈黙。耳を澄ますと沖合に珊瑚礁の声。ハエレ‐ポは答えない。息はゆったりしている。眠っているのだ。

——「だれもかれもおんなじだ、この頃は。」老人は怒りもせずに口を閉じた。

III

天に一つの大きな影。師にはらう敬意からマロだけを身にまとい、上体は裸のパオファイだ。トゥプアが今や最後の命を脱ぎすてるのを知っていて、言葉を引き取りにきたのだ。

——「アロハ！　アロハ‐ヌイ！　言葉を約束なされたが……」

年寄りは聞こえないふりをする。起源の物語を繰り返すのに飽きたのだ。眠る者の耳にはどうせ無駄なのだから。

パオファイは呪文をとなえて、死にかけた者の口を閉じる霊を祓う。悪い詛《のろ》いをはらい熱を冷まし、モノイの油よりももっとよく手足の痛みを和らげる調べを静かに口笛でふく。

——「トゥプア・タネ！　言の葉を！　言の葉を！」

年寄りは聞こえないふりをする。その傍らで眠っていた者が目を覚ます。

――「聞いたのか、お前は」

――「ハヴァイ‐イへの道を申されました」

――「それから？」

――「アウエ！　それから後は何も申されませんでした」

少年がはしゃぐ。話したいのだ。じっさい彼は後に物語ったのだから。パオファイは少年を無視して、なおも年寄りの真近くで頼みこむ。

珊瑚礁は大きくうねる。マラエをとりまく《アイト樹》は高い枝で音をたてている。突然、大きな蟹が鋏をひらいて現れる。パオファイはそれを見て、死の近いことを知る。

それというのも、トゥプアの《親しい霊》として選ばれていた蟹がトゥプアを見つめているからだ。老いた胸は波打っている。唇は少しふるえている。パオファイはそれに自分の唇をくっつける。乾いた口はだらんとたれさがる。両の目は、ちょうど命の息をもち去りながら身を隠す蟹の目のように動かなくなる。パオファイは言の葉が死んだことを知る。彼は苦しみに呻き、鋭い貝殻で自分の顔に切り傷をつける。

☆

もしもお前の師が死んだなら、お前は十日十夜のあいだずっと嘆き悔むがよい。師の体に包み帯を着せ、これをモノイの油でこするのだ。

すると娘たちが来る。腕をのばし、腰をうごかし、両手をふるわせながら。衣を脱いだ娘たちは軀《むくろ》をとりまいて、これに身を差しだし媾いの身振りをするがよい。

軀は震えることはないだろう。娘の一人が身をかがめて言う。「この人動かなかったわ。」そこで、お前は地面に穴をほるのだ。これはタプーとなる。

穴の底に面《おもて》を向けよ。もしそれが祭司の面だと、眼差しは芽を突きやぶって幼い草木を死なせ、大きな樹の果実を落としかねないからだ。

最後に、死者のまわりで言われたことを、お前の《最期の名》として選べ。

――こうしてパオファイは十日十夜の間ずっと嘆き悔んだ。娘たちは来た。そして一人がつぶやいた。「この人、動かなかったわ。」穴が掘られた。面は下に向けた。そしてパオファイは《最期の名》として「パオファイ・パラウ-マテ」を選んだ。それは《パオファイ死せる言の葉》と発せられる。来るのが遅かったこと、言の葉が失われたことを嘆くためであった。

Ⅳ

蒼白い異人たちにはおかしなこともあるが、利口なことも多い。白い布に小さな黒い標《しるし》をつけて名前とか祭式とか数とかをしるすのだ。こうしておけば、それから長い間いつでもまたこれを唱えることができるというわけだ。

彼らの歌――ひょっとしたらこれは原初の物語かもしれない――の最中に、記憶がたじろぐような時には、彼らは目を伏せて標に相談し、そして誤らずに歌を続ける。こういう訳で彼らの書いた布は、何千もの結び目をもつ組紐よりも値打ちがある。

恨めしくなったパオファイは組紐を指から外して捨てる。これは師から戴いたものだったが、師と同じように口を利かず、師と同じように死んだのだった。もしトゥプアがこのような手立てを考えついていたならば、自分の務めを裏切ることはなかっただろうに。記憶がのみこんだあらゆることばを、聴く耳をもつ人々にそっと教えただろうに……。ところでパオファイ――かつて《新しい言葉》の連中に対して呪いをかけ、彼らが土地に蔓延《はびこ》らせようとした熱や病を告発し、そのちっぽけさと貧弱な食欲のせいで彼らを見下した――パオファイには、それはそれとして彼らのこの標だけは羨ましい。

だが、あの標は、ひょっとしたらマオリの言葉を表すのにはむかないのではなかろうか。自分の民には別のものがあるのでは？――彼にははっきりしない。

どこでみつかるのか、その標は。なべての島々の父、ハヴァイ‐イの地でなのか？　しかし、ハヴァイ‐イに連れて行く言葉を誰が一体知っているのか。

ハエレ‐ポはその言葉を知っている。だがハエレ‐ポは用心して隠れている。そして、いつも「神隠しにあった者」と見られるように努めている。――子供が丸い小石をもてあそぶようにしょっちゅう奇蹟をあやつるのはよくない。住むためにお前が引き止められている雲のむらなす神々しい住処からいきなり降りるのはよくない。

しかし、テリイは見付かった。山の腹の《フェイ運びたち》の通い慣れた道よりもっと高いところにある小屋の中でだった。

――「お前、ハヴァイ-イへの道を知っているのか」

――「ハヴァイ-イへの道はこれだ。お前のパヒをまっすぐに落日へと向けよ。マラアムよ吹け。海は青緑、天は海色をなすがよい。

夜の中に沈むがよい、フェティア・ホエ星は。これぞお前の導き。これぞ『言の葉』、お前のアヴェイア。これによりて歩むのだ。

マラアムはお前を押す。お前の星はお前を引く。ア　ホエ！　これぞお前を夜に導くもの。

日が昇る。これは、うねりがどう来るかを見つめつつ逃れよ。日は落ちる。これを追え。これぞお前を昼に導くもの」

パオファイは答える。――「道をとるにはそれで十分だ。足で踏んでいる島からまだ見えない島に行くにはアヴェイアがあれば十分だ。お前が言ったように、それはフェティア・ホエ星だ」

☆

ここに大いなる出発のための言葉がある。

飾れる女の腰のように艶のある腹をし、鱶《ふか》の尻尾のように鋭い尾をもち、形も双子、丈も双子の二隻の大きな舟を選べ。

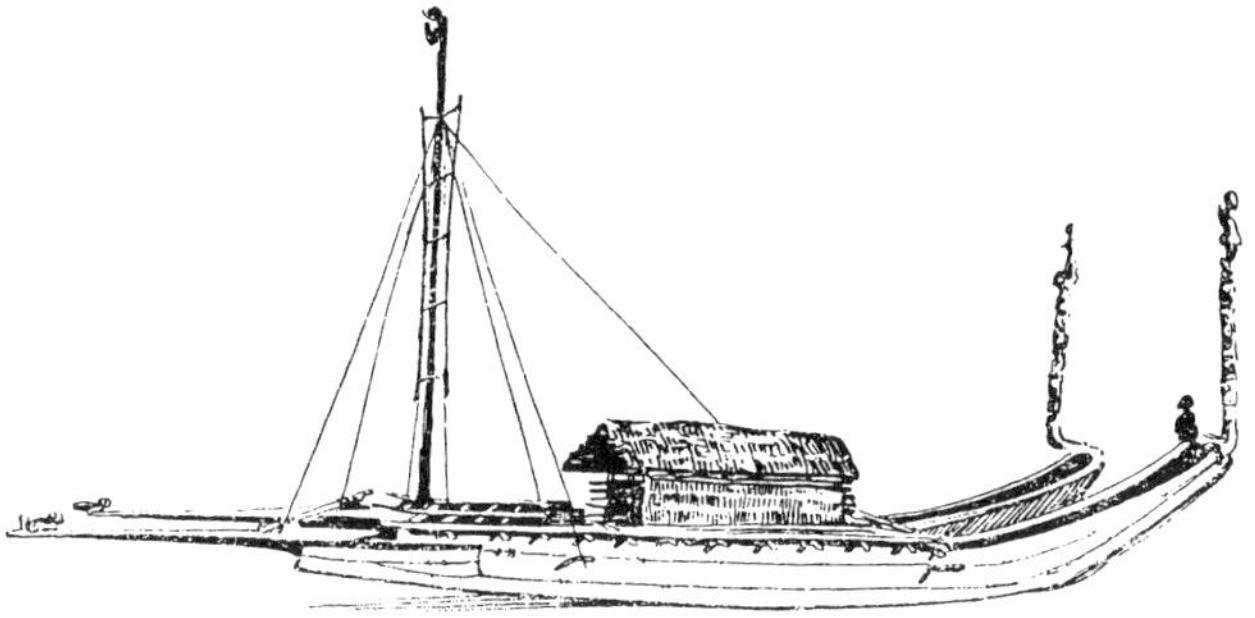

図13――タヒティの双胴船。

すでに《外海》になれた仲間を選べ。数は少ないほうが良い。大舟に乗れる人数の四半分。旅は長くなるかも知れず、食糧は尽きるかも知れないのだから。

女たちに言え。熟れたウルの実をもぎ、焼き、皮をむき、固い木の鉢に入れ、川の水をかけながらこれを砂岩の杵《きね》で砕け、と。

薫をつけるために、これらの実をティの葉に包んで、バナナを詰めた穴の底に埋めよ。小さな呪文を唱えよ。まもなくすると、練り粉はピリピリと辛くなる。薫を嗅ぐだけでお前の歯は唾で濡れる。こうしてお前は、限りのない舟旅のためにながもちのする立派な料理、マヒを得るのだ。

これをお前の左側の舟の胴に詰めよ。右側には、渇きにそなえてハアリの実を繋ぎとめよ。真ん中には、媾《まぐわ》いのための女たちを忘れるな。出船を祝い、運を良くしはなやかにするアウテの葉を杭にくくれ。――これでパヒの準備はよい。

水先案内たちが位置を占める屋根に上れ。三頭の豚を屠り、海にむかって力強く叫べ。――「鱶神たちよ、生きた尾をもつ早き神神よ、このパヒに、その名も――ここで名を言う――何々なるこのパヒに、汝らの速き鰭《ひれ》を与えよ。このパヒがポフにも似て滑らんことを。ファモアにも似て浮かばんことを。髪が緑の怒りっぽいルアハトゥの如くに海を飲まんことを」

☆

だが何よりもお前は、十五の夜にわたって天空を見つめたのだ。もはやそこに兆しなどを探すな。《導き星》の名をしかと記憶にとどめて、大いなる水平線をうかがうのだ。

導き星は海に没するだろう。それが落ちると見えたところに近い岸辺の木——もしくは珊瑚礁の突端《とっぱな》——を忘れるな。あたかも矢のように、そこからお前が眼《まなこ》で刺したその真の場所を忘れるな。

あくる日またその場所につけ。同じ木もしくは同じ珊瑚礁を見つけだせ。夜の間に、同じようにして他の星も天の同じ場所に落ちるだろう。こうしてお前は、回る天空のえがく道を得たのだ。お前の周りから諸々の土地が消えた時に、お前はこの道をたどるのだ。

これこそは、異国の船乗りたちのあの小さな狂った針よりも優れた導き手だ。何故かといえば、トゥティの友なるトゥパイアはピリタネ達の大きな旅に連れていかれたのだが、彼らが知らなかった島々に案内することができたのだから。

最後の日。《雲を食う》大きな青い鱶★1の波打つ身体をひとめ見よ。お前にはその曲がり具合と縁取りで、やってくる風の歩みが分かるだろう。

☆

ア　ホエ！　マラアム風は幾月夜ものあいだ息もつかずに走る。休みないその息吹におされてパヒも走る。

夜が広がり全地が下ったら、水先案内人は目をあげよ、パヒをそらすな。真っ直ぐ前の黒い天空の洞のしたに、十八の頭《かしら》なる星が傾き、落ちて行くのが見えるだろう。

即ち、まずはフェティア・モエ。次に左よりに輝くトア。そして見よ。小さなヒナの如く明るいフェティアーラヒ。ホレがすぐ前をくだる。双子のピピリとレフアは右側に光る――これは食いしん坊の両親への仕返しに天に飛び出したのだ――。手前にもう一つの導き手。また一つ。更に一つ。夜がまわる。そして陽がまもなくのぼるので、真の星なるフェティア・ホエは水平線で溺れる。それが海路を固定させる。日輪は闇の領域でその地底の旅をなしとげて、すぐに背後からあらわれる。これは流れていく一日のための最後の教えだ。パオファイは一目で日輪も――風の歩みも――うねりの走行も見てとる。

風はオロから逃れて歩む。うねりは左の腰に寄せてくる。その重い律動が、君臨する大風の娘である小波たちをよこぎる。

夜明けにはうねりが良い道標となって取るべき速さがわかり、いつも同じようにこれを切って航路を維持することができるだろう。

パオファイはそうした。そこでやっと彼は眠りにつく。別の者が主櫂を手にとって偏流しないように舟をうごかす。逃げる波のうえで、この男が航路から外れぬように努めるとよいが。

★1（原注）―天の川。

☆

日々の間、夜々の間。また昼の間、また別の夜な夜な、変りはない。天も、水も、マラアムも。

オロは巨大な規則ただしい身振りでその大きな曲線を導いていく。しかし、オロが落ちる時、わき立つ海がきしる音――陸地のなかでいちばん突端にあるポラ‐ポラの人々がこれを聞いたと言うのだが――はまだ聞こえない。このマオリ世界の反りも姿をみせない。

ある夜、十日目の夜の終わりに、パオファイは長い《雲を食う鱶》がその線を曲げて背中をもう一方の天の脇腹にさし向けていることに気づく。彼は、翌日に風が急変すると予告する。

だが風は規則正しいままだし、うねりも変らない。航路は平坦に穏やかに果てしなく伸びている。

V

それから、突然、めずらしい出来事が起こった。パオファイ自身はこれを調子のよい歌で書きとめておく気はなく、それはできないことでもあった。けれども、恐ろしい夜――《顔のない夜》、《見られないための夜》(怖がった連中はこんな風にいうのだが)――から難をのがれた彼は、俗の言葉をもちいて、いまからお話しすることを語った。それを、ある第四位のハエレ‐ポが数えきれない島々のどこかで聞いてタヒティの人々に伝えた。

☆

　十二番目の、もしくは十五番目の夜のこと、風が弱まったではないか。雲だらけの朝が開けた。日は見えなかった。風はやみ小波もやんだ。大波——これは支配するうねりの数多い脇腹なのだが——が歩調を変え始め、とうとうこれも止まった。低くたれる天の下のたいらな水の上で舟は動かなくなった。同時に、ある不安がみんなの肩にのしかかった。生温かく、波しぶきとはちがって塩辛くはない水滴が額や唇をぬらした。身震いがおこった。海の肌に降りしきる雨は実は雨じゃない。それはオロの涙なのだ。そこで、変りやすい小さな息吹に応じて筵《むしろ》の向きをかえながら漕ぎはじめた。身にも腸にもためらいが流れこんだ。パヒはどこへとやら逸れつつあった。日没にはうねりがまた始まったが、その歩みは大したことはなかった。早く夜明けになって欲しかった。

　夜明けがまた暗かったし、激しい雲に押しまくられていた。それというのも、新たな息吹が起ってきたのだ。パオファイはこれをトエラウと呼べると思った。ひっきりなしに横腹の向きをかえなければならなかった。水先案内人は間切り幅が十分に広いとみれば《主櫂》を傾けながら叫んだ。舟は風から逃げ、いきなり針路が変るのだった。海風の中で今度は船尾が高くなる。そこでござの向きを変える。すると船尾は前にくる。パオファイは大きな櫂を肩にかついで一方の端から他方の端に身を移し、航路を元にもどすのだった。——だが、いきなりトエラウが冷えた。海は膨らみ、緑色をして固くなった。

　ござを締めた。——張り綱で風がひゅうひゅう鳴った。海は膨れあがった。第一の船体に波が斜めに跳ね上がり、泡で叩き、もう一方の船体を揺さぶりながら横梁にとばっちりをかけた。横梁のつなぎ目がひどく傷んできしり、甲板に無理な力を加えてこれを裂こうとするのだった。――《外海》を駆けたことがなく、礁湖から出たことのない者にはこれがどういうことか分かるものじゃない。――舟を軽くするために、二つの舳先《へさき》を波に向けて立てた。食糧は塩水で濡れた。それから左の龍骨が二つの外板をつき破って舟を水でいっぱいにした。女たちは椀をとって懸命に汲み出した。海は女たちの背にかぶさり、帆柱に跳ね返り、屋根の柱で音を立てながら、二つの船体の間に流れ落ちた。憎しみの息吹が筵を引き剝がした。ここではじめてパオファァイは動揺し始めた。

もちろん、彼は海についてはまったく心配していなかった。自分でも、また祖先によっても海の仲間、フェティイだった。二柱の海のアトゥアと二頭の《鱶神》とを遠い祖先として崇めていたし、自分のイノアは波しぶきに住むあの翼もつ大胆な魚ととりかえっこしていた。そもそも精霊が、ある前兆をもって、海は好意的で風は友となるだろうと約束してくれていたのだ。ところがどうだ。潮はまわりで猛りたっているし、風は気紛れな鰻のように戯れて嚙みつくではないか。――テリイもまた不安だった。占いの雌豚の腹の中にみるように十分にはっきりと嵐が罰であり脅しであることを見抜いていた。たとえどれほど遠くまで逃げたとしても、もはや自分の過ちを脱ぎ捨てられるとは思えなかった。神神とその怨念は、天が変っても変らないというのか。――彼は恐ろしかった。彼らは恐ろしかった。そしてもっと強い波が転がってくるので、女たちは甲板にしがみついてみんな一緒に金切り声をあげた。

海はなおも荒れた。灰色の雲、黒い雲があちらこちらをとても早く走っていた。パヒは、うち勝つことのできない緑色の肩で突きとばされるばかりで、もうハヴァイ-イにもいかなる場所にも進んでなどいなかった。ただ上がり、下がり、上がり、落ち、丸い穴へと沈みこむばかりだった。――水平線はまったく消えていた。それに、船体はとつぜん空中で水を滴らせて、そのあらゆる継ぎ目から叫び声が出るのだった。パオファイは足を踏んばり両手で太い竿をがっしり摑んで、風にさからっていた。彼の努力にもかかわらずパヒは横向きになった。木の棍棒のように硬い高浪がひとつぶちあたった。舟は跳ね返った。衝撃が過ぎて、水が屋根から滝となって格子に降るなかで、女の数が減ったのがわかった。

――それに何より、手ぶらになったパオファイが恐怖の身振りをしているのが。櫂を無くしたのだ……

こうなっては一縷の望みとてなく、身をよせあって待つよりほかはなかった。祭司にしてアリオイでもあるパオファイには、どうも神神が覚えめでたいのかどうか疑わしくなった。伺いをたてるために、帆繰り綱によじのぼって、自分で恭しく供え捧げておいた「赤い羽」を摑みとった。それから、嵐が襲ってくる天の方角へと腕をのばして、風よりも強く哀願の呪文を唸った。彼はマロをなくしていた。第七位のタトゥで飾られたそのたくましい腰を雨がひっぱたいた。彼は身を伸ばして諸の手をたかく掲げた。羽は指をはなれて渦巻きながら飛び去った。

この神々しい物に触れると、海はなおいっそう跳ねまわり震えおののいた。けれども風は小止みになった。空は白くなり次にはうす赤くなった。そして雲よりもっと遠くに別の天空が透けてみえたが、それは雲もなく澄みきっていて動かなかった。雨は空中にとどまった。少しは鼻で嗅ぐことができるようになった。ときどき間近の土地の薫りがよぎるのを見抜くことができた。温かい雨にぬれて葉叢のしげる湿った土がかおる芳しい陸の薫りだった。この息吹は、人々がそこから逃げてきた薫りのついた島々の息吹とおなじように甘かった。

陸地が現れた。それはとても高かった。岩は切りたち山は凸凹《でこぼこ》をつくり、大きな暗い谷間が穿《うが》たれていて、中腹はなだらかに曲がった丘のせいで丸くなっていた。ハヴァイ－イ！　ハヴァイ－イ！　の叫びが起った。人々は待ちに待った岸辺をものほしそうな目で見渡した。こんな風に、とパオファイは言った。十四の夜のあいだ喜びを絶ったあとでいよいよ妻たちを楽しもうとする男はこんな風にするものだ。味気ない大海に飽きた顔にとっては、様々の匂いがいっそう生々しく脈うっていた。そしてこれほど長いあいだ様々の動く形の上を転がっていた人々の視線は、揺るぎのない物の輪郭をみわけて憩うのだった。テリイもそうで、異人の習わしに引っ掴まれて、「美しい、美しい……」と口走るけれどもその先は言えず、ゆるんだ顔をして立ち上がるだけだった。

パオファイは彼をまるで狂った者を窺うかのように見つめた。そしてこれに厳しく話した。礁からははるかに隔たっているし、潮の流れのために逸れつつあるし、もう一度小さい櫂をとって精いっぱい漕ぐべきだ、それに、他の国の住人の癖をまねるのは旅する者にとっても良い前触れではない、と。——テリイは我に返った。頭をさげ、腕をのばし、腰をまげ、そして漕いだ。その目はもう山々の腹に美しい色合いを探したりはしなかった。珊瑚礁がその線を開いているかどうか、それにどんな具合に水路に入って行けばよいのかひたすら見分けようと努めた。それはその方がよかった。

なぜならば嵐はまだおさまってはいなかったからだ。《外海》でうねる波の谷はひきもやらずに現れた。そして陸、待ち望んだ陸、これほど熱望した起源の陸には——どんな努力も虚しく——接岸することはできなかった。舟は、一つまた一つと開いては閉じる甘美の峡谷から越えがたく隔たったまま流される。それから、風がまたおこったが、その路は変っていて天の別の一角をめざして吹くのだった。ばら色の空は霧でかすんだ。海はまた、もっと容赦なくとびはねた。すでにあるうねりに向かって新しくできた波がぶつかった。更けていく夜のなかで、ますます暗くなる疾風《はやて》のなかで、勢いをとりもどして新たな戦端をひらく嵐のなかで、さまよう人々は、その本源の「島」が消えていくのを悲嘆にくれて見つめるばかりだった。どんな生ける者もそこに上陸することはできないのだ。

そしてまた夜がはじまった。それは余りにも鬱陶しく余りにも混乱し、余りにも不安に満ちた夜だったので、パオファイやテリイにしても十二人の漕ぎ手たちや生き残った五人の女たちにしても、決してそのことは物語ろうとしなかった。風の中で何が見えたのか、淵から何が上がってくるのが聞こえたのかわからない。娘のひとり、たったひとりが、恐ろしくはあったものの思い切って次のことを洩らした。つまり、ハヴァイ - イを見失ってまもなくのこと、凄まじい火が海の上に現れて、島の位置を示していた――その間、身の毛もよだついくつかの人面が口笛を吹きながら闇の中を通った――、ということだ。恵み深いもしくはずる賢いアトゥアが、疾風を追い散らして輝く天を見させた、――そしてその時、恐れは途方もないものとなって世界の屋根の下の空洞中に満ちた――、と信じてよかろう。何故かといえば、呪いのせいで夕べの星々は朝の星々に変り、また朝の星々は夕べの星々に変っていた……のだから。生ける者は誰ひとりとして裏返しになった天の混沌のなかで、とうてい自分の導き星を探すことなどできなかっただろう。

図14――
櫂形偶像。

Ⅵ

いくつかの月が過ぎる。短いヒナの月々が。パオファイとテリイ、それに数人の漕ぎ手、それにまた何人かの女は名もない島に上陸することができた。そこで彼らは珊瑚の上を水溜まりから水溜まりへと走っては手で魚を捕まえ、それで生きのびた。貝殻でほった穴にたまるわずかの雨水をのんだ。多分、ある別の丸木舟が珊瑚礁の上にいる彼らを見つけて、あのウヴェアに連れてきたのだろう。ずっと後に彼らはそこで発見されたのだ――そこの連中は食欲旺盛で、時には人を食べる癖があるのだがもてなしはよい。この滞在地の記憶を保つために、パオファイは次のような調子の整った物語を作った。

アホエ！　ウヴェア島はモトゥではない。だが、鰭のない魚の背のように、小山はあるものの平たい島。だが、彷徨う者に贅沢は言っておれない。

アホエ！　珊瑚に触れる時、精霊をもてなす到着の言葉を忘れてはならぬ。

この場にいたりて、わが足の下に地はあたらし。
この場にいたりて、わが頭の上に天はあたらし。
新たな地と新たな天の霊よ、異国の者は
その心を汝への食べ物として捧げたてまつる。

ア　ホエ！　すぐ後で、生ける者らへの挨拶を忘れるな。アロハ！　アロハ‐ヌイ！
ウヴェアの人々は答えるだろう。「アロファ！　アロファ‐ヌイ！」、と。笑うな。辱めてはならぬ。その人々に「片言を言う者ら」と言ってはならぬ。――なんとなればそれが彼らの国の言葉であり、これはお前の言葉の兄弟なのだ。

最後に、お前は砂の上の二つの胴体が長い鱶の死骸にも似たおまえの毀れた舟の方を向くがよい。これに向かって悲しく言うがよい。残るのか、お前は、と。――見捨てる道連れ、フェティイに言うように。

☆

「お前さん、どこに行く？」、と訊ねられてもすぐには答えるな。答えるなら、偽って答えよ。お前の名を新しい土地の首長の名ととり替えるまで待つのだ。

お前は首長たちの方へと案内されるだろう。慎重に道をたどれ。もし、ウヴェアの島に三つの丸い大穴があって、それぞれ深みには静かな湖を隠しているのを見ても驚くな。「これらの穴を掘って水を注いだ巧妙で力の強いアトゥアは誰かな」、とだけ訊ねるがよい。

かつて山はこれらの淵から火を吹いたのだとの答えがあるだろう。これはピリタネ人水夫らの言うことだ。どこに行ってもいるのだよ、この輩は。海の真鯵《まあじ》のように幾らでもいるのだ。

信じるなよ。満々と水をたたえた穴が火など吹いた例《ためし》があるものか！　もちろん、ハヴァイ‐イが見えなくなった時に、陸地が炎をあげるのは見えた。しかしあの火は水でいっぱいの穴から出たものではない。あれは見てはならないものだった。話してはならないものなのだ。

ともかく、首長のところに辿りついて、お前の名を彼の名ととり替えっこしたら、そして二人ともイノアになったら、その時には何でも言うがよい。もはや偽って言うことはない。

――こうしてパオファイは、ウヴェアの地はラノの戦士たちの首長アトゥモシカヴァのイノアとなる。その話し方がきらびやかさで劣るハエレ‐ポの方は、その人となりを最下級の生贄師フェホコの人ととりとり替える。

女たちはといえば、周知のように、彼女らがお互いに分かり合うためにイノアは無用だ、――もし歌ったり、笑ったり、話したりできさえすれば。

☆

そこで初めて、やって来た者たちはうち明ける。――「ハヴァイ‐イを見失ったのです。わしらは《話す標》を探している」と。アトゥモシカヴァが答える。「ハヴァイ‐イだって? それはサモア諸島のサヴァイ‐イのことだ。しかし風はそこには案内しない。」標だって? 首長はその標とやらを知らない、という。言葉が死なないように守るものなど何も知らないのだ。そのうえ、これは祭司にかかわる事柄だ。

祭司たちはどうかといえば、彼らもまた知らないという。小さな棒と結わえつけた短い細紐さえあれば十分じゃないか。パオファイは蔑む。そんなものはまったく児戯にすぎない。

だが一人の痩せた男、はしこい目をして輪をつけた耳がどっしりと肩まで垂れた男が自分から話し始める。標を知っていると言うのだ。

──「どこの人かな、お前さんは」

──「わしの土地の名前は《世界の臍《へそ》》という。わしはトゥマヘケ。わしの土地はまん丸くて誰もないとても大きな海の真ん中に浮いている。──広くてすべすべする腹を飾る臍とおんなじだ。またヴァイフとも呼ばれている。★1
土地は固くて赭黒《あか》い埃がたち、乾ききって洞穴だらけ。僅かばかりの丈の低い草だけが生える。川がないのだ。島は渇いている。けれども住民はおんなじ肌の色をした他の人々ぜんぶよりも器用だぞ。

──木はあまりない。寒い。ファレはというと、泥土と石で建てるのだが、とても低いので四つん這いにならなけりゃ入れない。家の中では草を燃やす。寒いのだ」

もし誰かに話させたいと思うならば、その人を嘘つきよばわりしてはならない。だからパオファイはトゥマヘケにむかって「嘘つき」とは言わなかった。火というものは食べ物を焼くために考え出されたものであって、いまだかつて人間を温めるのに役だった験《ためし》はない！　と、まこと知ってはいたものの。

だが、彼は我慢して、相手が標について話しだすのを待つ。

トゥマヘケは自分の土地のことを威張る。──「山々の岩に刻まれたとても大きなティキがいくつもあるぞ。ティキたちは、怒った額の下の平たくて太い眼《まなこ》でいつでも水を睨んでいる。海は怖がってあんまり高く岸辺に上がって来る気にはなれない。

★1（原注）─復活祭（イースター）島。

標はといえば、鋭い石で、平たくて滑らかな木材に文身するのだ。その後これは《知恵の木材》と名付けられる。首長の皮膚にするように板への彫りこみが終わると、器用な男はそこに自分のルアを描きこむ。これは自分の目印だ。

ずっと後になっても標は一つ一つその名前で見分けられる。ちょうど誰でも自分のフェティイを見分けるようにだ。そこで『木材』が話すと言われるのだ」

「ハ！」、パオファイは喜んで叫ぶ。「お前さんの島に行こう！　一緒に行こう。お前さんの丸木舟はどこじゃ。」

トゥマへケはちょっと笑う。そこには丸木舟では行かない。異国の太い船に、その首長に土産をいっぱい渡して乗せてもらわねばならない。でなけりゃ船で賤民のように働かねばならない。その両方が必要なこともある。

――「構うことはない。」パオファイは立ち上がる。だがアトゥモシカヴァが彼を引きとめる。せめて別れの御馳走を食べよう。薫り草と一緒に焼いた悪人の腕一本だ。

パオファイはことわる。それは自分が大祭司をしているタヒティの土地では習わしではない。人々は彼の習慣を尊重する。各々の民が、旅につきものの思いがけない事態に際しても、自分のタプーをまもるのはよいことだ。

☆

テリイは少し休みたいと思う。眠ったふりをして、師が発っていくのをそのまま放っておく。

月々が過ぎる。鯨狩りのパヒで連れていかれるパオファイの頭の上には新しい天があるだけで、まわりにはなんにも無い。

異国の首長――他の船乗りたちに「カピタナ」とよばれていた――に彼はこう言った。「わしもまた船乗りで、お前さんのパヒの操縦を手伝うことができる。お前さんがヴァイフの地へと行きなさることは知っている。わしもそこに行きたいのじゃ」

相手は、汚れた小さな竹を吸いながらつんと鼻をつく煙を嗅いでいたが、うなり声で答えた。男の息はひどく臭い。ピリタネのアヴァの臭いだ。

モホレランジ号は、しなやかな布の帆をござよりも軽々とひろげる。そして、船首をぴたりと風に向けて、ほとんど向い風なのに驚くほどよく進む。その白くて太い鼻はマオリの舟の鼻面よりも頑丈で、大量の波をびくともせずにつぶす。

ある日のこと、首長はいつもよりもっといやらしかった。赤い顔でふさがりそうな目をして気のふれた者のように歩きまわりながら、つながりのない言葉を怒鳴った。賤民の話し方でパオファイを辱める。土蟹のようにはすかいに走ってきて、侵すべからざる頭の上にその握り拳をふり上げる。

ところで、オロの祭司の方は身を震わせはしたが、再び平静さを取りもどす。穢れた動物を殺すようにこの白い首長の首を締めはしない。彼は神霊に憑かれたかのような面持ちで、「木材」がついに話すだろう島へと導いていく広がった海を見つめる。

☆

さらに幾月か。人々は海上の道に数限りなく散らばっている「低い土地」で道に迷った。これらの土地の一つで、ヒナの出ていない夜の間に、間抜けで見さげ果てた異人は船をすてた。それから溺れて死んだ。

アウエ！　これは穢れた獣だった。パオファイはヴァイフの島に連れて行ってくれる別の臭い異人の船を、何年ものあいだ待たなければならない。

Ⅷ

ウヴェアの地を追われたテリイは今や果てがないと知っている海の上を、師を見失っていきあたりばったりにうろつく。

彼は、思い上がりを捨てて、いろんな種類のカピタナの水夫になった。どこに上陸しようと、その土地が好ましく思われ、女たちのもてなしがよい時には、出発の夜、彼は藪のなかに隠れこむ。

カピタナは大声をはりあげて彼を捜す。船は出ていく。テリイは、雨の季節が去り、乾きの時が戻ってくるまでじっとしている。だが、行きずりの土地から出ていく時にはいつも、小さな棒切れの束に念をいれてもう一本の棒をつけくわえる。自分が眠りもし食べもしたこれらの島々の名前を覚えておくためだ。

☆

ラパのための棒がある。この島では、タロ芋、これを人々は土に埋めて保存するのだが、それに生魚だけが祭のための食べ物なのだ。貧しい食欲だ。貧しい連中だ。

テリイはそこでぐずぐずしない。けれどもひとつだけ立派な習慣を心にとめる。つまり、そこでは男たちは、たとえ平民であってもあらゆる女たちにとってタプーなのだ。女たちが魚を漁り、ファレを建て、立派な舟をつくる。

図15——図式的モティフによる実生活の場面。『マルキーズ諸島の美術』より。

ライヴァヴァエのための棒もある。石に刻んだ巨大なティイ——これを彼らはティキと言う——の像だらけの土地だ。砂浜のためのティキと岩山のためのティキと二種類ある。

☆

また、あの名もない小さなモトゥのための棒切れもある。そこでテリイは驚いたことに四人のタヒティの男と二人のタヒティの女に出会った。名づけようもない風のために、彼らはどの海路からも外れたところにうち捨てられたという。だがそんなことは信じられたものではない。

☆

最後にマンガ－レヴァのための棒もあった。そこにはティキの像がいっぱいあって、丈も高かった。けれども人々はといえば、何という情けない船乗りだろう。

全くのところ、舟はないのだ。木の幹をいくつか繫ぎ合わせたものがあるだけで、形もなければ速くもなく水先案内もいない。それにアヴェイアがない。

☆

ハエレ－ポが帰ってきたのはそこからだった。棒切れの数は多くて、彼の記憶にとっては日輪の長い年々を十年も満たすものだった。いやもしかしたら二十年を。そうだ、そうに違いない。二十年間タヒティの外にあったのだ。

手の中の棒切れの数と同じように、顔の皮膚の上の皺も多かった。それに左の脚は上から下まで季節ごとに腫れるようになっていた。

彼は自分を養い育ててくれたタヒティの島、そのフェティイ達、その習わし、パパラの地への郷愁にとらえられた。いったいなんでこれらすべてを捨てたのか。なんで戻らないのか。祭司たちはひょっとしたらまだあの過ちを覚えているかもしれない。それがあの人たちの仕事なのだから。けれども、アトウア達は彼を恨んではいないのじゃないか。あの度忘れいらい名前だって十二回も変えたのだから。

さてそこに、日の落ちる方に向かって進む一艘の船が通りかかった。これはひとつのお告げじゃないのか。というわけでテリイは船に乗せてもらい、しかも働かないでもよいように、異国の首長に自分の蓄えを全部とそれに二人の女とを提供した。

第三部

もの知らず

船は、静かな水の中に重い鉄の吊るし鉤《かぎ》を投げこんだ。綱をぴんと張って動きにさからい回転した。それから動かなくなった。異人たちは甲板に集まり、船具のあいだに犇《ひし》めき、舳先のうえに張り出している傾いた帆柱のてっぺんにすらたかって、太陽、静けさ、香りのよいそよ風に満ちた停泊地を愉快そうに見つめていた。真珠貝を漁る者であれ鯨を追う者であれ、海洋をかけめぐるこれらあらゆる船乗りたちにとって、タヒティの島々はとほうもない快楽と独特の魅力を秘めているので、それを口に出すだけで声は優しくなるとともに震え、目は喜びのために細くなる。去っていくとなれば連中は涙を流し、きっと戻ってくると吹聴する。だが大抵はふたたび姿を見せることはない。――テリイは、肌の蒼白いすべての男たちにつきもののこういった様々の感情にはもう驚くことはなくなっていた。この二十年にわたる冒険のあいだに、どれほど連中に近づいたことか。――彼らのおもな言語のうち二つや三つは話せるほどになっていた……。彼らの魂は、どう考えてみてもむらがあって、覚束《おぼつか》なく、わがままとしか言いようがなかった。まるでその朝パペエテの入江に戯れているあやふやなそよ風のようだった。

彼自身は、うちとけた目つきで沿岸を眺めては、谷間とか珊瑚礁の小島とか、尾根、流水などの名前を何回も口に出していた。それは唇に快かった。それから、自分のまわりに目をもどして、到着した人々を出迎える木の葉や贈り物や女たちをのせた舟が一艘とて馳せつけてこないことに驚いた。けれども停泊地も岸も昔に変らず人が住めそうだし実際に人が居るように見えた。外海用のパヒは数多く砂浜に眠っていたし、いささか意外な姿をした白いファレも沢山の岸辺の住人が集うことをはっきりと示していた。——水際を通る二人の子供と異国の服を着たのかと思われる一人の奇妙な女を別にすれば、誰ひとり姿を見せなかった。目を疑いながら、テリイは急いで上陸した。

迎える人はまだいなかった。どの白いファレからも、めりはりのない呟き《つぶや》がもれているだけだった。それはひょっとしたらハエレ‐ポの語りであって、一連の祖先の名前が聞きとれるのかもしれない。旅人はなりゆきまかせにあるファレに入ってみた……。そこに居たのは、なるほどパレの地の昔なじみのフェティイに違いなかった。けれども、その人たちの新しい恰好ときたら見られたものじゃなかった。——ハ。何をしているのだろう。彼らは座って、黙りこくって、かしこまっていた。一人だけは違っていた——テリイは長いあいだじっと見つめた——。その男は、白い布に描かれた《話す標》を見ながら演説していた……。到着した者はまた嬉しくなって思わず呼びかけた。

——「アロハ！　みなさんアロハ‐ヌイ！」そして、かつての仲間だったロオメトゥア・テ・マタウテを不意に彼だと分かって近寄り、大きな親愛の情をこめて自分の鼻を彼の鼻にこすりつけようとした。相手は、厳しい顔つきで避けた。まわりで人々がせせら笑った。ロオメトゥアは立ち上がり、テリイを両腕で抱いて、唇を彼の頬っぺたにくっつけた。それから、よそよそしい素振りをして言った。

——「お前さんが我等の主イエズ‐ケリトにおいて生きんことを。で、どうかね、お前さんの方は」異国のやり方をまねるなんてまったく可笑《おか》しな男だとテリイはおもった。けれども集まっている人々も云った。

——「お前さんが真《まこと》の神なる我等の主イエズ‐ケリトにおいて生きんことを」

——「アウエ！」、テリイはその呪《まじな》いの文句を聞いて唖然として呟いた。彼のために席がつくられた。彼は座って演説者に聞き入った。

「イヤコバの子らは十二人であった。妻リアから生まれたのは、第一子レウベナ、次いでシメオナ、レヴィ、イザカラ、イオゼファにベニアミナ……」

——「きっと祖先の物語なんだな」、とやって来た者は考えた。けれども名前はちんぷんかんぷんなままだった。それに、話しているのはハエレ‐ポなんかじゃなくてとても話し下手だった。テリイはいらだった。

——「パレの地ではなにか変ったことは？」

——「黙って！」、というのが答えだった。「わしらは主に祈っているのだ。」単調な語りはいつ果てるともなく続いた。ついに無能な弁士は白い葉をたたみながら、聞いたこともない語を厳粛な調子で言った。「アメネ」、と。そして話し止めた。

かくも陰気なお迎えにがっかりしたテリイは、とつおいつ自分の考えを探っていた。堂々と友のファレに戻ったというのに、なんでとっておきのあの熱狂したけたたましい歓迎の挨拶がなかったのだろう。間違いなく記憶が残っていて、《語り人の石》のうえでのあのとても古い過ちのせいで恨まれているのだ……あるいはもしかしたら、とてもまずい時にそれも老いた男の体で現れて奇蹟の評判を台無しにしてしまったせいだ。——いきなり彼は《神像運び》のティノモエと見事な丸木舟を彫っていたタネであるフルパの名前を呼んだ。長くてきつかったこの長い留守にもかかわらず、自分の記憶力がどんなに強いものであるかを見せたのだといえる。だが注意をはらう者はいなかった。連中は木の耳をもつティイのように耳が聞こえないのかと思われた。でなければぼんやりしているのだ。するとロオメトゥアが説明してくれた。

——「わしの名はもうロオメトゥアじゃない。サムエラだ。そしてこれはタネのイアコバ。もうひとりの方はイオアネ……。でお前さんは？　やっぱり名前を変えたんじゃないのかね」

テリイは、国を変えるのと同時に名前を変えることならよろこんで認めていた。一つの谷間からもう一つの谷間に移っても名前を変えてよいのだ。自分でも出発して以来島から島にかけて十二をこえる違った呼び名に返事をしてきた。けれども、いま聞えた語は耳慣れないものだった。きっと異国の言葉なのだ。彼は「イアコバ……」と繰り返してみて、自分の唇の動き方をわらった。

——「ロオメトゥアか。あれはまったくみっともない名前だった」、と演説者は続けた。「もの知らずの時代にふさわしい名前だった。」彼はまた「サムエラ」と満足そうに言った。それから悦に入って朗唱するのだった。

「エルカナは妻アンナ・ヴァヒネの傍らで眠った。永遠の御者《おんもの》はこの女のことを思い出して下さった。――こうして、幾日かの後にアンナ・ヴァヒネは身籠もって男の子を生んだ。『主に乞い願った』が故に、これを『サムエラ』と名づけた」


テリイには分かるように説き明かしてくれと頼む勇気はなかった。そこでこう言ってみた。

――「で、あんたらはそんな風にして白い葉っぱを目で追いながら話すことがよくあるのかね」

――「そうじゃ。月に四回、主の日には一日中。それに加えて毎朝と毎晩にも」

――「だけど、なんで女たちは話を聞いてなどいないで、戻ってきたフェティイのためにさっさと豚の料理をこしらえなかったのかね。わしは腹を空かしている。でも煙が見えないようだが……」

教えられたのは、主の日には、アトゥアの誉れのためにでなければ手を使うことは禁じられているということだった。神は次のように禁じられたのだ。「安息日にはどんな住まいにても火を起こしてはならない」と。それにほら、日が昇りつつあった。旅人がちらりと沿岸で見かけた多分あの大きな白いファレ、《祈りのファレ》に、ほどなく出向かなければならないのだった。


テリイはどの返事にもびっくりするのだった。ことに大笑いしたのは、すでに岸辺で見かけた女と同じ身なりの、つまり白い布で胸を隠して山羊の皮で両足を包んだ娘がはいって来た時だった。そんな異国の恰好をしていても、この娘はけっして不愉快には見えなかったので、テリイは、こういう場合にそう言うのは良いことなので、お前さんとなら喜んでいっしょに眠りたいとうちあけた。他の連中はまるで侮辱されたかのように不満の口笛をならした。娘本人も驚いた素振りをみせた。——どうしてなのか。——祖先の名前を唱えていた男が叫び声をあげた。

——「恥そのものだ！　今日という日にそんな文句を吐くなんて。」男は他の解りにくい語をつけ加えた。たとえば「やばん」、そしてとりわけ「ものしらず」だった。

テリイは、全くいっぷう変わっているこの連中のところを離れた。

☆

自分でくりかえし言ってみた。「今日は主の日で……」すると、過ぎ去った多くの月々をこえて、《新しい言葉》の男がアタフルの岸辺を前にして与えたあの謎めいた返事がいきなり記憶に戻った。——男は、あまり知られていないイエズ‐ケリトとかいう神の息子だと言い張っていたのだが、これまた「今日は主の日です」と言ったものだった。さらにテリイは陰気な歌とか黒い服、それに呪いの応酬のことを思い出した。——ヒエ！　フェティイ達がいまこんなにぎこちない様子で敬っている神もやはりおんなじアトゥアなのか。それじゃそのアトゥアのための生贄師はどこにいるのだ。その神像はどこにある。儀式をあげるマラエは？

けれども、旅人に追いついたサムエラが歩け歩けと彼をせかせた。そして云うのだった。——「一緒に大きな《祈りのファレ》に行こう。」ほかの仲間たちも同じ道を辿っていたのだが、その行列たるや驚くべきものだった。男たちは、黒い布に締めつけられて上体の動きがとれず、脚の動きも抑えられて進むのに難儀していた。女たちは顔を俯けてのろのろと道を辿っていた。まるで、足を包んだ山羊の皮ぎれで十もの石斧をもち上げるかのように一歩ごとに足をひきずっていた。

――「女たちはとても陰気にみえる」、とテリイは指摘した。「いや今日はみんながとても陰気にみえる。もし誰か死んだ者とか沢山のいなくなった戦士たちとかを悔やむのなら、せめて声を張り上げて泣いたり、顔をかき切って悲しんだらよかろうに。腸の底に苦しみを残しておくのはよくない。この人らはどこに向かっているんかね、サムエラ。」

――「この人たちは、わしらもそうだが、主をほめる歌をうたうために《祈りのファレ》に向かっている。今日はペネテコテ[☆1]とよばれる祭日じゃから。」テリイは、もうずっと前のことになるが、三十人のおもだった仕え人や女たちを連れてピリタネのパヒから出てきたあのアトゥアのことを今はもっとよく思いだした。思い出したし分かりもしたので、話すのをやめた。彼にもまた不安がのしかかっていた。大きな白いファレに近づいた。ケリトの弟子たちはまわりに、それもとても大勢おしかけていたので、皆が一度にそこに入るなんてとんでもないことのように思われた。しかし、目を上げたテリイには建物のばかでかさが分った。サムエラは新参者の眼差しのうちに驚きの色をみてとった。もっとびっくりさせてやろうと思って、彼はこう唱えた。

――「こっち側に歩いて五百歩、あっち側では四十歩。屋根組は太い三十六本の丸柱が支えている。

☆1（訳注）―Pénétékoté＜Pentecôte　聖霊降臨の大祝日。

外壁には二百八十本のもっと小さい柱がある。外を見るためには開き口が百三十三あって、これは窓と呼ばれているし、中に入るためには他に二十九の口があって、扉という名前じゃ。」テリイは急いで席を取ろうとしていたため話を聞いてはいなかった。祭――これが祭と言えるとしての話だが――が始まっていた。歌が起こった。痩せこけた律動の乾ききった歌だった。

新しい習わしのことなら何でも知っているらしいサムエラは、床面にではなく、座り心地のわるい長い板の上に高々と座って、脚を半分だけ伸ばした。テリイは、これに見倣いながら、どれもこれも黒っぽい布をまとった肩の群れのあちこちに珍しそうに視線をめぐらせた。そこからは鬱陶しい不快感がたち昇っていた。腕は布のために窮屈だったし、背中は丸く脹れあがっていた。人々は、息をするにも遠慮がちの有様だった。――テリイはといえば、呼吸は存分にしていたし手足は思いのままに動かせたけれども、思いがけず何だか恥ずかしくなった。彼はフェティイ達の新しい姿勢の厳粛さ、彼らの態度の品位に感心した。背後にいる人々の顔は汗とともに誇りをにじませていた。

歌がやんだ。身振りも声も昔見たケリトの祭司に似た一人のピリタネが、もっともこれは年寄りでやつれていて、髪毛はとび去っていたのだが、《演説のための祭壇》といったものの上にのぼった。それはこの大きなファレの中に三つ互いに隔たった所にあって、三人の話し手が同時に大声で話したとしても、とてももつれはしなかっただろう。異人は標のいっぱいある何枚かの葉をすばやくめくって、――いつもあれに頼らなければもう話すことができないのだろうか――話し続けた。

「こうして十二人の弟子を集めて、彼らに悪い霊を支配する力をお授けになりました。彼らがそれを追いはらい、すべての患いとすべての不具をいやすためでした……」

――「魔術師かもしくはティイの、あるいは祈禱師の話だな」、とテリイは思った。自分でもかつては病を治していたのだ。ピリタネは続けていた。

「十二人の弟子の名は、第一にティモナ、またの名はペテロ。そしてその弟アネデレア。――テベダイオの子イアコバ、その弟イオアネ。フィリパにバロトロメオにトマにマタイオ……」

十二人の弟子か。ケリト神はこの十二という数を選ぶ時、オロ大神によって選ばれた十二人の主《ぬし》であるアリオイのことを思い出したのかもしれない。テリイはこの類似をいぶかしがった。たとえ人間は言語や皮膚の色や武器、さらにいくつかの習わしではお互いに違っていても、神神はどなたもこなたもやっぱりフェティイであることに変りはないという気がした。

弟子の名前の列挙はまだ続いていた。新参者は、その朝以来、人々が綴じた葉っぱを使って喋り始めようものならすぐには止めないことを知っていた。彼は退屈まぎれにまた会衆を眺めた。女たちは、男たちから離れた所に追いやられてひと塊になっていて、――これこそはじめてのことだが、品位あることと思われた――入ってくるとすぐに髪毛をととのえ、瞼や鼻をこすり、足元にもつれている長い黒服の襞を念入りに身のまわりに広げるのだった。女たちは最初の間はじっとしていたし、休まずに唸り声をだす話し手を見つめる振りをしていた。――いったいその男は、たとえ女どもの耳に対してさえ、過ぎし月々のあの上手い話し手たちに敵《かな》うとでも思っているのだろうか。若い娘たちはすぐに目をそらして、とぎれとぎれの言葉でひそひそと内緒話をするのだった。けれどもちょっと見には、その顔は熱心に聴いている様子をくずしてはいなかった。微かな叫びがはっきりしない笑い声に押しころされていた。あちこちで子供たちが伸びをしたり、立ち上がったり走り戯れたりしていた。テリイもそれを真似ることができれば嬉しかっただろう。我慢のならない姿勢のために太股がしびれていたのだ。思い切って隣に聞いてみた。

――「仕来りなのかな、踊りもせず、食べもしないでこんなに長々と話すのは」

サムエラは答えなかった。その瞼は閉じていた。彼は、静かで心地よい眠りに特有のあのゆったりした息づかいで呼吸していた。だがテリイがびっくりしたのは、フェティイの背がどれほどしゃんと伸びたままか、顔はどれほどきりっと引き締まったままかということだった。そして、その人となりの全体が、話のしつこさを物ともせずに飽くまで聴こうとする者の姿を現していたことだ。なんでいっそのこと爽やかな筵《むしろ》の上に行って横にならないのだろう。――物音がした。扉の一つで声を押し殺した口争い。棒をもった者たちが四人の若者を手荒くあつかっていた。若者たちは怒っていたが、大声を立てるわけにはいかず小声で脅しの言葉を吐いていた。力ずくで入らせようというのだった。若者たちは会衆のあいだに入りこんで恭しい素振りをしなければならなかった。異国の弁士は話を止めないまま、いう事をきかない四人の男をじろじろ見た。騒ぎで目覚めたサムエラはいつものことだとテリイに説明した。ポマレの手下たちが、命令にしたがって、全員必ず《祈りのファレ》に出るよう強制していたのだ。

今や、会場の端から端まで吠え声が響いていた。棒をもったがさつな連中は、あちこちで、傾いたり背中が丸くなったり、首がぐらついたりするのが見つかった者たちを荒々しく小突いていた。会衆の多くは、サムエラのように巧妙に倦むことのない注意力をみごとに装う手を心得てはいなかったのだ。目覚まし人たちはいきあたりばったりに叩いていた。それはまるで、《ぺへの長たち》が怠ける喉を大声で歌えとけしかけているかのようだった。——だけど、とテリイは考えていた。あの男が一時間ものあいだ話すのをまどろまずに聞くよりは、次々にだらけずに十のぺへを歌う方がはるかにやさしいぞ。アリイの思召しにもかかわらず、その手下たちの棒にもかかわらず、どの頭も痺れていた。欠伸《あくび》で顎が開きがちのサムエラはテリイに首長の太い頑丈な肩幅を指さしてみせた。それは弁士の目の前で、他の肩と同じように微睡《まどろ》んでゆれていた。ポマレ殿だけにはうたたねをする権利があったのだ。

ピリタネは陰気に気のなさそうに自分の神の賛辞をもごもご話し続けて、いっかなやめようとしなかった。テリイには儀式がどうなるのか心配だった。うんざりした気持ちは満たされない空腹とともに急速に増していった。どうやってここから出ようか。——棒をもった連中は出口という出口を見張っていた。首長たち、とりわけアリオイとわかる数人が出席していることで、それでもやっぱりこの集会には堂々とした威厳があった。とつぜん彼はおとなしく待つ気になった。話し手が調子を変えたのだ。

今度は弁士はタヒティの言葉を使っていた。一語一語をゆっくり話していた。多分、一語とて聞き漏らしてはならないのだ。彼は供え物を忘れないようにと告げた。首長たちの集会で、「すでに主から受けた大きな数々の恵みとひきかえに」約束されたあの供え物を忘れないように、と。——これをきいてテリイは、兄弟だと想像した神神が実はどんなに違っているかを思い知った。つまり、ケリト神は、ほろりとなる神なので、あらゆる恵みを前もって惜しみなく与えなさるのだが、それに対してヒロやオロ、またとりわけタネは、神霊に憑かれた者の口をとおして、まずもって贈物か生贄を差し出すよう要求なさるのであって、ぐずぐずすることは一切お許しにならないということだった。新しい主は人間を信用なさり過ぎるようだった。あれでは、ずる賢い者たちならまんまとちょろまかすことがもうあったかもしれない。他の計略をやってみることもできるだろう。神をだまくらかすことができるのだ。——歌はまた始まっていた。けれどもテリイは、扉からの出入りがとうとう自由になっていることに気づいた。そこで逃げ出した。

彼は海岸を、真新しい沢山のファレに沿って用心しながら辿っていた。それらはどれもこれも大きかったが、たいてい人気《ひとけ》がなかった。あちこちで、年寄りとか病人とかがぼやいていた。フェティイ達についていく力もなかったし、それにこの聖なる日は一日中、どんなに嘆いても相手にしてもらうあてはなかったのだ。そういった一人がいきなり脅えた。——食べ物を焼く一塊の石の下にタプーに背いて隠していた大量の火が草に燃えついて迫って来ていたのだ。男は思いがけなく通りがかった人に大声で呼びかけた。老人を哀れに思ったテリイは土をぶっかぶせて消してやった。相手は「よかった」と言ったが、険しい調子でつけ加えた。「けどなんでお前さんは、歩きまわっている他の連中もそうなんだが、《祈りのファレ》に行ってないのかね。主をほめ讃えることに勤《いそ》しんじゃいないのかね。」そして老人はテリイのまくりあげたマロとむきだしの肩をさも馬鹿にした様子で見るのだった。テリイには答えようがなかった。そこで歩みを続けた。

ティパエルイの谷間が山の中に開けていた。彼は、おいしい土の匂いを味わいながら、川近くの柔らかい草の上を一歩ごとに楽しみながら歩いた。人のいないファレは丘の高みにまで伸びてきてはいなかった。別のファレも見つかったが、それには編んだ葉っぱの屋根と透かしになった竹垣があった。そしてテリイは立派な仕来りはまだ残っていることを知った。というのは、彼と同じように裸で、気がねせず陽気にうまい食事をとりまいていたフェティイ達が彼にもてなしを呼びかけたからだ。

――「おいで、お前さん、一緒に飯を食おう！」

すぐに彼は帰ってきて以来の違和感を忘れた。

☆

また岸辺へと降りていたテリイは、祭式が終わって《祈りのファレ》から出てきた重々しい人々の群にとりまかれた。

彼らは三々五々、短い会話をかわしあいながらテリイとすれちがった。なるたけ早くいかめしい晴れ着を脱ぎたがっているようだった。ある男は脚をぴったりと納めるあの二本の鞘《さや》を脱ぎ去っていた。こうしてもっと自由に歩いていた。だが女たちはあくまで何にも脱いではいなかった。けれども、ティパエルイの水を横切る時、誰もが、裾をひくタパを念入りに腰のまわりまでからげ上げた。そして乳まで裸になって、汗でぬれた体を流水にひたした。絶え間なく流れる川はさらさらと音をたてる小さな愛撫で脚を包んだ。タパの襞が身体を動かすたびに落ちかかるので、それを引き止めるために娘たちは顎を肩にくっつけていた。水のくちづけが嬉しくてみんな笑っていた。

ところがどうだ。何人もが急に脅えて、しぶきを上げながら岸に向かって走ったのだ。それほどすばしくない娘たちは流れの中にしゃがみこんだ。——ひょっとしたら何か新しくタプーを打たれた体のどこかを隠すためなのか。——それが何になる。それになんでそんなに警戒するのか。一人の蒼白い顔の異人が、親切なフェティイの肩に乗せてもらって川を渡っていたのだが、——あの人達はみんなそうするのだけど——遠くから、剝出しのつやつやしたしなやかな肢体にものほしそうな視線を投げていた。たったそれだけか。いったいどういうわけで、この類の男の目が女たちの肌を害するというのだろう。だが女たちはまるで鮫の顎から逃げるかのような素振りだった。そのうろたえぶりはテリイにはなんとも想像できないことに思われた。

いやはや、なにもかもがテリイにとっては驚きであり不安の種であった。まず仲間のかつてあんなに彼と近かった男たちが、もっとも慣れ親しんだ習わしを全く取っておかなかったことだ。夜の色をした着物。楽しく盛大な日と宣言された日に黙りこくっていること。美味しくも何ともない言葉をとりまいての宴のない陰気な集り。それも焼けるように熱い屋根の下で。そして何よりも標を唱えることができるなんて……ホ！　いやまだある。着物を脱いだ女たちの羞じらい……。旅人の心のなかで全てが押し合いへしあいしていた。その驚きたるや、フアヒネの地にもどろうとして、思いもよらず別天地の別の島に行ってしまったあの水先案内人の驚きに匹敵するものだった。——テリイはしょんぼりして、タヒティの地は、神神や祭司といっしょに住人も天もとり替えたのではなかろうかと自問した。いままで以上にどうしてよいか分からないまま、彼はまたあてもなくぶらつき始めた。

☆

――「エ！　テリイ！　ほら、お前の女房だ。」不意に急ぎ足で現れたサムエラがしつこく叫んでいた。「ほら、お前の女房だ。それからパパラの地のフェティイの皆さんだよ」

――「誰、女房って。」テリイは振り返った。かつて彼のそばには、ちょうど川の中の草にいるざりがにのように女房はいっぱいいたのだ。だから、肥えていて息をきらせながらも素早く彼のところに寄ってくる女の名をいうことができなかった……「アウエ！　タウミ・ヴァヒネ！」、ついに彼は思い出した。嬉しかった。これは軟らかいござをうまく編むのにいちばん長《た》けた女だった。――あの呪いの夜きつく叩いたのだった。彼はそれを思い出して笑った。女の傍に年頃になるかならないかの娘が見えた。その後ろには一人のピリタネの男がいた。テリイはこういったことを全部ひと目で見てとって言った。

――「アロハ！　タウミ・ノ・テ・ヴァイラオ」

女は遠慮深い態度で答えた。

――「お前さんがまことの神の内に生きんことを！」それから彼女は再び会えたタネに唇で触れた。顔の匂いを嗅ぎはしなかった。それから、額に皺をよせて瞬《まばた》きをし、歓迎の涙をうかべて楽しそうに話した。その名はもうタウミ・ノ・テ・ヴァイラオではなく、「レベカ」というのだった。娘は彼女の子で「エレナ」といい、ポマレ一世が主の罰を受けて病でもないのに亡くなった季節に生まれたのだった。最後に彼女はピリタネの手をとった。若者の顔つきをして、髪毛は明るく、褐色のおずおずした目の男だった。

――「これもあたしの子」、と女は言った。「エレナのタネなの。『アウテ』というのよ」

――「アロハ！」、テリイは警戒しながらそっと言った。すると異人は、「アロハ！　お前さんにアロハーヌイ」、とはっきり言うではないか。

――「エハ！」、旅人はびっくりした。「まるでハエレ‐ポのように話し上手だな。わしだってお前の父親だ。あんたら皆のファレはどこじゃ。これからは一緒に住むことにしよう」

新しくフェティイになった者たちは海にむかって一緒に歩いて行った。レベカは帰ってきた夫にいろいろ訊ねたかったけれども、まだ何も訊ねなかった。旅人というものは、夜な夜なに十分の時間をかけて物語るために、その記憶の内にとっておいた素晴らしい冒険譚をめったなことでは口にしたがらないことをよく知っていたのだ。彼女は、たまたま道で行き交う旧い仲間の名前を言っただけだった。それにいろいろな話も始めたが、テリイには分からない言葉が多かった。

若い恋人たちは前を歩いていた。エレナは肉の締った裸の脚が一歩ごとにうち振る長くて白いタパを片方の手と肘を使ってたくしあげていた。もう一方の腕はアウテの胴を抱き締めていた。アウテはといえば、彼女のほうに身をかがめてそのつやつやした髪を撫でていた。曲がった指は首のまわりを這い、うなじから胸へと軽く触れ、丸い肩を取りかこみ、それから腋の下に滑りこんで、透きとおった布の上から乳房の斜面をぎゅうっと押していた。抱き締められている娘の体は友の腰の方へと反り身になっていた。二人はむらのない足取りで歩調をそろえて進むのだった。そのうえ異国人は、裸足でない人々が見せるあのぎこちない不快な歩き方はしていなかった。

テリイは二人を見つめていた。アウテは哀願する調子で頼みこんでいた。

――「ね、行かないでよ……行かないだろう」

エレナは答えないで笑った。男は繰返し言うのだった。「約束したじゃないか。踊りをやるパヒにはもう二度と乗りに行かないって。あそこにはわたしの大嫌いないやな男たちがいるんだ。ね、行かないだろう」

——「船乗りたちとは口をきかない」、と娘はきっぱり言った。「あたし、新しい父さんのところを離れないし、すぐにもどってくるわ。」アウテは悲しそうに彼女を見た。手はもっときつく抱き締めた。娘のほうも、二人の間に流れているとぼんやり感じられる懸念を、男の体を愛撫することによって拭い去ろうといっそう身をすり寄せた。また、大好きな事柄を囁くためにわざわざ作った馴れ馴れしいしゃれた言葉も口に出した。男は不安なままだった。

——「行かないようにおし……」、急に母親が加わって同じことをくり返した。というのは、エレナへの愛情の証拠に新しくて美しい布を何枚も贈った優しく気前のよいこの若者が可愛かったのだ。——この男を怒らせてとり逃がそうものなら、娘が荒々しい行きずりの船乗りたちの中にこんなタネを見つけることなどできるもんじゃない。けれどもどんなに頑張っても、愛人が祭のための帽子を飾るきれいな青い羽根をあげるからと約束しても、エレナには、自分が船に遊びにいくことでアウテの腸が酷く酷く苦しむことになるとは思えなかった。——どうしてこの人、わたしのことをこんな風に自分の気持のままに扱いたいのかしら。タヒティ人のタネなら小娘の遊びごとなど気にせず、夜はいてくれとただそれだけを頼むのに。それに、とてもきれいなござになるファラの繊維を編んでくれと頼むだけなのに。他のことまで気にして、わたしの慰みごとにまで気をつかって何になるのだろう。異国の船はいつだって沢山の珍しい品物でいっぱいで、水夫たちは、ことに酔っぱらっている時には、ほんのわずかなことと引き換えにそれらをもって行けという。船の腹のなかで彼らの傍らで少しの時間を過しさえすれば……

ところがどうだろう。エレナの可愛い恋人はそのとき泣きだしたのだった。そうなれば事は別だった。涙というのは、とりわけ叫び声をあげたり、しゃくりあげたり、悲しみ嘆いたりするのは女の子にだけ相応しい。だが白い人々は、涙は自分の意に反して、それも本当に悲しい時にだけ流すものだと言い切る。エレナは可哀そうに思った。慰めたいと思って、口を寄せて「可哀そうなアウテ」といった。もっと小さな声で他の優しい言葉も言った。アウテは静かになり、微笑み、それから安心した様子でまた歩きはじめた。

日輪はまっすぐに頭上を昇っていた。みんな共同のファレに辿りつくのが待ち遠しかった。――「前の方、あそこ」、サムエラが指さした。「ティパエルイの水のほとり、海と落ち合うところだ。」彼らの歩みは雑踏のためにとどこおった。かつて華々しい到着の場合にそうだったように、群衆は雑然として急いでいた。彼らはあたりの谷間から来ていた。月に四回、「週」とか「へベドマ」とか呼ばれることになった七日の間をおいて、主を崇《あが》めるために集まらなければならなかった。ところがこの連中の土地には集会のためのファレがなかった。――「まだまだ少ないのだ。宣教師や首長たちは努力してはいるのだが」、とサムエラはため息をついた。

――「せんきょうし?」、とテリイは尋ねた。相手は答えずに疑りぶかい様子で彼をながめた……

――それに、自分たちの岸辺や思っているフェティイを離れ、魚捕りをやめ、また立って走ることのできない幼い子供たちを置いてこなければならなかったのだ。じっさいケリト・アトゥアは「自分の父

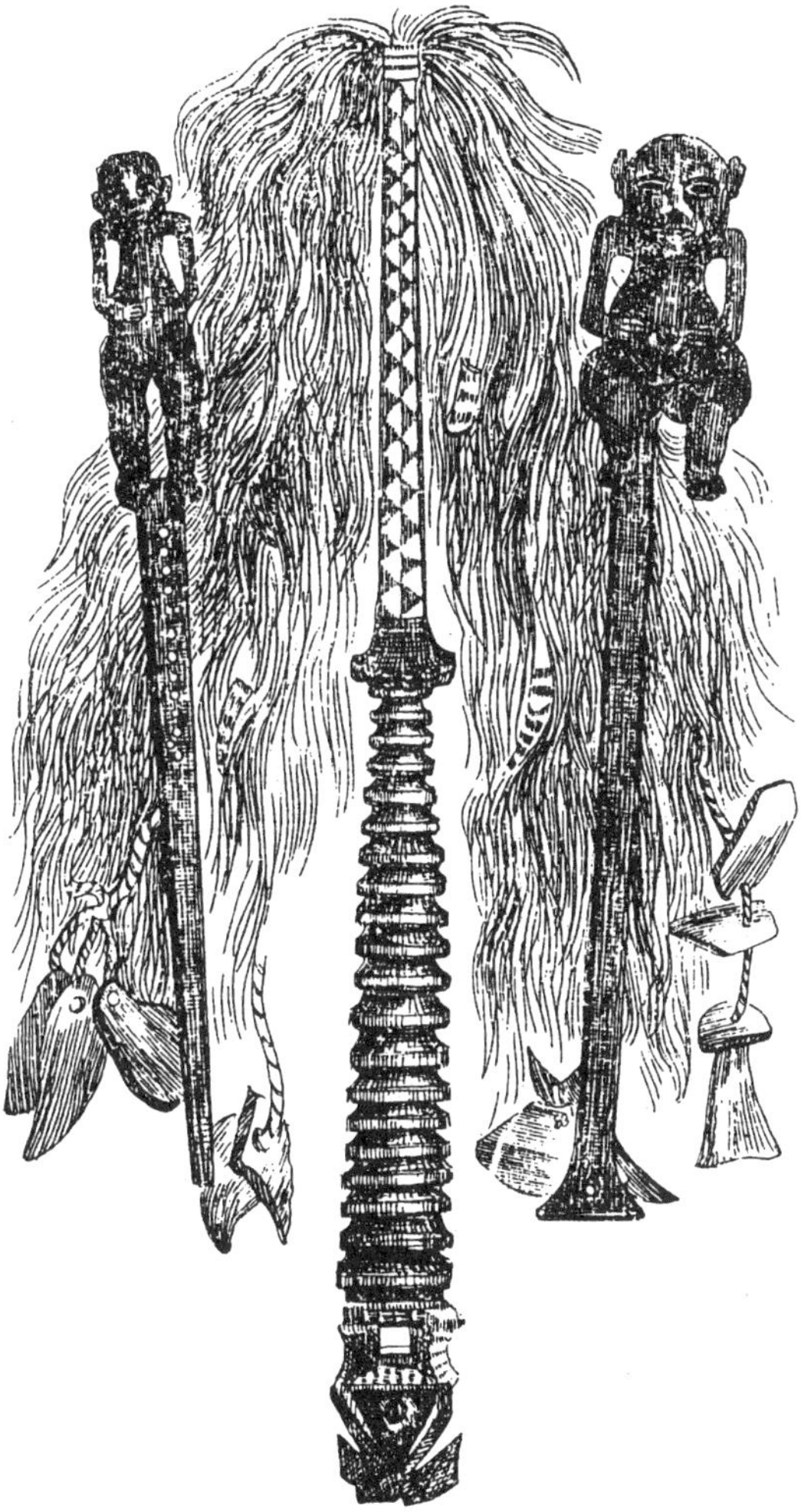

図16——オタヒティ人の柄付き蠅追い具。

や母を私より愛する者は私にふさわしくない」と教えたもうたではないか。この言葉をサムエラはたいそう恭しくのべた。

テリイはしかし、群衆よりも高いところを、かつて奴隷の背中に乗って運ばれたアリイ達よりも高いところを自分で歩かずに進んでいる者がいるのを、あっけにとられて見つめていた。彼らは豚のようなものに乗っていたが、それは脚が長くて尻尾には毛がはえていた。テリイはそういう生き物がいることは知っていたけれども、そんな具合に使うものだと想像したことはなかった。サムエラはまた教えるのだった。――「あれは《人運びの豚》、《走る豚》で、ピリタネたちが連れてきたのだ。普通は食べるんじゃない。異人たちはこれを『うま』と呼んでいる。谷から谷へとても速く行けるので、フェティイ達はみんな欲しがっている。で、何かと引き換えにあれを手に入れることのできない連中は、マオリの小さな豚の背に乗るのだ。豚はくたばる……。エ！　ほらファレだ！」

テリイは大きな白い建物をみた。それは閉まっていた。戸を押した。不健康な口から出るような熱いむっとする空気が吹きだした。誰も入らなかった。それは《見せるためのファレ》にすぎなかった。仕事というものは主に嘉せられるというので、建てる目的で建てられたにすぎない。そこに人は住まないのだった。すぐ近くに旧い習わしにしたがって竹と葉叢で組み立てた《眠るためのファレ》があるのがわかった。テリイは、他のみんなもそうだが、爽やかな屋根組の下にすばやく入りこんだ。――けれども目も心も鎮まりはしなかった。

彼はでまかせに自分のなかで話していた。聞いた会話を馬鹿のように自分自身に繰返していた。教えられた禁止の数々をまた思い出しては啞然とするのだった。この一日、拵《こしら》えた料理はいっさい口にしない、踊らない、貧弱きわまるぺへ以外は歌わない、女たちを愛撫しない。いったいどういうことだ。――青く輝く光はまだ晴々と広がっていたし、流水をたっぷり吸いこんだ穏やかな山々は、今も右に左に岸辺にむかって降りてきていたし、ざわめく頂の面は親しんだ形のままだったし、なれっこの珊瑚礁は全くその声を変えてはいなかった。だが、それにもかかわらずテリイは、人々やその話し方、習わし、またおそらくは彼らの腸のひそかな欲望、こういった全てが新しい神の息吹に出会ってどれほどめちゃくちゃに変わってしまったか、要するに、なんと驚くべき地上をこの神は深淵から引き出したかということを不安のうちに激しく実感した。それは最初の巌《いわお》を漁《すなど》る者マフィの勲功にもまがう手柄であった。

彼はがばと立ちあがった。

――「マラエの方に行ってみる。」

眠っている者たちは薄目をあけた。そしてテリイがマラエの方に行きたいとまた言ったので騒々しく笑った。

――「異教徒！　異教徒よ！」、とレベカが言った。それから、肘を曲げてまた眠りこんだ。

――「もの知らず！　たちの悪いもの知らずだ。」サムエラは笑いもせずにつけ加えた。――「いったい長い旅のあいだ、お前さんをその嘆かわしい誤り、その心の闇からひきだしてやるものは一人もいなかったのか。それじゃ島々には『宣教師たち』はいなかったのか」

テリイは《新しい言葉》の人々がいまやそんな風に呼ばれているのだと推測した。あんなみすぼらしい連中のもつ力とそれにはらわれる尊敬にはびっくりした。けれどもまたそんなことを問い質《ただ》すなんてとてもできなかった。旅のあいだ、どこでだったか、二人の男がアトゥア・ケリトのことを宣べ伝えていた、――いや長い間じゃない、彼らは殺されるか追っ払われるかしたのだ――そのいきさつを物語ることもできなかった。悔しいまま彼は口をつぐんだ。

側には若い恋人たちが休んでいたが、もはや彼らは悲しい言葉で悩んではいなかった。エレナの手は、アウテの苦しみを微睡《まどろ》ませようとその目を撫でていた。異人はつぶやいていた。――「嬉しいよ。君、船には行かないだろう……」

――「この人、夢をみてるわ」、と娘は言った。彼女はそっとファレから抜け出した。

☆

仲間たちはティパエルルイの流れの真ん中で彼女を待っていた。満足の表情でもう体は爽やかになって日暮れの水浴びに熱中していた。エレナも、冷たい川を見るだけで喜びにふるえた。急いで首の下にあるタパの紐をほどいた。飾りは少ないがもっと厚い第二第三の着物もぬいだ。「宣教師たち」はいう、薄い布をすかして腹の輪郭とか脚の動きとかがけっしてあらわにならないから、それを着るのはとても良いことです、と。白と赤の大きなパレウが身体全体を覆い乳房をしめつけていた。彼女はその結び目をたしかめた後で、髪毛をうちふり、つっ走った。

エレナは長いあいだ水の愛撫を味わっていた。けれども他の娘たちは遊びをやめて立ち上がっていた。腰まで漬かって笑い合ったり話し合ったりするのだった。今朝やってきた船が話の種で、それはファラニ[★1]の船だった。三つ目の帆柱から垂れているまっ白い吹き流しでそれと知れた。ファラニ達は他ののどの船乗りたちよりもずっと陽気だ。宣教師や首長たちがこれを信用していないとはいえ、彼らは愉快なフェティイぶりを見せている。

船をもっとよく見ようというので、娘たちは着物を着た。海に向かって歩いて珊瑚を踏むところまで来た。日は暮れかかっていた。黒い船体から数条の光がほとばしった。甲板にも幾すじか輝いていた。喜び笑う声が呼びかけるように岸辺までとどいた。

エレナには、そこで人々がどれほど楽しんでいるかが感じられた。――もちろん、船にはいかない。またアウテが涙を流すだろうしとても怒ることだろう。残念ながら叩かれることはないわ。けれどもあの人は三日三晩にわたって悲しむでしょう……とっても疲れるの、わたしの方は陽気なのに涙を流す夕ネを慰めるのって。ええ、船には行かないわ。ゆっくり漕ぎながら周囲を一回りして、ヒメネを聴いたり、踊りやその後のことを見たりするだけ。彼女は自分の丸木舟の方に走った。水にひっぱり出し、櫂《かい》を取ろうと窪みを手探りした。指は底に少したまった雨水で濡れた。――櫂がない。アウエ！ きっと意地悪なアウテが禁じられた夜遊びの裏をかくために隠したんだわ。

――「ねえ、来る？ ファラニのパヒに来る？」、三人の友達が大声で言った。エレナは悔しそうだった。

――「エハ！」、みんな笑った。「本当にずるいのね、あんたの可愛いアウテって。それに気難しいわ。でも、あの船はレベカの昔のタネを、今はあんたの父さんになった昔のタネをつれもどしたんだから……。いいからお出でよ」

★1（原注）―Farani フランス人。

エレナは寂しそうに口許に皺をよせた。友達の手前、恥ずかしかった。

――「あたしたちも舟がないの。泳ぐわ……。ねえ来る？」

娘たちはとびこんだ。三人の肩は、同じ滑る動きを見せて静かな暗がりに糸をひいた。三束の髪毛はのたうちながら動かない水面に筋をつけた。

――「あたしは船には乗らないから」、とエレナはまた自分自身に言いきかせた。「ただ見るだけ。」一気に礁まで泳ぐのはなんでもないことだった。パヒは半分のところに停まっていた。彼女はほんの何回か腕を掻いて仲間に追いついた。みんな楽々と息をしながら――何故かといえば、海は流れる水よりももっと楽に身体を浮かせてくれるのだから――、眩しい船のほうにとても速く進んでいった。その身が繊細な味をもつ、ほっそりした青や黄の魚も竹の大きな篝火《かがりび》にむかって生き生きと泳ぐ。そしてついには、舟の首に身をのりだした男の激しい銛《もり》の一突きでつぶされ殺される。少女たちは珍しい魚のように――と、黒い帆繰り具にまちぶせたファラニ達は恐らく考えていたことだろう――誘《おび》きよせられ捕まるのだ。

ファラニの中の一人が四人の泳ぐ娘たちに気づいて、そのおかしな国言葉で大声でよびかけた。エレナは三人を先に行かせた。彼女らは水を滴らせながら勢いよく船に乗りこんだ。タパが乳房や膝にくっついていた。喜びの嵐だった。皆が娘たちを歓迎した。けれども娘たちはべったりとまといつく布を慎み深く皮膚からはなし、その襞を恥ずかしくないように整えるのだった。エレナは、息をつくために縄梯子につかまり、身体をふって水をきった。水夫たちは彼女にも来るように求めていた。というのは、彼らは、髪毛が目や口の上にこぼれてはいたものの、これが楽しい娘であって仲間に合流したいけれども脅えてもいる、でなければ仲間たちよりは大胆でない娘だとみぬいていたのだ。一人の身の軽い男が水面すれすれまで近づいてきて彼女の手をつかんだ。彼女は、肩をむきだしにしているタパをきちんとなおすために、最初の横木の上で身をそらせた。一方、水夫はエレナの腰に腕をまわしてあがるよう急かせ、自分は彼女を通すために水の方にすっかり身を傾けた。エレナは云った。――「いや！　いや！あんた先に行って。」これには訳があった。梯子をのぼる時、異国の男のまえを行くのはよくない。男の眼差しが脚にそってすべりこむからだ。船乗りがのぼったあとで、彼女は友達と同じように濡れた着物を肌から離した。少しためらった。それから、襞をおさえ足をそろえて、甲板に跳びのった。

彼女は男たちの間に誘いこまれた。なんとまあ陽気な連中だったことか、ファラニの船乗りたちは！晴れ着姿で来ていた沢山の女たちはもうくったくなく笑いこけ興奮しはじめていた。島の陸地から追っぱらわれたあらゆる戯れごとがそこに逃げこんでいて、かつてよりもっと自由に気高くなっていた。予想もしなかった足の動きとか身振りをともなう新しい踊りが編み出されていた。いくつかには冷やかしたっぷりの名前がついていた。「アヴァをのむから工合が悪いのよ」という《踊るためのオリ》があったし、「主の日に働いたから工合が悪いのよ」という《歌うためのぺへ》もあった。一同のなかの首長がつんとすましてその可笑しな言葉で叫んでいた。人々はとびはねていた。いやはや、これはけっして「宣教師」の耳に入れてはならないことだった。異人、とりわけその祭司たちにはからかいは通じにくい。けれどもこのもてなしのよい船にのれば、もう何もかもピリタネたちの知ったことではなかった。娘たちはほっとして、いっそう激しく踊るのだった。ある形の後にはもっとずっと可笑しい形を編み出すのだった。女たちは、ファラニの男たちが自分たちの云うことを肯定するために、タヒティの連中のようにただ瞼をうえに上げるのではなく――そのほうがもっとはっきりするし、それに奇妙じゃない――、ことあるごとに「ウイ‐ウイ」という語を繰り返すのに気づいていた。もてなしてくれる人々のその可笑しな癖をやんわりとからかうために、少女たちは「ウイ‐ウイのオリ」を踊り始めた。――異人たちには理解できなかった。

女たちは酔わせてくれる飲み物を思いきってねだることはなかったが、勧められれば喜んで受けとった。不味かった。苦いし焼けるようだった。女たちは、大きく目をあけて唇をきっと結んでやっとのことで飲みこむのだった。喉はひきつりしゃっくりや咳がでた。けれどもすぐに、頭のなかに陽気な湯気がみなぎった。あらゆる光がきらめく靄、帆柱や帆繰り綱が身をくねらせている靄のなかで視線は揺れた。水は静かなのに、ほら甲板さえもまるで大波のようにうねりだす……。まったく面白いことだった。

エレナは急いで飲んだ。愛人は遠いところ、とっても遠いところにいた。彼女にまたひとりタネができただろうか……ファラニのタネそれとも彼女と同じ色のタネが。けれども、幼くて体が細かった時代からずっと両の脚で締めつけた男たちみんなが混じり合って、媾《まぐわ》いの時だけに頭に浮かび、皮膚全体に快いわななきを与えてくれるたった一人の男になっていた。顔を知ることなど必要じゃなかった。

突然、新しい父親の姿がちらっと見えた。エレナは少し心配しながらそちらに走った。しかしテリイは船の窪みの中で旅の仲間だった連中といっしょにもう祝い合ってきたのだった。彼女を見ても怒る風ではなかった。それどころか、彼は通りがかりの水夫と空になった杯とをさし示しながら、エレナにいった。――「わしのためにファラニのアヴァを頼んでくれ……。もう呉れんのじゃ」

エレナはすぐに鉢いっぱいのアヴァをもらって誇らしげに持ってきた。このようにして娘は母親のタネの好意を得ようとしていたのだろう。彼はひどく顔を顰《しか》めながらあっという間に飲みほした。一息ついて「うまかった」と言った。そしてまた杯をさしだした。けれどもエレナはもうそこに居なかった。親切で気前のよい船乗りにつれていかれたのだ。

——「素晴らしいファラニたち！　素晴らしいフェティイたち！」、テリイは今はきっぱりと言った。感謝の気持が沢山の言葉となってあふれ出てきた。貰い飲み物のおかげで、冒険の成り行きにまかせて耳にしたことのあるあらゆる国の言葉が口をついて出てきた。パニオラの言葉★1とピリタネの言葉で代わる代わるお礼を言った。人々はとてもはしゃいでいた。そこでテリイは、この親切なファラニたちに自分の到着による失望、愚かしい数々の儀式、陰気さ、退屈といったものを話してみようと思った。手の平をじっと見て、《話す標》の葉綴りを見ている真似をした。今朝の弁士のように腕を上げた。まわりの水夫たちは腸をゆすった。彼らの機嫌のよさに気を良くしたテリイは、喉をわななかせて何か悪口と嘲りを混ぜたヒメネを歌った。それから急に心配になってやめた。なぜかといえば、不安にみちた一つの声がすぐ近くで人群れから人群れへと「エレナ……エレナ……」と呼んでいたからだ。

光の中に目を赤くした若いアウテが見えた。彼もテリイに気づいた。——「エレナはどこですか。」テリイは船の窪みの中をしめすことを控えた。答えずに、そして笑っている人々みんなから頼まれでもしたかのように、今度は、異国の女たちの跳ねるような足取りとぎこちない身振りを冷やかす踊りをはじめた。おかしがる歓声がまわりに飛び交い、到るところで轟く喜びと混じりあった。足はせわしなく

★1（原注）—Paniola　エスパニヤ語。

甲板をうった。帆柱はふるえた。船は笑いに揺さぶられるように骨組み全体をゆりうごかすのだった。だが、荒れ狂う群衆と喧騒のなかで異国の若者はなおも愛しい妻を呼び求めていた。

とつぜん彼女がたった一人で前に現れた。微かな光が小さなむきだしの肩に落ちた。アウテはとても早口にもぐもぐと言いたてた。ここに来ていたんだね。私の気持を無視して、約束に背いて。ああ何と辛いことだろう。――エレナはちょっぴり微笑みながら、どのようにしてやって来たのかわからないけれども不意に現れた若者に腕をまわした。そして異人たちにつきものの長ったらしい咎めの言葉をがまんして聞くのだった。男は身をはなした。そこで彼女は叩かれるのではないかと期待した……いやいや。青年は彼女を真顔でみつめて、役にたたない退屈な文句をまた口にだした。――「来ないって約束したじゃないか。可愛いエレナちゃん……なんできたの……どうやってきたの……ぬれてるね……なんて意地悪なんだろう。ここで何したの。船乗りたちのまえでは踊らなかっただろうね。このファラニたちはね、女の子にとっては悪い人たちなんだ……。ああびしょぬれじゃないか。」青年は、エレナが少し震えているのがわかって彼女をそっと抱いた。濡れているために肌がすけて見える着物のうえから、二つの裸の体が触れ合っているのが感じられた。ぴたりと肢体をくっつけたままエレナがとてもしなやかに身を反らせたので、湿って冷たい接触の懐かしさに彼は身震いした。エレナを見つめながら、彼は口をきかずにまだ水のにじんだ美しい髪毛をよじるのだった。そこには海のくれたべとべとした光沢がいっぱいくっついていた。

娘のほうも黙っていた。あまり安心はできなかった。恋人には何が見抜けたろうか。多分なんにも。なんでわざわざこの人に打ち明けようか……。それに、もうはるか彼方のとりとめのないことだった。

ぼんやりと垣間見たことだった。水浴び、歌、水夫たち、求められたこと、とっても可笑しかった父さん。それにほどけたタパ。何よりも彼女は、その夜なぜかひどく重い瞼を目覚めさせておこうと努めていた。これはとても難しいことだった。船がいきなりさかさまになる気がした。彼女は愛人にしっかり抱きついた。彼も彼女を抱きしめた。船乗りたちは周りを走っていた。鉢一杯の飲み物とひきかえに彼女を存分に愛撫した船乗りが通りすがりに言った。——「やあ！　お前いい子だなあ。あしたもまた来るんだろう」

アウテはびっくりした。恋人をつれて逃げたいとおもった。けれども女の小さな顔はぐらぐら傾き、体全体がふらつき始めた。二人の口がふれあい、濁った息が匂った。唇が小刻みにふるえているのが見えた。そして可愛い黒い目——これを彼は愛情たっぷりに「夜の明り」と呼んでいたのだが——は、その白い環をきょろつかせながら額の方にひっくり返った。彼は娘を乱暴に引き起こし、立たせた。まるで死骸でも抱いているようだった。彼女は梯子にしがみついた。彼は荒々しく彼女を引き離して丸木舟の底に横たえた。

エレナは、なかば上体をおこして、胸をアウテの膝にもたせかけ、とぎれとぎれの声で言った。——「とっても愛しいあたしのタネ……」乳房はおののいて、小さな呻き声とともに全身がしゃくりあげていた。

☆

愉快なファラニたちはまだ陽気にはしゃぎ続けていた。テリイは笑わせ続け、女たちは踊り続け、組になった男女は戯れ合っていた。歌も叫びも弱まることはなかった。それは悦ぶ者にとっての糧なのだ。とつぜん旅人は考えた。自分はいったいこの到着の日がな一日なにを空想したのだろう。喜びが失われたって？　島が変ったって？　浮かれ騒ぐ船とみんなのうえにみなぎる快楽をしきりにまばたきしながら長いあいだ眺めやった。湾には松明がちりばめられているのが見えたし、彼の側では着物を脱いだ女たちが身をまかせようと待っていた。一方、甲板には信じられないほどの食物が山と積まれていた。彼はまた考えた。――「一体わしは何を夢見たんだろう。タヒティの地は変りはしなかった。いやまったく変りはしなかった！」

彼は力強く息をすいこんだ。そして安心してまた気兼ねなしに飲んだり踊ったりしてうかれるのだった。

しかし翌朝めざめると、テリイは口がむかつくように臭く、顔は汗ばむかと思うとかさかさに乾いていて、手足はぐったりして、腹は空っぽになっているのを感じた。彼は昔の宴のことを思い出して残念がった。喉を焼く飲み物は知られていなかったけれども、喜びは笑いと歌と力強い抱擁のなかにたっぷりと流れていたものだ。夜明けになって欠伸がでてくると大きく伸びをし、それから河にむかって走ったものだった。――これで次の楽しみの用意はできていた。――「異人たちは、もしアリオイのように島々で一生のあいだ、更には天空のうえでもうひとつ別の一生のあいだ楽しまねばならないとしたら、見られたものじゃなかろう」

テリイは、自分の住むところとなったレベカのファレの中で大きな声でこう言った。レベカは不満そうな様子をした。目を覚ましかけていたサムエラは、お喋りのフェティイを長い間みつめた。彼は悲しさを隠さなかった。テリイは、すでにその話し方でよくわかるように全くのもの知らずで盲目で異教徒なのだ。その目を開いてやり教え導かねばならない。このサムエラみずから、主の助けを得てお前さんをまことの道に案内してやろう。

テリイにはとても言い返す気になれなかった。やはりあの不吉な忘却のことが今でもまといついているのだ。いつまでも。なぜなら、仲間も女たちも、それに平民のだれかれがこんな分かりにくい文句をなげつけては彼を侮辱するのだから……。彼は言った。

――「わしの他にも言葉をなくしたハエレ‐ポはいる。その人たちは放っておいてもらえたのだ。あれはもう十年もまえに終わったことじゃないか！」

サムエラはテリイの思い違いに気づいた。彼の態度はもっと真剣なものになった。――「実のところ、テリイ、お前さんの心は信じられないくらいもつれている。今わしらが嘆かわしいというのは、あの恥ずべき《語り人の石》の上での、今は昔のあやまちなんかじゃない。あれはもう忘れていたことじゃ。そもそもあんな笑うべき語りを残しておくことがあるもんか。いや、わしらは今のお前さんの考えが闇の中にあるのを残念に思っているんだ。だから、お前さんがついに照らされる時がくるまでわしらには休む間もないことだろう」

旅人は驚くには驚いたのだけれども、サムエラ風情が師を気取るのは不似合いだと思った。なんだって！　今や舟作りが思い上がって祭司にものを教えるというのか。それに、一瞬の度忘れがあったとはいえテリイは、神神についても首長たちについても、祭式についてもタブーについても知っていることはまだまだちゃんと知っていた。どんな教えも受けるつもりはなかった。――「お前さんらはわしをもの知らずとよんでいる。そうだ！　このままもの知らずでいたいよ」、と彼は話を締めくくった。

図17——オタヒティにおける死者の安置。

——「ヒエ！」、サムエラはちょっと笑った。宣教師たちはそんな風にお考えではない。あの人たちの言うことはよく聞いて信じなければならないのだ。テリイみたいな連中は、数ヵ月の間は聞こえない振りをするにはした。「ところがだ……」

——「ところが？」

サムエラはこれには答えずに、ファレから十歩ばかり離れた砂の上で、舟の体にくっついたものをこすり取っている男の名前を大声でよんだ。呼ばれた男はふりむいて近づいて来た。額にはおぞましい彫物の印が見えた。

——「この男もいっさい耳をかそうとはしなかった」、とだけサムエラは言った。それからつけくわえた。「それに、パレのフェティイのうちで、わし以上の誰かを見つけることなどできっこない。私は十二週まえから『ケリト教の教授』、それも第一級の教授なんじゃ……」

テリイは口答えしなかった。そしてその夜から、それに続いた宵々に人々は彼に教えこもうと努めた。もと《舟作り》の貴重な長い助言の数々、「良き御言葉」——こう人々は恭しく呼んでいた――にまじって、留守にしたあらゆる年々がよみがえる退屈ではない他の話もあった。宵の口に短い棒にとおしたノノの種に火を点けると、油は種から種に流れて軸全体に染みとおる。すると炎は、途切れずにつぎつぎに繋がる数々の麗しい物語のように、ひとりでに長々と続いていくのだった。

☆

こうしてテリイは、アトゥア・ケリト――これはまた「主《しゅ》」とも呼ばれていた――が、どのような不思議な出来事を次々におこしてポマレの武勲に好意を示したかを知ることができた。また同時に、どれほどまでに、どんな事件でもこの新しい神に左右されるものかということも納得できた。――最初はポマレは、彼が新たに征服した土地から追い返されるはめになった。元から持っていた数々の土地すら彼を首長として認めなかった。谷間から谷間へと打ち負かされ、モオレアに向かってあてどなく逃げ、不意にまた上陸する。アウエ！　その頃はあれは実にちっぽけな人物だった。

――「こそ泥にすぎなかった」、とテリイは、ポマレによって地位を追われたパパラのアリイ達の貴い家柄のことを考えながら、はっきり言った。その場にいる者たちがざわめいた。「そりゃ言っちゃいけない。」――「そう」、と語り手は続けた。「ポマレ殿が当時それほど惨めな境遇にあったのはまだ異教徒だったからだ。あの方は笑うべき木彫りの神神に捧げるためにあくまで人を殺していた。忌わしい祭式を守り続けていた。自分の妻がありながら、おおっぴらに別の女たちと眠っていた。とにかく、異国の祭司、つまりまことの神に送られた人々である宣教師が好きじゃなかった。だから、宣教師たちに好意をもっているとされる全ての人々は、すぐにも彼の罪に報いがあるものと確信していた。たとえばハアマニヒ・ノ・フアヒネだが……」

テリイは、異人たちから援助してもらうために彼らへの敬意を辛抱づよくよそおっていたあの大祭司のことを思い出した。なかなか賢い人物のようだった。けれども、アリオイ達はその一団からこれを追い出したのだった。

——「さてそこでだ！　ハアマニヒはものの見事に『離れ木』の丘の近くの人目につかないところに誘《おび》き出された。そこでは、一人の蒼白い男、これはポマレ殿がときどきその意見に従うという悪い船乗りだったが、それが大祭司を殺さんものと勇みたっていた。誰もやろうとはしなかった。人殺しはあまり長々と考えるものじゃない。戦で戦人を倒す、これは良い。だが、戦のそとでは楽なことじゃない。蒼白い男は斧をつかんでハアマニヒに襲いかかった。武器のない老人はふくれた脚を引きずりながら逃げた。相手は追いついた。背後からその肩を叩き割った。ハアマニヒはあおむけに転がった。わめくのでその顎が砕かれた。そしてみんな逃げた。年寄りは日暮れまで絶叫しつづけた。

——「いや、あいつは立派な喉をしていた」、テリイはせせら笑った。自分の敵が滅ぼされたのが嬉しかった。だが訊ねた。——「なんでまた、アトゥア・ケリトは、かけひきでとはいえ自分に仕えていたハアマニヒをそんな風に負けるがままにしたのだろう」

宣教師たちはそれに答えて、あの祭司はおそらく以前に犯した大きな過ちのせいで倒されたのだ、と言った。ケリトに人の軀をささげるなどして、宣教師たちによる最初の生贄の邪魔をしたからだろう。

——「それに神の思し召しは窺い知れないものじゃ」、とサムエラは結論した。そしてまた続けた。

――「すると、まことの神に送られた人々は、ポマレが自分で命じた犯罪を彼らになすりつけるのではないかと大いに恐れた。そこでタヒティから離れた。勇敢にもただ二人だけが残った。ところがだ、もうひとつ不運が見舞った。老ポマレつまりヴァイラアトアが、これは決してあの人たちの敵じゃなかったのだが、ある日のこと、舟に乗りこもうとしていて急にぐらつき、両腕をつきだして倒れた。死んだのだ。――これを宣教師たちはふたたび、《とても力ある神》の印だと宣言した。つまり首長は、明らかにその『御手』によって滅びたというのだ。というのも、首長は送られた人々をもっと強力にかばってやらなかったからだ。もちろんこれで、ケリトが軽々しく扱えるようなアトゥアじゃないことがわかった。もの知らずのポマレ殿は、ずっと忠実に記憶されてきたこれら全ての実例によって、その『御方』がどれほど侮り難いものかということを認めなくてはならなくなった」

テリイならば反対に、その死はオロの仕返しとして語りたかった。アタフルの地で、ポマレ二世はオロからその偶像と「赤い羽」をかっぱらい、マラエを荒らしたじゃないか。そしてすべてがヴァイラアトアのさしがねによるものだった。これこそ語るべき真相ではなかったか。――けれども彼は慎重にかまえてこの考えは口にしなかった。競争相手のアトゥア達は、互いに満ち足りて安心していなさればそれでよい。あとは説き明かすことのできる者が説き明かせばよいのだ。

――「これら一切が」、と教授はつづけた。「また実に多くの他の不幸が、まだよく理解できていないポマレ殿の腸を揺さぶっていた。その目は命の光にたいして、――テリイ、お前さんの目と同じで――塞がっていたのだ。いいや、理解できるはずはなかった。ポマレ殿は自分の間違いをがんとして認めなかった。祭式はなにひとつ怠っていないと言うのだった。供え物は増やし、いちばんおぼえめでたい神の祭壇には食物を山とつんだ。あの方が通ると、軀置き場は生贄でいっぱいになり、贖《あがな》いの骨はこれをまるで壁のように取り囲むのだった。あらゆる習わしやタプーにこれまでにも増して気をつかうようになったポマレ殿は、信心の念から、母親の腹にいたその第一子に毒を盛った。そのため、奥方のテトゥアはこの秘蹟の執行であえなく絶命した。これら全てが何をもたらしたか。戦には負け続け、人々には見捨てられ、待ち伏せは受けるという始末だ。その間、彼は四十丁あまりの肩にかつぐ小さな鉄砲と、他に丸い舟にのせる二門のとても大きな大砲を使っていた。ところが、これらの大砲や新たな友だち――抜け目のない蒼白い男たちで通りがかりの船から脱走したごろつきどもだが――それに彼の仕えるアトゥア達というものがありながら、依然として敗れたし、追われたし、つきまとわれた……。エハ！もしかしてそれじゃ神を間違えたのでは。」

テリイは我慢できなかった。――「だけど、あの人には『羽』があったよ」

サムエラは蔑みの目つきを投げただけで話をやめなかった。――「そこで、みじめな首長はその心配ごとを幸いにも祭司ノテに話してみる気になった。他の者らとちがってノテ様は、あらゆる危険をものともせずあの方を見捨てなかったのだ。ケリトの霊を受けた祭司はポマレ殿に諭した。まず、言葉を話す小さな標の使い方を教えた。間もなくするとアリイは、目が滑るのとおなじ速さでそれを解きあかすことができるようになった――これを称して『読む』というのだが。またしばらくすると、自分でも描けるようになった――これは『書く』と呼ばれている。なにはさておきノテ様の口から、この新しい神、諸々の島と民とを『御手』にして、気にいらぬ者らを砕きその『御名』をとなえる者らを褒めたまう、この《いと強き神》の力というものを知ることになったのだ。首長は有頂天になって、ケリトに、ケリトのためだけに十のマラエと四百もの生贄の目の玉をあげますと約束した」

――「いいぞ、いいぞ」、立派な祭ができると思ったテリイは賛成した。

サムエラは叫び声をあげた。――「冒瀆そのものだ！　いや逆だよ。ケリトはそんな野蛮な習わしはひどくお嫌いなのだ。成せ、といわれるお供えは血塗られてはならない。ケリトはすべての生贄を信者の心のなかでお捧げになるのだ。だからノテ様もこの不敬の首長に思い止まらせた。同時に宣教師は、彼にその誤りを全部おしまいにするよう、力のない神神を無視するよう迫った。そんなものは卑しい妖術師が作り出した絵空事であって、あの方の土地を守ってやる力もなかったのだ。祭壇や聖なるものとされたマロ、木像、羽根などを焼きすてること。燃え残りは嫌悪してふみにじり、ただひとりの主にすっかりまかせること。そうすれば、主はあらゆる財産を、あらゆる谷間を返してくれるし、どんな恐ろしい敵でも追い散らしてくれるというものだ。

ポマレ殿はかたくなに警戒しつづけた。馴染みの神神はどうなる？　偶像が燃えれば神神もやはり燃えるというのか。それにあの群なす精霊たち、昔からの精霊たちとこの新たにやってきた精霊とは自分のまわりで、いやひょっとしたら腹や胸のなかですら戦うことになりはしないか。賢い祭司はその疑いを晴らしてやった。他の国々で、無一物になった部族が主の助けによってどれほど立ち直ったかを明かした。――主は忠実なものたちにはいつも正義の報いを下される。つまり、この神の正義とは、この神を蔑《ないがし》ろにする民草を略奪し、皆殺しにし、散り散りにすることをいうのだ。そこでポマレ殿は『マエヴァ！　イエホヴァにマエヴァ！』と叫んだ。その目はゆっくりとまことの光へと開かれていった。もうあの方は、約束でいっぱいのこれらの麗しい物語をいくら聞いても飽きなかった。――万策つきはて、がっかりし、ひとりぼっちで希望もなく、明らかに自分の神神にも見放されたポマレ殿は、とうとう、別の新しい神に、その力を探って見ようというので頼ることに決めたわけだ。そこでノテ祭司のところに言いに来た。『さあ、せんれいしてくれ』、と」

テリイにはそれが何のことか判らなかった。それで、いやいやながらの親切心から教えてやらなければならなかった。「洗礼」とよばれるのはひとつの儀式で、その目的はといえば……。いやこれを話せばながくなる。楽しい物語の続きにもどった。

——「ノテ祭司は洗礼を拒んだ。異教徒のなかでは」、とサムエラは打ち明けた。「まだだれもこの儀式を受けてはいなかったし、その後もまだ誰も受けていない。けれども我々はこれを心から待っている。ずっと前から準備しなければならないのだ。名前や着物を変え、まじめな意図を公に証明しなければならない。——祭司がこう言った時、ポマレ殿は立腹なされた。あれほどたくさんの儀式をあげた後でもう一つこれを行うのは何でもないことじゃないか。けれども、もっと決心がつきかねたのは、あらゆる平民どものまえで証《あかし》をするということだった。ノテ様のほうは諦めなかった。アリイは『亀の証』をすることを受け入れた」

テリイは緊張した。優れて神の食べ物である「亀」は、神神がそのいちばん美味《うま》い分け前を受けとる前に触れてはならないものだ。もし神神にその取り分を渡さないならば、とんでもない災いがふりかかるのだ。

——「そこでポマレ殿は、まだ彼に従っていた最後の首長たちを集めた。一匹の大きな亀を捕まえさせ、つぶし、極上の肉を横取りしてこれにかぶりついた。――震えはしたし、近くのマラエをちらちら盗み見しないわけにはいかなかった」

――「ホ!」

――「神神は動かなかった。ポマレ殿も彼のフェティイも一人として死ななかった。そこで首長たちはみんな、身震いしたあと、これまた急いで真心の証を示そうとした。つまり逆らおうとしない神神を辱めることによってだ。他の亀を捕まえることはできなかった。――亀はその季節にはパペトアイの入江にはめったにいない。――他のもっとうまいことをやってみる知恵がはたらいた。異教の祭を邪魔しに行った者たちもいる。殴られた。ノテ祭司はそれらの首長を褒めそやした。『主に殉ずる者』という素晴らしい呼び名をあたえて、こう宣言した。『殉教者の血こそは常にゆたかな種であった』、と。それだけじゃない。大祭司パティは、仰天した人々の群の真ん中で、神神の像、聖なる杭、魚、羽根をひっつかみ、大きな火を焚かせてそこに投げこんだ……」

――「ホ! ホ!」、テリイはあきれて叫んだ。「それでどうなった」

サムエラはにやにやしていた。――「どうもこうもなりゃしない。宣教師たちがふざけて言うように、木偶《でく》は木偶だったんだよ。燃えたよ。ぱちぱちはぜながら、少しばかり煙を出して。」テリイはひどい驚きを隠すことができなかった。

――「それからだ。モオレアの地に《良き御言葉》がひろまったのは。ポマレ殿はまた大いに希望を抱いて手下たちを元気づけた。手下たちは、ポマレ殿がいっそう逞しくなったと感じたのでもっとまめになった。時にはあの方は彼らに『御書』の次の文章を読んでやった。『これらの出来事のあと、幻のなかで主の御言葉がアベラハマにかけられた。主は言われた。アベラハマ、恐れるな。私はお前の胸をまもる四重の筵である。お前は大きな報いを受けるであろう。』また深く眠っている最中にお告げを受けたようにみせかけることもあった。あの方はこう語った。『わしともの知らずの首長たちとは山でフェイを取っていた。するとどうだ。わしが自分で切った茎が起き上がり立ったじゃないか。他のフェイも周りの木々もぜんぶこれを取り囲んで平伏したんだ。それだけじゃないぞ。わしにははっきり判ったんだが、日輪、月、十二の星、それに十二人の主《ぬし》であるアリオイがわしの周りで身体をゆさぶっていたんだ。』これらの言葉は、どれもぶきっちょな話し方で語られたのだけれども、またまた新しい味方を生みだした。そしてそのことで『御書』の力がどんなものかあらかじめ測ることができた。その文句はどんなつまらない口から出ようと、やはり御利益があるのだ。

ポマレ殿は洗礼をしてもらおうとせがみ続けた。宣教師たちを説き伏せたかった。《新しい言葉》の人が一人としてこの地に上陸するまえから自分はその人たちの勝利、その人たちの親切の数々を予告したじゃないか。『わしは《良き御言葉》を夢に見た。わしは夢に見た。夢に見たんだ！』、と神の霊に憑かれた者の様子で言張った。しかしノテ様は多分、先のことを——それが起こった後になって——予言するのはどんなに易しいことかを知っていたので、首長の望みをかなえてやらなかった。そのかわりに、ある日のことアリイはピリタネの地から言伝《ことづて》をうけとった。そのなかで彼は『偉大な改革者』とか『野蛮な民を治めるキリスト教徒の大王』とか呼ばれていた。ポマレ殿はとても誇らしく感じてこう答えなさった。『友よ、お言葉はうれしい。けれどもその言葉と一緒に火縄銃や異教徒を殺すために必要なものをたんとお送りくだされ。この国では戦が多いので、わしが、あなたたちの敵でもあるわしの敵に負けるようなことがあれば、あなた達のフェティイはみんな追われることになりますぞ』、と。

じっさい、ここを先途の大勝負をやってみなければならなかった。頼みこんだ弾薬を待たず、別に見つける工夫をした。黒くぬった鉛のかけらをつかってすでに島で大量に作られていた標つきの葉を細かく切り裂いて薬莢《やっきょう》をくるんだ。小さな重い鉛のかけらは溶かして弾丸を作った。これらの武器がどれほどの殺人力をもつことになるか。なぜかといえば、材料になった『御書』がその力を貸し与えていたからだ。『御書』はこう言っている。『私はお前のまえに恐れを送ろう。お前の行くところ、お前はすべての民を敗り、どんな敵もお前に後ろを見せるであろう』と。

ついにモオレア島全体が態勢をととのえて立ち上がった。海の方に進軍しているとき、祭司ノテ様は話した。《戦闘の弁士》よりうまく唱えて言った。『イアコバの諸々の部族を再びおこすために、お前が私の家来となるのは何でもないことである。——私はまたお前をたてて諸々の民の光にしよう。——私のなす救いを地の果てにまでとどかせよう。——主にして贖主イスラエレの聖者はこう言いたまう……』ポマレ殿はおののいて叫んだ。『わしはお前さまの家来となってイアコバの部族を再びおこすのだ——諸々の民の光になろう……』それから丸木舟を突進させた。百丁以上もの火縄銃をつんだ六十隻の舟がこれに従った。タヒティ島を襲撃した。岸辺には人っ子ひとりいなかった。占領。ポマレ殿はこの最初の成功で主をほめ讃えた」

☆

サムエラはしばらく休息した。灯はくすぶっていた。妻のレベカは燃えた実をゆすぶって灰を落とした。炎はまた輝いた。夜寒が強くなっていた。動かない身体はすこし震えた。ピリタネの習わしにしたがって山羊かまたはなにか似た動物の毛でつくった温かい布にくるまった人々は伸びをした。まだ眠りはしなかった。ファレの少し離れた隅っこではエレナとその恋人とが、いつもそうなるのだが、仲直りして、愛撫し合っていた。

彼らは二人だけのために一枚のござをもらっていた。これをアウテは櫃《ひつ》の陰に隠していた。なぜかといえば、アウテの国のタネ達は、それに蒼白い男たちはほとんどみんなが、女を抱く時にはいつも隠れるからだ。他にもまだ変な癖がいっぱいある。エレナは女友達との楽しい語らいで、それらをいくら話しても話しきれないでいた。とても上手く恋人の疑いをかわしたのが自慢だった。男は、あの楽しい船での彼女の実際にあった戯れのことはなんにも知らなかった。で、また不安になった男が、「でも、君になにをしたの、あの水夫たちは……。いくらなんでも奴らと船の中に降りてはいかなかったよね」、と言ってみた時、エレナは、「行かなかったわ。まことの神にかけて!」、と断言した。――神の名をみだりに口にするのは宣教師たちに禁じられていたのだけれど。ところがその夜は、ひとりの遊び友達が、蒼白い肌をした愛人の耳の前で話してよいことと黙っていなければならないこととを弁《わきま》えないで、こう訊ねたのだ。「あんた、とっても素晴らしい贈り物をもらったんでしょう、あの水夫さんから。船の腹にあんたを連れていって長いことひきとめていたんだから」

アウテは、まるでだしぬけに目覚めた人のようにござの上で飛びあがって、エレナをまじまじと見つめた。まだ叩く気はないらしかったが、彼女をおしのけた。そして、普段は身震いしながら彼女を抱きしめるその場所に横たわって長いあいだすすり泣いた。涙にまじってまたまたうんざりさせる文句がでてくるのだった。「やったんだ！　僕と同じように君を。汚らしい奴が！　体中に口をくっつけた、そうだろう？　それで君も腕で思いきり抱きついたんだ……」とがめながら、娘のしなやかな体にうろたえた視線をなげかけるのだった。彼女のほうはとても男の傍にもぐりこむことはできなかった。タネは多分まもなくすればひとりでに落ちつくだろう。けれどもこれ以上は苦しめないように、笑うことだけはがまんしなければならなかった。アウテはくり返した。「すぐ傍で、水夫のすぐ傍で……」その相手が両の手で彼女の身体をまさぐったらしいということで彼は悲しんでいるらしかった……。しかしエレナは、アウテが自分のことをそんな風に恥知らずと推測していることが不満で、強く言い返した。――「水夫の傍ですって。ヒエ！　ぜんぜんそうじゃないわ！　あたしタパを脱がなかったわ。」これ以上なにが必要なのだろう。けれども男は安心したようには見えなかった。彼がほんとうに可哀そうになった。彼女は指の間から涙の流れている恋人の顔をおこしてやり、その波打つ喉に腕をすべらせた。男は本当に心を痛めていたのだ。二人の涙が混じり合った。彼女は「アウテ……かわいそうな愛しいタネ……」と云いながら身をすりよせた。暗がりのなかで二人の上げるのは嘆きの声ばかりであったかどうかはわからない。とにかく、注意が逸らされるものだから、レベカがきつい調子でいった。――「ほら、子供たち、ござの上、静かにして！　サムエラさん、テリイのためにまたあたし達のために《良き御言葉》を続けてちょうだい」

☆

――「その頃、ポマレ殿はやっと自分の過ちを認めた。あとは、しつこく異教徒のままとどまっている気がかりな連中を説き伏せることが残っていた。これを打ち破って新しい祭式の効き目を確かなものにする必要があった。けれども、明らかに『永遠の御者』の選びなされたある日のこと、なぜかといえばそれは『主』の日だったからだが、奴らは自分から戦闘にうって出てきた。テリイ、この日のことを覚えておけよ。月日の流れを注意深く数えあげる宣教師たちはこれを『ケリト生誕後一八一五年目の忘れ難い日』と呼んでいる。それ以来また別の三年がたった。だから今からは、尋ねられることがあったら、お前さんはこう答えたらよい。自分は『ケリト時代』の一八一九年に生きている、と」

そんなこんぐらがって役に立たない話し方に興味のないテリイは、物語の続きを待ちながらうとうとしていた。

――「首長とそのあらゆるフェティイたちは、アタフル岸辺から遠くない土地ナリイの《祈るためのファレ》で、ある『宣教師』が指揮する儀式にあずかっていた。異教徒たちは、いやしい土蟹のように岩礁にそってウトゥマオロ岬の周りをたどっていた。彼らの姿が見えると、みんなひどく憤慨して襲いかかろうとした。けれどもポマレ殿は恐ろしくなって、『御書』になにか戦意をあおる気の利いた教えはないものかと探した。彼がたまたま知ったのは、かつて彼と同じように偉い一人の戦士が、真の神への生贄の最中に偶像をおがむ放浪民の群から攻められ、それでも典礼から気を逸らすことなく、かえって『主』に信頼して心安らかに『主』への賛美をやりとげ、それから異教徒どもを破ったことがあるという事実だった。この計略は見習ってよいものだった。首長は勇気を取りもどした。こうして、讃歌が終わったとき、彼こそが真先に飛び出した一人だった。

腹心の味方たちはうち鳴らす用意のできた火縄銃をもって後に従った。もっと離れた所には、『宣教師』に見張られて新しい弟子たちが歩いていた。これはまだ心が十分に固まっていない連中だった。彼らには――ひょっとして的を変えられた時のことを恐れてだけど――それほど質《たち》の悪くない武器が渡っていた。異教徒たちは、盲目でまだ愚かな偶像に仕えていたとはいえ、侮り難い敵だった。大胆不敵の首長オプファラが彼らをひきいていた。だが、岸辺に繋《つな》いであるパヒに積まれていたポマレの大砲がとどろいた。それの投げる太い石が一挙に三人以上もの戦士をなぎ倒した。オプファラはわめいていた。『死んだのは自業自得だ！　恥そのものだ！　わからんか、狙いは高すぎたり低すぎたりだ。しゃがむんだ！　でなけりゃ石をとびこすんだ！』すぐに小石がオプファラ本人を刺した。だが彼は前に突進した。それがあんまり恐ろしい恰好だったので、脅えたポマレ殿は向きを変えてめくら滅法に駆けた」

――「抜け目がない」、とテリイは言った。無益にひどい目にあうよりは巧みに逃げるのが立派な戦士にとってどれほど相応しいことかということを知っていたからだ。ポマレは全く思慮深くふるまってみせたものだ。

――「宣教師たちはそうはおっしゃらない」、とサムエラは続けた。「そんな策略は非となされるのだ。かといって、良い策略を教えても下さらないが。――さてしかるに、オプファラは先に進むことができなかった。膝を折って、ハアリの幹にしがみついた。火縄銃は依然として素晴らしい働きをみせていた。異教徒たちは首長が倒れるのを見て、この徴で、神神はもう彼らにはついていないことを悟った。すぐに追い散らされてしまった。主の戦士たちは、その名を歓呼しようとて、喜びにふるえながらポマレ殿を捜した。だがあの方はとても上手くとても遠くまで走っていたので、しばらくのあいだこれを発見することはできなかった。とうとう、山のかなり高いところで、葉っぱの下に隠れて身を伏せている首長が見つかった。勝ったということ、もう前にたち塞がる異教徒はいないということを彼に納得させるには骨が折れた。ポマレ殿はフェティイたちが嬉しくてたまらないでいるのを見て、大勝利を認めた。主を祝福してこういった。『わしの夢は正夢だった。アトゥア・ケリトがわしの身に入って戦ったのだ。異教徒らはわしの一睨みで姿を消した。』それから、ポマレ殿はモオレア島にむけて二隻の舟を使者として放った。ヴェアたちは至る所でこう叫ばなければならなかった。『撃破だ！　奴らは撃破されたぞ！　祈りだけで撃破だ！』、と。最後に首長は自分のまわりに何人かの捕虜がいるのに気づいて、これを皆殺しにしろと命じた。

なぜかといえば、『御書』にはこう言われている。『永遠の御者である、お前の神がお前に委ねるあらゆる民を、お前はむさぼり尽くすのだ。憐れみの眼をかけてはならない。』けれども、すぐに宣教師が怒って話した。それでポマレ殿は手下たちを引き止めねばならなかった。」サムエラは声をひそめて続けた。――「エハ！　ポマレ殿は過ちを犯した。許された連中は、自分たちを生かしておくこの首長を全く馬鹿な奴だと思ったのだから――その代わりに、季節が変ると燃やせるものは何もかも燃やした。壊せるものは何もかも壊した。何故かといえば、『御書』にはこうも言われているからだ。『お前たちは彼らの祭壇をくつがえし、彫像を砕き木像を倒し、刻まれた像は火で焼きなさい』、と。然るべき場所には『学校』が建った。その後でノテ様は洗礼を施してやると約束なされた。その時からずっと、この島でもほかの島々でもさまざまの恩恵の期待でいっぱいのその日をみんな待っているという訳だ」

サムエラは口を閉じた。テリイは文句も言わず、ケリトに愛された首長の偉業に感心した。――ある年寄りが、静寂《しじま》と眠気にまどろむファレの中で夜毎の祈りを唱えた。そして《良き御言葉》に耳を堪能させた人々は眠りこんだ。

☆

イエズの立派な弟子たちにとっては果てのない夜が一つまた一つとすぎていった。そしてまた別の夜な夜なが、最初の誕生よりも千倍も尊い第二の誕生にも似たものと「ケリト教の教授」たちが予告した崇高にして輝かしい洗礼の日がついに目覚めるであろう暁にむかって進んでいった。そして「御書」を唱えることによって祭式にあずかることに相応しくなった幸せな人々はもうそれより他のことはなにも考えなくなっていた。――テリイには、この熱狂ぶりを笑うべきか羨ましく思うべきかはっきりとは分らなかった。どんな突飛な仕来りからでも、予想しない良いものが出てくることがあるからだ。それに、時には不便もあったけれども、沢山の新しい習わしに慣れていった。だが同時に、帰国からこのかた、彼はある恥ずかしさに締めつけられていた。色々様々のしつこい恥で、それは彼のまとう野蛮人のマロから、――自由なとはいえ――時代おくれとなった身振りから、周囲の皆がそう呼んだように「もの知らずの異教徒」の言葉から染み出してくるのだった。彼はこれを棄てたいと願っていた。他のフェティイとおんなじになりたい。雄豚の小屋に迷いこんだ牡山羊のような扱いはうけたくない。――これはしかしそんなに難しいことだろうか。ピリタネ達が多分たまたま流行らせたその神は弟子たる者に何を求めているのか。タプーの日はひねもす魚もとらず、踊りも踊らずに退屈してすごすこと、妻は一人しかもたないこと、時には《祈りのファレ》に行って聴くふりをしながら眠ること……それだけだ。こんなつまらない要求がいつまでも妨げになるはずはない。幾月も前から気にかけて何になるのか。

その間にもフェティイ達の熱意はますます強くなっていった。言葉の活気に劣らず、筋肉の努力も大きかった。ファレは、音のよくでる木材の上でひっきりなしにタパを打つ木槌の音で目覚めた。喉の動きをきまった固い節《ふし》にあわせることに熱心な歌い手たちは、唾が無くなるまで詩篇朗読――彼らの言い方だけど――をするのだった。「御書」の立派な物語をまちがえることなく繰り広げるというこの仕事にかつての職からいってうってつけの連中――もの知らずの時代のハエレ-ポたち――はその異教徒としての記憶を喜んでもみ消していった。そして今や、彼らが目をとじ首をのばして、誤ることのない唇で休まず繰り返すのは、ダヴィダの子イエズ-ケリトの祖先の系譜だった。そういうわけで、びっくりもし喜びもした「宣教師」たちは「主」に感謝して、「あなたによって、これらの人々は《良き御言葉》

図18――テメハロ。ポマレ家の主神。またオタヒティ島の主神の一人ともいわれる。

を保つために選ばれ、あらわにされた」、と云うのだった。じっさい、《良き御言葉》はあらゆる人々の口で音をたてていた。《話す標》の作り手たち――弾丸を探す戦士に邪魔されることはもうなくなっていた――はまた仕事にかかっていて、あの黒く文身した白い葉っぱを一度に何百と思いがけない速さで作り出すのだった。次に人々はこれをぐるぐる巻きにした。もっと良いのは、これらを同じ大きさに小さく切って、猫の皮を貼った二枚の薄板の間に綴じこむことだった。

みんな、目の見えない者すらこれを欲しがった。フェティイ達がこのうえもなく貴重な品物を彼らに渡ししぶるので――目が闇を見ている人々にとっては役に立たないと考えられたのだ――、祭司ノテは激しい口調で次のように話したことがある。「目の見えない人たちにも『御書』を与えるのです。なぜならば、これはまことに『命の光』なのであって、霊は肉よりも貴く永遠は時間よりも大切であるように、それは日の光より百倍も貴いからです。」それに、眼差しの死んだ者たちを身震いさせるにふさわしい不思議な話がひろまっていた。偽の神ヒロの異教徒祭司であるヒロが、「パオロとも呼ばれるタオロと同じようにタマへの道を見つけた」という。つまり、彼は、大きな樹のかさばった谷間を不敬の思いをいっぱい抱いて歩いていた。一本の枝が落ちかかってヒロの額を打った。彼は倒れた。起き上がった時は盲《めしい》となっていた。そこで、タオロと同じように、おっかなびっくりした仲間たちがこれを岸辺へと連れもどさなければならなかった。これこそ真の神の御怒りが示されたお告げではなかったか。彼はそのことを涙ながらに認めて洗礼をのぞんだ。自分の後悔とまた希望とをもっとはっきり見せるために、パオロという名をつけて欲しいとねがった。「主」が、儀式のあとできっと目の喜びをとり返してくれるものと確信したのだった。盲人たちはみんな彼と一緒になって同じ奇蹟を乞い願った。

こうなると、信心深い人々の熱狂は貪欲になった。《話す標》の作り手たちは神々しい食べ物に餓えたこれらの人々の願いをもう満足させることはできなかった。交換に要する代価が増していった。立派に綴じた「マタイオによる《良き御言葉》」もしくは「エヴァネリア」は、三月前にはハアリの油を入れた十本の竹と二匹の中位の豚とひきかえに手に入ったのに、もはや十五本の竹と大きな豚四頭以下では交換できなかった。他の島々でとても欲しがられていた「イオアネによるエヴァネリア」にはタヒティの土地ではもっと多くの愛好者がいた。マルコとルカによる書はそれぞれどこにでも注文者がいた。とても遠い所からやってきて頼みこむ人々もいた。海から来た旅人は有頂天になって作り手から葉っぱを奪いとると、とても見事な供え物を残して、腸をいっぱいにすることも考えずに帰っていった。何人も集まって双胴の舟にタパや雄豚、香油を積みこむ人々もいた。みんな本の半分ずつでも分けてもらおうという訳だった……。そこで、「ケリト教の教授たち」はこれは大いに喜ばしいことだと宣言した。いや、「宣教師」たちにとってこれらの進物とか贈り物とかの多さが大事だったからではない。そうではなく、「御書」を手に入れることにかかる代償が高くなることによって、「御書」の値打ちが誰の目にも文句なしに明らかになったからだ。

テリイのファレでは各人各様に大いなる日の準備をしていた。サムエラは山から岸辺へと休まず歩いては宴のために赤褐色のフェイを山と集めた。レベカの槌の下では、初めはねばねばしたタパがだんだん長くなった。エレナがこれを陽にひろげた。他の仕事はまったくしなかった。彼女の言うには、もうその恋人から離れたくないからだった。彼女は仲間の誰よりも着飾って祭にでるつもりだった。美しい靴と、それになにより堅い着物、ピリタネの女たちが身に着けているような腰をきつく締める着物が欲しかった。アウテは駄目だと言った。するとエレナは綺麗にちぢれた羽根をつけた帽子をねだった。これを手に入れると、恋人に誉めてもらおうと走ってきた。男は笑って、帽子の向きを直した。エレナは、「後ろむきに泳がせる魚のように」これをかぶっていたのだ。——蒼白い人たちには戸惑わされることがあるものだ。それに反して、フェティイたちは、装いを新たにしたエレナを可愛いと云った。

いよいよその日が近づくと、どのファレでも夜ごとに「洗礼を志願する者の返答」の下稽古だった。もしも「ケリト教徒の会集とは何ですか」と問われるならば、次のように唱えなければならない。「ケリト教徒の会集とは、公の礼拝、相互の教化、主の食物への参加、ケリト教の伝播を目的として自発的に集まった信仰心の篤《あつ》い人々の結社であります」、と。

しかし、洗礼を授ける人たちはこんな質問はしないだろう。祭礼を行う前にむしろこう言うだろう。「イエホヴァを唯一のまことの神と認めますか。またイエズ-ケリトを唯一の人間の救い手と認めますか。」こう答えたらよい——「私は、イエホヴァを唯一のまことの神と認めます。またイエズ-ケリトを唯一の人間の救い手と認めます……」と。サムエラは、一息にしかも上手に問いと答えとを交互に唱えていたのだが、そこで話しやめた。いかにも誇らしげだった。彼はこの手の同じように役立つ、——けれどもそれぞれ違ってもいる言葉をまだいっぱい知っていた。なぜ違ってもいるかといえば、唯一のまことの神がいるとしても、唯一のまことの「宣教師」しかいないのではない。そしてみんなが唯一の真実について意見が一致しているわけじゃない。けれども、祭儀や話に変化を与えることによって、各々を満足させなければならないのだ。テリイはまったく感心した。これら全ての言い方を、これまた為になる他の多くの新しい考え方とともに念をいれて記憶の内にとどめた。

だが、ある夕方のこと、サムエラは面食らった様子で現れた。教授たちの集まりに加わって、そこから憤慨してもどってきたのだ。「宣教師」たちは、「洗礼」を予告し約束し欲しがらせたあげく、それからどんな儲けも期待してはならないと言い切って、祭式の評判を落としたという。それどころか洗礼は「祭式」と名づくべきものではなく、イエズ御自身がなされたことの「記念」にすぎないし、「もしも教授たちが洗礼の不思議な効能をまだ言いふらすとしたら、それはペテン師、不敬の徒にすぎないのであって、他の連中とほとんどおなじ異教徒です。特に、『私は、唯一の救い主イエズ＝ケリトを信じます……』と唱える時に、恵みは志願者の心の中だけに含まれているのであって、それが僅かばかりの水の中にあるなどと言ってはなりません」、とこうおっしゃるのだ。――サムエラは失望していた。そのことは、みんながとても大層なことごとを期待している今、言ってはよくないことだった。けれどもテリイにはわかった。彼はせせら笑った。「宣教師たち」は、今まではっきりそう見えたようにやっぱりけちな連中なのだ。祭儀、宴、お祭騒ぎは今でも彼らの気にいらないのだ。――けれども心配する者はあまりいなかった。なにしろ祭なのだ。祭の準備をしているのだ。名前が何であろうと、目的がどうであろうと、どんな言葉で唱えようと、どうってことはまったくなかった。それでまた人々は元気を取り戻した。熱意には限りがなくなった。とうとう、皆の期待と様々の望みのうちに、楽しい暁が輝きわたった。

☆

昼前から群衆は大きな《祈りのファレ》――これはまたカテドラルとも呼ばれていた――をとりまい

て、白い壁にむかって最初の叫び声をなげかけた。当然のことながら、そこには廃棄された悪習は一つとして見受けられなかった。人々はそれらを不吉で笑うべきものとして退けていたからだ。法螺貝も太鼓も鳴らなかったし、人身御供もなかった。そして行列はといえば、かつての罪ぶかい馬鹿騒ぎを思わせるようなものは何ひとつなかった。その代りに、黙ってゆっくりすすむ「学校」生徒たちの二列縦隊を人々は恭しくながめた。右側には「タネの学校」の生徒が、左には「女学校」の生徒が歩いていた。タネの列には、多くのハエレ‐ポ——かつては主であった——がすすんで子供たちにまじり、みずから弟子になることによって熱意の証を立てていた。そのうちの何人かには見覚えがあった。群衆はこれを歓呼してむかえた。ところで、呼び方が変ったのといっしょに喉から出る声まで変っていた。人々はピリタネ式に「フロ！　フロ！」と歌うか、またはイウデアの地にあったケリトの弟子たちをまねた独特の調子で「ホタナ！　主にホタナ！」と歌った。このまったく新しい活気のさなかで、「もの知らず」のテリイは途方もなく独りぼっちの感じがした。サムエラもファレに一緒にいるフェティイたちも、まるで、腫物にかかった賤民から離れるかのように、何も言わずに彼をおいてきぼりにして、熱心な志願者たちの間にできるだけ良い場所を取りにいったのだ。群衆全体がいきあたりばったりにうねり逆流していた。「もの知らず」には他人とせりあう勇気はなかった。けれどもやっぱり見たり聴いたりしたかったたし、祭を楽しみたかった。——それで彼は、沸き立つ渦のなかをうろうろしていた。

自分で足を動かした訳でもないのに、押された彼は、突然、ファウタウアの流れの傍に作られた壇の真近に来ていた。そこからはポマレと宣教師たち、それに首長たちが群なす人々を見下ろしていた。苦しみだらけのあれほど沢山の季節を過したにもかかわらず、澄み切って意気揚々とした面持ちのノテ祭司が叫び声をやめるよう求めた。テリイは、この男がいつもとっても長々とやたらに話すことを思い出した。自分の物見高さがうらめしかった。群衆にもまれながら、この年寄りの話を聞かないわけにはいかなかった。

――「そこでイエズは、彼らに近づいてこう言われた。天においても地においてもあらゆる力が私に与えられている。行きなさい。あらゆる民に教え、父と子と良き霊の名において洗礼をほどこしなさい。私があなた方に命じた全てのことを守るように教えなさい。そしてそう、私は世の終りまで毎日あなた方と共にいます。」それから演説はごたごたと長引いた。かなりの時間がたつと、ざわめきは苛立ってとげとげしくなった。それで彼は早口になって「御書」をすばやく誉めたが、「洗礼」を願ってわめく群衆のために声が聞こえなくなったので話し止めた。

他の誰よりも先にポマレが儀式にあずかることになっていた。首長というものは家来とは違うとケリトに見られていたわけではない。――そうではなく、このアリイこそが真の神の新しい弟子たちの中でいちばん乗り気だったのだ。彼の性急さと地位を聖別することが必要だった。なぜかといえば、地においてなされることは主のいます天においても承認されなければならないからだ。それに祭式はポマレの威厳を保つ必要とうまく折り合いをつけられた。つまり、彼は平民たちとおなじように川に降りていって水に漬かることはなく、ただその高貴な頭を洗礼者ノテの手の下に傾ければよかった。ノテは少しばかりの水を撒きながら、力強く、イエズが言ったのと同じ文句を言った。「私は、父と子と良き霊の名においてあなたを洗う」、と。それから、もっと年をとったもう一人の宣教師がポマレを「タヒティの島々と《風の下の王》」と宣言し、「天使、人間、そして主御自身の前でこれが占めている高い職と抜きんでた地位にいつでもふさわしく」ふるまうように勧めた。最後に、彼に「ポマレ二世、またの名改革者」という称号が与えられた。

群衆はさっそく聖なる水に向かっておしよせ、せっかちに騒ぐもう一つの急流となって川の窪みをいっぱいに満たした。人々は肩まで、いや儀式がもっと効き目をもつようにほとんど目元まで水に漬かった。水際にいた洗礼者たちは一人また一人と問いかけた。「イエズ－ケリトを人間の唯一の救い主と認めますか。」志願者たちは間違えずに答え、洗礼を受け、歓声をあげながらもどってくるのだった。みんな——平民に首長たち、元ハエレ－ポに戦士たち、それに女たちも——品位も何もなくまじりあって、「ホタナ！　ホタナ！」と歌いながら川へと走るのだった。

一方「改革者」は《祈りのファレ》にむかって歩いていた。彼はテリイのすぐ側を通った。テリイは穴のあくほど見つめた。祭儀の効力はまったく彼から顕れてはいなかった。足取りには気品がなかったし、髪毛はいつもと同じでぼうぼうだった。ただ清めの水のためにちょっとくっつきあってはいたが。それに彼の鼻だってちっとも気高くなってはいなかった。いきなり別の様々の姿——おそらく忘れられた太古の時代の幻だろう——が「もの知らず」の目の前に圧倒的に現れた。老人の手でちょっぴり水をかけられたのではなく、タヒティはマタヴァイの荒々しくうねる海に漬かった一人の美しい男の裸体が一瞬見えた。何百という数の丸木舟がぽっかりひらいた入江をとりまいて、凶暴だが思いやりもある鮫たちの邪魔をけっしてしないように注意して離れていた。鮫は第七天の神神と同じように神なのだが、その青い堅い鰭《ひれ》で首長の身体を洗い聖別しにやってきたのだ。裸の男は岸辺に連れもどされると、地に触れることなくマラエまで飛んだ。それというのも、うねり響く行列にそって祭司が叫び声をあげながら神神を運べば、首長たちはこれまた神となったこの首長を運んだからだ。彼は「赤いマロ」を締めていたし、「目」を食べたのだった。もう誰もがとっておきの大袈裟な言葉でしかこれとは話さないのだった。

ハ！　テリイは身を震わせた。懸命になってこれらの不安な思い出を振りはらった。自分の腹のうちがはっきり見られているのではないかと心配した。恥ずかしくなった。この人群のなかで、まだこんな思いを巡らせているのは自分だけではなかろうか。これを遠ざけようとつとめた。しかし、それは楽しくもあれば気高くもあり、いま目のあたりにしている光景よりも自分のうちではるかに輝いていると感じてもいた……。それに全くのところ「宣教師たち」というのは、昔の偉いアリイたちには似ても似つかなかった。

けれどもそういうのは野蛮な話し方であり――と、サムエラは言ったものだ――、いまや危険な話し方だった。首長が公に洗礼を受けたのだし、あらゆるフェティイだってそうだった。他のみんなと違って自分は儀式をあげてもらえないのだろうか。みんなと同じように、「志願者の言葉」をうまく答えられないというのか。群衆の流れにまかせて動いた彼は、すぐに他の連中とおなじように肩まで水につかった。一人の洗者が「イエズ－ケリトを人間の唯一の救い主と信じ……」と言いはじめた。ろくに答える間もなかった。すでに相手は彼の顔を水浸しにし、言葉を終えていた。新たについた人々が水際でまちこがれているので場所を譲らなければならなかった。

彼はよく分からないまま身体を振って水を切った。だが満足だったし、自分自身にもっと気を配っていた。わしはケリト信者なのだ！　もう「もの知らず」のテリイではない。テリイ……なんて間抜けな名前なんだろう。すぐにもその名を脱ぎすてたくなった彼は、国に帰ってきた時には笑った、そして今でも覚えている名前をでまかせに口につぶやいてみた。「イアコバ。」彼は厳粛に言った。「わしはこれからイアコバだ。」それから、かつてあの奇蹟の夜にしたように自分の手足に触ってみた。それは色も形も元のままだった。息が長くなったとも思えなかったし、目が天空の前兆を読みとるのにもっと巧みになったとも思えなかった。左足にできていた腫れ物も小さくなってはいなかった。こぼれた歯も鋭くなってはいなかった。奇蹟と洗礼の二重の努力にもかかわらず、またしても……。多分その名前を別にすれば、彼の生き身の体には何の変化もなかった。誇らしくもあったが悔しくもあった。

☆

ところで、仲間たちが様々の大きな御利益を熱烈に期待していたので、彼はまだ待ってみることにして群衆を眺めた。周りの人々はどれもこれも、歩き方にしても足の数にしても身振り挙動にしても元の彼らに似たままだった。何ということか！　腸に隠れた思いだけが照らされることになっていたのか。「生命の光……」と、神に送られた人々は言い切っていたが……。自分の目が、まだその光でくらまないのが心配だった。本当のところは、分かりにくい文句とか口約束された恩恵よりは全身で楽しむほうが良かったのだが。――短いうめき声が聞こえて、彼は振り返った。望みどおりパオロの名前をもらって洗礼を受けた盲人のヒロが、やっぱり盲人のまま川から戻ってくるところだった。その後には、死んだ、依然として死んだ目をした者たちの長い列が、手探りしながら歩いていた。――この連中もやっぱり「光」に出会わなかったのだ。

儀式よりこのかたすでに流れた多くの日々と同じように、その日もテリイは——といっても彼はもうテリイではなくイアコバと名乗っていたのだが——「主」を誉め讃えることに専念していた。あらゆる人間がその「御方」に果てしない感謝を捧げなければならないのだ。それに、底しれない無知から釣り上げられて、ほとんど知らないうちに洗礼へと導かれ、ただちにケリト教徒という美しくもあれば役にもたつ呼び名をまとった者は、他の誰よりも感謝しなければならない。イアコバこそはまさにそういう人間だった。仲間たちと同じ様に、彼にもまだ自分の新しい誉れの利益がどんなものかはっきりと感じられてはいなかった。それでも疑ったりしないで、ひと月またひと月と辛抱づよく待ちつづけた。なぜかといえば、「御書」はこう語っている。

「『永遠の御者』こそは私のさずかりもの、私の杯《さかずき》——心地好い遺産を私は受け継いだ。」遺産と杯のうちどちらをより多く望むべきかは分からなかった。けれども、はっきりしないとはいえ、これらの約束の言葉はどちらも素晴らしいことに変りはなかった。だからケリト信者はうまずたゆまず繰り返していた。

「心地好い遺産を私は受け継いだ……」

――「エ！　テリイ！　エ！」折悪しく、息をきらせた一人の少年が二本の竹の間から頭をいれてさえぎった。ケリト信者は、もう無くなってしまった古い名前を祈りの最中に発したその愚かな子供を無視した……。子供は続けた。

――「エ！　イアコバ！　ほらタネのパオファイだよ。パオファイ・テリイ‐ファタウが水際を歩いているよ……。あんたのことをむかしフェティイだったって言ってる。会いにおいで。話したら……」

かつてのハヴァイ‐イに向けての航海の光景が一瞬、ちょうど洗礼の間に異教的な不吉な思い出が立ち現れたように、改宗者の目の前に大きくうかんだ。イアコバはしっかり目をつぶった。そんな馬鹿げた思い出は、主に好かれないことなのだから絞め殺して、見えないところまで追っ払いたかった。だが、それは彼のうちに深く刺さっているように感じられた。で、邪険に子供に答えた。――「ほら、わしは祈りを唱えているじゃないか。わしにかまうな！」それから彼は葉綴りをめくった。新しい標を見て口籠った。新しい身分に具わった力にもかかわらず、またこの三月というもの「御書」を見つめることにうちこんだとはいうものの、まだいくつかの言葉にはしりごみしていた。彼は繰り返し言った。

「『永遠の御者』こそは私のさずかりもの、私の杯。――心地好い遺産を……」

――「アロハ！　テリイ・ア・パラウラヒ」、パオファイが現れた。彼の挨拶は高らかにひびいた。しかしケリト教徒は、狼狽《うろたえ》ることなく「主」に話し続けた。

「心地好い遺産を私は受け継いだ。——莫大な宝を授かった……」

いやまったく彼は自分の目の不器用さに裏切られるのだった。それでも相手がいることだし、落ち着きはらったふりをして、口からでまかせに朗唱した。それからついに「御書」をたたみながら、ゆっくり「アメネ」と言った。そしてやってきた者の挨拶に答えた。

——「お前さんが真の神なるケリトのうちに生きんことを。」そして手を差し出した。

老人はせせら笑った。——「テリイ、お前もか。他のみんなと同じように。恥そのものだ。タヒティの連中は異人の子犬になりさがった。焼肉用の子犬だ！」彼は憎らしそうに口笛を吹いて筵の上にすわりこんだ。その背中はマラアム風にたわめられたハアリの幹のように屈《かが》んでいたものの、老人はまだ畏怖を起こさせた。無頼の異教徒の身なりのままだったけれども、祭司用の白いマロの襞には消しがたい気品が漂っていた。イアコバは思いがけない尊敬の念に捕えられた。彼に問いかける気にはなれなかった。二人は黙って見つめあった。とうとうパオファイが自分の帰郷のことを物語った。

彼は、悔しそうな身振りをしながら、連れもなければ——というのも、フェティイでもあり弟子でもあったテリイが途中でさっさと彼をおきざりにしたからだが——、得るところもなかった大航海のことを話した。はなはだしく遅れてヴァイフの地に着いたこと、けれども着いてみてがっかりしたことを語った。《話す標》は、そのいくつかは持ち帰ったのだが、何でも教えてくれると一瞬は信じた。——彼は帯から指で磨いた褐色の板切れをとりだした。そこには沢山の小さな形がぎっしりごたごたと塡《うず》めこまれていた。どれも踊り跳ねていた。

イアコバはいらだつ様子を見せた。彼は答えもせずに、誰かが来るのを待っているかあるいは恐れて

図19――ある女神像のための祭壇。

いる人のように、海岸や道を見つめていた。パオファイは勝手に話していた。

――「それぞれの形が、ちゃんと唱えるとそれぞれ違ったものを指すのだ。鰭《ひれ》の開いたこの魚、これは《鱶神》だ。それからこれは《三人の物知りの首長》を表している。それに《大地》だって《雨》だって《死んだとかげ》だって見れるぞ。これは《鯨》、それから一連の《化粧した神神》。すなわち、《赤く塗った神》、《黄色く塗った神》、《目の歪んだ神》だ。他の標は」、パオファイはためらいがちに指差すのだった、「それほどはっきりしないが、《日輪の輝き》、《奇妙なもの》、《地のまなこ》、《風をおこす男》、《頭にある二つのもくろみ》……ヒェ！」、と彼は口笛を鳴らした。「それでだ。こういったことのすべてがどうなる。これらの語で、これらばらばらの形で、どうやってある物語を固定する。他の者たち――あらかじめその話を知らない者たち――が、後になって誤りなく唱えることができるようにだが。」パオファイは《塡め込み板》の先で自分の太股を軽くたたいた。その尊大な眼差しは、依然として気のないままのイアコバに移り、また期待はずれの標へともどった。「だめだ！　これは、間違って《言の葉の起こり》とよばれているあの組紐と異なるところはない。前もって知っていることを語るのに役立つだけだ。それ以上のことを教える力はない……。これが《もの知りの木》だって？　丸木舟の外板でもこしらえたほうがましだろう。あの惨めなヴァイフの地ではどんな小さな材木でも人々は奪いあうのだ。標についてのこれらの約束の全ては……頭のおかしい舟漕ぎたちのでっちあげだ。」

ケリト教徒は答えた。「教えてあげようか、標を」彼は自分の新しい知識を誇りに思って「御書」を見せるのだった。パオファイは軽蔑しきってこれを拒んだ。

――「だめだ！　ピリタネの標も他のどんな標もわしらにはむいちゃいない。あんたらのどんな新しい話し方だっておんなじだ。用心しろ、テリイ。雌山羊は豚のように鼻をならしはしない。雄山羊は犬のように吠えはしない。四つ足の獣が声をとりかえる時はな、用心しろよ、それは死のうとしているんじゃ。」老人は悲しげに話をつづけた。――「今のマオリ人ときたら、見てみろ、異人のようにシュー シュー話したり、メエとかピイとか鳴こうとしている。元々の国の言葉と同時に習わしを変えつつある。衣《ころも》だってそうだ。ハ！　お前、鱗をきた鳥を見たことはなかろう。羽毛におおわれた魚をとったことがあるか。わしは見たぜ。わしはとったぜ。それは、あんたらのなかで『改宗者』とか『イエズの弟子』とか呼ばれている者たちだ。連中は自分の皮を手放した。もうどんな動物でもなくなった。人間でもなければ鶏でも魚でもない。お前、自分の皮を取りかえすんだ。わしははっきり言うぜ。テリイってのは雄山羊よりもっと間抜けだ。自分の皮を取りもどせ！」

ケリト信者は肩をそびやかして――宣教師たちがちょうどそのようにするのを彼は見てきた――、そんなもの知らずの言葉は自分にとっては何の意味もないことを示した。それにもかかわらず彼は不安を見せた。何故かといえば、祭司ノテがほどなく姿をあらわすはずだったからだ。彼は毎日、《祈りのファレ》に歩いて行く習慣だったのだ。ノテはパオファイを見つけて憤慨することだろう。パオファイの方にはすぐに立ち去りそうな気配はまったくなかった。彼は言葉をついだ。

――「そうだよ。今はどこに行ってもそうなんだ。マオリ人は！　彼らは異人を敬う。異人は敬意を受け取る。で、異人の息がかかってなにもかも臭くなった」

――「異人のなかには『主』に送られた人々もいます」、ケリト信者は言い返した。「それにあの人たちを軽んじたら、いろんな面倒をこうむることになりかねないし」

パオファイは、ひょうきんな言葉にたくして正しい思慮をひろめるあの匠たちに特有のくぐもった声で唇のなかでつぶやいた。

――「何をしたか、モウナ‐ロアの者たちは。彼らは白い首長のトゥティを蔑ろにはしなかった。何をしたか、モウナ‐ロアの者たちは。彼らは親友トゥティを二月のあいだ敬った。何をしたか、モウナ‐ロアの者たちは。三月めの初めになって、その骨を崇めるために恭しくこれをつぶした」

パオファイは目蓋《まぶた》の輪をほそめた。

――「モウナ‐ロアの者たちは、それは利口だった。だからといって、首長トゥティが呪いをかけていたというわけじゃない。ところがあんたらは、――二月どころじゃない――、百月も前から辛抱づよく、不意にやってきた首長たちを敬っている。いったい何時《いつ》になったら奴らの骨を分け合うんじゃ」

イアコバは、そのような冒瀆の言葉に曝《さら》されるときにケリト信者に抱くよう命じられている嫌悪を感じて身震いした。老人がその凶暴な言葉によって、それを受けとる者の心をただ揺すぶるつもりでいることは分かっていた。だが、それを首長たちに告げ口するかもしれない者はいくらでもいる……。ノテ本人だっていきなり現れて耳にするかもしれなかった……。けれども、困りきってはいたものの、年老いたおしゃべりを追い払う勇気はなく、驚くべき夢の話を聞かなければならなかった。つまりパオファイは、自分自身がおかしくなっているというのだった。――まるで道をただすアトゥアを腸に養ってでもいる男のようだった。二重の眠りの最中に、タヒティ－ヌイと同じ天を頂《いただ》くあらゆる島々に住む同じ民が情け容赦のないヒナの眼差しの下で嘆いているのを彼はみたという。土地はかつてないほどに肥えて豊穣だというのに空っぽで、たわわに実った果実を摘む生きた男女はいなかった。尾根には人気《ひとけ》がなく、洞穴には沈黙がみなぎり、《淵なす海》は動かず波紋すらなかった。パオファイは繰返して言った。

――「波紋のない海、息吹もなく、音もなく、影もなく、暗い死んだ海」

それから口を閉じながら、突然イアコバの肩ごしに疑り深い視線をあげた。イアコバは身震いして振りかえった。不意に入ってきた「宣教師」を見た。ノテの顔は驚いた風でも怒った風でもなかった。

――「おまえさんがまことの神なる……このフェティイはどなたですか」

――「この人の名前は……」、テリイはためらった。異教徒の名前は、禁じられている法螺貝や太鼓による呼びかけと同じように、きつくピリタネの耳に嚙みつくことを知っていたからだ。「名前は……イオゼファです」

年寄りはとび上がった。言葉を偽るケリト信者をまじまじと見つめながら言った。

――「嘘つき！　わしの名はパオファイ・テリイ－ファアタウだ。《偉大なる語り》のテリイ、お前が

《語り人の石》の上でそうだったように、自分の言葉の記憶を無くすほどわしが耄碌《もうろく》しているとでも思うのか」そしてこうつけ加えた。「わしはパパラのマラエの生贄師だ」

ノテは優しくこたえた。

——「兄弟、パパラの地には、それに他のどこにももうマラエはないのです。なぜかといえば、主の霊を受けたアリイ-ラヒがそれらを壊させ、海に捨てさせたからです」

——「アウエ！　年寄りのずる祭司め！　マラエがないって！」パオファイは激しい脅しの文句を唸りながら、まるで気違いのように両の肩をゆすり、背後の竹垣をつき破った。そして苛立たしそうに大股で海の方へと立ちさった。

ノテは溜め息をついた。そして言った。

——「テリイ、まだもの知らずではありますが、お前さんとあの邪《よこしま》な異教徒とを分けている深い淵をよく見るのです。そしていっそう信心を深めなさい。そうすればまもなく、他の人々とおなじように信仰をあかしして、名前を変えると同時にあらゆる過ちをぬぎすてることが許されるようになるでしょう」

エアハ　ラ！　この「宣教師」が、テリイはもうテリイではなくイアコバであり、洗礼を受けたケリト信者であるというこのわかりきったことを見違えたなんて！　じゃそれは目にも鼻にも滲み出してはいないのか。身体全体を照らしてはいないのか。もちろん改宗者は、自分の向こう見ずの振舞、つまりあらかじめ全ての試練を達成しなかったのにまるで盗人《ぬすびと》のように人ごみに紛れて祭儀を騙しとったことを思い出した。そして落ち着きをなくした。けれども、新たな誉れを約束してもらったことで不安にうちかった。それで誇らしげにこういった。

――「わたしは洗礼を受けたのです。第一級のケリト信者です。」ノテはこれには反論せず、ただこう言った。

――「主のなされることに間違いはありません。お前さんの新しい資格を知らなかったとしても、わたしは、お前さんが少なくともそれにほとんど相応しいことは知っていました。ですから、自分でもお前さんを遠からずケリトの弟子の仲間に招き入れたことでしょう。で、洗礼名はなんですか」

――「イアコバです。」タヒティの土地でこれを知らない人がいたなんて……

――「それではイアコバ、まことに主に感謝しなさい。わたしたちの方に、『あの方《かた》』の許にやってきたのは、兄弟たちのなかでいちばん遅かったですが、あなたは新しい弟子たちのなかで最も優れたひとりのようです。『あの方』の勝利とその『御名』の誉《ほま》れに関するあらゆることがらについて、安心してお前さんに任せることができます。ですからひとつ手伝ってほしいです。今プナアヴィアの地で、大きな《祈りのファレ》の建設が仕上がるところですが、そこには二人の信頼できる有能なケリト信者をつけます。彼らは『タヒティ諸島キリスト教会第二級執事』という称号をもつことになります。あなたはそのうちのひとりになることができます」

イアコバは厳かな誇りと大きな望みに満たされて、じっと考えこんだ。

――「宣教師の方々を手伝っている人たちのように黒いマロが戴けるのでしょうか」

――「黒いマロと、もうひとつ肩にかけるこれまた黒い着物をもらえるでしょう。あなたは宣教師の横に席をしめるのです。彼と一緒に、患っている人々を訪問して下さい。彼が遠くに行っている時には、あなたが自分で《祈りの集会》をひらいて、仲間みんなのまえで『御書』を読むのです」

――「わたしは神の霊にみたされるでしょうか」、イアコバはなおも思いついて訊ねてみた。というのは、もし真の神なるイエズが自分のうちに降りなされば、何の値打もないオロ神でいっぱいの間抜けな昔の妖術師たちを存分にみくびってやることができるからだった。

――「もちろん」とノテは云った。「主はあなたの心に住みたまうでしょう」

――「いや、腸《はらわた》の中にでしょう？」

――「いや、いや！　あなたの心のなかにです。」ノテは、人間の体のなかでもっとも貴い部分は腸ではなくて、まだ話されない言葉が生まれる頭、それから高潔な感情、つまり信仰や愛などがでてくる心であることを長々と説いた。

――「でも、悲しいときに騒ぐのはわしの腸なんですが」

――「とにかく、主はあなたのうちに宿りたまいます」

イアコバはさまざまの名誉への期待に微笑んだ。しばらく沈黙があった。ノテは《外海》のほうを眺めていた。大波が珊瑚礁にあたって砕けるのを面白く聴いている様子だった。それから、新しい改宗者をうかがい見ながら、かなり早口でいった。

――「『ママイアたち』について何か知らせは」

――「気違いのことですか。」いつだってそれがいることは誰でも知っていた。「神憑《がか》り」として敬えば数は増えるし、詐欺師として棍棒で追っ払えばほとんど居なくなる。しかしどうして「宣教師」がそんなことを気になさるのだろう。

ノテは答えた。自分の言っている気違いは、憎しみよりはむしろ憐れみをかけてやらねばならないあの分別をなくした哀れな人々のことではなく――彼らは節度もなくたわごとを言うけれども、その言葉には罪がない――、そうではなく、この蔑《さげす》みの呼び名でさしているのは、自分の狂乱を知りながら破廉恥にもそれにひたるあのママイアのことです。昔のもの知らずたちには、少なくともその無知が言い訳になる――本当のことをいえば、主の掟はあらゆる人々の心に刻みこまれているのだけれども――、だがこの連中ときたら、いくつもの祭礼をごちゃまぜにはするし、別の儀式を編みだしはするし、その冒瀆はとどまることを知らない。ケリト教徒たちは、憤慨して「ママイアだ！　奴らは気違いだ」と声を大にして言ってよろしい。そして宣教師たちが、これに輪をかけて「それどころではない。彼らは『異端者』です」、と言うのはもっと正しいことなのです。

テリイはまじめな遠慮深い様子をし、「そんな連中」なんてぜんぜん知りません、と答えた。

――「残念なことに」、とノテは打ち明けた。「だれも彼らのことをはっきりとは知りません。卑劣にも、たくみに人目をさけて隠れていて、ありのままの姿を見せないのです。彼らが、夜、人の通らない小道をたどって山に集まることは分かっています。けれども何をしているのかも――おそらくひどく恐ろしいことでしょう――、彼らの名前もまだ秘密のままになっていてこれを探り出せた人はいないのです」

ノテは受洗者を見つめながら続けた。

――「そこでイアコバ、首長たちはあなたのことを考えたというわけです。――なぜならば、本当のケリト信者たちは、信者になったばかりの人もふくめて、みんなで力を合わせて身を守らなければなりません。あなたの改宗と洗礼はあきらかに神の思し召しによるものでした。あなたは仲間うちで有能で賢い人といわれています。けれども、その新しい資格と本当の考えを見抜いている人はまだあまりいません。みんなにとってあなたは係わりのない旅人です。連中が逃げこむ山に行ったってだれも気にかけることはないでしょう。だから、話されること――これを覚えるのは簡単でしょう――、それから彼らの名前を聴いてくるのです。連中は今晩ティパエルイの谷間に集まるということです」

――「ですが、ひょっとしたら危害をくわえられるかもしれないでしょう」、とケリト教徒は指摘した。ノテは、「主」は「主」に身をまかせる者をけっしてお見捨てにはならない、「主」に仕えるためにわずかの危険でもおかす弟子はすべての恵みをうけることになる、と説いて彼を安心させた。

――「じゃあ本当に」、とイアコバは尋ねた。「本当にわたしは黒いマロが戴けますね」

ノテは再びこれを約束した。

☆

笑い声、ききなれた声、呼びかけ、明るい叫び声でいきなりファレが震え、毎日あつまるフェティイたちの陽気な群でいっぱいになった。彼らは、手足も顔も目も体中の皮膚も爽やかになって水浴びから戻ってきたのだ。彼らはくつろいでいた。耳たぶのひらいたエレナの耳には、他の人々の香りのよい耳とおなじように赤い花が飾られていた。髪毛にはこれまた芳しい小さな葉っぱを巻きつけていた。胸は結んでいないタパの下で息づいていた。アウテがきつく抱き締めているので、二人は入口の柱の間をいっしょに通ることができた。レベカはあわてて絞っただけの、まだ濡れて雫の垂れているマロを身に着けていた。サムエラは籠いっぱい採ってきたざりがにが得意で、快活なぺへを口ずさんでいた。彼らは「宣教師」に気づいた。すぐに《花のエレナ》は大きな花冠を隠し、裸の乳房を覆った。魚捕りは歌を静めた。喜びは消え去った。

ノテはずっと前からサムエラをイエズの最初の弟子であってまたとても確かな弟子の一人と認めていた。それで、たいそう親しみをこめてその手を握った。けれどもレベカの顔は不安げで、人々が国の言葉で名ざすことができずにピリタネの語をつかって「ハアマ」とよぶあの新しい困惑をみなぎらせていた。これは異人を前にすると女たちをいきなり捕えるものだった。――「この女性はどなたですか」、と「宣教師」がたずねた。

――「イアコバの連合《つれあ》いです」、とサムエラがはっきり答えた。「イアコバがずっと前からそのタネなのです」

――「それは正しい」、とイアコバは同意した。「けれどもレベカは、わたしともですが、サムエラの傍でも眠っていると思うんです。」二人は一緒に話し続けたが意見の一致をみることはできなかった。レベカには自分の夜の割り振りがどうなろうとかまわなかった。宣教師はその点についてしつこく知りたがった。

イアコバにはこの好奇心はわからなかった。それに女との絡み合いのことがなんで言い争いになるのかもわからなかった。自分で好きなようにしていいじゃないか。けれども、信心深い「ケリト教の教授」はイアコバにそういう考えの誤りを分からせようと努めた。そのような行為は、また別の儀式――彼はそれを「婚姻」とよんだ――の後で初めて許されるのであって、この儀式のおかげで、「主」の目にとって忌わしい不敬なものがたちまち素晴らしいものに変るのだ。ところでその式の挙げ方はといえば、まず「宣教師」がケリト教徒の集りを前にしてこう宣言する。「この人とこの人とは婚姻によって結ばれたいと望んでいる。」そこで会衆はその二人を結びつけて良いか悪いかをきめる。――それから数日たって、「宣教師」かもしくは「行政官」とよばれる人のファレにおもむく。行政官は、タネにむかって右手で女の右手をとるように命じ、さらに尋ねる……

――「そう！　それでよい」、ノテがさえぎった。そしてしめくくった。「イアコバ、あなたはこの女性を娶《めと》るべきです」

イアコバはそんな習わしのことを思ってみたこともなかった。国に帰ってこのかた起ったあらゆる予期しない事々のなかで、この祭式こそはいちばん驚くべきことと思われた。なんということ！　宣教師たちは、宴《うたげ》の間の《アトゥアへの供え物》とか、戦の前の生贄、「目」の儀式、それから様々のほかのおもな仕来りを蔑んで廃止してしまったのだけど、そしてそれはもっともなことなのだが、いまやこの気晴らしまでも躊躇《ためらい》と形式で取り囲もうとしている。女と一緒にねるという、確かに面白くはあるものの平凡きわまりない気晴らしを。しかしイアコバはそのことは云わないほうが良いとみぬいた。そこでノテに同意した。

――「じゃレベカを娶ることにします。」そして言いそえた。「そうするとレベカはもうファレを出ていくことはできないのですか」

――「決してできません。あなた方は、『主』の御前《みまえ》で死ぬまで結ばれることになります」

イアコバは喜んだ。なぜかといえば、レベカは何につけてもいつでも素晴らしく器用だったからだ。

すぐにでもこの役に立つ儀式をやり遂げたかった。けれどもノテは立ち去った。もちろん、まさにその夜求められている仕事とその見返りに約束されている誉れのことを、わざと分かりにくい云い方でケリト教徒にもう一度ほのめかした後でだったけれども。

☆

イアコバは不安のうちに夕暮が落ちるのをみた。本心をかくして、ファレの仲間たちにはその夜は松明を使えば魚がとれるだろうと言った。だが松明はとらず、ひそかに薄い二枚のござを準備した。それからこっそり抜け出した。人目につかないところでござを身につけた。こうして、昔の卑しいもの知らずのような形《なり》をしていれば、気違いたちに怪しまれる心配はなかった。ティパエルイの水についた。そして急に《中の地》の方向に歩みを変えた。

思えばこのようにして、かつて何年も前の別の夜のことだが、彼の歩みにつき従う熱狂した群衆を自らひきつれて、水眠る湖にむけて別の川にそって行ったものだった。――不吉な思い出、それに異教徒の話し方だ。呪術師に特有の話を口にするあの年寄りのパオファイのせいだった。近づけばどんな呪いにかかるかもしれない連中がいるものだ。だが、もう忘れられた時代のでたらめな話とか誤りとかに構うことはないのだ。――あたり前だ。そして見よ、今晩はケリト教徒はもう「主」に仕えるだけでよいのだ。

川上へのぼる路はやはり険しくなっていった。生ける者はさまよう霊にたいして何を頼りにしたらよいか知っているが、暗がりのなかでは昼ひなかのように元気には歩けない。たとえ受洗者であってもそ

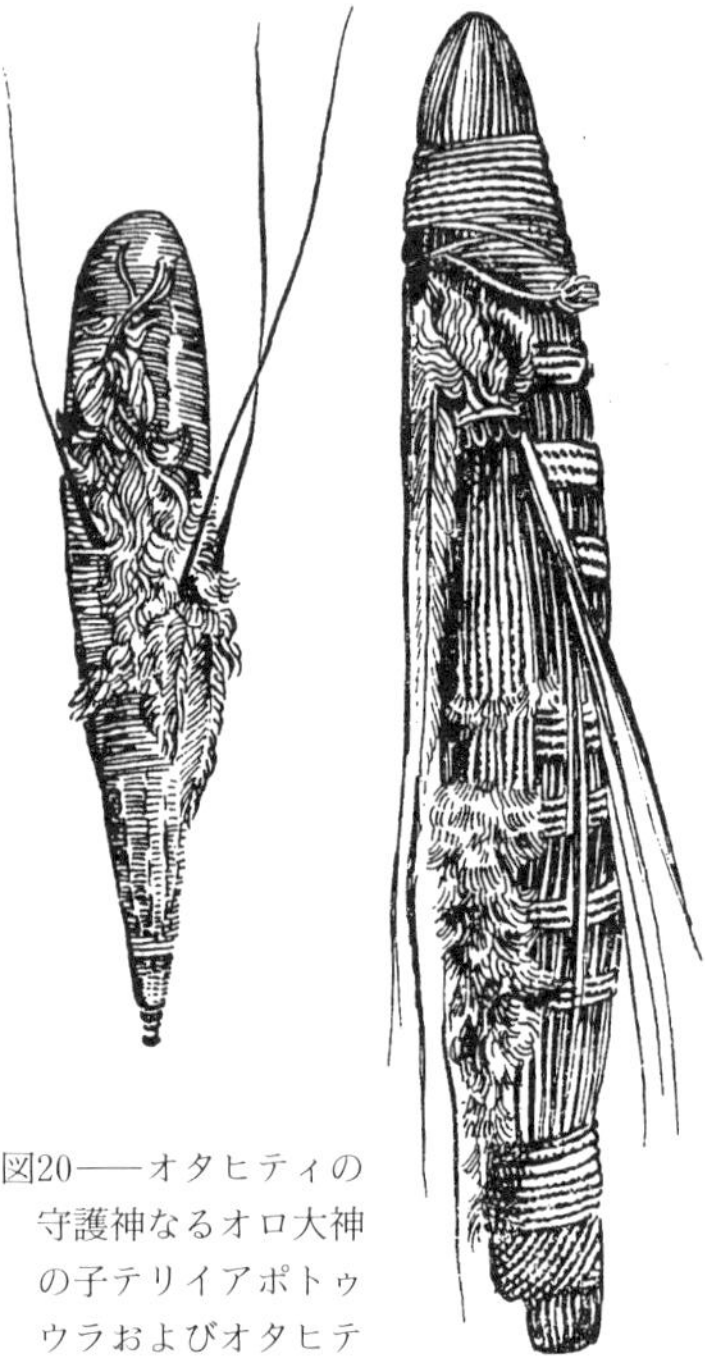

図20——オタヒティの守護神なるオロ大神の子テリイアポトゥウラおよびオタヒティの神々の一人ティイラ。

うだ。すぐに苦しくなるし息がきれる。足元はふらつく。足音が水の中や湿った木の葉の上でしか聞こえないのが気にかかる。もう何の役にも立たなくなった目はおびえる。覚束ない歩き手は静けさを、足元に流れ出た暗闇を、そしてとりわけ頭上に消えた天をおそれていた。《天のヒナ》はまだ二晩は死んでいた。そして重い雲が星々の小さな眼差をさえぎって地上の闇を深くしていた。

　イアコバは怖くなった。たった一人でいることの恐ろしさ。いや、たった一人ではないことがもっと恐ろしかった。というのは、なにかあやふやなもの——生けるものと言えるのだろうか——が、どこからかやって来て、おびえるケリト教徒にかすかに触れはじめていたのだ。どこをめざしているのかまだ分からなかったが、彼の足は速くなった。あてどなく手探りしていると指が髪毛にさわった。すぐに、これもまさぐっている手が、自分のではないいくつもの手が彼の顔にそってすべり、ござの被いへと下りた。彼は腕を伸ばした。周りに人体があった。やはりござを着て急いでいる多くの人体だった。いやはやなんという非常識だろう、この「ママイアたち」は。こんなふうに夜の夜中に危険に身をさらすなんて。だが自分もこれらのいかがわしい群に混じりこむなんて何という勇気だろう。誇りを感じて彼は大胆になった。で、こそこそ闇をさまよう者たちに思いきって触ってみた。その数は一足ごとに増えていた。

それらはだしぬけに暗がりのどこからでも、考えられない路をとおって来るのだった。彼らが近づいていること、それだけは藪のつぶれる短い音によって、他の者たちを迎えるために詰め合いながら歩く者たちの渦によって分かった。それというのも人々は茂みにおおわれた狭い小道を肘をくっつけ合って進んでいたからだ。そしてこれら全ての者たちの行列をしめすのは、踏みつぶされる木の葉のざわめきと小枝のはねる音だけだった。

けれども、人家から遠ざかり山に辿りつくにつれて、群衆の話したくてうずうずしている数多い口は密かな音をたてた。無数の小さな息の音、舌をうつ軽い音、瞬《まばた》きのようにか細い唇の呼びかけが立てる途切れることのないざわめきだった。ひときわ高くアイトの梢——これはタプーの地をとりまいている——がヒュウヒュウなる声が広がった。人の群は立ち止まり、崩れひろがる波のように谷の窪みにどよめきわたった。そこは藪に囲まれた空き地だったとはいえ、イアコバは目を大きく見開いていたとはいえ、暗い天の洞の下には揺れる木々のぼんやりした形のほかには何も見分けることができなかった。周りには、背丈とおなじ高さに、依然としてうかがい知れない闇の垣があった。語りには、

「夜」——顔なき夜、
《見られざる》ための夜……

といわれているのを思いだした。

全ての息吹がいきなり止んだ。枝だけがヒュウヒュウ音をたてていた。一声がおこった。

おびえたイアコバは、それは人の口から出る言葉では絶対にないと思った。いいや、人間なら誰ひとりとしてそんな話し方はしなかっただろう……

――「わしは何者なのか、おまえら皆にとって」

――「わしは何者なのか、おまえら皆にとって」人々はくすんだ声で答えはじめた。

――「お前さまはもう人間テアオじゃなくて、天《あま》くだりなされたアトゥアです」

――「わしは何者なのか。おまえら皆にとって」

――「お前さまは骨を地から掘りだされたパニオラ祭司の霊でもあります。祈りを唱えなされ。パニオラ祭司と同じように、祈りを」

するとこれは奇蹟なのか。思いもよらない声は神霊に憑かれた者の胸から出ているのだ。だが、他の声はどういうことなのか。なんであの忘れられた祭司のことを、まるで人を助ける精霊ででもあるかのように祈りの言葉に混ぜこむのだろう。――ハ！　ケリト信者は思いあたった。とてつもない話……。闇と大木の最中《さなか》でそんなことを思いおこせるものではなかった。けれども、テアオは容赦なく思い出させるのだった。かつて、白く長いタパをまとった二人のパニオラ[★1]の男が半島の人々のあいだに住みついたこと、はじめて、――「宣教師」たちよりはるか前のこと――この最初の師たちは熱い信仰をこめてイエズ‐ケリト――しかし同じアトゥアだったのだろうか――の名を口に出したことを語るのだった。彼らは、イエズとともに、ひょっとしたらそれ以上にイエズの母親である一体の神々しい女、どんな男もけっして触れたことのない女を敬うということだった。また《神の息吹》というある微細なものに呼びかけることもあった。彼らの言うことは好ましかった。だが一年後、その一人は病を患って、怪我をしたわけでも呪いを受けたわけでもなく死んだ。二月たって人々は土をのけて屍《しかばね》を掘りだし、これを包みこんでいた板の釘を恭しくひきぬいた。着物は小さなものまで奪い合い、骨はタプーにしようと決めたのだった。そこで問題になったのは、亡霊、これがどうなったかだった。亡霊はそれ以来さまよっていたのだ。テアオは自分の腸にこれを引き取っている感じが時々するというのだったから。——そして黙って考えてすら楽しくないこういった全てのことを、一語一語、イアコバはこの厳しい夜の中で聞かなければならなかった。不安は増していった。何か密かな音があらたに聞こえるたびに身震いがおきた。自分の耳が聞えなければよいのにと思った。湿った土の中に潜りこめたら……。この怖さは、ヴァイヒリアの岸辺で、たったひとりで腕をあげて脚をまっすぐふんばっていた時にはなかった。全身埋まっていたからだ。ここでは、夜の風の恐れがのしかかって手足は痺れていた。そのうちに声はやんだ。群衆から大きなどよめきが喜びに喘ぐ神憑りの男に向かってたち昇った。男はじっとこらえて穏やかに言った。

——「アヴェ、マリア、主、汝とともにましします。汝は女のうちにて選ばれ、御胎内の御子イエズは祝せられ給う」

群衆もおなじ文句をおだやかに繰り返した。これらの思いがけない言葉とともに人々は少しおちつい

★1（原注）—Paniola　エスパニア人。

た。テアオは同じ信頼しきった声でなおも祈るのだった。

――「《神の息吹》よ！　《神の息吹》よ！　われらのうちに降りたまえ。いかさま師どもを、汝の名を盗みし者どもを追い払う力をわれらに与えたまえ。わが身にしみこむおお、ケリトよ、やつらが汝をもたらすはるか以前からわれらが知り、奴らが汝の名を呼ぶはるか以前からわれらがその名を呼んだケリトよ、すべてのケリト教徒どもを滅ぼす力を我らに与えたまえ。汝を悪用する輩《やから》が、汝の名によりて、汝の力によりて、死にゆかんことを！」

ひと息ついて彼は叫んだ。

――「ケリト教徒やその祭司どもはわしらを『気違い』とよんでいる。じっさい、誰が気違いか、奴らかわしらか。まことの神の弟子、神の子らはどこにいる。日がな一日わしらは手を合わせ額衝《ぬかづ》いて、呼び求め、待ち、崇めている。女の中で男を全く知らなかったただひとりの女、マリア、これをわしらはパレテニア[☆1]と呼んでいる」

会衆は繰り返した。

――「アヴェ、マリア・パレテニア」

こんな文句にしろ、こんな祭式にしろ、イアコバにとっては思いもよらないものだった。彼の目ははかり知れない闇のなかでさまよっていたのだが、おなじように心もこの全く未知のことがらの中でゆれていた。「神の息吹」とか「良き霊」とかなら、「宣教師」たちも礼拝し助けを願うべきことを教えていた。けれども、この神を産んだ女、その肉が男から自由なままだったというそれほど珍しい種類の女、名を呼ぶためにマオリの言葉では比べるもののない「パレテニア」という語が必要になるほど言語を絶した在りかたをする者、その名を臆病なケリト教徒は恐怖からのがれる頼みの綱として自分でも急いでつぶやいた。自分がどれほどの冒瀆を犯しているのかわからないままに――彼は自分の声を忌わしい気違いたちの声に混ぜ合わせていたのだから――、こう呟いている自分に気づいた。

――「アヴェ、マリア・パレテニア。」彼は新しい神を知って嬉しかった。来てみてよかったと思った。

闇はそれほど鬱陶しくはなくなっていたが、まだ晴れそうにはなかった。ぼんやりした視野のなかで、おぼろでまるで形をもたない影がうごめいていた。とりわけ耳には、祈禱の大音響にまじってもっとはっきりした人声が聞きとれた。男の喉からでる低いざわめき、シューシューいう女の声、やさしい息づかい、かすかな啜り泣き……。――いやいや静けさは保てなくなっていた。これら様々のおびただしい音はほんとうにぜんぶ生ける者らの息遣いなのだろうか。――ケリト信者はおちつこうとして、新しい師たちの教えを思いめぐらした。つまり《うろつく精霊たち》はピリタネの神をおそれて逃げたのであって、もうそれが立ち寄ったり、嚙みついたり、祟ったりするのを心配することは無くなっている。けれどもイアコバは身のまわりのほんの僅かの葉ずれにも耳をすましていた。じっさい、顔のない徘徊者たちは違った息のつきかたをするだろうか……それらはそこにいた……イアコバに触れんばかりだった。彼と同じように地面すれすれにひとつの息が不安げに喘ぎつづけていた。時には群の大音声に混じり、時に

☆1（訳注）—Parêtênia はギリシア語の "parthênia"（処女）に由来すると思われる。

はその声だけが飛ぶのだった。それからまた別の息が夜の別の一隅からたちのぼった。そしてまた思いがけず別のが。安心はしていたものの、ケリト信者は、大きな明りがいきなり輝いてそれらの不快な発散物、いたるところから漏れ出す闇の声を散らしてくれればなあと思った。彼の額はぬれて冷たくなった。萎えた手足の皮には皺がよった。耳をそばだててはいたものの、もう聴く気もなくなっていた……

――「はっ！」、腸が捩《よじ》れた。身をちぢめて跳びさがった。冷たい手が、まるでいくらでも指があるかのような手が一本、太股と腹にさわり、それから顔へと上ったのだ。別の手が現れた。二本の腕が彼を締めつけた。彼は倒れた。転がった。しがみついた一つの体の下であおむけになった。固い二つの乳房が胸を押さえつけていた。屈強なタネたちにつきまとい絡みつき精気を吸いとるこの《闇の女》に支配されて、彼は生きた心地もなく息も絶え絶えになった。脚が彼をがっしりはさんだ。手が貪婪《どんらん》に荒々しくまさぐってきた。心配ではあるというのに体中がびくっとして、震えがきた。そこで、怪しいものの上に乗りながら、習慣から腰をいれて身をもたせかけた。――そして突然ふきだした。生きた雌の肉体を抱いていたのだ。奪いとった愛撫のために横腹がきぜわしく波うつ太って生温い肉体を。架空の幻などではなかったのだ。彼は、肌は恐れのためにまだ乾いていたけれども、すぐに悦びに身ぶるいした。不安だった喉を弛めた。今は愚かにだらしなく横たわっている女を、憎しみのこもった大きな欲望にまかせて全身でゆすぶった。

その瞬間、事情ののみこめた彼の耳には不安にみちていたあらゆる物音の謎がとけた。これらのぜいぜいいう音や呻き声は何千もの肉欲の声だったのだ。ハ！　やっと楽に息ができた。ちゃんと生きていて喜びに熱中する生ける者たちしかいなかったのだ。自分でもまた嬉しくなってきた。安全だしもっと楽しめるという確信が背にも両手両足にも流れてきて、それはなんとも言えぬほど気持ちがよく、心はなごんだ。彼は、最後の気力をふるいおこして、このゆきずりの恐怖の妻、穏やかに呻いている女をもっとしっかり締めつけた。それから体を放して、女がぐったりとなるにまかせた。そして、夜を見やりながら両のこぶしで身を支えた。あたかも、女の腰を砕くことによってこの女体のうえで闇と恐れの全てを征服したかのようだった。

神の霊に憑かれた者の声はもう聞えなかった。誰でも知っているように、女というものは、どの神でもよい、とにかく神に活気づけられた精力旺盛な雄たちを奪いあうものだ。多分テアオは話しながら同時に女たちを楽しむことはできなかったのだろう。けれども彼の代わりに、別の声々が静かな祈りを繰返していた。けっして夫なる者の重さに耐えたことのない女にむけての、えも言われぬ賛辞が口から口へと移っていった。盲《めし》いた空気のなかを、この女のためにこの女にむけて、これらの快楽、叫び声、これら官能のほとばしりは舞い上がるのだった。それはこの女が知らなかったはずのものであるだけに、それだけいっそうこの女をまつる儀式にとってかけがえのないものだった。人々は、その名とその名の賛美とを、もっともっと絡み合って消耗しつくすまで言いやめなかった。そして欲望がからっぽになって、さらに新しい盛りのための力もなく横になっている連中は、べつの活気を奮いおこして立ち上がり、信仰あつい喜びをこめて言うのだった。

――「アヴェ、マリア・パレテニア」

イアコバのそばの女もそうで、反り身になって上体をおこし、乳房と喉とをつきだし、口は仲間たちと同じように、隠れている天空にむけて「アヴェ、マリア・パレテニア」、と唱えた。それから、自分のタネの声がちっとも聞えないものだから、これがうさん臭い相手で、ひょっとしたらケリト教徒たちのいかがわしい回し者かもしれないと感づいて、彼の顔に呼びかけた。――「さあお前さんも言うの、祈りを。」今や安心している彼の方は、この忌わしい宗式に与《くみ》することを躊躇《ためら》っていた。女は彼の下にすべりこんで頭をずらし、彼の脇腹にかみついた。両の脚がイアコバの太股にからみついた。喧嘩腰で威《おど》す女はいまにも自分のことを暴き立てそうだった。それでしぶしぶ言った。

――「アヴェ、マリア・パレテニア」

女はしつこかった。――「《宣教師絶滅の祈り》も唱えるの。オ、ケリトよ！　汝の御名を盗む者らを我らに追い払わしめたまえ！　全てのケリト教徒らを滅ぼさせたまえって！」彼は繰返した。「汝の御名を盗む者らを我らに追い払わしめたまえ！　全てのケリト教徒らを滅ぼさせたまえ！」そこで女は、他のタネを探すために彼を放した。

彼の方はまた倒れた。ついに弱々しい青白い明るみが谷間にたゆとうていた。だが、イアコバの頭は暗く乱れたままで、腸はまぜこぜになったままだった。周囲ではやっと見分けられる形がなおも休まずに抱きあっていた。思いがけない名前と作法をともなう別の祈禱が、はっきりしない口調でひろがりはじめた。そのなかのひとつが彼を震え上がらせた。それは聞きなれたものであると同時に、いつまでも年をとらない天空のように古く、そのためもっともっと信じがたいものだった。

「救いたまえ。我を救いたまえ。今は神神の夜！　わが傍らで見張りたまえ。オ、神よ！　わが傍らで、オ、主よ……」

――「パオファイ・テリイ‐ファタウ！」テリイは絶叫した。彼は呪文と夜の不思議な力によって従順なハエレ‐ポになり、まっ昼間に異教徒として侮ったこの年寄りの息子にもどっていた。いうに言われぬ驚きにうたれて力強い低い声に聞き入るのだった。

——「お前たち、《新しい言葉》の者らに狂人と呼ばれているお前たちにわしが言うのはこれだ。わしは来た。わしはお前たちを賢いとみた。——だが、神神をまぜこぜにして話さないように気をつけされ。アトゥア達は、いっしょくたに招くとお争いになるものだ。すると人間が害をうける。珊瑚は山を食い、島々は死ぬ。そして海は涸れてしまう」

哀願をやめる者もいた。依然としてパレテニアに加護をもとめる者もいた。パオファイはもっときつい調子でさけんだ。

——「ケリト神などそれが住む雲のなかに放っておくのだ。それはわしらには向かない。マリアと呼ばれるもう一体の女神はその月のなかに放っておくのだ。その月はわしらのヒナじゃない。その女神はわしらの国の言葉を話さない。なんでわしらの声が分かろうか。だが、わしらの山々や風には第七天にいたるまで、それにわしらの水にも淵の底にいたるまで、わしらの言葉を知っている恵みぶかい偉大な

図21——タンガロアの神像。

る数多《あまた》の神神がいまして、この神神はわしらの供え物を食べ、わしらの土地と女たちとを孕ませてくださる。わしらの望みをすべてみそなわすのじゃ。他の神神を追いはらうのだ。奴らがわしらの神像を焼き捨てたように、奴らの《祈りのファレ》を焼きはらえ……焼くのだ！　さもなければ、お前たちは奴らに食われてしまうぞ……」

人々は、決心がつきかねて口のなかでうなっていた。するとまた四方八方から聞えてきた。

——「我らの父なるイエズ‐ケリト、すべてのケリト教徒どもを滅ぼす力を我らにあたえたまえ」

——「ヒエ！　ヒエ！」、パオファイは口笛を鳴らした。「オロ、と言うのだ！　タネ、と言うのだ！　ルアハトゥだ！　もしくは、《赤く塗った神》だ！　《黄色に塗った神》だ！　《目を縁取った神》だ！名前を取り替えるな。取り替えるな、アトゥアを、取り替えるな……」

大祭司の呪いは、透き通った川の水がたとえ水嵩がましてもなす術《すべ》もなく塩辛い大海原に散り散りになっていくのにも似て、ますます大きくなる喧騒のうちに消え去った。彼は忘れられたあらゆる時代の最高の話し手にも匹敵する弁をふるったのだったが、「ママイアたち」はそれ以上は聞こうともせずに、いかがわしい祈りを続けるのだった。テアオは、神の支配と娘たちの好意の証をうけたためにへとへとになったのか口をきかなかった。けれども霊にとり憑れた他の者たちがあちこちに立ち上がっていた。そしてその各々から神が出現していた。ある者は「わしには洗う者イオハネの息吹がある。これはケリトを予告した。わしは別の方を予告する……別の方を」、とよばわっていた。——「パオロ」を宣言する者もいた。「パオロがわしを導き教えている。『宣教師』がひらけなかった盲いた目にわしが光を与えよう。」性別も年齢もわからない人々の叫び声、「ミカエラだ！——良き霊だ！　息吹だ！……。——サロモナよ、わしに手助けしたまえ。わしは新しい言葉を伝えよう。《良き言葉》は閉じられてはいない。――オロは死んだ。――アベラハマがまた人間のうちに来臨したまうのだ。――オロは死んだ。――イオハネだ。――イエズだ。――イエホヴァだ。――今は夜、神神の夜」

ママイアになったテリイもしくはイアコバは、皆と一緒になってあらゆる呼びかけに従順に応える。声はもう自分のものではない。他の声まかせで自分の声をまき散らすのだ。体は言葉と同じように凶暴になって、よろめき、手あたりしだいに女たちを抱きつづける。だがもう堪能させることはできない。とうとう彼は肩を伸ばしてまどろみたくなる。夜は蒼ざめる。暁が現れる。

☆

彼はやっとのことで起き上がった。礼拝と忌わしい振舞の極みを目撃したからには、これらママイア達に知られればどんな危険があるかわかったものじゃない。あんなに苦労してよじのぼった小道を急いで駆けおりた。《バナナ運びたち》を見つけてその中に紛れこんだ。そして記憶を確かめた。「『異端者たち』の首長は誰か。テアオ・タネだ。彼らの言っていることは？　ケリト信者たちの絶滅だ。為しているることは？　ノテ様が言ったあの『婚姻』外で女を抱くことだ。」これら全てにはなんの疑いもなかった。新しく作られたばかりのタプーによって、今日か明日かとみんながまっている新しい掟によって、自分が探りをいれ現場をみた今となってはこれら不敬の輩は処罰できる。ケリト教徒はこうして自分の熱意を示すことができるのを喜んだ。「宣教師たち」はさぞ満足なさることだろう。

新しい律法

大きな《祈りのファレ》のそばに集まった群衆にむかって、身持ちがよく声も大きいので選ばれたひとりのケリト教徒が叫んだ。――「《裁判の首長様》のお話し!」誰が、あるいはもしかしたらどの「宣教師」がこのように指名されたのか誰にも判らなかった。ところが、あまり人の知らないひとりの貧相な《土地もつ男》がまっすぐ立ち上がった。その厳めしいが分かりにくい称号――いまだかつてこれを帯びた人はいなかった――はこの男の話に異例の気高さをそえるものと人々は心待ちにした。だが男は「五人の大罪人」をつれてくるよう命じただけだった。

会衆はあたらしい見世物を期待して喜んだ。なにしろはじめて「法廷」とやらが開かれようとしているのだ。「法廷」というのは、タヒティの島々で主ケリトの意志を代表する役目をおびた《土地もつ者たち》、首長たち、それに位は低くても立派な信者たちからなる集りのことだった。これらの人々は役目を果たすために壇上にのぼった。するとたちまち、彼らの言葉や勧告は特別の力をもつのだった。神

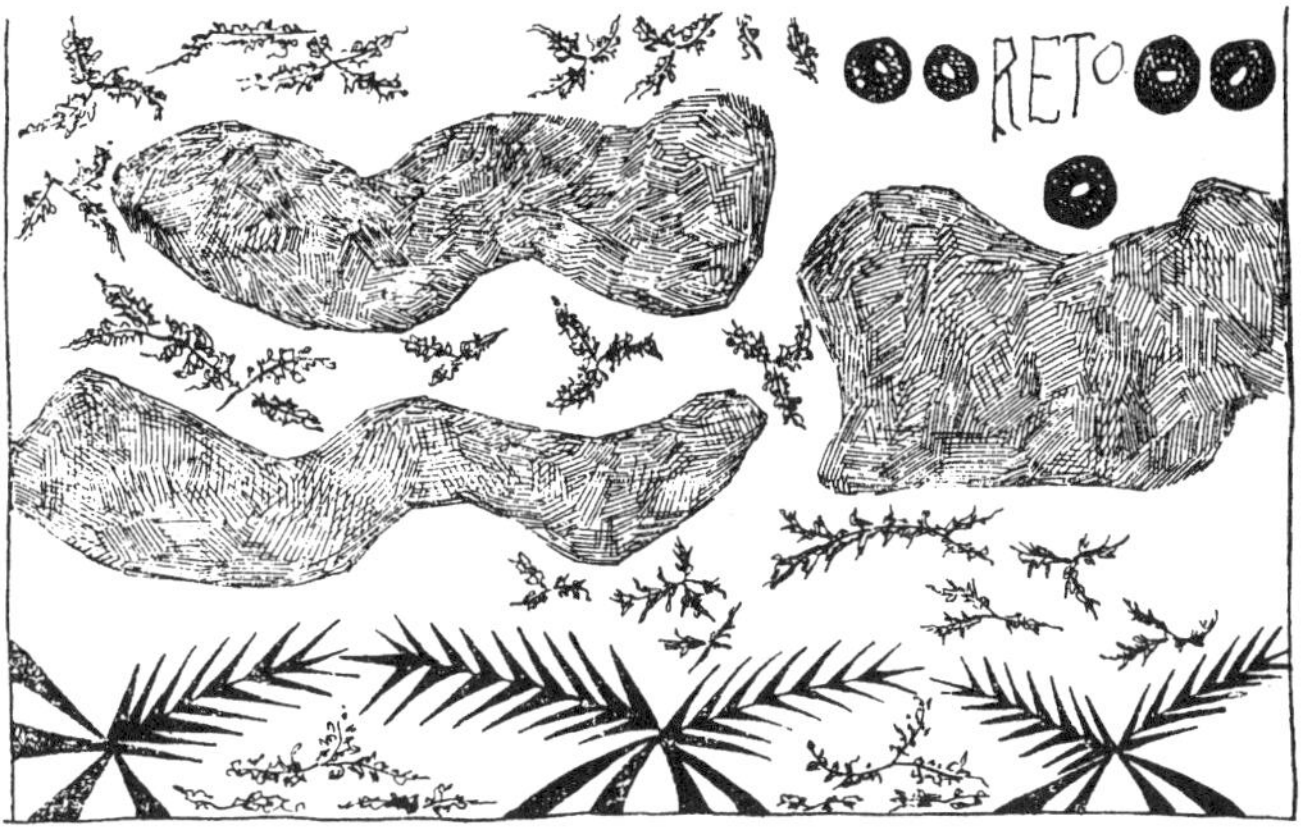

図22——タパ。桑の樹皮を木もしくは石の槌で打ってつくった布。装飾は染料を染みこませた葉。これをタパに押しつける。

霊の照り返しがその精神のなかに通るのだった。つまり、彼らはもう欠けるところのないこの律法の名においてしか話さないのだった。その律法は「御書」の掟にちなんで「トゥレ」とよばれていた。[★1]「裁判官」とよばれるこの人々の真ん中には、その太った体に合わせてつくった座に《改革者ポマレ殿》がいた。

　両手首をロアの縄で後ろ手に縛られた五人の大罪人が現れた。彼らは、恥にまみれていると感じられたにもかかわらず自信たっぷりだった。先頭にはあのティパエルイの谷のテアオがいたが、その目はもの静かで、罵りさわぐ群衆を恨んでいるふうには見えなかった。あの冒瀆の夜のあくる日祭司の手下たちにとりまかれた時、逃げようともせず捕まったのだった。彼がその霊感をうけたと自称するイエズと同じように、「気違い」は両の手をさしだして縄をうけたのだ。——その後を歩くパオファイの年をとった男に特有の分厚い胴

★1（原注）—Turé モーゼの律法のこと。

体には、叩かれた跡が文身のようにみえた。のこる三人の名前はわからなかった。彼らは自らすすんで師のテアオに従いつつ、その「使徒」であることを誇っていた。ひとりはびっこをひいていた。棒の一撃で足を砕かれたのだ。彼らは壇のまえの空いた場所につきだされた。群衆は出口をふさいだ。

イアコバは他の誰ももてない誇らしさを感じながらこの罪人らをながめていた。他の誰が、恐るべき「ママイア」について夜の夜中に谷の底まで行くほど勇敢だったというのか。裁判官たちの厳しい目付きでこの狂人たちの過ちの重大さがわかった。心のなかで短い祈りをとなえて、自分を守ってくれたケリトに感謝した。輝きわたる日の光のなかで、あの夜の恐れや迷いのことは喜んで忘れつつあった。あれからもう十二夜がすぎたのだ。

しーんと静まりかえった中で、《裁判の首長》がテアオに声をかけた。

——「テアオ・ノ・テマラマ、洗礼によりてエゼキア、おまえはポマレ王の命により我らの前に引きだされた。おまえが首長たちを侮辱していることは分かっている。それというのも、禁じられているにもかかわらず、おまえは密かに一味の集会をひらいている。ティパエルイの谷で、憎むべきヒメネをうたって王を倒したまうよう主に祈っているところを多数の人士が目撃しているのだ」

テアオは穏やかに答えた。

——「わたしはもうテアオ・ノ・テマラマではないのです。わたしの名はエゼキアであったかもしれない。けれども、そんなことはもうどうでもよい。わたしの言葉は今やアトゥア・ケリトの御言葉です。ケリトはわたしのうちにとどまりたまい、わたしをとおして現れたまうのです。その御旨《みむね》によって、わたしは今あなたがたの前にいるのです」

裁判官たちは珍しそうにこの男を見つめていた。人々は耳をそばだてながら身を乗り出した。《裁判の首長》は標のいっぱいついた長い巻物を手にとって、この「気違い」が咎められているあらゆる犯罪と、これを非難するために用いてよいあらゆる名を力強く読みあげた。最も些細な呼び名すら忌わしいものだった。話し手の口は蔑みをこめてそれを発するのだった。

男はまず、「異端の開祖」と言い渡された。なぜかといえば、神と同じくらいにその母マリアを崇めていたからだ。そんな誤った話し方を誰が教えたのだろうか。

テアオは、長い白いタパをつけた最初のふたりの祭司、気が小さくおとなしいパニオラ人のことを人々に思い出させた。ひとりは逃げ出した。もうひとりは死んだのだが、その遺骨が掘りだされたのだった。彼は、これら二人の手を合わせて祈る祈り方と、他のどんな土地でも話されていない言葉による歌い方を話した。そして云った。

――「お前さんたちが来た時、つまりお前さんたち、それに一緒にきた同じような人々だが、わたしらは、二人のパニオラの遠くにいる兄弟かそのフェティイが島にもどって来たとばかり思った。お前さんたちは、ただもっと厳しい話し方ではあったが同じことを言ったからだ。しかし、お前さんたちが唇と舌を変えて、あの二人が禁じなかったことを禁じ、あのふたりがけっして求めなかったことを命令したとき、なんでわたしらが、すでに馴染み深くなっていたあの二人の話ではなくお前さんたちの方に従っただろうか」

群衆は驚いたが憎しみを見せることはなかった。告発の読みあげがまた続いた。テアオはそのうえ「姦夫」とよばれた。なぜかといえば、彼が言い張るようにケリトの掟に従って結婚していながら、自分の妻とはべつの妻たちを、それもいっぱい身のまわりに置いていたからだ。すると、彼は自信たっぷりにこう答えた。

――「お前さんたちが敬っている書物は、どのようにして首長サロモナが、七百人の妻をもったかを語っている。ところが『主』はこれを姦夫とではなく、賢者中の賢者とお呼びになった」

――「かつてサロモナにとっても他の国でも良かったことが」、といちばん前の参列者のなかから一つの声が反論した。「今は、私たちにとっては良いことではないのです……」そしてそれまで人ごみにまぎれこんでいた「宣教師」ノテが壇の階《きざはし》へと近づいた。人々は彼が裁判官のあいだに席を占めていないことにびっくりした。彼は群衆と「法廷」の中途にたちどまった。テアオはそれを見て、ノテにむかってことばを吐いた。

――「お前さんたち皮膚の白い男たちにとって良いことが、同じようにわしらの目、わしらの欲情にとっても良いことだろうか。もしもお前さんらの土地のタネがそんなによぼよぼで精がなく、その貧弱な欲望にはたったひとりの妻でこと足りるとしても、なんで他の場所でそんな笑うべき欠乏に甘んじなければならないのか。」さらにテアオは口を早めて巧みに言うのだった。

――「要するに、お前さんのそのアトゥアにとって、あるいはすべての国々の群れなす神神にとって何だというのか。ちっぽけな人間のはあはあ息を切らせた抱き合いが何だというのか。お前さんらがその高きにありとする天空から降りてきて、やれ妻の数をかぞえるだの、やれ弟子たちに許してやる盛りの見返りを油入りの竹筒で定めるだの、やれサバトの日に舟に釘をうったりお前さんらの下手な話のあいだに居眠りする大罪人をこっそり見張るなんて、お前さんらの『主』の暇さ加減は大したものだ。わしはよく知っているぞ。わしが霊を受けている神アトゥア・ケリトも神の『息吹』もそれにパレテニアもそんなことをするほど身を落されはしない。――そんなのは祭司の業……ずる賢い召使の業だ。アトゥアたちはタネの天のそのまた天のいと高きを飛びたまうのであって、わしらの行いのうちただ祈り、演説、哀願の調子で唱える詞だけがこれに出会い、これに触れに行くのだ。」彼は肩をいからせた。手を縛った綱がぎりぎり鳴った。「そのお食べになりお求めになるもの、それはわしらのもっている最良のもの、いちばん軽くていちばん神々しいもの、すなわちわしらの欲望とわしらの讃美なのだ。その他のもの、たとえば人間の踏みつけている土のうえでわしらがする事々、飲んでいるもの、虐殺するもの、腹いっぱい食べる粗野な食べ物などはみじめな妖術師たちに任せておけ。彼らはそれでもって神神の屑であるティイをまかなうだろう」

イエズの霊に憑かれた男はくつろいで晴れやかな表情で一気に見事に話し続けるのだった。素晴しい話し手だった。三人の弟子たちもその脇腹に触れたおかげで今はゆったりと息をしていた。パオファイは太い眉を上げていた。目の赤いポマレはうんざりして、罪人そして裁判官、また罪人と代わる代わる鈍い目で見やるのだった。群衆はかつての麗しい語りの時代のように黙っていた。だが、とうとう《裁判の首長》が響きわたる相手の声を上回る声をあげてテアオの最後の悪行を非難した。裁判官たちの態度から察するに、これが恐らく最も重大な咎だった。テアオは『『統治』形態にたいする陰謀」をたくらんだのだ。つまり、「王を倒し首長たちを追放」しようと謀ったのだ。ポマレは耳をふるわせ、右の瞼をつりあげた。

神霊に憑かれた男は反対して叫んだ。首長たちだって！　それどころか自分は会衆と全ての弟子たちをまえにして、この方々を大いに敬い深く尊敬していることをはっきりと申し述べる。ケリト教徒たちのなかのどんな平民といえども出来ないほどにだ……。首長たちだって！　誰がいったい、「宣教師たち」以上に首長たちの悪口を言い、みんなからの信望を失わせたというのか。彼ら以上に力をこめてしかも上手に、古《いにしえ》の匠たちへの侮りを教えた者がいるだろうか。その昔アリイが平民に「この豚は誰のものか」と訊ねるなら、男はいそいそと「ノタヴァ！」すなわち「わしとお前さまのもの」、と答えていた。それに神の照り返しである首長をもっとよく崇めるために急いで言葉遣いを変えたものだ。平の祭司にむかってのように「アロハ！」などとはとても言えず、「マエヴァ－ヌイ！」と言ったものだ。首長を誉めたり、これに頼みごとをしたり、戦運に恵まれ女にたいしては精力が盛んだと言うのならば、さらには万が一嘘つきで臆病だと言う時でも、わしらは高貴なとっておきの言い方をしなかっただろうか。なんとなれば首長とはその血筋からしても力からしても神々しい方々だったからだ。――ところが今はどうだ、ピリタネらがやって来て云うじゃないか。「あれはお前さんらと同じ二本足の人です」、と。それ以来、二本足の首長たちは、腹がへってひもじい思いをなさらないためには、供え物をねだるか威すかしなければならなくなった。もはや気高い言葉をお求めにならず、あらゆる奴隷どもが吹き出した言葉、このうえなく卑しい喉で汚された言葉で我慢なさっている。神像にもならぶ威厳ある方々を、もはや《首長運びたち》がかつぐこともない。かつては祭司は神を運び、人間は首長を運んでいたのに。――その小さなお御足《み》を土の上でお動かしになることはまだないにしても、走る豚に乗ることには同意なされている。二本足の人間だって？　いいや四本足だ。ハ！　しかもこの方々は神神だった」

ポマレは、不意をつかれてもうちょっとで言いくるめられそうになった聞き手のように額に皺をよせた。ノテは、参列者の動揺を見かねたように「法廷」の高段に上った。義憤のために興奮しているようだった。

――「首長たちは神神ではない。『永遠の御者《おんもの》』をのぞけば誰ひとりとして神ではないのです。だが『永遠の御者』はその権能を『王者』たちにお与えになった。『王者』は地上で神をあらわすのです」

――「そんなことが何になる。この方々は、その人となりの力と堂々たる態度や食欲で神の権能をすでにお具えになっていなかっただろうか。アリイ-ラヒが」、テアオの恭しい声はくぐもった。「お前さんがいま『王者』とよんでいるアリイ-ラヒが騒ぎ立つ島モオレアからお逃げになったとき、この方はひとりぼっちで途方にくれ、不安であらせられた。その時わしらは、今日この方の影と眼差をひけらかしている他の連中にくらべて、この方がわしらの土地へお出ましになるのをもっと喜んでお迎えした。槍をひゅうひゅう唸らせたし、石投げ器の石をぴしぴし鳴らせた。お御足の跡は、地に降りたもうた神の足跡としてうやまった」

――「けれども」、とノテは落ち着いて続けた。――これはもう裁判官の一団にくっついていたし彼らと演説を分かち合っているように見えた。――「あなたは『主』ケリトに、『宣教師』を追い払い、かつケリト信者たちを滅ぼしなされるよう乞い願ったのではありませんか」

テアオにはこれを否定することはできなかった。それこそが日頃からの祈りだったからだ。しかし彼は叫んだ。――「わしは『宣教師たち』を、わしの敬うアリイと同列に祭り上げげちゃいない。」

――「そこでです」、相手は得々として答えた。「知りなさい。改革者ポマレ殿がこのよき日に、またその長い生涯にわたって国をお治めになるとしたら、また、これから来る年々に、ちょうどピリタネの

『王』の子孫が何千月も前から国の主《あるじ》でいられるように、ポマレ殿の御子息がまだ島の持ち主でいらっしゃるならば、——それは、ひとえに『王の王』である主の御意志によるものなのです。ところで、私たちの兄弟の火縄銃や私たちの助言、そして『御書』の力によって、ここにおいでの首長殿の権力を立て直すようにと私たちを遣わされたのは、他ならぬ神なのです。私たちや弟子たちを攻撃することは、とりもなおさず『王』を攻撃することになるのです。また同時にその臣民にお与えになった『律法』をみくびることなのです。」それからノテは一部の裁き手たちの方をむいて、これを新しい別の名で「陪審員団」と呼びながら彼らに仕事をあてがった。——「ですからあなた方は、テアオ・ノ・テマラマ、洗礼によりエゼキアが、数多くの秘密の集会において『統治』形態にたいする陰謀をたくらむという罪をほんとうに犯したのかどうかを言い渡さなければなりません。」陪審員たちは立ちあがった。そしてよい審理ができるように、——テアオが卑劣な行為を犯したことはもういささかの疑いもなかったとはいえ、——座をはずした。

すると、異端の開祖にしたがう三人の弟子たちが同時に話しはじめた。しかしノテと《裁判の首長》はたやすくこれを黙らせた。もっとも三人は《洗う者イオアネ》とサロモナ、それに使徒パオロから霊感をうけていると言いはっていることがわかった。三人は自分たちが非難されていることに憤慨していた。その人々の息吹に親しく護られているので、自分たちはわずかな過ちすら犯すはずはない、精神に罪がなく善良であるのだから、どんな具合に体を使おうとかまわないじゃないか、というのだった。それへの答えは、彼らはテアオの弟子として師とおなじ罰を受けることになる、ということだった。パオファイはといえば、自分からこう叫んだ。

――「この人らは上手い話し手ではあるが、わしは別じゃ。この人らの敬う神神はわしの敬う神神ではない」

――「あなたの神神とは何なのですか」、とノテはたずねた。その口はうんざりしきっているようだった。王の方に身をかがめて、「またひとり異端の開祖ですよ」と言った。

パオファアイは遠まわしにしか答えなかった。

――「わしが飯を食っている土地の名をいいなされ」

――「タヒティ。」裁判官はびっくりしてつぶやいた。

――「だからわしの神神はタヒティの神神じゃ。明らかなことじゃないか？　他の神神がもてるだろうか。わしが話すならそれはわしの口でだ。なんで他の者から唇だの息だのを盗むことがあろうか。獣が声をかえるのは、死のうとしているからじゃ。」

――「そんなことでは」、とノテがさえぎった。「あなたの振舞もあなたが自分を何者としているのかについても答えることにはなりません」

パオファアイは諸肌をぬいだ。そして瞼を下げながら鈍い声でうたった。

――「アリオイ、我はアリオイ……」群衆はあきれかえって動かなかった。老人は妨害を受けずに古《いにしえ》の《巨匠たち》の呪いを唱《とな》えおわった。

ところが、驚きがおさまるとたんに沸き立ったのは、笑い声や蔑みの邪険な口笛、冷かし、からかいの身振りだった。「異教徒」だ！　異教徒だったんだ！　まだいたんだ！　まだひとり居るぞ！　ものを知らずの時代の立派な遺物じゃ！　ハッ、ハッ、ハッ！　こいつは木像の神神を拝んでいるんだ。ぶっ毀されたマラエのそばで、死骸の目ん玉を恭しく食っていたんだ。人々は叫ぶのだった。目ん玉食い！　野蛮人！　ばか者！　恥知らず！　おいぼれの魔法使いめ！——陽気さが立ちのぼっていた。誰はばからぬ限りない陽気さ、「宣教師」やケリトにとっても快い陽気さが。踊りの舞台でもこんな思いがけない話は出せなかっただろう。洗礼も受けてないらしい。アリオイだって。乞食だ。ぼろ着の男が！　それに地獄いきだ！　可笑しなこともあるもんだ！　面白い見物《みもの》だ！「異教徒」じゃ！　まだ異教徒がいたんだ！

しかしノテは笑い声を鎮まらせて、憎しみをこめずにこう言った。

——「兄弟よ、わたしはあなたが誰だかを思い出しました。あなたの境遇のこともあなたがまだ『真理』に目を開くことができなかったことも知っています。もうマラエはないと言ったはずです。あなたは信じようとはしなかった。異教の神神もいないと言ったはずです。けれどもファレにおいでなさい。『主』に祈ったり、『主』の『律法』を読んだり繰返し唱えたりすることを教えます。まもなくあなたはその無知からぬけだすことができるでしょう。この人々が」、彼は群をさし示すのだった。「そこから引き出されたことを誇りにしているその無知からです。ケリト様への褒め言葉をおぼえ、ケリト様が教えられている事柄と禁じていられる事柄とを知ってください。あなたを笑う人はいなくなるでしょう。洗礼をうけて、ケリト教会の『会員』になりなさい。これより立派な称号がありますか」

——「立派な演説だ」、とイアコバは考えた。だが、男の不敬ときたらとんでもないものだった。頑としてこう答えたのだ。

——「標を読むだと？『律法』とお前さんらとつ国の言葉を読むだと？　ヒェ！　お前さんらに面

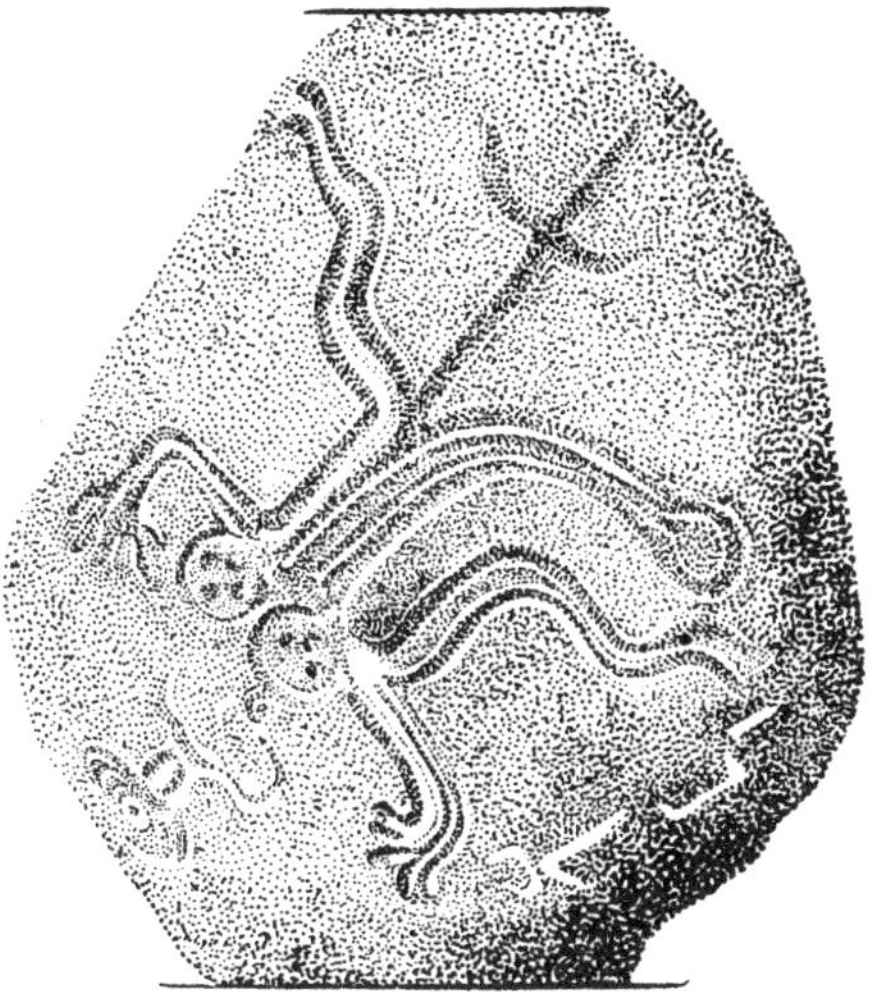

図23――岩石の彫り物。ある小川の川床の岩。ティパエルイ（タヒティ）。

とむかって、その耳のなかにこう言ってやりたい。獣が声を変えるときには……」

人々の轟きがその言葉をもみ消した。だが、彼はもっと大きな声でつづけた。

――「人間たちがその神神をとりかえる時には、それは彼らが雄山羊よりももっとずっと獣であって、鼻の利かないマグロよりももっと愚かということなのじゃ。わしは見たぞ。鱗を着た鳥どもを！　羽毛をまとった魚どもを！　見える見える。この連中じゃ。じたばた騒いでいるこの連中。お前さんが『イエズの弟子』とよんでいるこの連中じゃ。ハ！　鶏じゃない！　マグロじゃない！　いかなる類《たぐい》の獣でもない。もどってきた時にわしはタヒティの土地にむかって『アロハ－ヌイ』を云った。だが、この土地に住む人間はどこにいる。この連中……あの連中……これがマオリの人間なのか。わしにはもう見覚えがない。

連中は皮をとりかえたんじゃ」

憎しみの大風が会衆からわきたって、騒《ざわ》めきをくるみこんだ。それは異教徒の激しい物言いをおおい隠すこともあったが、また時にはその攻撃に晒《さら》されることもあった。

――「彼らにはフェティイたる神神がいた。マロを締め、胸、腹、顔はむきだしにし、尊い印を文身したマオリの神神が……。彼らには同じ種族で同じ背丈の、もしくはもっと頑丈な首長たちがいた。侵すべからざる習わしがあった。すなわちけっして破ることのないタプー……それが『律法』だった。それこそ『律法』だったのじゃ。何人といえどもこれを蔑《ないがし》ろにすることはなかったし、できるものではなかった。だが今では掟は無力じゃ。新しい習わしは患っていて、そのいわゆる犯罪とやらを止めさせる力はなく、せいぜい腹をたてるだけ……それも後になってからじゃ。誰かが人殺しをする。そいつが首をしめられる。まったく愚かなことだ。それで、殺された者は生き返るだろうか。犠牲者がひとりから二人になっただけ！　誰も亡くならないかわりにふたり亡くなっただけじゃ。タプーならはるかにうまく護ってくれていた。だがもはや護ってはくれぬ。あんたらの武器となり種族の力となっていた言の葉、この人らの太い鉄砲よりも上手にあんたらを護っていた言の葉を、あんたらは無くした……なにもかも忘れてしもうた……古《いにしえ》の時代というものを逃がしてしもうた……。牙のない獣はどうなる。ほかの獣に食われるんじゃ。あんたら記憶なき人々はどうなる。駆り立てられ、蹴散らされ、滅ぼされるのじゃ！」

群衆はこの不敬の徒をいっそう激しく脅しつけ責めたてていた。ノテの顔には、異人たちによくみられるあの蒼白い憤怒とともに汗がにじんでいた……。彼は首長に、立ち上がって強い意志を見せるように命じた。王はためらっていた。そんな演説をするはめになったことは今までけっしてなかったのだ。

——「アリオイの寄り合いとよばれる邪《よこしま》な結社は、勅命によって、ケリト紀元一八一六年の第二の月の間に絶滅させられた。——ほら、ここにある書類に書かれているとおりである。」彼は着席してたずねた。「ピリタネの王もこんな風に言ったでしょうか？」ノテは同意した。「それで結構です。」そして荒々しくつけ加えた。「アリオイなどという称号をひけらかすのは恥です！　国王はもっと高貴な称号をお作りになった。そして思いも正しく、振舞も立派な人々はこれを手に入れようとつとめているのです」

——「まったく」、とイアコバも集まっているみんなも考えるのだった。ケリト教徒というのはなんと麗しい称号だろう。もしそれで満足できないというのなら、「節制する」人々——ピリタネの酒を公衆の面前ではけっして飲まない人々はそうよばれるのだが——にとっては国王の創立した「節制会」があるし、もの知りたちにはもう一つの寄り合いである「南洋王立協会」だってある。

パオファイは両の肩をそびやかして蔑みをしめした。けれどもそのために、皆の目にはかえって彼の方がいっそう軽蔑すべきものと思われた。強情な老人はもう話しすぎるほど話したのだった。人々はこれがついに裁かれてたち去るのが待ちどおしかった。いうまでもなくこっぴどく罰されたうえでのことだが。男の数々の所業を「法廷」によく知ってもらうために、人々は彼のほんのちょっとした往来をすらあげつらうのだった。例えば、ある夜は壊れたマラエの周りをうろついているのが見られた。もちろん生贄を探していたのだ。ある女は、自分のふたりの子供が食事している時にこの異教徒がファレの前を通ったところ、子供たちはそれから三つ目の夜に死んだ、ときっぱりと言った。この人物が島のケリト教徒たちにとって不吉なことは火を見るより明らかだった。

テアオの罪について意見を求められていた人々は時間をたっぷりかけて正しく審議したあと、ついに席にもどった。《裁判の首長》が発言した。

——「テアオ・ノ・テマラマ、すなわち洗礼によりてエゼキアは、『統治』形態にたいする陰謀をくわだてる罪を犯したか否か？」

《陪審員の首長》がたちあがり、確信にみちた堂々たる調子でこたえた。——「この者はたしかに有罪である。」六人の陪審員のうちふたりはこれに異議を申したてる素振りをした。けれども群衆に怒鳴られて黙りこんだ。こうしてテアオ・ノ・テマラマはまぎれもなく犯罪者と認められた。「律法」にしたがってその刑が決まるだろう。パオファイの方はといえば、偶像拝みで悪い霊たちにつかえる者として自分で自分を告発していた。ノテは「王」の方を向いた。——「今度は王様の番ですよ。」そして御書のあるページをさし示した。ポマレは二回、フー、フー、と息を吹きだした。標に慣れる時間を目にかせがせるためだった。それからこう言いわたした。

——「お前たちにたいするわしの宣告はこうだ。反乱にかかわる『律法』第八部によれば、この罪は死罪に処せられる。それにまだあるぞ。律法は虚偽の神々の崇拝に関して第二十四部においてこううたっておる。この罪は死罪に処せられる、と」

「改革者」は口笛をならした。自分の舌が難しい語のまえで躊躇《ためら》ったことが不満だったのだ。それでもこうたずねた。

——「ピリタネの王はこれほどなめらかに話すだろうか？」

――「王様はすこぶるなめらかにお話しになりました」、とノテは請け合った。けれども、ひとつの穏やかな声が憎むべき連中の群から立ちのぼって、騒めきの上にゆったりとたなびいた。身動きしない弟子たちにむかって、テアオが静かに話していた。

――「わたしが死んだら三日目の夜、わたしが吊るされた木の下に来なさい。甦って自由になったわたしがイエズの天空へと昇っていくのが見えるでしょう。わたしはイエズの右に座るでしょう」

するとノテは、次のような禁止を命ずる「御書」の厳しい文句を自分の話にまぜながらとても早口で話した。つまり、「もしお前たちのうちに徴や奇蹟を告げる予言者もしくは夢みる者が立ち現れるならば、お前はその予言者もしくは夢みる者の言うことを聴いてはならない。お前たちが永遠の神を愛しているかどうかを知ろうとして、永遠の神みずからがお前たちをお試しになっているのである。」「宣教師」の昂《たかぶ》りは「国王」御自身につたわった。王は日頃の鈍さから目覚めて、元から知っている罵りと脅しを犯罪者にあびせかけた。

――「そういうことじゃ。祈禱に式文、儀式に礼拝と『国王』みずから賢くも定め、あらゆる首長たちがこれを認めかつ受け入れたというのに、この輩《やから》ときたらまだ全てを覆えそうとした。まことの良きケリト教徒たちを害しようとしたのだ。何たるもの知らず！　何たる身持ちの悪さ！」そして怒鳴った。「海に投げこむぞ！」

――「すばらしい」、とノテは言った。「ピリタネの『王』でもそんなにうまくは演説しなかったことでしょう。」それから二人は何か相談している様子だった。ついにポマレ王は結論をくだした。つまり「新しい律法」は厳しいものであるとはいえ、テアオについては彼の昔の奉仕に免じて、パオファアイについてはその高齢に免じて、絞首刑のかわりに《珊瑚礁走り》に減刑するというのだった。――この刑も酷いことに変りはなかった。テアオはもの静かな声でつづけた。

――「わたしが死んだら三日目の夜、わたしが転がされた珊瑚礁の上に来なさい。甦って自由になったわたしが、イエズの天空へと昇っていくのが見えるでしょう……」どよめきがその声をかき消した。番人たちは五人の大罪人にとびかかり、憎しみをむきだしにしてすぐに罰をと要求する群衆のあいだにやっとのことで通路を開いた。

☆

新しい「律法」がこのように語ったとき、イアコバもその仲間たちもみんなこの掟は賢明しごくで驚嘆にあたいする、と言い切った。律法は、まるで彼ら自身が裁いたかのように裁いたからだ。律法は正しい。そして、もっと小さな咎で呼び出されたにすぎない他の犯罪人たちがぞくぞくと進んでくるのをみて喜んだ。

最初に出廷したのは一人の女で、これは「姦淫」のかどで告発された。彼女には、裁判官たちがこの語で何を言っているのか分かっているようには見えなかった。なぜかといえば、この語も、ほかの多くの語と同じようにピリタネ起源だったからだ。ノテは女に、ためらいがちに嫌々ながらにだが、女性の場合には男性のそばで眠る行為が、男性の場合には女性のそばで眠る行為がこの名でよばれることを説明した。すると女は大口をあけて笑った。言い方は新しくみえたのだが、事柄はごく馴染ぶかいものだったからだ。見物人もまたいっしょになって笑った。ありふれたことを言うために、なんでそんなとっけもない語を発明するのだろう。そのことについてならマオリの言葉でもこと欠くことはなく、もっと詳しいことがわかったはずだ。

　けれども「法廷」は威厳を保っていた。たとえ事柄は普通の呼び名でなざすならばありふれたものと思われるとしても、それがケリトの目に憎むべきものであることに変りはなかった。ケリトはこの「姦淫」という蔑みの名前でそれに烙印をおされているのだ。そうなれば女は「律法」の支配の下《もと》に属していた。「律法」第十九部にはこういわれている。「『姦淫』は法廷が定めるところの一定の期間、強制労働の刑に処せられる。また、有罪者はその罪をともに犯せる者の名をいう義務を有する」、と。

　女はもう笑ってはいなかった。とはいっても本当のところ、「強制労働」という脅しは恐ろしいというよりはむしろ可笑しいことと思われた。――それに誰がいったい、眠りたくてたまらない娘に指だの脚だのを動かさせたなどといって威張ることができようか――けれども彼女は口をかたくむすんで、どうしてもそのフェティイたちを告発しようとしなかった。そこで女は手荒に脇にやられた。代って、すこし心配げな、それでも笑っている他の女たちが現れた。この女たちも自分たちの振舞がどんなに不敬なことか弁えている様子はなかった。それどころか、「律法」が懸念なさる行為を毎日いともたやすくやってのけることができるのはさも得意でたまらない、といった感じだった……。――一つの叫び声が外側からほとばしった。それにつづいて数人の男の名前が矢継ばやにでたらめに飛び出てきた。最初の罪の女が共犯者をぜんぶ白状していたのだ。こうして「律法」は屈強の弟子たちをつかって、どんなに強情な女にでも口をわらせるものだということが人々にはわかった。

　女は胸を波うたせながらもどってきた。涙をながしながら腰を押えていた。すべすべした綱で絞めあげられ、痛めつけられたのだ。女は言えといわれた思い出すかぎりのあらゆるタネの名前をあかした。そのうえ、もっと他の名前を力ずくで言わせられるのを恐れるあまりいくつかはでまかせに言ったのだ。ほかの女たちは急いで彼女をみならった。判事のひとりが自白を次々に書きつけていた。——けれども、ひとりの娘が思いがけない自白で「法廷」をおどろかした。

——「悪いのはあたしじゃない！」、と娘は叫んだのだった。「過ちはぜんぶ自分がひきうける、ってその人がいったのよ。」女は質問ぜめになった。その自白によれば、彼女が一緒にいる現場をおさえられた異人は、あのとても好意的で、歓迎されてもいるファラニのパヒの首長だったのだ。しかも彼女が男のいいなりになったのは、一緒に夜をすごしたら、その度ごとに一冊の書物を、青と赤の絵のはいった美しい書物を、それもイエズの物語をもらえるという約束によってだった。

——「で、くれたのか」、と判事の一人がたずねた。

——「十二冊よ。」「ファラニ」にはもっともっと書物があって、《良き言葉》を持ちたくてたまらない女たちには喜んで配っているという。女は繰返して言った。——「だけど、その人は過ちはぜんぶ自分がひき受けるって約束してくれたの。それに、あたしぜんぜん気持よくはなかったわ。それに毛布をかけていたわ」

ポマレは、その目付きから判断すれば、「ファラニ」の巧妙さをけっして咎《とが》めてはいなかった。この話をきいたイアコバには、それが自分を島に連れもどしてくれた陽気な《船の首長》のことだとわかった。航海のあいだに、彼は書物とか釘、斧、首飾りなどのいっぱい詰まったいくつもの大きな袋をたたきながら、イアコバに言ったことがある。「ねえ君、こいつだぜ！　こいつでもってお国のどんな女とでも楽しめるんだぜ」、と。うまい手だった。

だが、判事たちはそんなふうには判断しなかった。彼らの発言のあと、ポマレは繰返さなければならなかった。

——「『律法』第十九部は『姦淫』に関して、『この罪は強制労働の刑に処せられる』とうたっている。それゆえ、十名の有罪の女たちと、またその共犯者たちは逮捕され次第、ファア谷の道に行って通路の藪を刈りとり、路面をうちかため小石を砕くのだ。また小道の両側を掘り、その土で道の中央を高くし固めなければならない。こうして三十尋の道をすすむ日までやめてはならない。」まわりの連中は喜んだ。なぜかといえば、これで、《人運び》の豚はもっと早く走れるし、疲れも少なくてすむというものだ。「国王」はまたこうも言った。——「だがこの女、悪いファラニの言いなりになったこの女、また『御書』の名を罰あたりにも引きあいに出してその過ちをいよいよ重大なものにしたこの女については、額に恥辱の文身を受けたうえで労働に従事しなければならない。」女は泣きだした。

さらに他の罪人たちが現れた。《祈りのファレ》でヒメネの最中に眠ったかどで有罪とされた者、サバトに先立つ夜に明け方まで魚をとったために「安息日の侵犯」が立証された者などだった。その中にひとり、わざとではなしに目をぎょろつかせている二本足の生き物がいて、首長を見て間の抜けた様子でつぶやいた。——「ナリイ……」それはあの大勝利の時期にポマレ部隊の戦士のひとりだったことがわかった。負け戦を確信して、アリイとおなじように無我夢中で遠くまで逃げたのだった。そのあげく、それからずうっと山の中で雌山羊のようにびくびくしながら暮らしていた。そして山の中で木を擦り合わせて火をつけようとしているところを見つかったのだ。——しかもそれはサバトの日だった。野蛮人のだらしない恰好をながめて、イアコバは誇らしさを感じた。すべての良き弟子たちとおなじように、自分は髪を短く切っていたし、顔の毛は研いだ貝殻で剃っていた。――けれどもその男ときたら山羊髯に藪のような頭をしていてケリト教徒らしいところは何もなかった。イアコバは目をそらした。ポマレは宣告を下した。

――「『サバト』の侵犯にかかわる『トゥレ』第七部に言う。この罪は長さ五十尋の道つくりの刑に処せられる。」ぼんやりした男は無頓着なままだった。人々は棒でひっぱたいてこれを追っぱらった。

日輪が沈んでいくにつれて、犯罪人たちはもっと速く通りすぎていった。《裁判の首長》が、――時にはでまかせに――尋問するときにも、もう一人として異議をとなえたり「いいえ」と言う者はいなかった。どの過失、どの誤り、どの怠慢にも「律法」はいつでも対処できたし、まるでなにもかもお見通しのようだった。「改革者」は、今後だれも、知らなかったで済ますことができなくなるように、今日まで事例によって明らかにされていないあらゆる禁止事項を読みあげはじめた。そしてそれらにおびただしい言葉をつけ加えた。こうして彼は、なかばピリタネの語を使って――これを笑う者はもういなかった――「窃盗」とか「所有権」とよばれるものがどういう意味か、「購買」「販売」「賃貸借」「姦淫」「重婚」「誘惑」「遺言」「酩酊」「自由意志による文身」「虚偽の密告」「真実の密告」「犬によっておこされた損害」「豚によっておこされた損害」などの意味するものはどういうことかを説明するのだった。聴衆の大部分にはこれらのなかでいちばん忌わしい罪はどれなのかはっきり見分けることはできなかった。それでも抜け目のない群衆はさっそく立派な教訓をひきだすのだった。つまり、これら全ての「窃盗」「販売」「重婚」その他は、多少の差はあるにしてもざっと四十尋の道つくりという似たりよったりの決着をみるということであり、それからまた同じことがやれるということだった。ちょうど、「川」と「人間」の営みのようなものだった。人が橋をかける。これを水が流す。人はまた橋をかける。「律法」と人々のすることもそうだった。過失を犯す。道をつくる。なんでもまた存分にやる、と。

☆

有罪者の呼び出しが終わった時、群集はがっかりした。「犯罪人」と宣告されるという満足の得られなかった者たちは、かくも尊い判事様たちや王様によって、「重婚者」「姦通者」あるいは「姦淫者」と宣告されたばかりのフェティイたちを羨ましそうにながめた。また「妾」とよばれた女たちをものほしそうに見つめた。その女たちの肉体や抱擁には、その嫌いが新しい名前で呼ばれるのだから、おそらく格別の力があるはずだった。彼女ら自身も誇らしさを隠さなかったのだが、そこには多少の不安もまじっていた。それでも、たかが数日間の辛い日々がやってくる——もしかしたらやってこない——というのは、ひと時のあいだ自分のまわりにあらゆる首長たちを集め群衆の視線を集めたというこの誉れにくらべれば、まったくとるにたりないことだった。それで人々のなかには、自分自身かもしくはまわりにもっと他の有罪者を見つけ出そうと工夫する者がいた。ひとりの男は、豚を一頭盗まれたと叫んだ。男はふたりのフェティイを「盗人」よばわりしながら連れてきた。三人は裁判を要求することについて、そして「律法」に自分ら三人のためだけに語らせるということについてかなり合意しあっている模様だった。眠たげなうんざりした目つきのポマレは、もう一度だけ立ち上がって宣告してやった。

——「『窃盗』にかかわる『律法』第二部に曰く、もし誰かが一頭の豚を盗むならば彼は四頭をもって弁償しなければならない。だからおまえは四頭の豚をうけとることになる」

――「八頭です！」、と被害者は抗議した。「なぜならば、盗人はふたりなのです。八頭です」

これにたいする答えばかりは「律法」には書かれていなかった。で「改革者」はいいよどんだ。だが、突然、

――「そうだ、八頭だ！『律法』は被害者に四頭、国王に四頭とうたっておる。」彼は我ながら誇らしく微笑して言った。「ピリタネの首長でもこれ以上うまい判決をつけることはできなかっただろう」

三人の男たちは満足して立ち去った。

ところで、自分で有罪になるための策をうまく考えつけなかった連中は、その数は多かったのだが、「法廷」の注意を自分にひきつけることに熱心になり、由々しい難題を裁いてもらいたがった。たとえば、「主」へのヒメネはライアテア島で命じられているように立って歌わなければならないのか、それとも、他のところで許されているように座って両脚を組んで歌わなければならないのか。洗礼はファウタウア川で受けた方がよかったのか、それともプナアル川での方がよかったのか。もしかしてふたりの妻をもっていたとすれば、「律法」にしたがえばそのどちらと結婚しなければならないのか。もしどのファレからも離れたところで鶏の卵をみつけてそれを取るならば、これは「窃盗」なのか。そして取った卵を四倍にして雌鳥に返さなければならないのか。人を食ったことがあるとわかっている鱶なり他の魚なりの肉を食べてもよいのか。自分もすなわち人食いということにならないのか。もし人に嚙みついただけの鱶ならどうか……。だがいちばん不安だったのは次の疑いだった。「御書」を読むとき、もし読み間違えるとしたら、もう一度その箇所だけを読めばよいのか。その一枚だけか、それとも「御書」

をぜんぶ読み直さなければならないのか。——「ケリト教の教授たち」、判事たちそしてノテ自らが、良き弟子たちの啓蒙につとめて休むことはなかった。

けれども最後に、もう一度ノテが静粛をもとめて聴衆に非難をあびせかけた。大いなる洗礼の日、あれほどの感激をこめてなされたあの立派な約束の数々はいったいどこに実を結んだのですか。あの自発的な贈り物はどこにあるのです。それを、あなた方があれほど熱烈に歓迎なさった素晴らしい会である「タヒティ宣教協会」は待っているというのに。この協会はもうひとつのピリタネの「協会」を援助しなければならない……。良きケリト信者として、みんなが努力や出し前をピリタネのケリト信者の努力と合わせるべきではないでしょうか。それは、洗礼をうけた以上、あなた方の名において、他のもの知らずの国々でも洗礼を授けるためなのです。なぜならば、まだまだ何千となく何万となく、遠いあちこちの土地には異教徒のまま残っている人々がいるのです。この人たちの惨めさときたら！「イニティアの土地」[★1]とよばれる広い広い半島では、あわれな野蛮人たちは我と我身に恐ろしい責め苦をあたえています。鉄の刃物で肌に切り傷をつけたり、あるいは、何日間にもわたって目を太陽にむけて開けたままにしてむごたらしく焼いている。女性たちも同じように愚かで、夫の亡骸といっしょに薪の山で生きたまま体を燃やしている。祭の日には、沢山の人の群が十本腕の偶像をはこぶ車の下に身を投げる……。

ノテはしだいに熱っぽくなり、途方もない話をつぎつぎに話した。

会衆は笑いはじめた。遠いところにいる間抜けな連中だが、なんで自分の身を苦しめるのだろうか。

★1（原注）—Initia インディアつまりインド。

——やりたいことをやらせておけ！——人々はそれ以上気にかけることをやめて、自分たちを責め立てる言葉にそっぽをむいた。ノテは腹をたてた。それがいったい改宗者の熱意なのですか。あなた方に求められていることとは何なのです。ひとりあたりたった竹五本の油だけ。たしかに貰うにはもらいました。けれども竹はひどくちっぽけだし、油ときたらひどくいたんだものばかり。そうです。あなた方は約束を馬鹿にしている。この熱意あるお人が骨折っているというのに。——彼は「国務長官」とも呼ばれている《財務の首長》を指し示した。もしも「主」にたいして大きな功徳を積んでも積まなくてもどうでもよいというのなら、どうして彼方のピリタニアを治めているあの見識ある人々からせめて褒められよう好かれようとなさらないのか。とても気前のよいケリト教徒たちの名前は《財務の首長》によってとりまとめられて、あそこまで伝えられるのを御存知ないのですか。そこではみんなが贈り物に感心しているというのに……。そういえばここにピリタネの国王がタヒティの国王にあててお送りになった御詞《ことば》がある。——彼は読み上げた。——いやもしかしたら読むふりをしたのかもしれない。

「挨拶をおくります。国王ポマレ二世陛下が永遠の神の与えたもうた大いなる恵みにふさわしい御方であることを知って嬉しく思うものです。陛下が信仰を保護し、商業と産業を援助し、醱酵酒の濫用を禁止なさるべく全力をあげて専念なされますよう希望いたします。けれども、他の国々もまたおなじ恩恵に浴することができるように、臣下たちが宣教協会にたいする約束をわすれないよう重々監視なされますことを！　お別れの挨拶をおくります」

ポマレ王は眉毛をあげてこれをよし！　と認めた。けれども群衆の誰ひとりとして聴いている者はいなかった。この話は他のいくらでもある話に似たりよったりで、べつに面白くも何ともなかったからだ。

彼らはいい加減に立ち去りはじめた。まもなくすると「法廷」の前には沢山の足が踏み固めた大きな空き地が広がっていた。判事たちもまたちりぢりに去っていった。国王は、これは御自身の要求だったのだが、ただひとりで、モトゥ－ウタの小島の隠れ家にむかうために丸木舟にのりこんだ。そこで夜をお過ごしになるのだった。

☆

「改革者」は、二年このかた腫れっぱなしの太い脚のためにのろのろした足取りで歩いていた。小脇には「御書」をかかえていた。器用な手で標をつかって自分自身のために書きとめる数々の立派な思いのことを前もってあれこれと考えるのだった。それは彼の生涯の物語だった。そこには、大首長サロモナの生涯をまねた話も混じっていた。――ひとりの家来が追いついて、一本のピリタネのアヴァを彼にわたした。それを飲むことはなるほど平民たちにはとても厳しく禁じていた。けれども民にとって良くないものも、もし彼が布告しさえすれば国王にとっては立派なものになるのだ。だから彼はむさぼるように飲んだ。

そして、自分の力によって平定され、自分の配慮によって改革され、自分の熱意によって教育されているこのタヒティの島を誇らしくみはるかすのだった。熱い息が顔にのぼってくるのと同時に、自尊心が腸《はらわた》にみちた。闇の中でも、彼の治下に建立され聖別された《祈りのための大きなファレ》の壮大な屋根があるのはわかった。――サロモナはその「神殿」をもってしてもこれ以上に立派なものは作れなかったはずだ。――サロモナ……エハ！　七百人の妻だって？「法廷」の前でそう云ったのは誰だっけ……そう七百人だ。だがその「神殿」は？　長さが七百尺もあったはずはない。ポマレは小首長サロモナをつまらない奴だとおもった。それからふらふらしながらも、自分の歩みを気高く保とうとつとめた。とつぜん振りかえってたずねた。――まるで「宣教師」がずっとついて来ているかのようだった。「ピリタネの王はこれほどの威厳をもって歩くだろうか。」けれども、自分が独りぼっちなのがわかって笑いはじめた。焼くほど熱い飲み物にまた騙されたのだ……。そこで彼は急に笑いやめた。後悔しながら瓶と「御書」とを代るがわる見つめた。わびしい気持ちになって小声でつぶやいた。

――「ポマレ！　ポマレ！　お前の豚はお前なんかよりもっとしっかり人間たちを治めることができるぞ。」それから、断固として瓶を遠くへ放りなげた。毎晩こうしているのだった。

主の家

さて、忠実なケリト信者であるイアコバの腸《はらわた》にはイエズの恵みがみちみちていた。彼の熱意によって「ママイア達」が発見され、くじかれ、裁かれるとすぐ、約束どおり彼はプナアヴィア岸辺の《祈りのファレ》の第二位執事という麗しい肩書を身にまとった。その日のうちに執事は出発したのだった。妻レベカ、娘エレナ、それに娘のタネである若い異人のアウテをひきつれて、自分がついにその地位をまっとうすることになる土地にむかって堂々と歩いていた。

小道——その広さとならされた地面のせいでいまや《大きなファアの大王道》とよばれていた——は、姦婦、重婚の男、妾たちで混雑していた。男も女もみんな、黒いマロでそれとわかる執事が近づくと、たいそう熱心に砂をかき削るふりをするのだった。だがイアコバは大股で足早に通りすぎ、自分の歩みの下にのびている従順な道のほかには何もみなかった。彼は勝ちほこって急いでいた。心地よい考えのかずかずを思いめぐらしていた。たとえばまず自分の肩書の立派さ。これにくらべるなら、もの知らずの時代に追いもとめていた高い位など児戯にひとしく、笑いとばすことができた。昔のあのハエレ－ポたちやアリオイたち、それをとり巻いていた人々の群とはいったい何だったのか。すなわち異教徒の屑だった。名前を変えてよかった、と彼は思うのだった。

名前を変えるのと同時に、彼はすべての不安をぬぎ捨てたのだった。この受洗者にはいまやよく分かっていた。《淵なす海》に針をなげても、神を釣り上げる畏れはないこと。《夜うろつく雌》は信心深いケリト教徒たちのまわりには近寄りはしないこと。神にとり憑かれた者らは腕に布をまきつけて現れることはまだあるとしても、恐れるには足りないということ。それは鋏を括《くく》られてぐるぐるまわる蟹と同じだ。これらすべての古くからある恐れをうまく追っぱらうために、イエズに送られた人々は、たしかに別の恐れを教えはした。悪い魂に肉をまとわせ、それから三度にわたってその皮肉を骨まで剝ぐという《裁く精霊》をまだ信じるなら、それは罪だといわれた。――これらの邪な魂、つまり地獄におちた者たちは、生きたまま大きな火でいつも焼かれ、いつも拷問にかけられることを知らなければなりません。なにか空想上のアトゥアによってではないのです。「主」の裁きそのものによってなのです。――しかしこういった脅しはピリタニアの地より百倍も遠い別の生存にしか係わらないことだった。だからどうして気にすることがあろう。いま送っている生活、自分のものである生活は、良きケリト信者にとって良きものだった。思う存分に暇はあったし、たっぷり安心できる生活だった。女たちは、儀式をおこなって「ただひとりの男の正当な妻」と宣言されると、それからはずっと「御書」にしたがって立派な妻となるために、その夫のあらゆる欲望の面倒をみてくれるのだった。最後に、人々が「洗礼」以上に希望していたのは「主の食事」つまり「聖餐《せいさん》」だった。あの神をおそれぬ死骸の奉納――もうかれこれ何年も前のことだが――（年寄りのハアマニヒはおそらく惨《むご》い罰をうけて罪ほろぼしをしていることだろう……）それよりこのかた、誰ひとり「聖餐」のお相伴《しょうばん》にあずかったと自慢できるものはいなかった。――ところでこれにはもっと多くの恩恵があるといわれていた。最初の祭儀にがっかりした受洗者たちはこれに望みをたくしていた。イアコバは思うに、恐れのとりかえにしろ、女たちのまめまめしさにしろ、はっきりしない他の多くの喜びへの期待にしろ、こういったすべてがいずれも「主」の恩寵からぞくぞくと出てくるはずだった。

　アウテは疲れた様子で一行について歩いていた。この男はケリト信者たちの熱中に反抗している風だった。けれども、穏健な人々の話しぶりからまるで縁どおい、だからまたまったく取るに足りない一人の若僧のたわごとにどれほどの値打ちがあろうか。夜の集いでこれがフェティイと話すとしたら、それはきまって古い物語だの偽の神々のことだった。そんな思い出すこともできないでたらめ話をするために彼は「御書」をなおざりにしていた。それにどんな肩書や地位をもっているというのか。やっていることといえば《バッタ取り》の仕事にすぎなかった。なぜかといえば、この男は獣という獣、羽根のある鳥、そして皮が固くて黒い小さな鳥――これを彼は昆虫とよんでいた――を追いまわしていたのだ。そんなものをどうしようというのか。何のためになるのだろう。食べもしないのだから。それらを箱のなかにつき刺し、ピリタニアへと発っていく船にゆだねる姿が見られた。大切な物を送っている、と彼はいうのだった。そしてこの男が自分の国を離れたのは、たったそれだけのためだったのだ。「宣教師」ではなく、そして「主」の息吹をうけないピリタネというのは、どれもこれも同じように狂っている。

ただ他の連中は火縄銃をもっているからもっと恐ろしいだけの違いだ。――それにたいしてアウテはまるで恐ろしくはなかった。ちょっとばかり侮るだけでよかった。だから、陽気な道すがら彼がこうしてかみしめている思いなどに大して面白味などあろうはずはなかった。――「それで」、とイアコバは声をかけてやった。「何か変ったことでも?」

――「道端のファレはどれもこれも空っぽです。」、アウテの声には辛そうな感じがこもっていた。「ねえ、イアコバ・タネ、お前さんが大きい旅にでたころ、どれだけの人々が島を養っていたかしら」ほうら、訊ねるまでもないことだ、まったく。そんなことを誰が気にかけていたろう。

――「わたしには分かっています。今いる一人にたいして二人いました。この二十年のあいだに半分が死んでしまったのです」

――「アウエ!」、執事は快活にこたえた。「残っている者たちが飢饉を嘆くことはもうないというわけだ。」そして考えるのだった。「タヒティの土地に半分の人間がいて、それが立派なケリト信者で洗礼を受けていたほうが、どうしようもないもの知らずが二倍いるよりはましだ」

けれどもアウテはまだ文句を言いたてていた。――「何になるの、あの大きな建物は。」彼は空き地にたっている窓のないいくつもの大きな壁を指さすのだった。イアコバははっきりとは知らなかった。「工場」とか「製造所」とかいうものだったが、何のためなのかは判らなかった。たぶん「宣教師たち」の教えに従って甘い竹をつぶしてその汁をとるとか、綿の筋を乾かして混ぜたり織ったりするのだろう……

アウテはぶしつけに笑ったし文句を云いやめもしなかった。彼は、かつてはびっしり並んで栄えていたのに、《祈りのファレ》からは遠すぎるし、手入れをしていると信心の方がなおざりになるというので、今は見捨てられてハアリの蟹に食い荒らされっぱなしになっている農園を指し示した。また、道すがら出くわす汚れた布をまとった女たちを見てはせせら笑った。――「ひょっとして」、と執事はなおも言い返した、「異教徒の穢らわしい着物よりは、たとえ土まみれであっても品位のある立派なピリタネの服の方がましじゃないみたいじゃないか。」青年は、額に印をつけた犯罪人――延々とつづく暑い道を踏み固めているのはまさしく彼らだった――の人数をかぞえた。山には人がいなくなったこと、ティイの像は毀《こわ》れてばらばらになっていることを嘆いた。そして悔《くや》しがるのだった。かつてのタヒティは死んでしまった。何もかも。――といっても彼は、本当のところそれを体験したわけじゃなく、ただ昔の話から夢想したにすぎなかったのだが。要するに、男の不信心ぶりには目に余るものがあったので、イアコバはこの悪いケリト教徒に黙りなさいと命令した。苦情を言っては嘆いていなさるが、それは至極当然なことに「主」がその賜物と光とをお前さんに拒んでいられるからだ。いったい、「御名」の栄光のために何かしたことがあるのか。若い異人のお前さんは優れた神の弟子たちを急いで見習えばよいのだ。何よりもまず話し方を変えること。そうすれば、お前さんだって「主」の恵みが心にしみこむのが感じられるようになるだろう。――だが、ほらもうプナアヴィアの岸だった。

☆

岸辺に近いところに大きな空き地が見えた。沢山の筵や杭、綱とか焼き肉用の石が散らばっていたが、弟子たちはいなかった。イアコバは急に心配になった。

――「ファレはどこだ」

がらくたの間にひとりの男が眠っていた。執事は自分の肩書を告げながら男をゆすぶり、繰返した。

――「大きな《祈りのファレ》はどこだ？」

相手はもったいぶってこたえた。自分は「その管理人であり、第一位の補佐である。もっとも予定ではだけど。なぜならば、ファレはまだ建ってはいない」、と。彼はごたごたと置かれた材木を指し示した。それから口を閉じてまた眠りこもうとした。執事はこれを立たせた。ふたりは口争いをはじめた。近くのフェティイ達が笑いや叫びを求めてすぐにやってきた。そして、管理人と一緒になって答えた。そこは間違いなく「主」の家であって、自分たちはその信徒であるというのだった。

――「だけど、家は地面に寝てるじゃないか」、イアコバはくりかえした。確かに。「けれどもいつかそのうちに立ち上がるんでしょう。」その証拠に、岸辺の住人たちはみんな自分の仕事の割当ては果したのだった。彼らはそのことを自慢した。最初の熱意たるや大したものだった。斧とかぎざぎざの刃をうまく振るう《パヒ作り》たちは、まわりにある大木を倒した。もっと賢い者たちは、川にかかった橋からそのまま使える板をくすねてきた。まもなくすると、材木の山は法廷の壇より大きくなった。――ところが驚いたことに、月が一巡りしてもまだまだ万事おわったというわけではなかった。不吉な徴であり予兆じゃないのか。神には、もしかしたらそこに住みたいとの思し召しがないのでは？

イアコバは、ちょうど軽蔑をあらわすときに宣教師たちがするように肩をすくめた。

――善意の人々が姿をけすので、結局、「律法」による強制労働人にたよることになった。この連中にはもっとやる気がなかった。彼らはトゥレの効果――刑罰と強制労働――を激しく要求したのだった。

そういったもの全ては逃れゆくものと思いこんでいたからだ。雨の季節がすぎれば、あんなに立派に裁判をうけたという思い出だけをのこして「律法」もどこかに飛び去ってしまうと信じていたのだ。だがどっこい、「律法」は居つづけた。そこで彼らは憤慨した。多くの者が「主」への礼拝を口実に、女たちと連れだって藪の中へと離れていって二度と姿をみせなかった。もどってきた者もいるが、これはフェティイ達をぞっとさせた。荒らされ――ほとんど踏みにじられた――マラエの周りの聖なる老木を見たというのだが、それに斧を打ちこむと血が吹き出したのだ。そしてプナアルの生きた水は真っ赤に染まって流れていた、という……

今度というこんどは執事は我慢できなかった。「宣教師」たちと「首長」とがすべての人心からかつての迷信を追い出そうと二十年にわたって努められたというのに、こともあろうに、まだそれを思いかえしている者がいるのだ。イアコバは馬鹿にして侮る身振りをした。とっさに、自分が「管轄区」に送られたのは――彼はまったく判事のような話し方をするのだった――祈りの家を遅滞することなく建造するためである、と言い切った。そして叫んだ。――「わたしはそれを三日もせずして建ててみせよう。」イエズもなにかこんなことをおっしゃらなかっただろうか。

人々はせせら笑った。彼は言った。――「いったいお前さんたちは怠け者だのずぼらだの思われて恥ずかしくはないのかね。」彼には、こういった話し方は――とるにたりないものではあるが――穏健な人々の耳にはちょうど豚の鼻面にたいする棒切れとおなじ効き目をもっていることを知っていた。誰も文句をいわないので、彼は続けた。――「パパラの地のフェティイ達をみなさい。あの人たちの谷は工場や製造所、それに政府の成員のための家でおおわれています。彼らは働きます。祈ります。それが

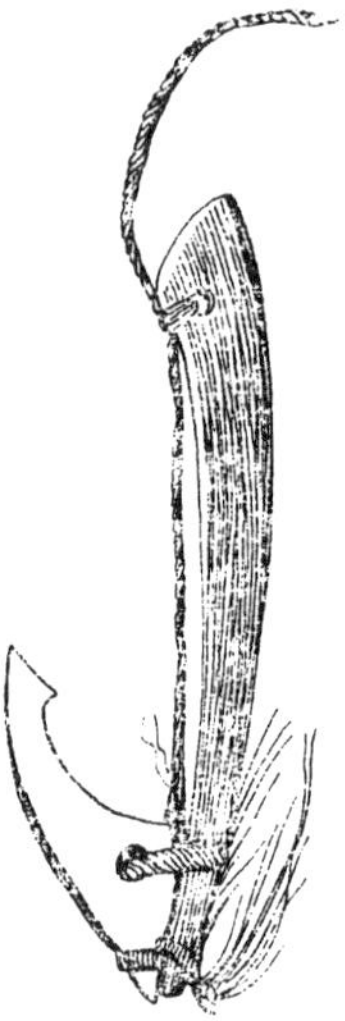

図24――木材および螺鈿《らでん》製の釣針。

『主』に嘉せられているのです。」人々は大口をあけて笑いはじめた。この弁士は忘れているんじゃないか。他の「管轄区」とちがってパパラの地だけが仕事に勤《いそ》しんでいたのは、プナアヴィアやパエア、とりわけパレには手立てがあったが、その岸辺にはなく、それで豊かになれないからなのだ。つまり、かわいい娘たちが苦もなく手に入れにいく貴重な物資をいっぱい積みこんだ沢山の船が接岸しないからだった。それに、新参のこの人がなにを言いなにを行いどんな脅しをかけようと、とにもかくにも「主」の家はまだ当分のあいだは土の上に横になっていることだろう。それにほら、釘がないじゃないか。新米の執事には、他の者でもおなじことだが、島のこちら側をくまなく捜しても一本とてほりだすことはできないだろう。

イアコバは一瞬たじろいだ。だが急に大胆さをとりもどした。――「釘なら呉れてやろうじゃないか！」群集は散った。もう誰ひとり笑うものはなかった。

彼のほうは苦しそうに眉をひそめて、明らかすぎる嘆かわしい事実にあらゆる思いを集中させようと努めていた。釘は無い。釘がなければファレも無い。黒いマロももらえない。一陣の風が、あてにしていた数々の名誉も会衆全体をまえにして堂々とした演説をするという希望もふきとばしたのだ。けれども彼は大声を上げはしなかった。激しく怒る水夫たちがいまいましさの身振りをこめてやるように、役にもたたない文句を人々や首長、神神に浴びせかけはしなかった。かえってじっとしていた。そして、口にはださない短い祈りによって霊感をあたえたまえと「主」にねがった。

神はお答えにならなかった。どんな巧妙な思いつきも信者の腸に立ち現れてはこなかった。恐ろしくなった。神は彼のことを悪く思っていられるのだ。それに、憎むべきマラエのすぐ側にケリト教のファレを建てようと頑張るのはひどくまずいことだ。イアコバは恐ろしくもあればどうしてよいかもわからず迷っていた。けれども、釘がどこにいけば手に入るのかはちゃんと知っていた。旅人であった自分をあの十一の月近くもまえに島に連れもどしてくれたファラニの船に、それは大きな袋につまって満載されていた。そのパヒは、海岸にそって歩いた時に、プナアヴィアからほど遠からぬところ、タプナ湾に面した岸辺の木に繋がれているのが見えたのだった。もちろんその腹には十もの《祈りのファレ》を建てるに十分な釘があった。

なぜかといえば、たった一つの希望はそこにしかなかったからだ。そして、策略もまた一つしかなかった。だれか女がそれを手にいれるように試みることだ。けれども、贈り物をうけとって、これを神殿のために執事にゆずってくれる女がいるだろうか。それも、あっぱれな行為を実行するという以外には何の得にもならないのに。立派な妻であるレベカのことがすぐに思いうかんだ。しかし彼女がファラニに好かれるとは思えなかった。異人たちは年を取りすぎた女というものが好きじゃない……。ハ！　だが……エレナなら、可愛くて愛撫がすきだし、身体もいろいろのタネのせいでくたびれているわけじゃない……。執事は嬉しくなった。けれどもべつの心配が唇にのぼってきた。「宣教師」たちは禁じたのでは……「御書」はこう教えてはいないか。「あなたの娘の身をあきなってこれを汚してはならない。

国が身をあきない悪行に満ちることになるからである……」だが、「身あきない」については、「ケリト教の教授」たちは一致した見解をみせてはいなかった。それは品位をたもって慎ましく行うなら実行できるとも思われた。イアコバは「御書」に問いかけて見ようときめた。指のおもむくままにこれを開いて、苦労しながら読んだ。

「もし祭司の娘が身をあきなってその身を汚すならば、彼女はその父を汚すのである。この娘は火で焼かれるであろう。」「祭司の娘」か。エレナは彼の実の娘ではなかった。そして火についてはその使用は、新しい「律法」においてはまったく廃れていた。たぶんそれは「永遠の火」のことにすぎなかった。彼は、行き当りばったりにページをめくっていった。こうして沢山のびっくりする物語がわかった。たとえば、イエホヴァの子らは動物のイノアという古い気高い風習をちゃんと知っていた。なぜかといえば「永遠の御者」は、「私はお前たちの魂の血を返させるであろう。それを全ての動物にも返させるであろう」と言われているからだ。また他にも、「ピ」つまりタブーによって名をかえる習慣もあったのだ……。ではなんでこれは禁じられたのだろう……アウエ！　イアコバはいらだった。これらすべては疑問にこたえるものではなかった。「御書」は語ろうとしない。「御書」は語りたくないのだ。じゃ無理にも語らせてやろう。イアコバは、自分の死んだ師たちが、愚かな異教徒だったとはいえ意にそぐわない予兆を思いのままにひっくりかえすのが得意だったことを思いだした。彼はどの葉もどの並びもこと細かにさぐった。そしてとうとう発見した。うれしかった。

「アイフィティの地★1に入ろうとする時、彼はその妻に言った。さあ、わしはお前がみめ麗しい女であることを知っている。アイフィティ人たちはお前を見れば、これは奴の妻だ、と云ってわしを殺すだろう。しかしお前は生かしておくだろう。お願いだ。お前はわしの妹ですと云ってくれ。そうすればわしはお前のおかげで歓待されるだろう……」この賢い男とは誰だったのか。その男はアベラハマと呼ばれていて、イエズの弟子たちのなかではある程度の評判を得ていることがわかった。この男が自分の命を護るためにあみだした事柄はきっと立派なことだったはず。だから「主」の栄光のために同じような計略をつかうことに躊躇うことはない。万が一「律法」が禁じていたとしても、その場合には「律法」に背いても神の味方になればよいのだ。そして、神のためにその威信にふさわしい家を建てまつるのだ。——ケリト教徒は、安心しきってエレナを捜しにいった。

☆

まめな妻レベカは、到着時の空腹にそなえてすでに竈《かまど》を掘り、石を熱くし、ウルの実の皮をむき、それから、空き家と分かったある《眠るためのファレ》の中に、筵のかわりに乾いた広い葉っぱを敷きつめていた。イアコバは入っていった。暗いひと隅で——闇が心地よい涼しさといっしょに忍びよっていた——アウテがいとしい可愛いヴァヒネを愛撫していた。

この恋人たちが諍《いさか》うことはまったく無くなっていた。アタフル湾は空になっていたので、もうアウテにはいかがわしい夜の外出をおそれることはなかった。それに、少女は自分でも真面目なまなざしをゆっくりひらいて男を安心させた。睫《まつげ》から出てくるところをいつものように急いで彼が唇でむかえる眼差

★1（原注）—Aïphiti　エジプトのこと。

し。いまは彼はまったく別の声で息を弾ませながらとりとめのないお喋りをしていた。タパの下でふるえる胸乳の肌のうえを行き交うその手は棕櫚の葉のように震えていた……

イアコバはきつい視線と荒っぽい声で彼らの動きをやめさせた。あんたらはまだ結婚していないじゃないか。それを忘れないことだ。それからエレナを見つめて、パパラの地からきたフェティイたちが、今晩それにひょっとしたら翌日もエレナにきてくれと云っている旨おしえた。アウテはびくっと身をうごかした。だが執事は重々しい態度を保っていた。少女の育ての父親が亡くなったというのだ。通夜をしなければ。だから彼女は、それもすぐにパパラの岸辺へと発つべきだ。若者はたちあがり、すぐにも少女についていく素振りだった。イアコバはこれを言葉巧みにひきとめた。

――「よければ若いの、わしら今夜はいっしょに過ごそう。お前さんも独りのことだし、よくわしにせがんでいなされたお好きな古い話でもしよう。そうすりゃ、あの子が居なくてもかこつことはないだろうよ」

それから彼は娘といっしょに外にでた。

――踊りもおどれば、酒ものみ、あれほど楽しめるファラニの船で夜をすごすんですって？　何という思いがけない喜び！　エレナは父親にいわれたこと全てを約束した。朝にはもどってくるでしょう。

――回り道をしたあと、エレナはタプナ湾にむかって道をとった。執事はこうも囁いたのだった。――「できれば斧も忘れるなよ。」彼女の姿は消えた。

☆

闇がおりた。レベカはノノの実に火をつけた。イアコバは、ずっと前から待ちかまえている若者と話すまえに「主」にはなしかけた。

——「ケリトよ、今日のこの日、『御書』をもちいてみ教えをたれ御身《おんみ》のしもべに恩恵を施して下さいました。感謝いたします。今よりのち末永く御身を敬《うやま》い申すことができますようおはからいください。御身の家をつくりあげるよう努めることによって、この谷間で御身に払われる尊敬をさらに大きくできますように。アメネ」。今やもう彼は、他の人々が唱えつくしたできあいの祈禱——何を得るためにも利く——を用いることはなくなっていた。そうではなく、「宣教師」たちの勧めにしたがって、イエズにむけた自分の祈りは様々の願いごとに応じてぜんぶ自分でこしらえるのだった。

——「さあ、若いの、古い話を待っているんだね。そんなものにいったいどんな楽しみがあるのかね」

——「書きとめたいのです」、とアウテはいった。「まったく無くなってしまう前に。素晴らしいものですから」

——「いくつかを話してあげよう。もの知らずの時代のことにまだかまけるのは可笑しいのは可笑しいんだけど。」彼は出まかせにはじめた。

「テ・トゥム見知らぬ女と眠りたり。

図25
——聖なる装飾。

彼らより生まれしはタヒトーフェヌア……」


──「『テ・トゥム』って何ですか」、若者がおもいきってたずねた。

──「テ・トゥムだって。名前じゃないか。いいからわしの話をさえぎらないでおくれ」

──「なにか『土台』とか『幹』のことではないんですか」

──「そうかもしれない。けどどうだっていいことさ。」イアコバは調子のよい朗唱をつづけた。聞き入っている若者の注意をもっとよく引きつけるために、口からでまかせにいろんな種類の話をまぜこぜにするのだった。男がこれら異教のお喋りを信頼しきって──目をかがやかせ指をすばやく動かして──、ごまかしや物語の混乱をかぎつけることさえなく──集めているのを見て、イアコバは腹のなかで笑っていた。彼は百ばかりの名前をふんだんに延々と口からだした。《上位のアトゥアたち》のそれぞれの特性をごちゃ混ぜにし、かつては果ての無いとされた極めて有名な盛りの数を混乱させた。アトゥア達のさまざまにかわる形やいろいろな種類の祭壇や像をとり違えた。また新しい小さな神神をあみ出した。──アウテはまだせがむのだった。

「タヒティの土地に初めてきた人々の話は？　それにハヴァイーイ、これは起源の言の葉だけど……ハヴァイーイのことを話してください」

イアコバは肩をそびやかした。──「ヒエ！　わしはそこに行ったことがある。もうずっと前になるが……。標を捜していたのだ。あのおいぼれ異教徒のパオファイと一緒だった。そういえばあの人、今夜と明日中は珊瑚礁の上を走りまわることになっているな。嵐の中でわしは火につつまれた一つの島をみつけた。「ケリト教の教授たち」にその話をしたら、ずいぶん笑われたなあ。あの方々が標は教えてくれたよ。本物の標を。それからハヴァイ－イというのは『ハヴァイ－イ－ペ』とか『地獄』とかいうべきだってことも。そこには死んでしか行けない。全く行かないほうがずっとましだ」

若い異人は面食って、夜のひろがりを窺いながら伸びをした。夜は澄みわたってあらゆる生ける者にとってやさしく目覚めていた。けれども恋人のいない男にとっては悲しいものだった。彼は立ち上がった。エレナを迎えにいくためかもしれない。イアコバは急いで言った。

――「もうひとつ、もっとお前さんの興味をひくのがあるぞ。もう名前は忘れたがある祭司がなにかこんなことを言ったことがある、

『ありたり。その名タアロア。広大無辺の内にありたり。地もなく、天もなく、海もなく、人もなく……』

――「それで、そのあとは？」

――「その後は、祭司が言うには、――いやこんなバカ話をお前さんにきかせるなんて、わしはどうかしている……。もし「宣教師たち」に知れようものなら……。それから、その祭司はこう言った。

『タアロア呼べり。こたえるものなく……こたえるものなく……』エハ！　忘れた。もっといきいきした話が聞きたくないかい。笑うためのぺへ、例えばつるんでる連中をいきなり見つけて口ずさむやつ、

『ハ！　これはふたりだ。

ふたりなのにひとりになってる……』


アウテは頭をふった。

――「ほんとに忘れたんだ。イアコバ・タネ。お前さんの記憶は確かだと思っていたのに」

執事はちょっとわらった。「そうだ。けどわしは覚えている言葉はこれ以上ばらまきたくない。全部まことの神についての語りを残していくために使いたいんだ。イオアネによる書の半分はもう唱えられる。――それに、オポアで病んだ男がそのような話をしてくれたとき、――なんでもう思い出せないのかわかったよ――、わしは眠っていたんだ」

――「目がさめたとき、もう一度いってくれって頼まなかったの？」

――「わしが目をさましたら死んでたんだ。少なくとも死にかけてたんだ」

――「言の葉はその人とともに死んだ。」淡い色の目をした若い異人は匠のようなはなし方をした。

イアコバはふるえた。

こうして、夜はふたりの唇からでる言葉とともに流れていった。レベカは道中の疲れのためにとっくに眠りこんでいた。それにこんな異教の物語は彼女の耳にいれないほうがよかった。残り少なくなったノノの実の油がつきようとしていた。すがすがしいそよ風が夜明けの予感とともに吹いてきて、その息吹による愛撫は冷えつつあった。アウテには堪えることができなくなった。「迎えにいきます。パパラにいく道に……」

イアコバはうすら笑いをうかべた。エレナがその道からどんなに離れた所にいるかを知っていたからだ。ちょうど反対側だ。けれども、儀礼を欠くことなく習慣どおりにこういった。

——「行くのか、お前さんは。」それから、ケリトの御名をほめる言葉をもう一度となえて横になった。

☆

日が昇ったとき、執事は外にでて道をうかがった。ほどなく娘がもどるはずだった。鮮やかな光のなかで、とても長くてとてもまっすぐな道が白みをおびていた。イアコバは優しい眼差で——この道は彼を約束の教会堂へとみちびくものではなかったか——大きく見はるかした。何人かの過ちを皆にとって役立つものに変える新しい気のきいた罰をいいものだと思った。もっと過ちが増えてほしかった。そうすれば彼のこの道はもっと広々としたものになるだろう。

それというのも、すでに成功を確信している執事は、心の内で、岸辺、小道、海岸、谷間などの手直しをして、そこに群衆がおしかけるのを思い描いていた。彼の想像するその《祈りの家》は大きく堂々としていて、その晴々とした目の前に、聖別された土地から一気に立ち上がるのだった。彼自身はといえば、第二級の執事から第一級の執事となり、「宣教師」の真近にいる。——いや「宣教師」の地位について、会衆に話しさえしている。会衆は彼の方に注目している。うたたねをする者がいたら？　棒でたたく。女たちは？　黙らせる。そこで彼は慎みぶかく「御書」をひらく。単調な恭しい声で「読誦」をはじめる。これら全ては二回息をつく間のことだったのだが、目の前にあってまったく本当のことのように思われた。ふと我にかえった時、彼は自分が口をひらいて腕をふりあげ、想像の群衆に演説しているのに気付いた……。その身振りは蟹と木々の幹にむけたものにすぎなかった。彼は演説をやめた。いまいましかった。

不意に背後にアウテがあらわれた。恋人は見つからなかったのだ。それにパパラのフェティイの死というのもどうやら空ごとらしいという。イアコバは目をそむけて、とても注意して珊瑚礁をうかがう様子をしていた。――あそこ前の方、岬の突端の左側……なるほど、礁湖を楽々と漕ぐ何隻もの舟に追われて、礁づたいに叫び声をあげながら走る者がいた。群全体が急速に近づいてくるのだった。

――「ほらごらん」、執事は声をあげた。「あれが《珊瑚礁走り》だ！」エハ！　素晴らしい見物《みもの》だった。パオファイにテアオだ。ふたりの不信心者、異端者に異教徒だ。――アウテは瞼を細めながらうるさい質問を中断した。イアコバの方は、もっともらしく賛同して言った。

――「これはいい！」たぶん年をとった方だろうが腹ばいに倒れたのだ。一本の槍がその腕を突きさした。男は膝をついて上体をおこし、立ち上がってまた逃げはじめた。急に珊瑚礁がまがって陸地につながっていた。ふたりの逃亡者は細い水路にとびこんで、追跡する者たちに水をあける。男たちが舟をひっぱりながら珊瑚礁のうえを十歩も進まないうちに、ふたりは、無我夢中で手足をうごかしながら、もう執事のすぐ近くに上陸する。動く腕は赤みがかった水玉をほとばしらせていた。

執事は、彼らが自分のほうに近づいてくるのをみてひどく困惑し、すばやく後退《あとずさ》った。自分の黒いマロ――彼がこれを身につけたのはこれが二度目だった――を、罪人たちが汚すかもしれなかった。だがパオファイは彼にとびかかり、息切れした声でとても早口にいう。「匿《かくま》ってくれ、テリイ、お前のファレに……。お前は奴らの祭司なんだから。」彼は追手のほうに手をむける。「ここはタプーだというんだ……お前はタプーだと……わしらはタプーだと……。奴らに言ってくれ……昔わしがお前のためにしたように……斧の下から救けてやったじゃないか……。わしらを匿ってくれ……客としてむかえてくれ……」

ケリト教徒は相手にせずに身をはなした。心配でもあった。すでに彼の周りに集まりつつあった岸辺の住人たちは、彼が二人の犯罪人と顔見知りであることにびっくりしていたからだ。アウテまでがびっくりしている。「じゃ、このかわいそうな人を知っているの。」話を逸らすために、イアコバは二人を同時に利用していっしょに騙そうと試みた。——「お前、古い物語を聞きたがっていたな。そりゃこの男がぜんぶはなしてくれるぞ。年寄りの呪術師の口に自分の口をくっつけたんだから。この男ならぜんぶ知っているはずだ、この男なら。」イアコバは作り笑いをして腹をゆすぶった。そしてまた後退りした。だがパオファイはいう——「覚えていないのか、テリイ・ア・パラウラヒ……《語り人の石》……」——「こいつは気がふれている」、と執事は言い渡した。それというのも丸木舟の連中があらわれて逃亡者をつかまえていたからだ。同時に白い道に一人の女が現れた。その歩みはせわしなく嬉しそうだった。——「エレナだ！」、アウテはつっ走っていった。が、その後ろに丸々とふくらんだ袋をかかえた男たち……二人の水夫を見た。真っ青になり、イアコバをまじまじと見つめながら立ちつくした。イアコバはパオファイの罵倒をあびながらびくともしないでいた。——年寄りのほうは言い止めなかった。——「記憶のない男だ！　言の葉をなくしたテリイだ！　わしを父とよんだテリイ……産声をあげたときに首を絞めてやるべきだった。」判決にしたがって男はまた珊瑚へとつれ戻されるのだった。彼は遠くからまだ叫んでいた――「テリイ……テリイ……目をくり抜いて、お前の母親に食わせろ！……」そこにいた人々は、この恐ろしい罵りに震えあがった。イアコバはといえば、水夫たちとその荷物をながめながら微笑んでいた。アウテがその顔にむかって突進した。「あなたは自分の娘を売ったんだ！あなたって人は……」だが、そんなのは無駄な言葉にすぎなかった。群衆にはちゃんとわかっていた。彼らは笑いながら若者をつきとばした。そしてみんなは、執事が誹謗者たちをへこますとともに、新しい信者たちにむけて見事な歓迎の挨拶をやってのけてくれるのを心待ちにまっていた。

ところで、二人の言ったことは彼の評判をおとすにはうってつけの忌わしい不敬の罵倒だったにもかかわらず、ケリト教徒は口答えしなかった。「御書」はいう。「お前はひとの罪を許さなければならない」と。それに、野蛮人の耄碌《もうろく》した気違いとか職もないつまらぬピリタネなんかと話し合ってやることはなかった。それに心配はもう遠のいていた。ケリトがその賢い僕《しもべ》にすでに酬いを与えたもうていたからだ。二人のファラニが足元におろした袋をあけながら、イアコバは誇らしくフェティイ達にいうのだった。――「ほら、あなた方の釘をご覧なさい！」それから、岸辺や王道、恰好の敷地、すっかり準備のできた板の山を指差し、明らかに神の霊をうけた「宣教師たち」が時として見せていたように両の腕をひろげるのだった。「ついに『主の家』をたてるのです。ケリトにホタナ！」信者たちが唱和した――「アメネ。」そしてあらたな熱狂のなかで彼らはみんないそいそと仕事にとりかかるのだった。

だが執事は、老人がすがりついて乱していたその黒いマロの皺をまずきちんと直した。

資料篇

資料篇について

本訳書の底本の巻末には一連の付録資料が付されている。そのうちここでは文献目録、民族誌上の典拠、図版目録、地図目録を訳出する（底本の構成および我々の取捨選択の理由については「解題」を参照されたい）。最初の二つについては若干の説明が必要である。

セガレンは『記憶なき人々』執筆のために、二十世紀初めにおいて入手可能であった多くのポリネシア関係の資料を参照した。クックやブーゲンヴィルは勿論として、宣教師たちを含む旅行者たちの著した紀行文、民族誌上の研究書や論文、加えて歴史、地理、言語、伝承に関する報告の類である。場合によってはゴーギャンの『ノア・ノア』、マックス・ラディゲの『最後の野生人』のような小説もある。エリスと共に最重要の一つであるメランウットの場合がそうであるように、これらの文献の明確なジャンル区分は必ずしも容易ではない。しばしば様々の種類の観察・報告がないまぜになっているからである。

彼は読んだ本、読むべき本の「リスト」を作成していた、と底本の編集者は指摘している。[☆1] セガレンは、これらの資料から、十八世紀末から十九世紀初頭にかけてのマオリ人たちの生活、習慣、宗教、言語、感じ方や物の見方を描くために、更には、この時代にすでにほぼ完全に消滅しつつあった伝承を誤りなく記述するうえで支えとなる文章を抜粋した。そして「彼自身の手で草稿の余白に転記されていたこれらのノートは、ジョリ＝セガレン女史によって纏められた」と編集者は書いている。[☆2] もちろんこの情報はヴィクトールの娘ジョリ＝セガレンに由来する。他方、セガレン自身がこれらを出版する意図をもたなかったことは言うまでもない。

こうして「リスト」および「ノート」の出版には記載／整理の二段階が区別されるのだが、それぞれに疑問があろう。まず抜粋された件はどんな風に「草稿の余白に転記されていた」のか。これほど多くの、また時には二頁にもわたるノートが「草稿の余白」に記載できるものなのか。よほど大きな余白にごく小さな文字で——誤読の危険性——書きこまれていたと想像せざるを得ない。次に、ジョリ－セガレンによる纏めの作業はどれ程の忠実さをもってなされたのか。抜粋の再確認および英語文の仏訳の作業が行われたことは編集者の「注」によって明らかであるが、更には彼女による補完や修正を、場合によってはそれ以上の介入を仮定することはできないであろうか。これらの問題を解決するためには「草稿」そのもの、でなければそれを完全に復刻する版を見ることが必要であろう。だがこれはまだ日の目を見ていない。校本すら存在しないのが現状である。

他方、著者が知っていて作品で利用した資料が前述の「ノート」に尽きるのかどうかを問うこともできる。まずゴーギャン。『ノア・ノア』によればゴーギャンが現地の娘テフラの口から書き取ったという神話伝承『マオリの古代信仰』の手稿を、ゴーギャンの遺稿を最初に読んだ人であるセガレンが見ていた可能性は高いにもかかわらず、彼はこれに言及しない。それは、ルネ・ユイッグが証明したように、[☆3]この遺稿は実際にはメランウットの『大洋州諸島航海記』の抜粋に他ならず、従って一次資料としての価値はないこと、更にそれは『ノア・ノア』第四章で利用されている——これらの事実をメランウットの愛読者は容易に見破ったであろう——という事情によって恐らく説明できるとしても、画家の残した油絵、デッサン、彫刻が『記憶なき人々』のあれこれの場面でモデルにならなかったという保証はない。次にピエール・ロティ。これを長きにわたって批判の対象としたセガレンが、タヒティを舞台とする『ロティの結婚』（一八八〇年刊）を知らなかったとは考えられない。セガレンはなぜ沈黙しているのか。いずれも今後に残された課題である。

ともあれ、本訳書では「リスト」を「文献目録」として、そして「ノート」を「民族誌上の典拠」として収録する。最後に「図版目録」「地図目録」を配する。（訳者）

☆1——底本、二一三頁。J・M（「人間の土地」叢書の監修者Jean Malaurie）。
☆2——同右。セガレン『全集』の刊行者もこれを反復している。（H. Bouillier, 《Notes》, *Œuvres Complètes*, t. I, R. Laffont, 1995, p. 248）
☆3——R. Huyghe, *La Clef de Noa-Noa*, présentation de l'*Ancien Culte Mahorie* de Paul Gauguin, édité par P. Berès, Paris : La Palme, 1951, pp. 25-31 et les Appendices I et II.

文献目録

☆（訳注）—全体に通し番号をうつ。著者名および書名をそのまま復元し、邦訳は（　）内にしめす。出版地、出版社、雑誌名、出版年は原則としてそのまま転記する。

［1］Bougainville（L. A. de）, *Voyage autour du monde par la frégate du roi* la Boudeuse *et la flûte* l'Étoile（L・A・ド・ブーゲンヴィル『護衛艦ブドゥーズ号および輸送船エトワル号による世界周航記』）、Paris, Saillant et Nyon, 1771.

［2］Bovis（M. de）, *État de la société tahitienne à l'arrivée des Européens*（M・ド・ボヴィス『ヨーロッパ人来航時におけるタヒティ社会の状態』）、*Revue coloniale*, Paris, 1855.

［3］Cook（J.）, *Premier voyage*（J・クック『第一の航海』）。イギリスの現国王陛下の命により、南半球における発見を目的としてくわだてられた航海の報告。これらの航海は順次にバイロン（Byron）首席船長、カートレット（Carteret）船長、ウォーリス（Wallis）船長、クック船長によって、ドーフィン号、スワロウ号、エンデヴァー号の各船艦にて実現された。英語からの仏訳、Paris, Hôtel de Thou, 1774.

［4］Cook（J.）, *Deuxième voyage*（J・クック『第二の航海』）。一七七二、一七七三、一七七四、一七七五年に、国王の船艦アヴァンテュール号およびレゾリューション号によっておこなわれた南半球の航海ならびに世界周航記。レゾリューション号の艦長ジャック・クックによって書かれた。そこには船長ファーネオ（Furneaux）およびフォースター（Forster）父子☆1の報告も挿入されている。英語からの仏訳。Paris, Hôtel de Thou, 1778.

［5］ Cook (J.), *Troisième voyage* (I)（J・クック『第三の航海』その一）。すなわち、一七七六、一七七七、一七七八、一七七九、一七八〇年になされた南北太平洋への遠征の日記。英語からの仏訳。第二版。Paris, chez Belin, 1782.

［6］ Cook (J.), *Troisième voyage* (II)（J・クック『第三の航海』その二）。すなわち、英国王により命ぜられた太平洋航海記。それはクック、クラーク（Clerke）、ゴア（Gore）の各船長の指揮のもとにレゾリューション号およびデクヴェルト号で、一七七六、一七七七、一七七八、一七七九、一七八〇年に遂行された。英語からの仏訳。Paris, Hôtel de Thou, 1785.

［7］ Cuzent (G.), *Voyage aux îles Gambiers* (*archipel de Mangareva*)（G・キュザン『ガンビエ群島（マンガレヴァ諸島）航海記』）、Paris, V. Masson, 1872.

［8］ Delessert (E.), *Voyage dans les deux océans*（E・ドゥレセール、『両大洋航海記』）、Paris, A. Franck, 1848.

［9］ Ellis (W.), *Polynesian Researches*（W・エリス『ポリネシア研究』）、London, 1831.[☆2]

［10］ Fornander (A.), *An account of the Polynesian race*（A・フォーナンダー『ポリネシアの人種についての報告』）、London, 1878.

［11］ Gauguin (P.) et Morice (Ch.), *Noa-Noa*（P・ゴーギャン、Ch・モリス『ノア・ノア』）、Paris, La Plume, 1901.

［12］ Gaussin (P.L.J.B.), *Du dialecte de Tahiti, de celui des îles Marquises et en général de la langue polynésienne*（P・L・J・B・ゴサン『タヒティおよびマルキーズ諸島の方言ならびにポリネシア語一般について』）、Paris, Firmin-Didot, 1853.

［13］ Goschler (I.).（I・ゴッシュレール）

［14］Goupil（A.）.[☆3]（A・グピル）
［15］Grey（G.）, *Polynesian Mythology and ancient traditional history of the New Zealand race*（G・グレイ『ポリネシアの神話とニュージーランド人種の古伝承』）、Auckland, 1885.
［16］Huguenin（P.）, *Raiatea la sacrée*（P・ユグナン『聖なる島ライアテア』）、Neuchâtel, Paul Attinger, 1902.
［17］Jurien de la Gravière（E.）, *Voyage de la corvette* la Bayonnaise *dans les mers de Chine*（E・ジュリヤン・ド・ラ・グラヴィエール『護衛艦ラ・バイヨネーズ号によるシナ海航海記』）、Paris, Plon, 1872.
［18］Lesson（A.）, *les Polynésiens. Leur origine, leur langage*（A・レッソン『ポリネシア人――起源と言語』）、Paris, Ernest Leroux, 1882.
［19］Lutteroth（H.）, *O-Taiti. Histoire et enquête*（H・リュットロット『オ－タイティ――歴史と調査』）、Paris, Paulin, 1843.
［20］Mœrenhout（J.A.）, *Voyages aux îles du Grand Océan*（J・A・メランウット『大洋州諸島航海記』）、Paris, Arthus Bertrand, 1837.
［21］Orsmond（J.-M.）[☆4]（J－M・オルスモン）
［22］Radiguet（M.）, *les Derniers sauvages. La vie et les mœurs aux îles Marquises*（M・ラディゲ『最後の野性人――マルキーズ諸島の生活と習俗』）、Paris, Calmann-Lévy, 1882.
［23］Turnbull（J.）, *Voyage fait autour du monde en 1800, 1801, 1802, 1803 et 1804*（J・ターンブル『世界周航記――一八〇〇、一八〇一、一八〇二、一八〇三、一八〇四年』）、A・J・N・ラルマン（Lallemant）による英語からの仏訳、Paris, Xhrouet, 1807.
［24］Vedel（E.）, *Lumières d'Orient*（E・ヴデル『東洋における知識』）、Paris, Ollendorff, 1901.[☆5]
［25］Vincendon-Dumoulin（A.）, *Iles Tahiti. Esquisse historique et géographique*（A・ヴァンサンドン－デュム

ラン『タヒティ諸島――歴史と地理の素描』)、Paris, Arthus Bertrand, 1844.

[26] Wilson (J.), ***A missionary voyage to the southern pacific ocean performed in the years 1796, 1797, 1798 in the Ship Duff commanded by Captain James Wilson*** (J・ウィルソン『一七九六、一七九七、一七九八年にジェイムズ・ウィルソン船長による指揮のもとにダフ号によって遂行された南太平洋への宣教紀行』)、London, 1799.☆6

☆1(訳注)─船艦名がそうであるように(文献[6]についても同じ)、Jacques Cook はむろん James Cook の「仏訳」名。フォースター父子とは Reinhold およびその子 George (一七五四―一七九四)である。

☆2(訳注)─その少なくとも第1巻は一八二九年の出版。(B. Danielsson, *La Polynésie*, in *Ethnologie Régionale*, I, La Pléiade, Gallimard, 1972, p. 1286 参照)

☆3(訳注)─[13]、[14]、[21] については著書名が欠けている。オギュスト・グピルは公証人で、セガレンはすでにタヒティ滞在中に彼のポリネシア関係の蔵書を渉猟している。(H. Bouillier, 〈Introduction〉 au Cycle Polynésien, *Œuvres Complètes* de V. Segalen, Tome I, R. Laffont, 1995, p. 101 参照)

☆4(訳注)─Orsmond, John, 1788–1856. 一八一七年四月二十七日モオレアの布教会に到着。タヒティ語の基礎をノット師に学ぶ。一八二四年から一八三一年までモオレアの「南海アカデミー」校長。次いでタヒティ半島の牧師。彼の手書きのノートは孫娘(Teuira Henry)によって彼女による『古のタヒティ』(*Tahiti aux temps anciens*)において利用された。ポリネシアに関する最高の作家であるエリスおよびメランウットに多くの情報を伝えたのは彼である。(J.-J. Scemla, *Le Voyage en Polynésie : Anthologie des voyageurs occidentaux de Cook à Segalen*, R. Laffont, 1994, p. 1202 参照)

☆5(訳注)─以上のうち[2]、[7]、[18]、[24] の著者については簡単な解説を M. Ollier, 《Victor Segalen,

Ethnologue et poète de la Polynésie》, in *Victor Segalen: Actes du Colloque de Brest, 26 au 28 octobre 1994*, Centre de Recherche Bretonne et Celtique, 1995, p.99に見ることができる。

☆6（訳注）―〔1〕、〔3〕、〔4〕、〔5〕、〔6〕、〔9〕、〔11〕、〔20〕、〔22〕、〔23〕、〔26〕については、テーマ別の抜粋がJ.-J. Scemla, *Le Voyage en Polynésie, op. cit.* に収録されている。またこのアンソロジーはバイロン、ダーウィン、メルヴィル、ロンドン、スティーヴンスンその他の証言も、ロティ（『日記』『ロティの結婚』）およびセガレン（『島日記』「ゴーギャンを讃える」――いずれも抜粋――）とともに収録している。

民族誌上の典拠

☆（訳注）―底本にならい、セガレンによるノートを原則として以下のように示す。
・ノートに関わる本文の文章を抜粋して太字で示し、各々に通し番号を付す。
・セガレンが参照した文献の書名は「文献目録」の番号で示す。
・セガレンによって下線が引かれた部分はゴチック体で示す。
・セガレンが文献から抜粋した部分には「　」を付ける。
・タヒティ語には《　》を付ける。

1――13頁　第1段落

起源から続く麗しい語りを、一語とて省かないように休まずくり返すのにふさわしい時だった。その語りのなかには、首長たちのうけあうところによれば、世界開闢や星々の誕生、生きとし生けるものの誕生、マオリの神神の数々の盛りやとてつもない力業がふくまれている。

▼P・L・J・B・ゴサン、文献目録［12］（以下［12］と表記する）、四四頁による。

話すこと（le Parler）、食べること（le Manger）、言うこと（le Dire）のような語法の正しさ。

「ポリネシアでは名詞は、実体詞や形容詞、動詞になりがちである。これはまだ一つの傾向でしかないが。それらはまた同時に存在者、現象、性質などを喚起することにも役立つ」

2――14頁　第1段落

トゥティは昔の首長たちとまじわっていた。彼はまた来ると約束したのにもどっては来なかった。マオリの別の島で人々がこれを二月の間アトゥアとして崇め、それから三月めの最初の日、その骨を拝むためにうやうやしく腑分けしてしまったのだった。

▼W・エリス、［9］、第四巻、一三二頁による。

クックの死。一七七九年二月十四日。ハワイ島、東海岸ケラカコア湾にて。

実際には彼の体は食べられたのではなく、いとも恭しく焼かれたのである。「わしらはみんなその死のときに泣いた。ちょうどわしら自身の首長が死んだときにするように、その骨をばらばらにし、肉は別にして焼いた。わしらはこれをロノ神と思ったし、ロノ神として崇めていた。その死後わしらは骨をおがんだ」
▼J・クック、[5]、『クラークの報告』、三九九―四二六頁による。
一七七九年一月、オ‐フィ‐エの王は「偉大なるエア‐トゥ‐ア‐ヌ‐エ（アトゥア‐ヌイ）にかけるような外套でクック氏をおおった。この装いでこれを《モライ》にみちびいた。」バナナの葉飾りを頭にのせられ、彼は王座のようなものに座らせられた。祭司の演説と歌。それから島民たちはみんなふし拝む。「王は彼に手まねで『この《モライ》はお前さまのもの。お前さまはこれからわしらのエア‐トゥ‐ア‐ヌ‐エです……』といった。」水夫たちは《モライ》のことをクックの祭壇とよんでいた。

そして二月になって、一艇のカッターの盗難。クックは国王を人質にすることを要求。みずから上陸してこれをむかえて船につれもどってくる途中、棍棒の一撃および英国製ナイフの一突きで殺される（二月十四日）。死体は島へもっていかれた。夜になって、原住民がひとり「クック氏の太股一本の食べ残し」を運んできた。それが切り刻まれるのを彼は見たのだ。戦士たちが艦長をたべたと彼は云った……。二十一日、休戦。首長ア‐ヌ‐アにトゥティの骨を集める約束をさせる。翌日、首長は脊柱と両足をのぞくすべての骨をもってくる。頭部はもう見分けがつかなくなっていた。手は刻まれて塩づけにされていた。ア‐ヌ‐アはほかの部分は食べはしなかった、と云った。二十三日、ようやく骨はぜんぶそろった。
▼E・ヴデル、[24]、二九八―三〇六頁による。
クックは夜ハワイのカウエ島に到着する。原住民たちは船におどろく。「枝のついたあの大きな幹々は何だ。」――森が海のうえをすべったのだ――。祭司の一人は云った。「頂にのぼるための梯子がついた《マラ

エ》だ」

原住民たちは鉄をそれと認める。一人がこれをとろうとして殺される。次の夜、クックは花火をあげさせ大砲をうたせた。原住民たちは彼をまた来るという予言を実行する《アトゥア》ロノだと認める。贈り物の交換。女の提供。つぎの年にもどったとき、彼は《マラエ》へと導かれ、高台の頂上に吊り上げられる。様々の供え物、豚、「赤い布」が運ばれてくる。クックはこれでつつまれる。

それから彼は下ろされた。二体の偶像のあいだに連れてこられた。腕を十字に組まされた。また新たな儀式。ついで、クックの要求。彼は豚を要求し、神木を伐採し、……湾を封鎖する。一艘の丸木舟が射撃をうける。クックは上陸する。殺されたひとりの首長の弟が彼に復讐を要求する。クックこれを射殺。クックの方は投石をうけ、叫び声をあげながらよろめく。「呻いている。《アトゥア》じゃないんだ。」彼らはすぐにクックを殺した。これをつぶして肉を焼き、骨は釣り針をつくるために保存した。

3――15頁 第2段落

白兵戦の初めにまっさきに倒れた敵のうえに身をかがめて、ハエレ-ポはその断末魔に探りをいれることができた。もし手強い戦士がすすりなくのなら、それは自分の味方の不幸を嘆くためだった。

▼H・リュットロット、[19]、三一―三四頁による。

最初にたおれる戦士は占いのための前兆とされた。敵方はこれをうばいとり、槍にのせて《マラエ》まで運ぶのだった。祭司たちは後ろからついていきながら、その戦士の仕種に注目する。これが涙をながしていたら、それは自分の祖国の不運を嘆いているのだった。拳を握っているならば、逆に抵抗は長くつづくということだった……

平和はまず見られない状態だった。

逃亡者たちは山中にかくれこんで特別な一族をつくった。

▼A・ヴァンサンドン‐デュムラン、[25]、第二巻、三三一頁。

「戦闘のどよめきは、戦闘弁士《ラウティ》の叫び声によっていやましに大きくなった。この男たちは指揮をとる首長の階級に属するか、でなければ少なくとも名高い戦士であった。《ティ》という名の植物の葉を腰にまいただけだった。右手には武器として、これまた《ティ》のふさふさした葉っぱにつつまれた鱏《えい》の骨をただ一本もっていて、これを巧みにつかった。この男たちの役割は、祖先の手柄を物語ったり、氏族のメンバーの評判や彼らの大義名分を誇ったりして、軍団を活気づけることにあった。昼夜をとわず骨身をおしまず陣営をまわっては、その演説で戦士たちの士気をあおった。彼らの活動は戦闘の日にはさらにました。軍隊とともに歩み、休みなしに戦列をかけめぐり、過去の武勲を物語っては、兵士を勇気づけ手柄をたてるよう鼓舞するのだった。

　彼らの弁論の迫力は翻訳すればずいぶんと殺がれてしまう。けれどもその表現のいくつかはこの試練にたえるに十分の力をもっている。『怒濤のごとく突進し、わだつみの泡とともに敵どものうえで砕けよ』（テ　ハルル　オ　テ　タイ）、『わだつみの礁に砕けるがごとくに吼えよ。泡立つ波濤にたわむれる二股に裂けた稲妻のごとく奴らをとらえよ』（テ　ウイラ　マウ　タイ）、『警戒せよ、汝らの力をくりだせ。怒れ、野犬のごとく怒れ。奴らの戦列が破るるまで、奴らが潮の流れのように逃れるまで。』このようなイメージは大いに高揚させ、一種の陶酔をうみだした。戦士たちはその記憶を保持していて、後になって何かある演説の美しさにおどろくようなことがあると、その弁士について《ティニ　ラウティ　テイア》と言うのだった。つまり《ラウティ》に匹敵する、と。もし戦闘が何日もつづくようなことがあると、《ラウティ》の労苦はあまりにも酷いものとなり、ついには疲労困憊して息の絶えるものが見られた」

4——16頁　第3段落

そのときこそ彼はアリオイとなって、祭り好きな群衆をひきつれて島々をめぐり、その生活をあらゆる肉体の戯れ、あらゆる華々しいもの、あらゆる快楽で飾ることになるだろう。こうして、いのちの神神をことほぐあの《悦楽の主たち》の兄弟となるのだ。

▼J・クック、［4］、第二巻第一五章、三九三頁による。

……男と女の……仲間、これはときどき集まっては悦楽と放蕩に身をゆだねながら**あらゆる島々を経めぐる**……。誰もかれも重きをなす人物であり首長の血筋の人々だった……。エディデが我々に断言したところでは、それはいくつかの最も重要な「品級」に属する人々であって、身体が多くの刺し傷におおわれていればいるほどその地位は高いということだった……。エディデ本人もそういう一人だった。この結社を形成する者たちは相互的な友愛の絆でむすばれていて、お互いに絶対的なもてなしの義務を実行しあう……。変わらない根本的な掟があって、それは**いかなるメンバーといえども子供をもてない**ということである。生まれる子供はすべて窒息死させるのだ。

《アリオイ》はさまざまの特権を享受する。彼らは大いなる崇敬をうけている……《アリオイ》は侮辱されたり非難されたりする時には**人の父親**とよばれる。

《アリオイ》たちは大集会を催す時とか旅をする時にはこの上なくおいしい植物の類や豚、犬、鳥類をたべる。胡椒の根——《アヴァ》——をびっくりするほど消費する。とても淫らといわれる音楽と踊り。

5——19頁　第2段落

まるで年寄りのように痩せさらばい、目は光り、皮膚はべとべとし、苦しいしゃっくりのために呼吸がとぎれて喘ぎながら死んでいく人々がいた。

▼W・エリス、［9］、第三巻、三五頁による。

「文明」の疫病。一八二〇年頃……「それは肺と喉をおかす感冒のようなものだった。罹った者の多くが声をだせなくなった……。外国の船が頻繁に訪れるようになってから、島々でよく見られるようになった悪疫の一種で、それ以前には我々はそんなものは知らなかった。一七九〇年に島々に寄港したヴァンクーヴァー☆1の船が通過した後で一種の赤痢が猛威をふるった。それは大多数の住民にとって致命的なものとなった。一八〇〇年にはロンドンからきたブリタニア号がタイアラブに錨をおろした。二人の水夫が上陸した。そして疫病がおこった」

▼W・エリス、［9］、第三巻、三六頁による。

この時期のおもな病の特徴は「肺をおかすこと、間歇的であること、そして皮膚をおかすこと」であった。

▼W・エリス、［9］、第二巻、六五頁。

「一八〇三年の病気。この時期、住民の健康状態たるやこの上なく傷ましいものだった。ヨーロッパ人たちのもちこんだ数々の病気がたえずその破壊的な猛威をふるっていた。ほとんどどの家族にも異国の病にかかった者がいて、まだ若い盛りというのに死んでいった。生き残った者は宣教師たちを怨み、彼らが同胞を殺したとみていた。それら多くの病気は、異国人によってその神と共にもちこまれたと推測していたのだ。彼らは宣教師たちに言ってはばからなかった。お前さんらの『神』は住民を殺戮している。けれどもいまにオロはもっと強くなる。その時になれば、オロの復讐がどんなものかお分かりになるだろう、と」

▼W・エリス、［9］、第一巻、一〇六頁による。

このいろいろな病のぶりかえしとは、一七九〇年のヴァンクーヴァーの寄港につづいた「ほとんどペストと同じくらい致命的な」疫病への言及かもしれない。

☆1（訳注）—George Vancouver（1757–1798）クックの第二、第三の航海に参加した後、一七八〇年からインド洋、アンティユ海を探検。更にディスカバリ号の艦長として一七九〇年から一七九五年にかけて北太平洋を探検し世界をまわる。その航海記の仏訳は一八〇二年の公刊。より詳細にはJ.J. Scemla, *Le Voyage en Polynésie,* 上掲書、「旅行者略伝」、一一九〇頁参照。

6――23頁 第3段落

黄色に染めてサフランの粉をふりかけた祭司のマロをまとい、《奥儀に通じた匠》のタトゥを見せるために上体は裸になった……

▼J・クック、[3]、『クックの報告』、第二巻第一七章、四五四頁による。

垂れさがる布は《テブタ》とよばれ、腰のまわりの布は《パルー》と呼ばれる。しかし男たちは《パルー》をペチコートのように垂らさずに太股のあいだにたくしあげる。これを《マロ》という。

▼J・A・メランウット、[20]、第一巻、五〇頁による。

ポリネシアの衣服。《マロ》は一種の帯というかむしろ吊り帯で、太平洋のほとんどすべての島民たちが用いている。それを身体にまきつけ、陰部をつつみ、ときには小さなエプロンのように前に垂らす。☆1

▼J・A・メランウット、[20]、第一巻、四六九頁による。

上半身裸体。体の一部をあらわにすること、すなわち尊敬の証《あかし》。

☆1(訳注)―島尾敏雄(『島にて』、冬樹社、一九六六年)のいわゆる「ヤポネシア」における兵児、褌に相当する。

7――25頁 第2段落

それから、段丘の最初の階をのぼり、供え物をささげる祭壇についた。アトゥアにさし上げる生きた供え物は、生贄師のところに連れていくまえにそこに晒すのだ。

▼J・A・メランウット、[20]、第一巻、四六六―四七二頁による。
　祭具。

《マライ》。戦闘に際してあるいは首長がえらばれた時に建てられる。何人といえども沈黙して帯まで裸になってしか入れなかった。女が侵入すれば死罪となった。それを避けるには地面を布でおおった。そこには生贄が、それに時には祭司が**うつぶせにして**埋葬された。眼差が木々を枯らしたり果実をおとす恐れがあったからだ。

《ファタ》。供え物をささげる祭壇。

《ファタ・トゥパパウ》。すなわち死者を祀る祭壇で、小さな屋根をかぶった特別の《マライ》のなかにある。死骸はそこに晒された。

《トオ》。石造りか木造りの**《アトゥア》の像**。柱状のものとか不格好な三角形の塊。下位にある《ティイ》の像よりもずっとおろそかにされている。偶像そのものというよりむしろこれは、神性のまことの象徴である赤い羽《マロウル》をおく**聖櫃**(タベルナクル)であった。

　この神性と火の似姿である《マロウル》は赤、黄、青、黒の羽根でできた帯あるいはむしろ吊り帯であった。十二人の大首長《アリオイ》および王の専用。《マロ》をまとう者は神聖にして侵すべからざる者となり神神に匹敵するのだった。
▼M・ド・ボヴィス、[2]、五一八―五二〇頁による。
　祭壇は段状になっていることがあり、多くは三段である。材料は火成岩で、これは並べて据えるのは難しいけれども気品がある。でなければ珊瑚。生きたまま取り付けられるが、乾くとひとりでにくっつきあう。「祭壇はつねに剝き出しのままでさらされていた。神霊に憑かれた人々や痙攣する悪魔つき、また偶像運びを別にすれば誰もそこに上ることはなかった。偶像運びは神聖な人物であった」

偶像は王のものだった。原地産のめずらしい布にくるまれ、貴い羽根でかざった木片であった。普通には硬質の木材、《アティ》でできていた。国王用のは二メートルをこえた（下層民は小型の神像を竹の中にいれていて、祈禱をおこなう時にはそこからひっぱりだした）。この大きな神像はある特別の畏れおおい家に保管されていた。

▼J・クック、［3］、『クックの報告』、第二巻第一五章、四二二─四二四頁による。

ポリネシアの建築。タヒティ。パパラ地区の近くにあるタヒティの元女王オベレア（プレア）の《モライ》は石のピラミッドで、長さは八七メートルたらず。☆1 側面は階段状。高さは一四・三メートル。長さ一メートルあまりの石状に切断され磨かれた白珊瑚。モルタルは塗られていない。内部に空洞なし。頂上には木製の鳥と石製の魚が一体ずつ。これは壁にかこまれた幅一一七メートルの、平たい小石をしきつめた四角い広場の中央に建っていた。この建造物の西には小さな台地がいくつかあったが、それらは供え物を捧げる祭壇である。

☆1（訳注）─原文では二六七ピエ。一ピエ（pied）（英語の一フィート）は約三二・五センチで、二六七ピエはほぼ八六・八メートル。以下テクストのピエはメートル法に換算する。

8──25頁 第2段落

二人は死者の影に触れないように遠まわりをした。

▼J・A・メランウット、［20］、第一巻、五三三頁による。

防腐処置。しゃがみこんで、両手は膝の上でつないでいる。

9──27頁 第2段落

ハエレ‐ポは突然わかって驚嘆した。師がこの悪臭を放つ肉のあいだに突っこんでいたのは、異人たちから盗

んできた生きたかけら……だったのだ。

▼M・ラディゲ、[22]、二四〇頁。

「**呪い……**《カハ》というのは一種の妖術であって、厄介ばらいしたい者の髪毛とか唾液とか排泄物を手にいれ、これら様々のものを葉っぱにつつんでしっかり縛り、この包みをどこか秘密のかくし場所の奥におけばよい。そうすれば、その中身を提供した者がこれを見つけ出さないかぎりその者を衰えさせる力がある」

10——27頁　第4段落

それで彼はすぐにパオファイから離れながら、とても熱心にとても正確に不安な夜のための祈りをとなえた。そんな夜にはこう叫ぶのだ——今や夜、神神の夜！……

▼J・A・メランウット、[20]、第二巻、八一頁。

「ファアトゥア　トゥア　トゥア　エ　アヒアヒ　エ　アヒアヒ　ア　テ　アトゥア。エアラ　マイ　イアウエ　テ　アトゥア！　エ　ティアイ　ムイ　イアウ　エ　タア　ファトゥ！　エアラ　イアウ　イ　テ　トゥモオ、イ　テ　アイアアエ、イ　テ　トトオ、エ　イ　テ　アファア　ラライ、イ　テ　アパ　ホレア、イ　テオティア　フェヌア　エイ　ハウ　ノ　ラパエ　ロア　エ　テ　アトゥア　エアラ　イ　テ　ラエ　ヒエヒエテ　マロ　タイリ　テ　パパリア　タレイ　タラ　ト　フ　マウリ　オラ　イアオラ　ヴァウ　イ　テイエネイ　アリイ　エ　テ　アトゥア！

我を救いたまえ。我を救いたまえ。今や神神の夜。わが主よ、我が近くにて目覚めていたまえ。呪縛より、急死より、悪しき振舞より、呪うことより、呪わるることより、密かな謀りごとより、そして土地の境をめぐるもめごとより我を守りたまえ。平安が、おお我が神よ、我らのまわり遠くまで治めんことを！　恐れを振りまくことを好み、常に髪をさかだてた怒れる兵《つわもの》より我を守りたまえ。

この夜、おお我が神よ、我とわが心平安に生き、憩わんことを！」

11——28頁　第1段落

だが彼女は——《好かれるために飾られた女》は呪師となって——あの異人らを、ちょうど死者たちについてそうするように嘆くのだ。そうすれば彼等は女が母となるまえに死ぬだろう。

▼ファトゥ-ヒヴァでヴィクトール・セガレンの通訳を務めたナタロとの会話☆1。

マルキーズ諸島。**復讐**。息子を近隣の地区の者に殺された男は、そこに、盛装し花輪をかぶり飾りたてた妻をおくりこむ。この女性は子の実の母でなくてはならない。彼女は、身体を許さないどころかかえって男たちにいどむ。額と腹に炭で十字を描き、それから子の死をなげく。すると彼女と関係した男たちはみんな次の戦争で戦死することになる。

☆1（訳注）—セガレンのいわゆる「ノート」は出版物に限られないことがわかる（「典拠」**14**、**45**、**96**、**98**も参照）。しかしナタロなる人物を説明する語句を小説家がこのとおりに——自己を三人称で——〈Nataro, interprète de Victor Segalen à Fatu-Hiva〉と草稿に書きこんだとは考えにくい（なお**15**、**79**、**96**も参照）。

12——28頁　第3段落

だがハエレ-ポはいらだった。連合いの恋の戯れは自分の意のままに使うつもりだった。それは相応しいことなのだ。

▼J・A・メランウット、［20］、第二巻、六四—六七頁による。

ポリネシアでは、夫と妻のあいだの嫉妬とは権威の嫉妬にほかならず、そこには美徳とか名誉の考えはいささかも入っていなかった。「男たちが要求するのは妻たちが自発的に自由に身体を用いないということだった。

他方では彼らは妻を友人に委ねることをまったく躊躇うことはなかった……。妻たちに飽きるほど堪能している彼らが望むのは権威だけだった……。夫権さえ守れば、品行も不品行もなかった……。不釣合いな結婚をさけるために兄と妹が結婚することもあった。とはいえ、兄妹間ないし他の近親間の結婚は島民に嫌われていて、よくあることではなかった。だから政略のために絶対に必要な時でなければあまり行われなかった」

13――30頁 第2段落

まず、彼は魚捕り用の丸木舟をぜんぶ椰子の編み葉の陰に注意ぶかくすべりこませた。それから外海用の舟を砂の上にひきだしてこれを調べた。

▼J・クック、[3]、『ウォーリスの報告』、第二巻第八章、一五七―一六〇頁による。

タヒティの航海術。

三種類の舟。一木造りのものがある。これは張出し浮き具つきで、二人用。もう一種は板を継ぎ合わせてつくる。双胴で、帆柱は二本。十人から四十人乗り。

固い緑色がかった石（翡翠）でできた斧で木を切りたおし、固い木の角で裂く。これを、磨いた石でしょっちゅう研ぐ小斧で滑らかにする。棒先にくっつけた骨器でハンドドリルのように穴をあけていく。それらの板を編んだ紐でつなぎあわせ、ゴムを塗ったかわいた藺《い》草で塡隙《てんげき》する。第三の種類は祭り用の「ゴンドラ」である。帆はない。屋根がある。

▼J・クック、[3]、『クックの報告』、第二巻第一八章、四九五頁による。

帆。《パヒ》には一本か二本のマストがあって、船体の枠に固定されている。帆は「羊の肩」とよばれる形の筵でできていて、木製の枠に取付けられる。頂には羽根飾り。

14――34頁 第2段落

彼らは生れの卑しい二人の頭だった。確かにトゥヌイとその父親のヴァイラアトアは、女がたをたどれば、《瞬く目》をしたアモの血筋に縁つづきだったかもしれない……。それにヴァイラアトア本人もいまはヴァイラアトアではなく、ポーマレ、つまり《夜咳く者》となっていた。

▼M・ド・ボヴィス、［2］、三八八頁による。

「ポマレの名前はその王権の開始期には《テ・トゥウ・ヌイ・エアアエ・イテ・アトゥア》だった。すなわち《大きく立ちて神の御前にかがやく者》☆1である」

（パエア・サルモンの系譜には、《トゥヌイ・エ・アイ・テ・アトゥア》と書かれている。それゆえ解釈上の疑義はない）

▼A・レッソン、［18］、第四巻、九四頁による。

タヒティ人マレ（キリスト教徒）の三十四世代におよぶ家系は作り話にすぎない。オルスモン氏☆2はあらゆる古伝承にとり囲まれて三十年のあいだ一つの系図を作成しようとつとめたが、成功しなかった。

だが、「ポマレ家は詐称している。王としては今世紀初頭より辛うじて少し前の時期までしか遡らないのだから……」。

▼J・A・メランウット、［20］、第二巻、四一九頁による。

アモ家はきわめて貴族的であった。ポマレ家はもっと庶民的。

▼ジョゼフ神父との会話。

タヒティの昔の本当の王たちはタヒティの祖先だった。ファカラヴァから来たポマレ家ではない。

☆1（訳注）―原文ラテン語 qui stat ingens nitens ad deum.

☆2（訳注）―Mr. Orsmond 文献目録［21］参照。

15――35頁 第3段落

この名前はヴァイラアトアの耳には快いものだった。彼はこれを首長をなざす威厳にまでたかめ、自分の息子にもまとわせた……

▼W・エリス、［9］、第二巻、二八頁による。

実際にはポマレ二世がこれを襲名したのはその父が亡くなった時（一八〇三年）である。それまで彼はオトゥとよばれていた。私〔V・S〕[☆1]は簡略化して、また若いまま退位するタヒティ王朝の考え方にしたがって、彼をポマレとよぶ。

「その父親が死んで以来ポマレとよばれていたオトゥ」

☆1（訳注）――〔 〕内はジョリ‐セガレン（もしくはJ・M）の追加である。また「典拠」**104**も参照。

16――38頁 第2段落

要するに、祭司はあの人らの船に急いで乗りうつった。そして《パヒの首長》に会いたいと申しいれた。

▼J・ウィルソン、［26］、五七―七七頁による。

宣教師たちはアタフルに上陸する。マンヌ‐マンヌはウィルソンの《タイヨ》になりたくて大急ぎで船に乗りこんでくる。宣教師たちは交換をこばむ。安息日だからだ……。マンヌ‐マンヌは元ライアテアの王だった……。マンヌ‐マンヌはウィルソンに布類をさしだし、火縄銃と火薬を要求する。五人の女をも提供するが、ウィルソンが選ばないことにびっくりする。船長は彼にむかって一夫一婦制礼讃をひとくさりおこなう。マンヌ‐マンヌには理解できない。マンヌ‐マンヌは「人身御供のための勇気をつけるために」ダフ号のうえで酒を飲ませてくれと頼む。

17——44頁 第2段落

けれども彼は、その召使たちが荷物を頭に積んでいるのをみて憤慨したのだった——頭は尊いものだというのに。

▼J・ウィルソン、［26］、による。

頭部は神聖である。手を頭にあてるのはこの上ない侮辱である。一人の水夫が、彼らの習慣をはずかしめるために、食糧を頭にのせてはこんだ。すると人々は、これをまるで食人種ででもあるかのようにおぞましいものとして凝視した。

18——45頁 第2段落

まず初めに手助けを申し出たのだよ、これらのせわしない異人たちに……。こうして二日間が過ぎた。

▼P・ゴーギャン、Ch・モリス、［11］、八一頁。

マオリ人の移り気。

「(老人)『わしは次のことを提案する。もう住めなくなった小屋のかわりに広々として頑丈な小屋をたてよう。そのためにみんないっしょに働こう。みんな順番に手助けしよう』

住民たちは一人のこらず拍手した。『そりゃいい!』

そして老人の動議は満場一致で可決された。

『これこそ賢明で善良な民というものだ』、とわたしは小屋にもどりながらそう思った。

しかし翌日、問い合わせに行って、前の日にきまった作業の着手ぶりをたずねると、もう誰ひとりとしてそんなことは考えていないことがわかった[☆1]」

☆1（訳注）—引用文は、P. Gauguin, *Noa-Noa –Séjour à Tahiti–*, précédé de "Gauguin" par Victor Segalen, Ed.

Complexe, 1989, pp. 46-47 の与えるテクストとの間に若干の異同をふくんでいる。ここでは（モリスの手の入った）引用文を尊重する。なお、前川堅市訳『ノア・ノア』、岩波文庫、三二一—三三頁参照。

19——49頁 第5段落

彼は首長にたいして用いられる仰々しい言葉づかいに驚いたのだった。

▼W・エリス、[9]、第三巻、一一三頁による。

王たちに話しかけるための言語。

……オロ神が王の父であると言われていただけではない。王に関して使われる用語はどれもこれも特別だった。

王の住むところ、《アオライ》（天の雲）。

王のカヌー、《アヌアヌア》（虹）。

その声は「神鳴り」と、その松明の明かりは「稲妻」と呼ばれていた。王がある地区から別の地区に運ばれることは《マフタ》（飛翔）であった。

しかし、盛大な式典のあいだの荘重な行儀と、他の場合における非常な馴れ馴れしさとの混淆。

20——52頁 第4段落

「首長にはむかない？ 首長にはむかないって？ じゃ、わしが一人で飲んでやる。これこのとおり。」そう言ってポマレは口いっぱいに頬張った。

▼E・ジュリヤン・ド・ラ・グラヴィエール、[17]、第二巻、三〇三頁による。

ポマレの飲酒癖。

ジュリヤン・ド・ラ・グラヴィエールの伝えるポリネシアのある王（ウアラン・デ・カロリーヌ島のジョルジュ）の話を、彼のことにすること。ジョルジュ王はジュリヤン・ド・ラ・グラヴィエールに、好意の印として真先にブランディの瓶を求めた。「私は彼にこれをあたえた。けれどもこの贈り物につけて、アルコール飲料の不吉な効果について長々と説教した」

くわしく語ること。首長たる者は民に模範となるべきこと。

ネブカドネザルがけだものに変身した話など。ポマレ王は答えるだろう。「ごもっとも。ブランディは首長たちのためにはならぬ。わしがぜんぶひとりで飲むことにする」、と。

21——58頁 第1段落

これらの人々の多くは、獰猛な《鱶アトゥア》に手足を食いちぎられて、血膿の出る切れ残りをぶきっちょにぶらぶらさせていた。

▼W・エリス、［9］、第二巻、四三五頁。

「彼らの親戚あるいは同国人の多くが鮫に食われていたし、この獰猛な魚が手か足の一本とか肉を大きく食いちぎった人々もいた」

22——60頁 第2段落

この男の齢にはびっくりしたものだ。四十歳だという者もいたし、百歳という者もいた。そのことでは誰もなんにも言いきることはできなかった。本人とてそうだった。過ぎた季節のことなどまったく意に介さないのだった。これがポマレのお祖父さんだった。

▼W・エリス、［9］、第二巻、六二頁による。

ポマレの祖父であるハパイのこと。エリスはこれをテウと呼ぶこともある。彼によればこれは一八〇二年に死亡したという。

23——61頁 第3段落

これらの貴い動物のなかには腹の赤みがかったのがいた。ヌウ-ヒヴァ人たちは不敬だと叫んだ。そのわけはといえば、昔のこと、彼らの島の大祭司テモアナがその身を赭豚の身ととりかえっこしたからだった。

▼M・ラディゲ、[22]、一五六頁の注釈。

「インコと小型の黒い小鳥《パシオシオ》は大祭司の《イコア》と同じくタプーである……。赤豚はもうひとり別の大祭司の《イコア》である」

24——61頁 第3段落

最後に、毛の長い痩せ犬たちが厳かにつれてこられた。前肢を耳のうしろで縛られて人の歩き方で歩かされていた。

▼J・クック、[3]、『ウォーリスの報告』、第二巻第五章、一一四頁による。

ウォーリスへのプレゼントとして贈られた犬。両の前脚が頭の上でくくられて……立ったまま歩く。ウォーリスは遠くからみたとき、未知の動物かとおもった。

25——62頁 第1段落

雌豚オロテテファ七匹の仔を生めり

生贄の豚

赤いマロの豚
とつくに人のための豚
恋を讃える祭のための豚……
▼A・フォーナンダー、[10]、第一巻、二四一頁。
「……アーリア人、ゴート人、スカンディナヴィア人たちは羊、牛、馬とおなじように豚を神々に生贄として捧げていた。そして猪は北方のヴァルハッラ[☆1]の英雄たちにとって日々の御馳走だった。ギリシア人たちは豚を高く評価していて、ホメーロスは豚飼いに『神々しい』という呼称をあたえている」
☆1(訳注)—Valhalla スカンディナヴィアの神話において、英雄として死んだ戦士たちの永劫の住処。

26——64頁 第3段落
彼らのうち背の低い男は、アリイの顎と横たわっている死骸を指さしながらそばの連中にせかせかと尋ねていた。——「あなた達はまさか……」——「そうじゃない。そうじゃない!」、と島の岸辺の住人たちは不愉快そうに抗議していた。
▼J・クックによる。
タヒティにおける食人。

言い伝えによって彼らが知っていることは、ずっと昔のこと島々にはとても体格の頑丈な人食いたちがいて国を荒廃させていたこと、しかしその忌わしい人種が絶滅してもう久しいこと、である。(本当に別の**人種**なのか。黒人? そうではあるまい。タヒティ人を意味する婉曲語法)

27――64頁 第3段落

彼らは異人たちを嘲り笑った。じゃあこの人らは、ピリタニアの地で敵の肉を食べないというのか。

▼M・ラディゲ、[22]、一六七頁による。

マルキーズ諸島での食人。

ことに戦争のあと復讐として、でなければ儀式において。犠牲者は梃子として使われる棒で撲殺される。心臓は生のままで食べられる。戦士たちは眼球をもらう。体の残る部分には《ティ》の葉をまきつけ、火で赤くなった小石の床にのせ土をかぶせる。一両日の間に焼かれて、三日目に食せられる。首長、大祭司および老人たちだけがそれにあずかる。女たちは締めだされる。きっと嫌悪することだろう。

28――66頁 第5段落

岸辺の住人たちが、睦み合いの木の葉を投げこもうと背の高い船にむかって漕いでいると、雷の音がして礁の上に一人の男がたおれた。石があたったのではなかった。槍が体をつらぬいてもいなかった。

▼J・クック、[3]、『ウォーリスの報告』、第二巻第五章、九八頁による。

最初の銃撃にさいしての原住民たちの仰天ぶり。彼らは撃たれた男を立ったままでいさせようとする。

29――68頁 第2段落

始原の言の葉がひとりでに思いだされている間、テリイはその「語り」がどれほどポマレの気にいることだろうと考えていた。これまで簒奪者あつかいされて、誰ひとりその先祖のことをわざわざ公に述べてやることなど決してなかったのだから。

▼A・グピル、［14］による。

一八九六年。ポマレ一族がポモツの礁湖の所有権を要求したときにひけらかした系図。

　「テ・トゥム」（原因）
天と地の創り手
　「タヒト・フェヌア」（過去の大地）
知られざる妻
　「アテア－ヌイ」（大いなる明るみ）
知られざる妻
　トゥマキノキノ（最初の男）
妻ピキモンガ
　タガロア（タアロア）
妻ファカラヴァ
　トゥアモツの王トゥ
未成年の娘たちの九世代上の祖
　ポマレ五世☆1

トゥは、ニュージーランドでは天と地との息子であった。サンドウィッチ諸島では、トリオをなすタネ－トゥの一員。タヒティではその地位はオロによって簒奪された。セレベス諸島では、マレー人たちによる支配に先立ち、国はトゥ－マヌロングなる女王によって治められていた。

ポモツ人たちは、一七七七年頃タヒティを知ってこれに感嘆し、ポマレ一世の保護を懇請した。

☆1（訳注）―Te Tumu, Tahito fenua, Atea-nui, Tagaroa, Tu については、Robert D. Craig, *Dictionary of Polynesian*

Mythology (Greenwood Press, Connecticut, 1989) の項目TE TUMU, TAHITO-HENUA, ATEA, TAGALOA (KANALOA), TU などを参照。

30——73頁 第1段落
パオファイ! パオファイ・テリイ-ファタウ! 人の親! 貴様は約束に背いてアリオイのくせに人の親になった!

▼M・ド・ボヴィス、[2]、四〇六頁。
「子供の生まれる《アリオイ》は悍《おぞ》ましいものとされ、もし直ちにこれを殺さないならば集団から追放されるのだった」

31——75頁 第2段落
そんな時には彼らは不滅の「語り」を思い出すのだった。これは厳しく秘密にされているために、死んだ男プケへがわざわざもう一度現れて他の人々に教えたほどだった。

▼M・ラディゲ、[22]、二八二頁。
「……《コムム・カキウ》、一種の弔いの歌で、地獄からきたプケへによって作られた。年寄りたちだけがこれを歌う……。彼らはもえる松明のまわりに丸くなってすわった。ラパスの首長パココが扇子を上げて歌った。すぐに、しゃがれたか細いふるえ声の合唱で、ゆっくりした重い悲しい弔いの詩篇がきこえた……《コムム・カキウ》は聖なるものとされているため、老人たちは我々がこれを書き取ることをけっして許してくれなかった」

32——77頁　第2段落

体中にタパがぐるぐる巻きついた女たちは二倍も肉付きがよくなって、いっそう欲情をそそった。

▼J・A・メランウット、[20]、第一巻、二八六頁による。

女性の美容のための肥育。女たちには《ポポイ》、果物、バナナ、砕いて水をまぜた《マイオレ》があてがわれ、水浴び以外の一切の運動が禁じられる。男たちがこれを監視する。公衆の前にまた姿を現すときにはみんなの称賛の的となる。

33——77頁　第3段落

最後の一巻きが飛んだ。素裸になった娘たちはもっと速く踊った。捧げ物は首長の気にいった。彼は貴重なタパをとり、女たちは手下にあたえた。

▼J・A・メランウット、[20]、第一巻、三一五頁（注釈）。

「この儀式のあいだに大量の布地が君主に贈られた。これらの布をほとんど姿がかくれるほど巻きつけた娘たちが舞台に出てくる。音楽の伴奏とともに詞《ことば》と身振りがすこしあって、その後、男たちはそれぞれの女たちをつつむ布の端をつかんで彼女らを独楽のようにぐるぐるまわす。ついに女たちは真っ裸になる。その状態で彼女らは出し物をつづけるのだった」

34——87頁　第1段落

「どうかしている」とテリイは考えたものだった。「放っておいてもひとりでに過ぎていき去っていく日々に満足できないからといって、生命から立ち去ろうなんて！」

▼A・レッソン、[18]、第四巻、四七頁による。

自殺はポリネシア人の習慣ではないという。けれどもレッソンはこう書いている。「この島（トゥコピア）で我々は、女たちが首長とか夫とかの死にさいして首を吊る習慣があることを発見した。ニュージーランドには長い間あったし、他から離れて生活する部族にはもしかしたらまだ残っている習慣である。我々はこれをマルキーズ諸島でも確認した。☆1 女たちは厳しい叱責をうけただけでしばしばこの極端な振舞に走るという。それゆえ、M・J・ガルニエなど幾人かの著者たちが、ポリネシア人にはこの習慣がない、と云ったのは間違いである」

☆1（訳注）―フランスの船乗り Marie Joseph François Garnier（1839–1873）のことか。

35――102頁　章のタイトル《悦楽の主たち》

▼W・エリス、［9］、第二巻、五〇―六二頁による。

《悦楽の主たち》の章の由来。

一八〇二年三月、ダフ号の宣教師たちは、「原住民たちに現地語で**説教**したり子供たちに**教理**の教育をやってみる」くらい十分の言語の知識をもっていた。そこでノットとエルダーの二人ははじめて巡回をおこない、大体において好意的に迎えられた。人々は喜んで聞いてくれたし、質問をすることもあった。原住民たちは**天地創造**の物語に興味をいだくように見えた。「また彼らの神神の恵みを願うためにいつも最良の手立てと考えてきた真珠や豚、その他の供え物ではなく、まことの罪の**贖いのために晒されたイエス・キリスト**のことを知って深い感銘をうけた」らしい。真の神に祈りたいけれども、自分たちの神神の怒りがこわいという者もいた。

島の巡回からもどる途中、二人の宣教師はアタフル地区をとおったのだが、おりしもポマレの執行する《マラエ》での儀式の最中だった。ポマレは豚を供えていた。二人はこれに言った。エホヴァだけが神であり、エホヴァは豚などお受けとりにならない、イエス・キリストこそ過ちに対する唯一の償いである、と。人々は彼らの言葉をいい加減に聞きながした。

その翌日、**オトゥ**とその父親は、**オロ神をタウティラに移すようにとの神御自身の命**をうけたと言い張る。地区の住民たちはこれを拒む。戦闘。翌日ポマレの艦隊はタウティラにむけて出航の準備をする。宣教師たちはその仲間に合流する。ポマレにたいする反乱はパレにおよび、さらにマタヴァイを脅かす。これは「テ・タマイ・イヤ・ルア」、即ちルアの戦役とよばれている(ルアは反乱軍の首長)。

(注釈。エリスは雑然としていることがある。同じことや相似たことをくりかえす。たとえば六一頁。)一八〇二年末に、こんどはジェファースンとスコットとがタヒティの巡回をおこない、好意的にむかえられる。だが「人々が彼らの教えを無関心に聞きながしたり、あるいはからかったりしがちなことに悩む……。最初の宣教師たちは長年にわたって、どんなに努力して福音を説いてみてもほとんどいつも失望をあじわった。」聴衆は彼らの服装、顔のつくりや色を馬鹿にするのだった。下劣な身振りをし、下品な冗談をとばすのだった。「場合によっては、彼らが説教をしていると、そこを通りかかった数人の《アリオイ》が無言の所作や舞踏をはじめ、聞き手たちを連れ去ってしまうこともあった」

36——102頁 第1段落
《新しい言葉》の男は、目をしぱしぱさせて群衆を見まわし、アタフル岸辺の人々に話しはじめた。——「神は人間をとても愛されて……」
▼W・エリス、[9]、第二巻、一八七―一八八頁による。
エリスはこの場面をノットにしたがいながら、しかしまったく違った風に語っている。時期は不確定。ノットは『聖ヨハネによる福音書』第三章第一六節を読みあげた。「それ神はその独り子を賜うほどに世を愛し給えり。すべて彼を信ずる者の亡びずして、永遠の生命を得んためなり。」喜んで聞いていたひとりの原

住民はノットにそれを繰返していわせる。なるほど。神はその独り子を、これを死なせようとて賜うほどに**それほど**世を愛しなされた。人が亡びないように……。涙っぽい感動的な場面がこれにつづく。この原住民は瞑想するためにその場を立ち去る。

37——102頁 第3段落

それでも物見高い人々は聴いていた。おそまつな話し手は、いまだかつてどんな語り人も決してのべたことのない事柄を告げていたからだ……

▼W・エリス、［9］、第二巻、一七九―一八一頁による。

この感動をねらう「お涙ちょうだい」のデビューは、歴史的な事実だが、そのうえ、モラヴィア宗徒[☆1]を参考にしたウェスレイ主義者たち[☆2]にまったくふさわしい調子である。「次のことがグリーンランド布教の歴史について報告されている。モラヴィア宗徒たちは五年か七年のあいだ倦まずたゆまず辛抱づよく、宗教の原理とよばれる事柄を聴衆にむかって教えこもうとつとめた。つまり神の実在や神の属性の教義その他……である。けれども良い印象をあたえることは全くできなかった……。有益で決定的な効果の最初のケイスは……『我らの主』の苦しみと死の物語を数人の原住民に原地語に翻訳して読み聞かせることから生じた。**我らの主の**御托身、生涯そしてとりわけ**苦しみと死**はそれ以後、聴衆にきかせるとっておきの主題となった」

けれどもエリスは、ある事柄を強調するあまりほかの事柄をなおざりにすることにはあまり賛成でなく、そうしないように勧めている。そして彼はタヒティではこの方法は採用されなかったと信じている。「彼らの目指したのは、常に、聖書で教えられている素晴らしい教義や掟を、できるだけ単純に全体的に分からせることであった」

☆1（訳注）―Frères Moraves 十五世紀にボヘミアに成立したキリスト教の一派。十六世紀にモラヴィアで盛んになった。考え方はルーテル教会にちかいといわれる。宣教活動は活発だった。彼らの手になるチェコ語訳聖書は重要。現在では信徒はおもにドイツ、イギリス、北米、南米、ボヘミアにみられる。

☆2（訳注）―**Wesleyens** イギリスの神学者ウェスレイ（J. Wesley, 1703-1791）の教えにしたがう人々。メソディストのこと。ウェスレイは一七三八年頃ロンドンでモラヴィア宗徒に出会った。なおこのノートは、『記憶なき人々』におけるピリタネの宣教者たちとは誰であったかを明示的に言及するテクストの一つである。（作品本文にはこの種の言及はない。）なお「典拠」**54**、**63**、**85**、**87**を参照。

38――103頁 第3段落

「終わることのない命」についてなら、師たるテ・ファトゥが、ヒナに懇願されたにもかかわらず、誰についてであれそれを認めていないことが保存された「語り」によって分かっていた……

▼M・ド・ボヴィス、［2］、五一二頁による。

来世への信仰。

ボヴィスは、信仰形態は数多くかつ**多様である**として、次の四種類にまとめている。

「1 唯物論。すなわち完全な虚無化。
2 宿命論。
3 善悪の報いをともなう来世への信仰。
4 汎神論。」

彼はこれに加えて気のきいた指摘をしている。「筆者が考えるように、ヨーロッパが発見した時にタヒティ社会の見せていた組織が、相次ぐ二三の征服ないし移住の結果できたものであるとすれば、来世に関するこれらの漠然として**多様な**信仰こそはその証拠の一つではないだろうか」

（要するに、階級の各々が**それぞれ特有の**信仰をもっていたらしい）

39——109頁　第6段落

まさか大の男が、首長が、とりわけても神神と話す者がゆるすことなどあり得ようか、女、この不浄で聖なるものを穢す生き物が淫らな姿で宴を汚しにくるのを！

▼J・A・メランウット、［20］、第二巻、七〇頁による。

女性蔑視。

女性は食事のあいだ息子や夫に近づかない。到るところで不純なものと見なされている。それにたいして男だけが高貴でしばしば神に匹敵するものであった。（ポリネシアの万神殿《パンテオン》には女神はあまりいない）

40——111頁　第3段落

「イエズはパンをとりなさり、感謝の祈りをささげた後でこれを裂き、弟子たちに与えていわれた。取りなさい。食べなさい。これはわたしの身体です。」

▼W・エリス、［9］、第三巻、六一頁。

聖餐。

「聖餐の拝受者たちが最前列に着席すると、我々は讃美歌をうたった。聖餐制定のことば、つまりこの聖なる祝祭を祝うための指示をふくむ『聖書』の箇所を読みあげた。神の祝福を祈願した。パンが裂かれて各人にさしだされた」

41——120頁 第1段落

もし戦争がおこるなら?——そうすれば喜びだ。戦い、敵をおどし、巧みに逃げ、傷をうけぬよう身をかわし、かがやく武勲を語る喜びだ。

▼M・ド・ボヴィス、[2]、三九五頁による。

一見して残忍な性質を実際には和らげるものが多かった。戦争では大して死者は出なかった。たとえばファヒネの女王も戦ったフェイピの大戦闘では三〇〇人の男たちが戦死した。《アリイ》はみんな親戚なのでその和解は容易だった。《マラエ》での生贄はいつも背後から不意に打ち倒された。

▼W・エリス、[9]、第一巻、二〇四頁による。

彼らはなにもかも《ヒヴァ》、つまり**楽しみ**と名づけていた。旅行者たちはこの語をただ舞踏を意味するだけにかぎっていたが。彼らはたとえば次のようなものをもっていた。

《ヒヴァ-モアナ》——レスリング。
《ヒヴァ-モト》——ボクシング。
《ヒヴァ-ヴィヴォ》——笛を吹くこと。
《ヒヴァ-ウデ》——歌。
《ヒヴァ-ハアペエ・ウオ》——凧あげ。
《ヒヴァ-テア》——弓を射ること。

42——130頁 第2段落

かくして、海上の第一夜にしてすでに、パオファイ・テリイ-ファタウとその弟子テリイは二人とも小さな物語を都合しようと努めた。それを、伝えられてきた「語り」にならって拍子をつけた文句でつくった。

▼W・エリス、[9]、第二巻、二三五頁。
「彼らの歴史も諸々の伝承もリズムをもったバラードとして保存されていて……」
▼M・ド・ボヴィス、[2]、三九八頁。
調子をとった説話。

「彼らには詩や一種の文学があった……。またリズムをもつ散文のようなものもあって、これはある音節を強調しながら――それは手拍子、足拍子あるいは身体の動きによっても示される――反復されるのだった。**一定の調子**がこれら様々の身体の動きをつねに規則づけていた。最後に伝説や系譜の伝承もあって、このなかに宗教史や宇宙生成にかかわる作品を位置づけることができる」
▼L・A・ド・ブーゲンヴィル、[1]、二三一頁。
「……航海のあいだアオトゥルー☆1は、彼を驚かせたすべての事柄を拍子の付いた詩節にした。彼が即興で唱えていたのはレチタティーヴォ・オブリガートのようなものだった。以上が彼に関する記録である……」
☆1（訳注）―アオトゥルー（Aotourou）とは、ブーゲンヴィルが世界周航の途中で、タヒティからフランスに連れていった現地人である。L. A. de Bougainville, *Voyage autour du monde*, éd. J. Proust, Coll. Folio, Gallimard, 1982, II, 2, p. 245 以下参照。

43――130頁 第2段落
彼らがはたして《原初の土地》であるハヴァイ‐イに本当に辿りついたのかどうか断言することはできない。なぜかといえば、判っているのは彼らが語ろうと望んだこと、それだけなのだから。
▼A・フォーナンダー、[10]、第一巻、六頁による。
ハヴァイ‐イ。その最も妥当な意味はハヴァ‐イキ、**ハヴァ‐イティ**（小さなハヴァ）、つまり**小さなジャ**

ヴァ。

この名を冠せられたあらゆる土地のほかに、著作者たちによればなお次のような土地を見出すことができる。プトレマイオスは、紀元二世紀にラ・ソンド諸島に「イアバ‐ディオス諸島」[☆1]あるいはイアバ‐ディンという総称をあたえている。ルナンドによれば、九世紀には二人の回教徒の旅行者がザバ‐ヤないしザパ‐ジュという帝国の名でこの島とその大きさを語っている、という……十四世紀には**マルコ・ポーロ**が**チャーヴァ**の名でそこに言及している。つまりジャヴァおよびスマトラである。

さらに、

ヂャヴァ——ボルネオの東側。

サヴァ‐イト——ボルネオ。

サヴァ‐イト——セラム島。

アヴァイヴァ——セラム島。

なおまた、南アラビアの**サバ**ないしザバ。

▼M・ラディゲ、[22]、二三八頁による。

「ティビュローヌは幻想の地、楽園のようなものであって、インディアンたちはこれをヌカ‐ヒヴァの西方の遠からぬところにあるとする。時にはこの幸せの岸辺をめざして出ていった移民団もあるが、それがどうなったかは海洋のみぞ知る」

ティビュローヌというのは、マルキーズ諸島語ないしポリネシア語の名前としては疑わしい。ティ・プロ(プロすなわち聖地ブロトゥか)。

☆1(訳注)—原文ラテン語 Jaba-dios insulæ. イアバは当然ジャバとなる。

44——139頁 第7段落

初めに「無」ありき。「おのれ自身」の似姿をのぞけば。

▼A・フォーナンダー、[10]、第一巻、六四頁による。

ボヴィスのいわゆる《イホワホ》。

ボヴィスは《イホワホ》を自己自身の似姿とではなく、**空無**（vide）と訳している。フォーナンダーはそう訳すのをためらい、「死人の霊、亡霊、死者の思い出」の方を好むようである。水上に漂う《ティノ・タアタ》については、フォーナンダーはボヴィスの訳「神的な原型もしくは人類の源」を良しとしている。

45——144頁 第9段落

ここに大いなる出発のための言葉がある。……形も双子、丈も双子の二隻の大きな舟を選べ……

▼司教ラマーズ猊下との会話。

ウヴェアでのポリネシア式の航海術。

ラマーズ猊下の**知った**ところでは、ウヴェアでは大きな双胴船は四〇〇人を乗せることができたという。彼はもっと小さな一五〇人乗りの舟を**見た**ことがある。張出し浮き具つきの舟はそれよりも小さかった。これらの舟を収納するために彼らは長い舟屋をいくつも建てていたのだが、それは宣教師たちによって礼拝堂に改造された。

糧食としては、椰子の実に《マ》（もしくは《マジ》）つまり醗酵させたバナナである。**漂泊好きな性格。**フトゥナへ向かった国王の息子や数多くの移住民のエピソード。

フトゥナへの中国人たちの移民（井戸の跡とか中国式灌漑システム。《タパ》にみられる中国風の模様）。邪魔になったため、彼らは三人をのこして食べられた。

▼J・クック（クックの三つの航海記のさまざまの箇所からとられた情報）による。

よく発達した航海術。張出し浮き具つきで三角帆つまり「**羊肩**」状の帆つきの舟。長さ三〇ないし四〇メートルの甲板をもつ双胴船（フォースターの報告）、一四四人の漕ぎ手、八人の水先案内人、一人の監視人。甲板は高さ二メートルたらずの彫刻をほどこした柱がささえている（クックの報告）が、三十人の選りすぐった戦士たちを乗せていた。クックはタヒティで一七〇〇隻の大舟を見た。樹の幹をうがち、それに外板を**縫いつけている**。

46――146頁 第2段落

だが何よりもお前は、十五の夜にわたって天空を見つめたのだ。もはやそこに兆しなどを探すな。《導き星》の名をしかと記憶にとどめて、大いなる水平線をうかがうのだ。

▼L・A・ド・ブーゲンヴィル、［1］、二二七頁。

マオリ人たちの航海。「この国民（タヒティ）のなかで知識ある人々は、我が国の新聞雑誌の類が主張したように天文学者であるわけではないが、きわめて注目すべき星座の語彙体系を有していた。彼らはそれらが昼間どのように動くかを知っていて、これを利用して進路をさだめる……。三〇〇海里以上におよぶこともあるその航海で、彼らにはまったく土地はみえなくなる。彼らの羅針盤とは、昼間は太陽の運行であり、夜間――南北回帰線の間ではほとんど常に晴れている――は星々の位置である」

▼W・エリス、［9］、第三巻、一六八―一七二頁による。

「航海にでるとき、彼らは夜を衝いての案内として特別に一つの星かもしくは一つの星座を選びとるのだった。これを自分たちの《**アヴェイア**》とよんでいた。ところでこの名は今日では羅針盤を指すのに用いられている。同じ用をなすからだ……。彼らの考え方では、島々をとりまく海は平らな平面であり、空つまり《ライ》は目に見えている水平線で大洋とくっつき、丸天井あるいはがらんどうの円錐のように間近の島々をとじこめている、というのだった……。彼らはベリタニとかパニオラ……とかのことを話にきいたことはあったが、それらのいずれもが別の**大気圏**をもっていて、そこに閉じこめられていると信じていた。ちょうど自分たち自身の島々が空の下に閉じこめられているように。だから彼らは外国人を『空の背後からきた人々』、つまり彼らが自分たちの半球の空と考えているものの彼方からきた人々、と呼んでいた……。一連の空の層、《**トゥア**》が十あって、それぞれが霊たちあるいは神神の住処だった。どの高みに住むかは彼らの位階や権能に応じていた。第十層、終局の天は完全な暗闇で、《テ・ライ・ハアママ・ノ・タネ》とよばれていた。これは第一位の神だけが住むところだった」

太陽はかつては《**ラ**》とよばれていたが、今では《マハナ》とよばれる。タヒティの表現では**日没**といい、太陽の就寝とはいわない。[☆1] ボラボラ、モピティその他西方の島々の民には、日が大洋に跳びこむ際におこる軋り音をきいた者がいるという。

月。《アヴァエ》とか《マラマ》とかよばれる。太陽の妻。

流星。霊の飛翔。偉大なる君主が生れる兆しである。

火星。《フェティア・ウラ》。

朝の金星。《フェティア・アオ》または《ホロ・ポイポイ》。

夕の金星。《タウルア・オ・ヒティ・イテ・ア・ヒアヒ》。

昴《すばる》。《マタリイ》。

天の川。雲を食う長くて青い鮫。

双子座。《ピピリ》および《レフア》、または《ナ・アイナヌ》。

（《ピピリ》および《レフア》の伝説を参照すること）

▼P・ユグナン、[16]、五七頁。

「タヒティ人は空のことを、①**航海**との関連で、および②そこに**前兆**を読みとるため、と二通りの観点から考える。神神や死者の霊をそこに住まわせることはない。神話はすべて山々に居を定めているのである。

火星。《フェティア・ウラ》、すなわち赤い星。

《マタリイ》。すなわち昴（小さな目）。

金星。《タウルア》。

南十字星。《タウハー》。

《ナマタルア》。人馬星《ケンタウロス》。

《オオイリ》。南十字星のちかくの黒い斑点」

▼P・ユグナン、[16]、五三頁による。

タヒティの風配。☆2

《トエラウ》。北の風、けれどもそれは南へと押す風のことをいう。

《パパトア》。南の風。北へと吹く。

これら二通りの風はだからその吹いて**いく**方向によって名指されていたのだ。

☆1（訳注）―日がしずむことをフランス語では"le coucher du soleil"（文字どおりには太陽の就寝）といって"la tombée du soleil"（日没）とはいわない。もっとも"la tombée du jour"（落日）とはいう。英語には"sunset"の他に"sundown"があることは周知のとおり。

☆2（訳注）―"Rose des vents"（文字どおりには「風のバラ」）とは羅針盤上の風配図のことをいう。羅牌ともよばれる。

47——149頁　第1段落

生温かく、波しぶきとはちがって塩辛くはない水滴が額や唇をぬらした。身震いがおこった。海の肌に降りしきる雨は実は雨じゃない。それはオロの涙なのだ。

▼W・エリス、[9]、第一巻、一九九頁による。

《トゥ　リイ　テ　ウア　イテ　イリアット》

《エレ　ラ　テ　ウア、エ　ロイマタ　イア　ノ　オロ》

海の肌にふる小糠雨は

小雨ではない

オロの**涙**なのだ。

(私の言い方、涙、☆1思いなどの正しいこと)

☆1（訳注）—涙（le pleurer）については文字どおりには「泣き」とでも訳すべきであろう。"le penser"（「思い」）と同じように。なお「典拠」1参照。

48——160頁　第6段落

だが、行きずりの土地から出ていく時にはいつも、小さな棒切れの束に念をいれてもう一本の棒をつけくわえる。自分が眠りもし食べもしたこれらの島々の名前を覚えておくためだ。

▼J・クック、[4]、第二巻第六章、一四三頁による。

エディデはニュージーランドで若干の小さな棒切れを集めた。それを注意深く束にした。これは彼の日記の役をはたしていた。新しい島を訪れるたびに、その島の名前を思い出させてくれる小さな棒切れを一本つけ加えるのだった。

49——161頁 第5段落

また、あの名もない小さなモトゥのための棒切れもある。そこでテリイは驚いたことに四人のタヒティの男と二人のタヒティの女に出会った。名づけようもない風のために、彼らはどの海路からも外れたところにうち捨てられたという。

▼J・クック、［5］、『クックの報告』、第二巻第二章、二五二―二五四頁による。

第二の航海でクックによって連れてこられたタヒティ人オマイは、第三の航海の時、タヒティから二〇〇海里も離れた小島ではぐれた同郷人たちに再会した。「彼ら二十人の男女は、オ－タヒティ☆1の船に乗りこんで、近くの島のひとつライアテアに行こうとしたのだった。ところが、激しく吹く逆風にさまたげられ、目的地にたどり着くことも出発した港に戻ることもできなかった……。飢えと疲労のためにこの小さな船団は少しずつ滅びていった。四人の男たちだけが残っていた時に船は転覆した……」四人は船にしがみつき、ヴァテエオの原住民たちによってひろわれた。クックはつけくわえて「このような事故は南の海ではありふれたことだ」といい、そこから移住による植民という考えをひきだしている。

☆1（訳注）―オ－タヒティは、オ－タイティと共にタヒティの別名。

50——167頁 章のタイトル「もの知らず」

▼G・グレイ、［15］、『序文』、XI頁による。

ニュージーランド人たちが自分たちの過去をたやすく否認することについて。

「彼らは好んでその教え（キリスト教）を採用し、その規則にしたがう。彼らは我々の学校にあってヨーロッパ人と比べられるのをかなりよく我慢する。キリスト教の真理を教えると、彼らはこれまでの自分たちの無知と迷信に赤面し、原始的な妄信の状態を思い出して**恥辱**と嫌悪を覚える」

51――168頁　第2段落

それから、自分のまわりに目をもどして、到着した人々を出迎える木の葉や贈り物や女たちをのせた舟が一艘とて馳せつけてこないことに驚いた。

▼W・エリス、［9］、第二巻、四一五頁。

一八二二年にある士官が驚いている。「船中のみんなが非常にびっくりしたのだが、誰ひとり船に近づいてこなかった。理由は後にわかった。その日はサバトだったのだ」

52――168頁　第3段落

そこに居たのは、なるほどパレの地の昔なじみのフェティイに違いなかった。けれども、その人たちの新しい恰好ときたら見られたものじゃなかった。

▼W・エリス、［9］、第二巻、一九七頁による。

「彼らのうち多くの者がなんだかとにかくヨーロッパ風の服を身につけていた。」エリスは一八一七年に到着。

53――168頁　第4段落

「アロハ！　みなさんアロハ-ヌイ！」そして、かつての仲間だったロオメトゥア・テ・マタウテを不意に彼だと分かって近寄り、大きな親愛の情をこめて自分の鼻を彼の鼻にこすりつけようとした。

▼J・ターンブル、［23］、八六頁による。

私に近よると、彼はお国ぶりのキスをしてくれた。つまり自分の鼻で私の鼻に触るのである。

54——169頁 第2段落

「お前さんが我等の主イエズ‐ケリトにおいて生きんことを。で、どうかね、お前さんの方は」

▼W・エリス、［9］、第二巻、二四四頁。

「イア オラ オエ イア イエズ……というのが習慣的な歓迎の言葉だった」（一八一七年頃）。

▼W・エリス、［9］、第二巻、一一六頁。

一八一三年頃。

「改宗者たちは、頻繁におこなわれる祈りの集会や個人的な信心修養会のあいだ、まじめに几帳面に宗教上の外的な規律をまもっていた。まるで彼らの道徳的なふるまいは全面的に変わったように**見えた**。かつては彼らを喜びで満たしていたものすべてをいまや彼らは忌み嫌っていたし、まえには可笑しいとか嫌悪すべきとか思われていたものに喜悦するのだった。いつでも祝福をもとめた。食事を感謝する習慣や祈禱への頻繁な参加は、同国人たちの注目するところとなった。敵たちは彼らを《ブレ・ウトゥア》、文字どおりには『神への祈り』と醜名でよんだ。非難の言葉だった。つまり神に祈る者たち、祈禱する者たちを意味する。《ブレ・ウトゥア》はだから本来けっして不名誉な語ではない。もっともそれは今日では**聖者**とか**メソディスト**という語と同じように、またかつてナザレ人とかキリスト教徒という呼び名が最初の弟子たちにあたえられたのと同じように、**軽蔑**もしくは**汚辱**の用語としてとられている。キリスト教が一般的になってからは、この語が使われることははるかにずっと少なくなった……《ハアピイ・パラウ》つまり**生徒**、もしくは**兄弟**、**友**、**弟子**が、**改宗者たち**自身もっともよく使う語である」

55——170頁 第3段落

「わしの名はもうロオメトゥアじゃない。サムエラだ。そしてこれはタネのイアコバ。もうひとりの方はイオア

ネ……。でお前さんは？　やっぱり名前を変えたんじゃないのかね」

▼W・エリス、［9］、第二巻、一二六頁による。

キリスト教徒の名は洗礼のずっと前から用いられていた。エリスは偽の神々への生贄として殺された最後の男のことを語っている。それは一八一六年にエイメオの学校で学んでいた若者で、アベラハマとよばれていた。

▼W・エリス、［9］、第三巻、二六頁による。

大多数の人々の場合、名前の変更は洗礼の際に初めてなされた。この点についてエリスはあまり断定的ではない。いささか煮え切らない言い方をしている。「洗礼にさいして、彼らに新しい名前をあたえるとか、これを彼らのもっていたかもしれない何らかの役職の名、地位の名、世襲の称号とかに入れこむのが望ましいとは考えていなかった。しかし我々は冒瀆的な名、偶像崇拝的な名、淫らな名（何人かの《アリオイ》や祭司の名は嘆かわしいほどそうだった）はすべて捨てるように勧告した……。大人たちのなかには、自分自身や自分の子供たちのために外国の、それも一般に宗教的な名前を選びとる者がいた」（ファヒネでのこと）。

56――171頁　第7段落

それにほら、日が昇りつつあった。旅人がちらりと沿岸で見かけた多分あの大きな白いファレ、《祈りのファレ》に、ほどなく出向かなければならないのだった。

▼W・エリス、［9］、第二巻、二〇六頁による。

聖務の時間、九時前十五分。

▼W・エリス、［9］、第二巻、二〇五頁。

「サバトの朝、宣教師たちは日の出に集まって祈る習わしだった」

▼W・エリス、［9］、第二巻、一二〇頁。

「朝の聖務」

▼『出エジプト記』、第三五章二―三節。

「六日の間は働きをなすべし。第七日は汝らの聖日にして、エホバの大安息日なり。すべてこの日に働きをなす者は殺さるべし。安息日には汝らのいかなる住処にも火をたくべからず」

57――172頁 第4段落

自分でくりかえし言ってみた。「今日は主の日で……」

▼W・エリス、[9]、第二巻、四〇七頁。

サバトの陰鬱さ。

「聖別された日が他の日とちがうのは、その日には仕事、商売、交換、世俗の楽しみや娯楽が完全に停止するということだけではなかった。訪問もしなかったし、祝祭をあげることも火をともすことも、病気の場合を別にすれば食べ物を焼くこともなかった。このとりわけ最後にのべた細部に関するサバトの厳格な遵守は――この点でタヒティ人はひょっとしたらキリスト教徒よりはユダヤ教徒にいっそう似ている――、宣教師たちが彼らに直接に教えこんだものではなく、その日には通常の諸活動を中断しようという原住民たち自身の欲求と、またこの点についての宣教師たちの振舞の模倣とに由来した」

58――173頁 第1段落

まるで、足を包んだ山羊の皮ぎれで十もの石斧をもち上げるかのように一歩ごとに足をひきずっていた。

▼J・A・メランウット、[20]、第一巻、二四〇頁による。

ヨーロッパ風の身なりをした宮廷の女性は、「まるでその靴が……何ポンドもの重さをもつかのように、足を上げながら」歩く。

59――173頁 第4段落

サムエラは新参者の眼差しのうちに驚きの色をみてとった。もっとびっくりさせてやろうと思って、彼はこう唱えた。――「こっち側に歩いて五百歩、あっち側では四十歩……」

▼J・M・オルスモン、[21]による。

一八二四年の南海アカデミーの設立。☆1

「改革者」ポマレ。

「法規」の公布。

長さ二三〇メートル、幅一八メートルの石造りの教会堂。三十六本の円柱が屋根を、二八〇本が壁面を支えている。教会堂は卵形。外壁はみがいたパンの木の板でできている。可動式の鎧戸をもつ窓。二十九の出入口。「王立宣教礼拝堂」という名前。内部には乾いた草がしきつめられている。筵と総《ふさ》でかざった長椅子。三つの説教壇。

☆1（訳注）―原文英語 South-sea Academy.

60――174頁 第2段落

新しい習わしのことなら何でも知っているらしいサムエラは、床面にではなく、座り心地のわるい長い板の上に高々と座って、脚を半分だけ伸ばした。

▼W・エリス、[9]、第二巻、一六二頁による。

「典礼」の構成。

宣教師の出席が必要だった。時には原住民たちだけで万事がとりおこなわれた。次の文章で儀式の構成がわかる。「彼らは讃美歌を一曲うたった。つぎに、完全に聖書の抜粋からなる彼らの聖史がひとくさり朗読された。それから彼らは単純に、しかし心からなる真剣な祈りを神にささげた」

▼W・エリス、[9]、第二巻、二〇八頁による。

「讃美歌、祈禱、宣教師の訓示、短い祈り、祝禱、聖務終了」

61——174頁　第2段落

テリイは、これに見倣いながら、どれもこれも黒っぽい布をまとった肩の群れのあちこちに珍しそうに視線をめぐらせた。そこからは鬱陶しい不快感がたち昇っていた。腕は布のために窮屈だったし、背中は丸く脹れあがっていた。

▼J・A・メランウット、[20]、第一巻、二二六頁による。

男たちは窮屈な背広を着ていて、「まるで万力にはさまれているようだ。両腕はほとんど後ろでくっついている。窮屈すぎて、何か一切れ口にもっていくことなどできまい……。彼らはこの行きすぎた贅沢のせいで汗みどろになってとても苦しんでいるようだった……」

62——176頁　第3段落

物音がした。扉の一つで声を押し殺した口争い。棒をもった者たちが四人の若者を手荒くあつかっていた。若者たちは怒っていたが、大声を立てるわけにはいかず小声で脅しの言葉を吐いていた。力ずくで入らせようというのだった。

▼J・A・メランウット、[20]、第一巻、三五三頁。

「そのあげく、棒切れをもった連中をやとってインディアンたちを無理やり教会に行かせることになったのではないか」

63——177頁　第1段落

欠伸で顎が開きがちのサムエラはテリイに首長の太い頑丈な肩幅を指さしてみせた。それは弁士の目の前で、他の肩と同じように微睡んでゆれていた。ポマレ殿だけにはうたたねをする権利があったのだ。

▼J・A・メランウット、[20]、第二巻、四七六頁による。

メソディストの儀式。讃美歌。祈禱。説教。眠る人々。ポマレは、眠る者たちに棒打ちの罰を教会のなかですらあたえさせていた。だが、彼自身しばしば居眠りの手本をみせた。

64——179頁　第6段落

それほどすばしこくない娘たちは流れの中にしゃがみこんだ。——ひょっとしたら何か新しくタプーを打たれた体のどこかを隠すためなのか。

▼J・A・メランウット、[20]、第一巻、二一九頁による。

川で体をあらうために、女たちは着ているものを高々とまくりあげるのだった。しかもそれはタヒティでは一般的であった。そこでは内気な女たちでも体をあらうためには裸になる。

65——186頁　第2段落

彼らは豚のようなものに乗っていたが、それは脚が長くて尻尾には毛がはえていた。テリイはそういう生き物がいることは知っていたけれども、そんな具合に使うものだと想像したことはなかった。

▼A・レッソン、[18]、第三巻、一三五頁。

クックの残した豚は身体の大きな種類だった。これは原住民たちがまるで馬のような使い方をしたために、すぐに死に絶えた。

▼W・エリス、[9]、第二巻、一九八―一九九頁による。

一八一七年にエリスはポマレのために一頭の馬を上陸させた。以前にも島に馬がいたことはある。それは、四十年前にクックがマイ（オマイ）に贈ったものだ。（テリイは当時三歳だった）☆1

☆1（訳注）―クックの残していった動物が何であったのかについて証言は一致しない。セガレンはエリスを採用している。しかしそれよりも注目すべきは、作品冒頭では漠然としか規定されていない物語の展開する時期およびテリイの生年が、このノートで指定されていることである。

66――186頁　第3段落

誰も入らなかった。それは《見せるためのファレ》にすぎなかった。仕事というものは主に嘉せられるというので、建てる目的で建てられたにすぎない。

▼J・A・メランウット、[20]、第一巻、二七九頁による。

首長たるものはみんな二つの住居をもっていた。一つはヨーロッパ風の家であったが、そこに住んではいなかった。

67――191頁　第2段落

なんとまあ陽気な連中だったことか、ファラニの船乗りたちは！

▼E・ドゥレセール、[8]、二七七頁による。

一八四六年にも、イギリス人とフランス人とは異なる航路（前者は喜望峰経由、後者はホーン岬経由）をたどってタヒティに到着したのだが、それぞれの暦を用い続けていた。そのため、タヒティ人にとっては日曜日が二つあることになった。イギリス人の日曜日は信心にささげられたのにたいして、フランス人のそれはダンスにあけくれた。

68——191頁　第2段落

異人、とりわけその祭司たちにはからかいは通じにくい。けれどもこのもてなしのよい船にのれば、もう何もかもピリタネたちの知ったことではなかった。

▼W・エリス、［9］、第三巻、二〇五頁による。

ダンスはしばしば禁止された。一八二六年にファアヒネでは、法規の一条が「残存している**不道徳な傾向をもつ娯楽やダンス**を禁じていた」。

69——195頁　第4段落

愉快なファアニたちはまだ陽気にはしゃぎ続けていた。テリイは笑わせ続け、女たちは踊り続け、組になった男女は戯れ合っていた。

▼J・A・メランウット、［20］、第一巻、二二三頁。

船上の女たち。

「……ある者は、私がすでにのべた一片の《タパ》つまりスカートを頭にのせて泳いで渡った。そしてワイヤー・ロープの中でこれを身につけるのだった。また、ひそかに舟を出してくる女たちもいた。けれども大抵は男たち、兄弟とか愛人、夫とか父親につれてきてもらい、異人たちに提供された」

70――197頁　章のタイトル「受洗者たち」

▼W・エリス、[9]、第二巻、一六五頁。

一八一六―一八一七年頃の「改宗者たち」。

「当時、少なくとも三千人が原地語で書かれた本のことを知っていて、毎日これを使っていた。『聖ルカによる福音書』の抜粋の手稿本が八〇〇部。ざっと二〇〇〇部の初歩教本がすでにエイメオの生徒たちに配付され、またタヒティに送られていた。けれども日ましに増えていく日々の需要をみたすにはいたらなかった」

71――198頁　第1段落

このサムエラみずから、主の助けを得てお前さんをまことの道に案内してやろう。

▼W・エリス、[9]、第二巻、一二二頁による。

一八一四年にはすでに、二〇〇人の原住民が「キリスト教の教授」を自称していた。

72――198頁　第4段落

……いや、わしらは今のお前さんの考えが闇の中にあるのを残念に思っているんだ。だから、お前さんがついに照らされる時がくるまでわしらには休む間もないことだろう。

▼W・エリス、[9]、第二巻、一五九頁。

「長きにわたって彼らを葬儀のヴェールのように覆ってきた霊魂と知性の闇のなかに、朝の陽光のように多量の光が氾濫した……」

73——201頁 第3段落

——「さてそこでだ！　ハアマニヒはものの見事に『離れ木』の丘の近くの人目につかないところ誘き出された……」

▼W・エリス、[9]、第二巻、三六頁による。

ハアマニヒの殺害。エリスはこれが白人によって暗殺されたとは伝えていない。彼はただこう書いている。「……彼は一七九八年十二月三日『離れ木』の丘の麓で、あるインディアンの手にかかって暗殺された」、と。

▼H・リュットロット、[19]、四六頁。

「ハアマニヒがたきつけたオトゥとその父親」の間の不和。「九八年、ハアマニヒは、丘の近くをとおっている時にオトゥの手下の一人に殺された……」

▼M・ド・ボヴィス、[2]、三九七頁。

「我々の刑法が考えるような単発的な犯罪である**暗殺**はけっして頻繁ではなかった。だからキリスト教は、苦もなくこれを根絶した。流血への飢え以外に動機を求めることのできないようなそのような恐ろしい殺人の話など、私は一度も聞いたことがない」

74——202頁 第1段落

ところがだ、もうひとつ不運が見舞った。老ポマレつまりヴァイラアトアが、これは決してあの人たちの敵じゃなかったのだが、ある日のこと、舟に乗りこもうとしていて急にぐらつき、両腕をつきだして倒れた。死んだのだ。

▼H・リュットロット、[19]、五〇頁による。

ポマレ一世は一八〇三年九月に死ぬ。カヌーの中で不意にはげしい苦痛をうったえ、前方に傾き、息絶えた。

人々は、これはオロの復讐によるものだと考えた。カヌーで神像をはこばせるという冒瀆をはたらいたために、これを罰するために彼をカヌーのなかで滅ぼしなされたのだ、と。

75――203頁 第1段落

あらゆる習わしやタプーにこれまでにも増して気をつかうようになったポマレ殿は、信心の念から、母親の腹にいたその第一子に毒を盛った。そのため、奥方のテトゥアはこの秘蹟の執行であえなく絶命した……

▼W・エリス、[9]、第二巻、七二頁。

一八〇六年七月。「……タヒティの女王の死。……病気が発覚したちょうどその頃に女王は出産したが、死産だった。それにつづいた病気は詳しくのべることがはばかられる酷いよこしまな慣習――ある種の嬰児殺し――の結果だと見られていた。」(女王の年齢、二十四歳)

76――203頁 第3段落

まず、言葉を話す小さな標の使い方を教えた。間もなくするとアリイは、目が滑るのとおなじ速さでそれを解きあかすことができるようになった――これを称して「読む」というのだが。またしばらくすると、自分でも描けるようになった――これは「書く」と呼ばれている。

▼W・エリス、[9]、第二巻、七二頁。

一八〇六年一月。「王は……ペンを用いることをたいそうお喜びになりはじめていた。王は、彼ら(宣教師たち)の家のそばに専用の小さな家を建てるようにとの意思を表明なされた。そこで書くことに専念なさるというのだった」

77――205頁 第4段落

テリイは緊張した。優れて神の食べ物である「亀」は、神神がそのいちばん美味い分け前を受けとる前に触れてはならないものだ。もし神神にその取り分を渡さないならば、とんでもない災いがふりかかる。

▼W・エリス、[9]、第二巻、九三頁による。

そこでポマレは、まだ彼に従っていた最後の首長たちを招集した。一匹の大きな亀を捕獲させ、つぶし、極上の肉を横取りしてこれにかぶりついた。――震えはしたし、近くの《マラエ》をちらちら盗み見しないわけにはいかなかった。

78――206頁 第3段落

ノテ祭司はそれらの首長を褒めそやした。「主に殉ずる者」という素晴らしい呼び名をあたえて、こう宣言した。「殉教者の血こそは常にゆたかな種であった」、と。

▼W・エリス、[9]、第二巻、一二九頁による。[☆1]

若いキリスト教徒たちの二度にわたる生贄のことを語った後で、エリスは「殉教者の血こそは常に『教会の種子』であった」と書いている。

☆1(訳注)―求道者の一人が犠牲になったことは「典拠」**55**にみえる。

79――206頁 第3段落

それだけじゃない。大祭司パティは、仰天した人々の群の真ん中で、神神の像、聖なる杭、魚、羽根をひっつかみ、大きな火を焚かせてそこに投げこんだ……

▼W・エリス、[9]、第二巻、一一一頁による(引用文なし)。[☆1]

☆1(訳注)—この(　)内の sans citation という語句もセガレン自身のテクストではあり得ない。

80——208頁 第2段落
じっさい、ここを先途の大勝負をやってみなければならなかった。

▼W・エリス、[9]、第二巻、一〇八頁による。
ノテによる人々を奮い起たせる最後の演説。その効果は覿面《てきめん》だった。『イザヤ書』、第四九章六、七節。
その聖言《みことば》にいわく、「汝わが僕となりてヤコブの
もろもろの部族をおこしイスラエルのうちの
残れるものを帰らしむるはいとかろし。
我また汝をたててもろもろの民の光となし、
我が救いを地のはてにまで到らしむ」。
エホバ、イスラエルの贖主イスラエルの聖者は
人にあなどらるるもの民にいみきらわるるもの
長たちに役せらるる者にむかいてかくのたまう。
「もろもろの王は見て立ちもろもろの君は見て拝すべし。
これまことなるエホバ、イスラエルの聖者
汝を選びたまえるがためなり」
(ノテがこの演説をしたのは、実はフアヒネの王に向かってである)

81――208頁 第2段落

黒くぬった鉛のかけらをつかってすでに島で大量に作られていた標つきの葉を細かく切り裂いて薬莢をくるんだ。小さな重い鉛のかけらは溶かして弾丸を作った。

▼H・リュットロット、［19］、五七頁による。

一八〇五年頃。宣教師たちは全員エイメオにひきあげた。「宣教師たちが少し前にヨーロッパから受け取っていた小さな印刷機用の活字で人々は弾丸をつくった」

（実をいえば、そんなことをしたのは異教徒たちである）

82――208頁 第2段落

「御書」はこう言っている。「私はお前のまえに恐れを送ろう……」

▼『出エジプト記』、第二三章二七節。

「我汝の前におそれを遣わさん。汝の行くところ、あらゆる民を敗り、敵をしてことごとく汝に後ろを見さしめん」

83――213頁 第1段落

それから、ポマレ殿はモオレア島にむけて二隻の舟を使者として放った。ヴェアたちは至る所でこう叫ばなければならなかった。「撃破だ！ 奴らは撃破されたぞ！ 祈りだけで撃破だ！」

▼W・エリス、［9］、第二巻、一六四頁による。

吉報をエイメオにもたらす役目の使者は遠くから叫んだ。「ウアパウ！ ウアパウ！ イ テ ブレ アナエ。」撃破だ！ 奴らは祈りだけで撃破されたぞ！

84——213頁 第2段落

その代わりに、季節が変ると燃やせるものは何もかも燃やした。壊せるものは何もかも壊した。

▼W・エリス、[9]、第二巻、一六九頁。

一八一六年―一八一七年ころ。

フアヒネでは「神域は壊され、神々は焼かれた」。

85——214頁 第2段落

イエズの立派な弟子たちにとっては果てのない夜が一つまた一つとすぎていった。そしてまた別の夜な夜なが、最初の誕生よりも千倍も尊い第二の誕生にも似たものと「ケリト教の教授」たちが予告した崇高にして輝かしい洗礼の日がついに目覚めるであろう暁にむかって進んでいった。

▼W・エリス、[9]、第三巻、一四―三三頁による。

一八一九年は南洋諸島の年代記において歴史にのこる年である。「島々で最初の改宗者たちにたいする洗礼の**儀式**が執行されたからである。一八一三年にポマレをふくむ人々が『キリスト教』を奉ずることを公に宣言した。彼らの名前は登録された。年も終わらぬうちに全体的な変化がおこった……。タヒティおよびエイメオの住民たちは一八一五年に、のこるグループの人々は一八一六年に『福音』を採用した。一八一九年より前には誰ひとりとして洗礼を受けなかったということは確かに奇妙にみえよう。この遅延の原因は、宣教師たちが儀式執行そのものの本性とか被執行者あるいは執行すべきやり方に関して何らかの疑念をもったということに帰せられるべきではない。これらの点について宣教師たちは一致した見解をもっていた。それは局地的な影響をもつ特別な種類のさまざまの事情からおこった。これらを予見したりコントロールしたりすることはできなかった……

宣教師たちは、儀式執行の対象となる人々は、**唯一の救い手、イエズス・キリストへの信仰を告白する者**およびその子供たちである、と考えていた。けれども成人の道徳的・宗教的資質がどうあるべきかとか、一方の洗礼と他方の聖餐にあずかる権利との間にどんな関係があるべきか、などを決定することに多大の困難が感じられた。この点について様々の宗教作家たちが参照された。けれども彼らの見解はこの地の事情に完全にあてはまることはめったになく、本当に助けになるものはまずなかった、と私は思う。

我々は『聖書』の権威にしか頭を下げたくなかった。『聖書』の指示に厳格に従いたかった。我々は、『聖書』の教えがもともと宛てられた人々のそれにかなり似た状況に自分たちもいる、と考えた」

エリスの文章を見ること。彼らは使徒たちが洗礼を授けたのだし状況も類似していると思われたので、洗礼をさずける。「使徒たちによるこの儀式の執行と、彼らの説教を聴いていた人々による『福音』の受け入れとの間の緊密な関連……。それゆえキリストの弟子にならんと欲する人々を洗礼するのは我々の義務だと考えていた……」

しかしメソディストたちは、洗礼の秘蹟としての**効力**あるいは実効的な効力は信じていない。「洗礼と結合しているような、もしくはそれに含まれているような霊的な**効力**または有効性が**あるとは我々は考えなかった**。洗礼がそれ自体で霊的な祝福を伝えるとも考えていなかった。さらにそれが、心を生まれ変わらせる――これこそとりわけても重要でただ一つ不可欠なものなのだが――などと考えるはずもなかった。」彼らにとって洗礼とは、『旧約聖書』における割礼の『新約』における代理物にすぎない。洗礼をうける行為は、なによりも公におごそかに異教を放棄することと見なされていた……「洗礼の儀式は、共同体のなかで二つのグループつまり一方に偶像崇拝者たち、他方に洗礼によって分離されるキリスト教徒、とのあいだに公の境界線を明確に引くものだった」

エリスは洗礼の非実効性を再三強調する。「また我々は洗礼を要求するように人々を仕向けるために何らかの卓越とか現世的な利益の期待をあたえることのないように用心した。かえってこの儀式を、信仰告白によって彼らが『主』としてえらぶ『御者《おんもの》』――そしてこの『御者』はその民が『聖霊』による洗礼を受けるであろうと約束なされた――への服従の行為としてつねにはっきりと提示した」

エリスは四度にわたってそれをのべる。が同時に、原住民たちの方は洗礼を単なる信仰宣言とはあきらかに別のものとして理解し、霊的および現世的な御利益を期待したことを白状している。「多くの者はたしかに洗礼に対する熱望の影響をうけた。それは新しい差別をもちこんだ。それは、我々が努力して妨げようとしたかいもなく、彼らの目にはそれをうける者に何らかの霊的もしくは現世的な利益をあたえるにちがいない、と思われた。しかし、そんな風に考えない人々もいた。そのことは後に十分に証明された。というのは、この時期に並大抵ではない宗教感情にめざめた人々の多くが、それ以来ずっと確固としてその原則にとどまり、あらゆるキリスト教的な徳の実践に邁進したからである」

要するに、宣教師たちは洗礼を**延期**する傾向にあったということだ。エリスはいう。ある原住民たちはキリスト教の時代のさなかにも一年か二年のあいだは**志願者**であった、と。

86――216頁　第1段落

もっと良いのは、これらを同じ大きさに小さく切って、猫の皮を貼った二枚の薄板の間に綴じこむことだった。

▼W・エリス、[9]、第二巻、二二三六頁による。

『福音書』。

一八一九年頃に二つの言語で出版された書物のリスト。「法典」、『新約聖書』全体、『旧約聖書』の抜粋。

▼W・エリス、[9]、第二巻、二二三頁による。

印刷所は一八一七年六月三十日からよどみなく作動しはじめた。文字の初歩教本、「タヒティ語宗教要理、

『聖書』のテクストもしくは選文集……ノット氏訳『聖ルカによる福音書』」が出版された。

▼H・リュットロット、［19］、八五頁による。

最初の書物は山猫の皮の装丁だった。

▼W・エリス、［9］、第二巻、二二五頁による。

『福音書』は「**エヴァネリア・ナ・ルカ**」などと呼ばれた。ルカ**の**『福音』である。それはエウアンゲリオンからくる。☆1（原地語にならって特定の子音は省かれた）他の同義語。「この『**良き言葉**』すなわち『福音』……」《パライイ・マイタイ》。

☆1（訳注）―Euangelion 古典ギリシア語で「良き知らせ」の意。複数は Euangelia。

87――217頁 第1段落

こうなると、信心深い人々の熱狂は貪欲になった。《話す標》の作り手たちは神々しい食べ物に餓えたこれらの人々の願いをもう満足させることはできなかった。交換に要する代価が増していった。

▼I・ゴッシュレール、［13］による。

「流通していた書物はそれまではすべて無料で配られたのだった……まもなく、支払いが必要になった。そこで本ごとに少量の棕櫚油《パーム》が要求された。原住民たちはこれを喜んで支払った。**書物の販売**で利潤を得ようというのではなく、**もっぱら原住民たちに書物の価値を教えんがため**だった。☆1」販売収入が「ウェスレイ協会」に入ってくる書物は、説教師たちがその巡回中に売りさばかなければならなかった。それ以外の取引はすべて厳しく禁じられた（ウェスレイの存命中は）。

☆1（訳注）―参照文献名は明らかではないが、引用文は編集者による英語からの翻訳である。

88――220頁 第1段落

……そして行列はといえば、かつての罪ぶかい馬鹿騒ぎを思わせるようなものは何ひとつなかった。その代りに、黙ってゆっくりすすむ「学校」生徒たちの二列縦隊を人々は恭しくながめた。

▼W・エリス、［9］、第二巻、四一一頁による。

行列としては、学校から《祈りのファレ》へと向かう女学校と男子学校の行進だけ。

89――221頁 第3段落

他の誰よりも先にポマレが儀式にあずかることになっていた。

▼W・エリス、［9］、第三巻、一九頁による。

ポマレの洗礼。サバトの日。タヒティはパパオアの「王立宣教礼拝堂」にて。一八一九年七月十六日……。説教。『マタイ』二八章一八、二〇節……歌……「ビックネル氏が……神の祝福を祈願した。次いで彼はヘンリー氏の補佐のもとにポマレの頭に水をそそぎ、父と子と聖霊の御名によりてこれに洗礼した。それから、尊ぶべき宣教師は王にむかって『彼が天使や人間たち、さらには神の御前で占めている秀でた地位をわきまえて、その高い使命にふさわしい振舞をするように要求した。』ヘンリー氏が会衆に話した。ウィルソン氏は地上において成されたことを『天』が確認なされるよう神の祝福を祈願した」

▼W・エリス、［9］、第三巻、二五頁による。

洗礼にさいしては上席権などは誰にも認められなかった。マヒネ（フアヒネの王）は島の王であるからというのではなく、最初の改宗者の一人でありかつ注意ぶかく熱心だったからこそ真っ先に洗礼をうけたのだ。「我々は地位による贔屓を一切避けるようにした。島の総督であるハウティアや他の高位の人々はもっとも下層の人々の横にすわった。神の教会においては、またキリストのあたえる特権への参与においては、皆が兄弟である。この原則はまさにこの機会に原住民たちによって承認された。その結果、多くの重立った首長たちが末席にすわった」

90――222頁 第2段落 群衆はさっそく聖なる水に向かっておしよせ、せっかちに騒ぐもう一つの急流となって川の窪みをいっぱいに満たした。

▼W・エリス、[9]、第三巻、二三―二五頁による。

洗礼の方式はたいして重要ではない。受洗者がのぞむなら水に沈めることに異論はない。『聖書』はこの点に関して断定的ではない。「そしてピリポと宦官とは水辺もしくは水の中に降りた、とはっきり言われてはいるものの、我々のみるところでは、洗礼はこの行為にではなく、三位一体の名において水を注ぐことに存する。この灌水に際して宦官が水に沈められたとはいわれていない。だが、もし我々のメンバーのひとりが、この儀式は水に沈めることによって執行すべきだと誓って云ったとしたら、そうするのが間違いだと我々は言いはしなかっただろう。それでも、この点について意見の不一致はなかった。それゆえ儀式は全く同じように執行された。他の方式についていえば、水を注ごうが振りかけようが一向に構わないと我々は考えていた。」ファアヒネでは受洗者は水中に立っていた。水に浸けられたのではない。そして宣教師は水辺かもしくは流れの中にいた……「信仰告白」はそれに先だつ集会のときに行われていたので、洗礼を授けるには大人の一人ひとりにその名前をきけば十分だった。ファアヒネの首長マヒネの場合には、デイヴィーズ氏は手を水壺にいれ、それから首長の頭の上にそれをかざした。水が滴り落ちている間に彼はこう宣言した。「マヒネ、我汝を洗う。父と子と聖霊の……」

91——223頁 第1段落
彼は「赤いマロ」を締めていたし、「目」を食べたのだった。もう誰もがとっておきの大袈裟な言葉でしかこれとは話さないのだった。
▼W・エリス、[9]、第二巻、一〇八およびそれ以下の頁による。☆1
☆1（訳注）―引用文はない。なお「典拠」**79**参照。

92——225頁 第1段落
儀式よりこのかたすでに流れた多くの日々と同じように、その日もテリイは——といっても彼はもうテリイではなくイアコバと名乗っていたのだが——「主」を誉め讃えることに専念していた。
▼W・エリス、[9]、第二巻、四二五頁による。
祈りの重要性と行き過ぎ。エリスはこのことに関して多くのページを埋めている。タヒティ人たちはこの点では大袈裟に熱意を競いあう。

93——225頁 第1段落
それでも疑ったりしないで、ひと月またひと月と辛抱づよく待ちつづけた。なぜかといえば、「御書」はこう語っている……
▼W・エリス、[9]、第一巻、九二頁による。
テリイがいともたやすく読みを覚えるのに驚かないこと。エリスはタヒティ人たちの進歩の早さを肯定している。「アルファベットを学びはじめた時に三十歳とか四十歳またそれ以上だった多数の原住民たちが、**十二ケ月**で分厚い『新約聖書』抜粋を明確に朗読できるようになったし、なかにはその本を僅かの期間にまるまる

暗記した者すらいた」

94——230頁 第9段落

いったい何時になったら奴らの骨を分け合うんじゃ。

▼W・エリス、[9]、第四巻、一三五—一三六頁による。

恭しく骨を分け合い、聖遺物を作るためにばらされて。

95——233頁 第5段落

彼らは「タヒティ諸島キリスト教会第二級執事」という称号をもつことになります。

▼W・エリス、[9]、第三巻、八〇頁による。

執事(diacre)という語はかなりカルヴァン主義的である。「教会は我らの主イエス・キリストが建てたもうた統治組織に則って治めなければならない。牧師、監督、**執事**がいなければならない」

この語をエリスが用いている。フアヒネ、一八二一年。「当然のことながら、それは改宗者のうちに求めなければならなかった。幸いなことに、助手をつとめる力のある四人の教会員がみつかったので、我々はこれを執事として推薦した。『ディアコニ』[☆1]というのがそれを名指す語である。この語を選ぶにあたって、特別に好ましい理由とか並外れた重要性があったわけではない。そうではなく、この語は『聖書』に出てくること、他の語よりは彼らの言語になじみ易いという理由だった」

執事の役割。「……教会の世俗的義務の遂行、病人訪問、祈禱集会への出席など……」

☆1(訳注)—原文ラテン語 diaconi (diaconus).

96——233頁 第8段落

彼が遠くに行っている時には、あなたが自分で《祈りの集会》をひらいて、仲間みんなのまえで「御書」を読むのです。

▼司教エルメル猊下のヴィクトール・セガレン宛一九〇六年三月二十七日付書簡。

「カナック人たちがどんな具合にプロテスタンティスムを同化し得たのか、ということについての私の考えをお訊ねになっているのですね。いやはや！　彼らは全然これを同化などしていないと答えましょう……。歴史が証明していますが、昔は暴力的にプロテスタンティスムに入信させられました。彼らは従いました。今日では、彼らはこれを『国教』のようなものと考えています。ですからまずは『愛国心』（？）の問題なのです。第二には、これはもっと確かなことですが、**自尊心の問題**なのです。彼らは**みんな執事になり**牧師にさえなることができたのです。そして彼らにとっての無上の幸せとは、**公衆の面前で話す**ということです。それも支離滅裂になのですが。教会堂でしゃべられている常識はずれの馬鹿ばかしい事柄がどんなものかは見当をお付けになることはとてもできますまい。上層部は現地人のこの弱点を巧みに利用しているのです。『聖書』についてたわごとをいうならいうがよい。スキャンダラスな生活をしたって構わない。少々ほら吹きで、カトリシスムに対して戦闘的な憎悪を抱いてさえいるならば、立派な執事や牧師になれる、というわけです。☆1」洞察力のあった……猊下はこうも言われた。「もし我々が原住民に望みどおりに**説教させる**ことができるとしたら、彼らはみんなカトリックになるだろう」

☆1（訳注）—冒頭からここまでを原文にはない引用符で囲む。なお私的な目的で構成する資料において私信を引用する人は自分の名前を三人称で明記するものだろうか。

97――234頁　第3段落

「もちろん」とノテは云った。「主はあなたの心に住みたまうでしょう」

――「いや、腸の中にでしょう？」

▼W・エリス、[9]、第二巻、四二二頁による。

感情の所在。

マオリ人たちにとって大脳はいかなる役目も果たさないのだった。唯一の例外は《タホア》つまり「頭痛」で、これはまた多数の気遣いによる動揺や当惑を意味する。彼らの表現はヘブライ語のそれに似通っていることがよくある。例えば「腸の思い」「腸の怒り」。腸つまり《オブ》。魂にあたる語としては《ヴァルア》と古語の《ヴァイティ》があるが、彼らがそれを心的または道徳的情動と関連づけて考えているとは思われない。あらゆる情念が《オブ》とか《アアウ》つまり内臓全体と関連すると見ているのだ。彼らが証拠として挙げるのは、「精神」のあらゆる強い感動に際して影響を受けるのは臓腑である、という事実である。

▼J・A・メランウット、[20]、第一巻、四三一頁による。

マオリ人たちは魂の所在を腸としていた。「その証拠として彼らは欲望や心配そして人間のあらゆる強い感動に際しての腹の落着きのなさをあげる」

98――234頁　第9段落

――「『ママイアたち』について何か知らせは」

▼ジョゼフ神父との会話。

一八三〇年頃の《ママイアたち》。

創立者。テハウあるいはむしろテアアオ。

彼らはイエス・キリストつまり《ママ－イ－ア》を信じていると主張していた。気が狂っている。これはスペイン人の宣教師たち（一七七四年）に由来するカトリックの伝統である。聖霊と聖母との加護をねがうが、これはきわめてスペイン的。彼らは最初プロテスタントの宣教師たちがカトリックの伝統を継承しているものと信じていた。そうではないことが判った時に、これから離れた。イエス・キリストを信ずること、『聖書』を読むこと、日に度々祈ることだけが宗教上の義務だと公言していた。これさえ守れば、全く自由に放埒に身を任せることができるというのだった。

▼J・A・メランウット、［20］、第一巻、三三八頁。

「彼らはキリスト教徒たちを絶滅してほしいと、毎日イエス・キリストに祈願していた」

99——237頁 第5段落

けれども、信心深い「ケリト教の教授」はイアコバにそういう考えの誤りを分からせようと努めた。そのような行為は、また別の儀式——彼はそれを「婚姻」とよんだ——の後で初めて許されるのであって、この儀式のおかげで、「主」の目にとって忌まわしい不敬なものがたちまち素晴らしいものに変るのだ。

▼W・エリス、［9］、第三巻、一八一頁による。

フアヒネの「法典」に従っての結婚式。

「**儀式**は宣教師かもしくは**行政官**によって執行されなければならない。」何よりもまず宣教師が祈りの会衆にこう訊ねなければならない。「某氏と某女とは婚姻の儀によって結ばれるよう望んでいる。」そこで人々は支障があるか否かを判定する。

儀式執行の日には証人たちが連れてこられる。宣教師は男性に女性の右手をとるよう指示し、仕来りどおりの質問をする。——その後、宣教師はこう宣言する。「この両人はまことに（あるいは法に則って）神と人々の前に夫と妻になった」、と。

婚姻登録簿に名前が記入され、夫妻および証人たちが署名する。

▼J・A・メランウット、［20］、第二巻、六三頁。

「かつてありとあらゆる行為が……儀式に従っていたこの国で、結婚だけは宗教上の承認から自由だった」

100――242頁 第9段落

だが、他の声はどういうことなのか。なんであの忘れられた祭司のことを、まるで人を助ける精霊ででもあるかのように祈りの言葉に混ぜこむのだろう。

▼W・エリス、［9］、第二巻、六頁による。

エリスはスペイン人宣教師の一人が死んだことを語らない。「一七九一年に公にされたチロエのスペイン人たちの報告書などによれば、一七七二年にペルンの総督によって太平洋諸島巡察のために派遣された二艘の船がタヒティに寄港し、二人の土着民をペルンに連れていったらしい。この二人は一七七四年にローマ・カトリック教会の二人の宣教師とともに送りかえされた。宣教師たちのために、タイアラプのヴァイタペア湾の沿岸近くに木造の家が建てられた。一七七五年一月、船は別の二人の原住民をつれてもどった。宣教師たちは土着民とあまりあるいは全く交渉をもたなかったらしい。宣教師たちが**十カ月**ちかく島にとどまったのち、彼らを連れてきた船は出発し彼らをリマに連れていった……。クック船長は……彼らの残した家を見た。周囲をとりまく壁には沢山の小穴が丸窓のように穿たれていた。これは通風口となっていた。それに**マスケット銃で撃つ**ためだったかもしれない。★1……そのすぐ近くには一七七四年に死亡したある船の船長の墓石があった」

エリスは皮肉な調子で終える。「スペイン人たちは島に、豚、山羊、犬をのこした。**これらの獣が**住民の何らかの役に立ったという意味では彼らの宣教はためになった」

★1（原注）―クック『第三の航海』、第二巻、一二二頁。
（訳注）―「典拠」のページに見られる数少ない原注（脚注）は編集者によると考えられる。なお「典拠」112参照。

101――246頁　第2段落
屈強なタネたちにつきまとい絡みつき精気を吸いとるこの《闇の女》に支配されて、彼は生きた心地もなく息も絶え絶えになった。
▼M・ラディゲ、［22］、二四〇頁による。
闇を彷徨う者をあらわすマルキーズ語は集合名詞《ヴァヒネ・ハエ》である。

102――250頁　第1段落
奴らがわしらの神像を焼き捨てたように、奴らの《祈りのファレ》を焼きはらえ……焼くのだ！　さもなければ、お前たちは奴らに食われてしまうぞ……
▼W・エリス、［9］、第一巻、一〇三―一〇四頁による。
実際の予言はこうだった。
「《ファウ》（ハイビスカス）は茂る。珊瑚は育ち枝をひろげる。だが人間はいなくなるだろう。」この予言は典礼の多すぎることを非難するものだった。タティは「敬虔に」（忠実な使徒として）それら典礼の無視ではなくむしろ遵守がこういった結果をもたらしたことを指摘しているのだ。

103――252頁　章のタイトル「新しい律法」
▼W・エリス、［9］、第三巻、一三六―一四〇頁による。

エリスおよび宣教団は「共同体のメンバー」としてでなければ政治・法律問題にかかわることをさし控えた。つまり、「宗教の執行者」[☆1]としては介入しないとしたのである。けれども、大抵は首長たちにせがまれて助言を与えざるを得なかった。

こうして「法律」は次の三つのものの合成物となった。

英国憲法

『聖書』の宣言

キリスト教諸国の習慣

「彼らは喜んで英国憲法の原理、『聖書』の宣言事項、キリスト教諸国の習慣を受諾した。」最初の「法典」。一八一九年、タヒティにて発布さる。「これは**ノット氏**をはじめとする宣教師たちの助言と指導のもとに、国王および何人かの首長たちによって作成された。**主要な責任者**であったノット氏の賢明さはいくら称賛してもしすぎることはあるまい。法典はすばらしく単純かつ短いもので、十八条しかなかった。」この最初の法典はとくにポマレの諸々の特権に固執しすぎていた。宣教師たちはこの点に関してはむしろもっとゆるやかなものを好んだだろう。

一八一九年五月、国王はエイメオとタヒティの民をパパオアに招集し、「**王立宣教礼拝堂**」[☆2]の落成式と新しい法律の公布をおこなった。それはほぼ「**タヒティ宣教協会**」[☆3]の創立記念日にあたっていた。礼拝堂での儀式。あらゆる宣教師たちが観客として出席していた。しかし国王はクルック氏に頼んで神の祝福を祈願してもらった。それから国王はウプファラの弟にして後継者でもあるタティおよび全ての首長たちに言葉をかけた……「そこでポマレは法律を読みあげこれを解説しはじめた。殺人、窃盗、不法侵入、隠匿、紛失物、安息日の遵守違反、謀叛、婚姻、姦通、裁判官、法廷……など十八ケ条にわたるものだった。謀叛と戦争煽動などに関する法にきた時、ポマレはこれに触れずにおきたい様子だった。けれども、一瞬ためらったあとで、彼は続けた」
宣教師たちの責任。無論エリスはこれを軽減するように努めている。繰り返して云う。彼らは共同体のメンバーとしてのみ法律にかかわったのだし、「法典」公布に立会ったのもそれがひとえに「タヒティ宣教協会」の記念日と合致するという理由によるものだし、最後に、この公布についても彼らは観客にすぎなかった、と。

☆1(訳注)―ministres「牧師」の意味でもある。

☆2(訳注)―原文英語 Royal Mission Chapel.

☆3(訳注)―原文英語 Tahitian Missionary Society.

104――252頁 第1段落

大きな《祈りのファレ》のそばに集まった群衆にむかって、身持ちがよく声も大きいので選ばれたひとりのケリト教徒が叫んだ。――「《裁判の首長様》のお話しだ!」

▼W・エリス、[9]、第三巻、二一二頁による。

「法典」の公布は「王立宣教礼拝堂」の**中で**とりおこなわれた。しかしファヒネでも、他のどこでもと想像することができるが、「彼らはふつう総督の家かもしくは海岸近くの……野外で裁判をおこなっていた」。

私は〔とV・Sは云う〕[☆1] 全て(宣教師たちの影響力もふくめて)を一緒に融合するものとして、同時に教会への隣接ということと野外とをえらぶ。

☆1(訳注)―〔 〕内の記載については「典拠」**15**参照。

105――257頁 第3段落

首長たちだって! 誰がいったい、「宣教師たち」以上に首長たちの悪口を言い、みんなからの信望を失わせ

たというのか。

▼W・エリス、［9］、第三巻、五七頁による。

エリスの一段落全体がこれを確認する。彼は宣教師たちがあらゆる宗教的観念を首長の権力から分離しようと企てたことをみとめている。

106――258頁　第1段落

……その小さなお御足を土の上でお動かしになることはまだないにしても、走る豚に乗ることには同意なされている……

▼H・リュットロット、［19］、八二頁。

「馬は最初ポマレ王の軽蔑するところだった。彼は自分の方がイギリス国王より上だと主張していた。というのは彼ポマレの方は儀式に際して男の首に乗っていたからだ。けれども彼は、おそらく当時うけ取った贈り物のおかげで王者の偉大さについて異なる考えを抱くようになったのである」

107――259頁　第2段落

首長たちは神神ではない。「永遠の御者」をのぞけば誰ひとりとして神ではないのです。だが「永遠の御者」はその権能を「王者」たちにお与えになった。「王者」は地上で神をあらわすのです。

▼W・エリス、［9］、第三巻、五七頁。

「王や首長の権威は彼らの上に行使され彼らの外的な振舞にかかわること、王や首長は、**神の恩寵によって**社会の安寧のために**その高い地位を占めていること**、すべてのキリスト教徒は☆1王の前に頭をたれ、これに払わるべきあらゆる尊敬を払うべきこと……を我々は彼らにのべた」

☆1（訳注）―原文ではlois（法）となっているが、文脈からしてこれはrois（王者）の誤植と考えられる。

108――259頁 第3段落

槍をひゅうひゅう唸らせたし、石投げ器の石をぴしぴし鳴らせた。お御足の跡は、地に降りたもうた神の足跡としてうやまった。

▼W・エリス、［9］、第二巻、四三七頁による。

テアオの議論の巧みさに驚かないこと。「無教養の島民によって提起された類の問題は、ヨーロッパの神学諸学派の碩学たちのあいだで頻繁に論争の的になった。我々の最も巧妙な決疑論者さえ、それらが含んでいる困難を簡単に回避することはできないと感じた」

109――260頁 第1段落

それからノテは一部の裁き手たちの方をむいて、これを新しい別の名で「陪審員団」と呼びながら……

▼W・エリス、［9］、第三巻、一四三頁による。

「陪審員団による裁判」[☆1]は一八一九年のタヒティで最初のポマレ法典では抜けているのだが、一八二〇年にライアテアの宣教師の力で発効した。エリスはこの制度を「太平洋の住民がそれまでに受けた**民事上の最大の恩恵**」とよんでいる。

▼W・エリス、［9］、第三巻、一八九頁による。

「いかなる犯罪のためにせよ、誰かにたいして訴訟が起こされるときには判事は陪審員として**六人の**公明正大な男たちを選ばなければならない……。陪審員は申し立てと証言について**非公開で**話し合わなければならない。（審議のあとその中の一人が判事に『この人物はまことに有罪である』と言うのである）。」陪審員の社会的な地位は被告のそれと同じだった。

☆1（訳注）—原文英語 Trial by Jury.

110——264頁 第3段落

侵すべからざる習わしがあった。すなわちけっして破ることのないタブー……

▼M・ド・ボヴィス、[2]、三九八頁。

「首長にたいする彼らの尊敬たるやまったく驚嘆に値するものであって、**一大法典**に匹敵していた……。アリイは常に人間の等級づけの頂点をしめていて、彼らがその血をひく神神のすぐ次にくるのだった」

111——264頁 第3段落

それが「律法」だった。それこそ「律法」だったのじゃ。何人といえどもこれを蔑ろにすることはなかったし、できるものではなかった。だが今では掟は無力じゃ。新しい習わしは患っていて、そのいわゆる犯罪とやらを止めさせる力はなく、せいぜい腹をたてるだけ……それも後になってからじゃ。

▼J・A・メランウット、[20]、第一巻、二八三頁。

プロテスタンティスムへの反応。

「その彼方に住む人々は……約三時間のところにあるパナヴィアに行く……。そこでも、散在するあらゆる住居の住人たちには教育が欠けていて、現時点での初歩的な宗教観念すらついには失われてしまうだろう。あらゆる抑制をとっぱらった彼らの風習にはあの危険な自由といったものが感じられる。これら全ての地方の住人たちの振舞は、昔のままかあるいはもしかしたらもっとひどい。彼らの昔の宗教には、こういう孤立の状態でもキリスト教にはない長所があった。その主な信仰は家での信仰で、家父たちは住処の近くに各々の祠をもっていた。それに、彼らはそこに時々しか行かないとはいえ、公共の神域も今日の我々の教会堂よりはもっとずっと多かった。そこではまた人生のあらゆる行為が何らかの儀式によって信仰に結びついていた。彼らはこの宗教を忘れるおそれはなかった。神神は常に恐れられ、いつでも彼らを罰することができるので、決して彼らの心から離れることはなかった。それに対して、ほとんどあの世での罰しか認めないキリスト教のシステムでは、我々の地獄を信じるインディアンなど実際のところ全くいないので、それだけいっそう彼らは無関心である」

112——265頁 第2段落

アリオイの寄り合いとよばれる邪な結社は、勅令によって、ケリト紀元一八一六年の第二の月の間に絶滅させられた。——ほら、ここにある書類に書かれているとおりである。

▼W・エリス、［9］、第二巻、一〇七頁による。

《アリオイ達》の最後のはしゃぎ。一八一三年《アリオイ》の一団はパペトアイの近くで祝祭を準備する。だが、なかば改宗していたファヒネの若い首長タアロアリイがこれを厳しく禁止させる。

▼W・エリス、［9］、第二巻、一六九頁による。

エリスと《アリオイ達》。一八一六年頃。「同時に、**卑しむべき**《アリオイ》の集団は、**全員一致で**破壊された。その生存を確保するために、メンバー自身が全く努力しなかったように思われるし、この社会のどんな階層もそれを願い出ることさえなかった。★1 キリスト教の導入時におけるこの結社の完全な解体とその忌わしく残虐な所業の廃止こそは、異教のきわめて強い支配を完膚なきまでに壊滅するために神がお選びになった手立てのあらがい得ない力を最も強く証明するものの一つである。これを神はその教会と世間に与えたもうた……。これは『全能の神』への感謝にみちた崇拝の理由である。《アリオイ》の集団を絶滅するために用いられた手段は神の全能の力のみによって効果を発揮したのであるから。そしてそれは**人類の道徳的秩序**ならびに**宗教の**味方にとって聖なる喝采をもたらして然るべきものである」

▼W・エリス、［9］、第一巻、二四七頁による。

新しい掟について。ノテは解散した《アリオイ》の集団にたいして激怒している。「……《アリオイ》の制度は悪魔的欺瞞と死にいたる熱狂との傑作であるように思われる。それがもの知らずの、不精で頽廃した民の精神を左右するのだ。ただ神の力でなければ、いかなる人間的な力といえどもこれを頓挫させることも破壊することもできないであろう」

★1（原注）―V・Sの注記――これぞまさしく記憶なき人々だ！
（訳注）―「V・Sの注記」という脚注も編集者による導入である。

113――266頁　第4段落

ポマレは二回、フー、フー、と息を吹きだした。標に慣れる時間を目にかせがせるためだった。

▼W・エリス、［9］、第三巻、一四〇頁による。

だが彼はそれを自分の手で書いておいたのだった。

114――266頁　第5段落

それにまだあるぞ。律法は虚偽の神々の崇拝に関して第二十四部においてこううたっておる。この罪は死罪に処せられる、と。

▼W・エリス、［9］、第三巻、一四一頁による。

「これらの法律によって禁じられた犯罪のいくつかについて有罪判決をうけた者たちに科す刑罰の形態は、判事ないし裁判官の裁量にまかされていた。だがそこに**死刑**が加えられた。そして公布のほんの数カ月後にパパヒア、ホロパエという名の二人の者が死刑の宣告をうけた。彼らはアテフルの住人であった。**政府の転覆**をはかったかどで一八一九年十月二十五日に処刑された。パパヒアは名にし負う戦士だった。」一八二一年には国王殺害を謀った別の二人の絞首刑の執行。

▼W・エリス、[9]、第三巻、一九三頁による。

死刑はフアヒネでは科されることはなく、ライアテアとタヒティだけで科された。フアヒネの宣教師エリスすら、このことについては至極もっともなことを述べている。つまり、判決の執行はそこに復讐のごときものがともなう、と。

▼W・エリス、[9]、第三巻、一九五頁による。

「同じ頃、刑の執行にさいして執行人は復讐者の如きものとなる。あるいは彼は憤怒と復讐心にかられてふるまうとの印象をあたえる」

ある島では、死刑は終身強制労働へと減刑されていた。囚人たちはその島に流された。タヒティでも一八二六年には**流刑**にかかわった。だからエリスに従えば、都合四つの死刑執行しか行われなかったと考えられる。

115――267頁 第3段落

するとノテは、次のような禁止を命ずる「御書」の厳しい文句を自分の話にまぜながらとても早口で話した。つまり、「もしお前たちのうちに徴や奇蹟を告げる予言者もしくは夢みる者が立ち現れるならば……」

▼『申命記』、第一三章一節―五節。

「汝らの中に預言者あるいは夢みる者おこりて徴と奇蹟を汝にしめし、汝に告げて我らは今より汝がこれまで識らざりし他の神々に従いてこれにつかえんと言うことあらんに、その徴または奇蹟これが言うごとくなるとも、汝その預言者または夢みる者の言葉に聴きしたがうなかれ。そは汝らの神エホバ汝らが心をつくし霊をつくして汝らの神エホバを愛するや否やを知らんとてかく汝らをこころみ給うなればなり……。その預言者または夢みる者をば殺すべし……」

116——267頁 第3段落

「宣教師」の昂りは「国王」御自身につたわった。王は日頃の鈍さから目覚めて、元から知っている罵りと脅しを犯罪者にあびせかけた……

▼J・A・メランウット、[20]、第一巻、二四四頁による。

ある公の集会で、タティは《ママイアたち》にとても雄弁に詰問する。「……信仰の形態や宗教上の儀式を規定する法がある以上、彼らと彼らの首長が勝手に……その形態を変え、新しい礼拝や儀式を立てようと主張するのは愚かしい。タティは彼らの無知、ふしだらを非難した……彼は分かりすぎるほど表現力のある身振りで彼らを威嚇するのだった。つまり海に放りこませるぞ、と。」この罵倒は、新しいセクトを優遇しているという嫌疑をかけられた偉い人物たちにも向けられていた。

117——269頁 第3段落

一つの叫び声が外側からほとばしった。それにつづいて数人の男の名前が矢継ばやにでたらめに飛び出てきた。最初の罪の女が共犯者をぜんぶ白状していたのだ。

▼G・キュザン、[7]、四二頁による。

新しい「律法」について。因みに**カトリックの**宣教師たちもガンビエ諸島では違ったやり方をしたわけではない。ある女は「一八四一年の聖霊降臨の祝日にシプリヤン神父の命令で、公然と、彼の面前で笞刑をうけた。

ミサがおわって出たところで冗談を云って説教の真実性を疑ったというのである。ルソー艦長はこの失神した哀れな女を自宅にはこばせた。彼女の傷口からは血がどくどく流れていた。」これは、小さな隠れ場所で同じ宣教師たちに食物をあたえてこれを救ったことのある老女だった。

118――269頁 第4段落

女は胸を波うたせながらもどってきた。涙をながしながら腰を押えていた。すべすべした綱で絞めあげられ、痛めつけられたのだ。

▼J・A・メランウット、[20]、第一巻、三五四頁(注釈)。

「もし女性になんらかの逸脱した行為の嫌疑がかかると、その腰のまわりに太い綱の輪差結びをつけ、両側から引っ張り、共犯者の名前を白状するまでこれを締めあげるのだった……。顔面にはある種の印が彫りこまれた……。タヒティにいくつかの例」

119――271頁 第3段落

「律法」第十九部は「姦淫」に関して、「この罪は強制労働の刑に処せられる」とうたっている。それゆえ、十名の有罪の女たちと、またその共犯者たちは逮捕され次第、ファア谷の道に行って通路の藪を刈りとり、路面をうちかためる小石を砕くのだ。

▼W・エリス、[9]、第三巻、一八一―一九七頁による。

ファヒネの法規では、女性はむしろ女性にふさわしい仕事をわり当てられていた。つまり衣類を打ってつくることである。男だけが道作りをした。少なくともある種の違法行為の場合には……。この道路というのは、エリスのいうところでは、実は小道にすぎなかった。溝を掘り、こうして両側からとった砂と土で中央を高くしなければならなかった。

120――272頁 第2段落

「『サバト』の侵犯にかかわる『トゥレ』第七部に言う。この罪は長さ五十尋の道つくりの刑に処せられる。」ぼんやりした男は無頓着なままだった。人々は棒でひっぱたいてこれを追っぱらった。

▼W・エリス、［9］、第三巻、一七九頁。

「彼は労働に従事させられるが、それは約五十尋幅の道路作りでよい……」

▼W・エリス、［9］、第一巻、三〇七頁による。

野性人によるトラブルとその有罪判決のあと、ポマレは「それから、この男には読み方を教えてやる」、とつけ加えることもできよう。「男は学校につれてこられ……文字とたわむれ、ついには読みの基本を覚えてしまった……」

121――272頁 第3段落

それでも抜け目のない群衆はさっそく立派な教訓をひきだすのだった。つまり、これら全ての「窃盗」「販売」「重婚」その他は……

▼W・エリス、［9］、第三巻、一八〇頁による。

フアヒネの法律は、異教徒であった時代に二人の女と結婚していた男には、改宗の後も同じ二人の妻をもち続けることを許していた。

122――274頁 第4段落

――「そうだ、八頭だ！『律法』は被害者に四頭、国王に四頭とうたっておる」

▼W・エリス、[9]、第三巻、一七七頁。

「もし誰かが豚を一頭ぬすむなら、彼は償いとして四頭をひき渡さなければならない。つまり二頭をもとの所有者に、そして二頭は国王に」

▼『出エジプト記』、第二一章三五―三六節および同二二章一節による。

四頭の豚をめぐるごたごた。「この人の牛、もし彼の人の牛を角にて衝き殺さば二人その生ける牛を売りてその価を分かつべし。またその死にたるものをも分かつべし。されどその牛もとより衝くことをなすものなることと知りおるに、その主これを守りおかざりしならば、その人かならず牛をもて牛を償うべし。ただしその死にたるものは己のものとなるべし」

そして特に、「人もし牛あるいは羊を盗みてこれを殺しまたは売る時は、五つの牛をもて一つの牛を償い、四つの羊をもて一つの羊を償うべし」

123――274頁 第6段落

……「主」へのヒメネはライアテア島で命じられているように立って歌わなければならないのか、それとも、他のところで許されているように座って両脚を組んで歌わなければならないのか。

▼W・エリス、[9]、第二巻、四二七頁による。

こういった危惧の念は彼等自身の非常に形式主義的な昔からの信仰に由来したにちがいない。

124——274頁 第6段落

もしどのファレからも離れたところで鶏の卵をみつけてそれを取るならば、これは「窃盗」なのか。

▼W・エリス、［9］、第三巻、七八頁。

「ライアテアの島で、ある原住民は……鶏の巣を発見し……（これを我が物とした）。道すがら彼は、「汝盗むことなかれ」の戒めを思い出した。**この巣を彼はどの住居からも遠いところで見つけた**のだったが……それに彼は鶏からしか盗んではいないことを知っていたのだが……彼は巣にひき返し、卵を注意深く元の場所にもどした」

125——274頁 第6段落

人を食ったことがあるとわかっている鱶なり他の魚なりの肉を食べてもよいのか。自分もすなわち人食いということにならないのか。

▼W・エリス、［9］、第二巻、四三六頁による。

鮫がずたずたにした人々の身体は、どんな具合に来世で生まれかわるのか。もし人を食った鮫を食べるなら、自分もまた人食いではないのか。

126——275頁 第2段落

けれども最後に、もう一度ノテが静粛をもとめて聴衆に非難をあびせかけた。大いなる洗礼の日、あれほどの感激をこめてなされたあの立派な約束の数々はいったいどこに実を結んだのですか。

▼W・エリス、［9］、第二巻、二六五頁による。

「タヒティ宣教協会」は一八一八年五月十三日、つまりイギリスの親協会の創立記念日に創立されたのだが、それは宣教に要する費用を援助するためだった。ポマレはもっとも熱心なリーダーの一人だった。彼の演説。『タヒティ宣教協会』は『ロンドン協会』が異教徒に『福音』をおくるのを援助するために……。アフリカの人々はすでにこれをなした。けれども、我々と同じように彼らにも金がない。彼らは羊を提供した……。我々も島の産物、豚、葛根、椰子油などを出そうではないか」、と彼は云った。会衆は右手をあげて熱狂的に答える。協会の規約の朗読、そして経理係と書記が選出される。

▼ノットの講話。ピリポにむけての宦官の返答。『使徒行伝』第八章三〇―三一節。

▼W・エリス、［9］、第三巻、二九九頁による。

一八二一年のロンドンへの最初の送金額は一九〇〇ポンドにのぼる。「『ライアテア宣教協会』は、六人の現地人宣教師の諸経費を援助しただけではなく、一八二七年には英国に三〇〇ポンドをおくった。」もしあらゆる贈与を利用できていたならばそれ以上にすらなっていただろう。

▼J・A・メランウット、［20］、第一巻、二三五―二四一頁による。

「宣教協会」はインディアンたちに宣教の費用を負担させたいとしばしば考えた。報酬をあてにしていない宣教師たちは、彼らに、「彼らが良きキリスト教徒として、世界のあらゆる地方で改宗を生じさせるためにイギリスがまかなっている出費に、彼らとしても寄与すべきであることをはっきりと教えた。宣教師たちはこうした犠牲の、神と人々――とりわけ後者――を前にしての功徳をほめそやした。改宗してほどないオ－タイティの善良な民が宣教の業に賛同し、異教徒の改宗に自ら寄与するのをみれば、イギリスの人々はどんなにか驚くことだろう。これら島々の人たちにとって何という名誉なことであろうか。」タヒティ人たちの熱狂。椰子油や葛根だけですむことだった。一人あたり五本の竹筒の椰子油でよいのだ。初年度は万事好調だった。しかし収入は減少した。確かに五本の竹筒は来るには来た。がそれはとても細くて、全部あわせてもやっと普通の筒一本分の中身しかなかった……。税務担当の原住民には、勅書で国務長官の肩書が授与されていたというのに。

これらの集会のうちの一つの記録。大きな建物……賛美歌……祈り……聖書テクストの朗読……「宣教師の有用性を証明し、それにあらゆるキリスト教徒が、英国の協会を援助して改宗を増やすというこの愛徳の業に多かれ少なかれ寄与する必要性を証明するための」説教。この説教の具体例をあげれば、演説者(デリング)はインドの迷信家たちがたえしのぶ苦しみの姿――そこでは寡婦たちは夫の死体と一緒に焼かれ、行者たちは前代未聞の責め苦を自分の身にくわえる――を描いてみせた。この演説は聴衆を陽気にしただけだった。デリングは期待した効果を完全に得そこなったのである。何人かの首長の気乗りしない演説。署名に関する討論。祈り。

127――277頁　第2段落

「改革者」は、二年このかた腫れっぱなしの太い脚のためにのろのろした足取りで歩いていた。小脇には「御書」をかかえていた。器用な手で標をつかって自分自身のために書きとめる数々の立派な思いのことを前もってあれこれと考えるのだった。それは彼の生涯の物語だった。

▼W・エリス、[9]、第三巻、二五四頁。

「ポマレは几帳面に日記をつけていたし、耳にするあらゆる『聖書』の節を専用のノートに書きこんでいた」

▼G・キュザン、[7]による。

ポマレは毎日、片手にブランディの瓶、もう一方の手に『聖書』をもってモトゥ-ウタに行くのだった。パペエテの沖にあるその小島で、**彼は『聖書』をタヒティ語に翻訳した。**

128――277頁　第2段落

それを飲むことはなるほど平民たちにはとても厳しく禁じていた。

▼H・リュットロット、［19］、八九頁による。
ポマレは国では蒸留酒の製造を禁じていたが、自分は外国船からこれを買い入れていた。

129――277頁 第3段落
闇の中でも、彼の治下に建立され聖別された《祈りのための大きなファレ》の壮大な屋根があるのはわかった。
▼W・エリス、［9］、第二巻、三八一頁。
「ポマレは……教会堂を建立し、また諸々の知識において島々の王や首長たちを凌ぐことで、ソロモンに並ぶ者になりたいと思っていた。会話でその教会堂のことが話題になったり、なぜそんなに大きなもの（パパオアの大聖堂）をたてるのかと訊ねられたりする度に、ソロモンは立派な王ではなかったかどうか、それにソロモンはエホヴァのために、ユダヤやその周辺諸国の他のどれをも凌ぐ神殿を建てなかったかどうかを知りたがった」

130――279頁 章のタイトル「主の家」
▼J・A・メランウット、［20］、第一巻、二九〇頁による。
宣教団はパナヴィアに豪壮な教会堂を建てることを夢みた。二年間、人々は樹木を伐採し鋸で挽いた。錠前や釘を入手するために、余分にある板は売らなければならなかった。あまり公言できないような手段にさえ訴える連中もかなりいた。

131――280頁 第2段落
これらの邪な魂、つまり地獄におちた者たちは、生きたまま大きな火でいつも焼かれ、いつも拷問にかけられ

ることを知らなければなりません。なにか空想上のアトゥアによってではないのです。「主」の裁きそのものによってなのです。

▼W・エリス、［9］、第二巻、四二九―四三一頁による。

「地獄」。

来世において悪人たちに加えられる永続する苦痛のことが話題になることがあった……。タヒティ人たちは、彼ら自身の祖先のうちで、島の昔の住人のうちで「天国に行った」者がいるかどうかを知ることに腐心する。これは彼らにとっても我々にとってもまったく当惑させる話題だった……。辛い思いの源（昔なされた殺人）にくわえて、親や友達が希望の世界から除外され、取り返しのつかない運命に定められていると考えるのは耐えられるものではない……「我々はこれを訊ねる人々にいつも次のように答えた。死者の状態が実際にどのようなものなのか我々は言うことができないこと、幼少時に亡くなった人々については、その幸せを確信する希望を抱いてもよいと考えていること、生き永らえた人々は、自らの良心の叱責にこと欠くことはなかった筈だし、それが彼らのあらゆる行為の真相を忠実に証するものであり、そしてこの証言によってこそ彼らは神の法廷において**無罪放免となるかもしくは断罪される**、と」

132――282頁　第4段落

「わたしには分かっています。今いる一人にたいして二人いました。この二十年のあいだに半分が死んでしまったのです」

▼W・エリス、［9］、第一巻、一〇四頁による。

タヒティ人および非タヒティ人プロテスタントの判断する人口減少。一八一五年にパパラの首長だったタティは述べている。「もし神があの時期に御言葉をお送りにならなかったとしたら、戦争、嬰児殺し、人身御供……などのせいで、国民の残りの部分は絶滅したことだろう。」多くの首長たちは彼ら自身および原住民のことを**生き残り**、つまり悪霊**サタニ**による殲滅を免れた者、と呼んでいた。

133——282頁 第7段落

アウテはぶしつけに笑ったし文句を云いやめもしなかった。彼は、かつてはびっしり並んで栄えていたのに、《祈りのファレ》からは遠すぎるし、手入れをしていると信心の方がなおざりになるというので、今は見捨てられてハアリの蟹に食い荒らされっぱなしになっている農園を指し示した。

▼J・A・メランウット、［20］、第一巻、三六六頁。

「宣教師たちは……いきあたりばったりに統治組織、法律、諸制度、美術、科学、工場……などを形作っていった。それも、この民の必要に基づいてではなく、彼らがヨーロッパで目の当たりにしていたものに基づいて。……こういう事例のひとつに彼らの木綿工場があった。どうして彼らはこの島々に綿布のマニュファクチュールを設立しようなどと考えたのだろう。ここでは綿布の消費はまったく取るに足らず、若干の食料とひきかえにたやすく必要以上に入手できるというのに。それにもちろん輸出を期待することもできなかった。それゆえ、これらの無謀な実業家たちが機械を導入したり、木綿の使い方を教える役目の者一人二人に生活費を支払ったりしたのは無駄骨だった。いくつかの他の事柄についても同じだった。というのは、同様に砂糖黍の栽培を教える人物がやってきたからである。☆1 これは数人の宣教師やほかの白人の役にはたった。けれどもインディアンはこれからけっしてわずかの利益も引き出すことはなかった」

▼W・エリス、［9］、第二巻、二九七頁による。

一八二一年頃の木綿を織る「木綿工場」☆2 を加えること。

☆1（訳注）―ロティによれば、タヒティにはもともと農業（そして一般に労働）はなかったという。『ロティの結婚』

（一八八〇）、第二三章（P. Loti, *Aziyadé, Le Mariage de Loti, Le Roman d'un spahi* ..., Coll. Omnibus, Presses de la Cité, 1989, p. 152）参照。

☆2（訳注）—原文英語 Cotton Factory.

134——283頁 第1段落

また、道すがら出くわす汚れた布をまとった女たちを見てはせせら笑った。

▼J・A・メランウット、［20］、による。

女たちは、とても風変わりな魅力があって洗う度に新しくなる《タパ》をやめて、油を染みこませたインド更紗やモスリンの化粧着を身につけるようになったが、それは土が付着して汚れてもいたし、藪のために裂けてもいた。

135——283頁 第1段落

そして悔しがるのだった。かつてのタヒティは死んでしまった。何もかも。——といっても彼は、本当のところそれを体験したわけじゃなく、ただ昔の話から夢想したにすぎなかったのだが……

▼M・ド・ボヴィス、［2］、五三八頁。

死をもたらす文明。「すでにきわめて貧しくなっている国の言葉は日ごとに失われていく……。彼らは我々の悪徳をやすやすと身につけた。悪徳というものは誰の手にもとどくからだ。我々の美徳については、彼らが理解したのはごく漠然としたことだけだった。彼らの言語にはその一つを名指す手立てすらまったく無かったし、今も無いからだ。彼らは父祖の習俗を忘れた……。身につけたのは、地球のあらゆる地点で放埒、飲酒癖、怠惰、無知のために社会のどん底に撒きちらされた習俗である。私は、彼らのうちにある何か堅固な資質を名指せたらとねがっている。だがこれを見つけることは真実できないのだ。その代わりに彼らは天からいくつもの極めてうるわしい美点をさずかっていた。陽気さ、才気、客人歓待、それに優しい性格である」

▼M・ラディゲ、[22]、三一〇頁。

マルキーズ諸島の「文明」。

一八四三年から五八年。「彼らの欠点や悪癖の総量は増大したが、これを埋め合せるものは大してないままである。これまでにはなかった物がいろいろと必要になったが、彼らにはそれを満たす技能も手段も与えられていない。収入源は依然として同じである。ただ彼らは欲張りで計算高くなったので、今日では土地の産物とか女たちの肉体の取引がうまくなった。人のあつまる二三の場所では、かつて裸であったときにはあれほど誇りにみちて優雅であった住民は、我々の衣類のいくつかのちぐはぐな部品をまとっている。それらはすぐぼろぼろになるため、かつて我々が目にしたことのないほどの貧困を証言している。」

▼(この問題については「植民地誌」一八五七―一八五八年のタイオ‐ハエの司令官、ジュアン海軍大尉による「マルキーズ諸島の文明に関する研究」参照)

▼M・ド・ボヴィス、[2]、五三九頁。

文明一般。

「……タヒティ人というのは、衰退の状態にある時に白人に見出され、衰退が急速に早められてしまった民なのではなかろうか。諸国民がめったにこの坂の途中でとどまりはしないことは歴史が証明しているように思われる。我々が我々の水準まで高めた野性の民があるとしたら、我々との接近によって完璧に破滅させられなかった民族がたった一つでもあるとしたら、できることなら私はそれをお見せしたいとおもう。タヒティ人たちはといえば**彼らに適した最も高い文明の段階にまで達していたのかもしれない**。そして他の多くの小民族と同じように、世界で最も美しい地方を委託され、ひょっとしたらこれを何時の日かもっと活動的でもっと発展する能力をもった民族に引渡すことになっていたのかもしれない。そしてこの新しい民族はタヒティ人たちが国民の名前のリストから自分たちの名前を完全に消すのを手助けすることになっていたのかもしれない」
▼M・ド・ボヴィス、[2]、五三七頁による。
宣教師たちの仕事についてのボヴィスの評価。「彼らの事業がいかに不完全なままにとどまったにせよ、それはある進歩〔どんな?〕をもたらした。そのうえ彼らの**意図**は立派〔ママ〕だった。もし我々があれだけの仕事によって得られた成果の**貧弱さ**を嘆くべきだとしても、彼らを責めてはならない……。プロテスタントの宣教師たちは、タヒティ人に人身御供を廃止させたことを誇る権利がある。もちろんその頃、これらの生贄はずっと稀になってはいたことをつけ加えなければならないが。食人については、彼らはその歴史のすでに太古の時代にこれから解放されていた……。産業の進歩については……今日まで皆無……。若者たちは、宣教師たちの好意を獲得して公に重んじられるためにほんの数年のあいだ敬虔の猿真似をするのが望ましいというのでなければ、いかなる種類の信仰ももたないかのような生活をしている」

136——284頁 第7段落

この連中にはもっとやる気がなかった。彼らはトゥレの効果——刑罰と強制労働——を激しく要求したのだった。そういったもの全ては逃れゆくものと思いこんでいたからだ。雨の季節がすぎれば、あんなに立派に裁判をうけたという思い出だけをのこして「律法」もどこかに飛び去ってしまうと信じていたのだ。
▼J・A・メランウット、[20]、第二巻、四七五頁による。
彼らはみな新しい「律法」によって広まったこれら数多くの《タプー》は一時的なものにすぎず、まもなく止むにちがいないと思いこんでいた。それがいつまでも消えないのが分かって彼らはいらだった。

137——285頁　第1段落

もどってきた者もいるが、これはフェティイ達をぞっとさせた。荒らされ——ほとんど踏みにじられた——マラエの周りの聖なる老木を見たというのだが、それに斧を打ちこむと血が吹き出したのだ。そしてプナアルの生きた水は真っ赤に染まって流れていた、という……

▼J・A・メランウット、[20]、第一巻、二九六頁（注釈）による。

この教会堂をたてるために、近くの《マラエ》の巨大な《タマヌ》が何本も切られた。近くの川の水は赤くなり、伐採された樹の幹からは血がほとばしりでた、という噂がひろまった。

138——288頁　第1段落

イアコバは「御書」に問いかけて見ようときめた。指のおもむくままにこれを開いて、苦労しながら読んだ。「もし祭司の娘が身をあきなって……」

▼(1)『レヴィ記』第一九章二九節、(2)『創世記』第一二章一一節、(3)『レヴィ記』第二一章九節による。

テリイはエレナに売春させるまえに「御書」に助言をもとめる。これをいきあたりばったりにひらくが、まず何も見つけない。何度もなんどもやってみて、次の言葉に出会う。

(1)「汝の娘の身をひさぎてこれを汚すべからず。恐らくは国身をひさぎ、罪悪国に満ちん」まず身をひさぐという語が彼には不可解なままである。だが彼はつづける。更にさがして、彼にとって必要なものを見つけ出す。

(2) アブラハムがその妻の身を売ること。そしてなお、

(3)「もし祭司の娘たるもの身をあきないてその身を汚さば、これその父を汚すなり。火をもてこれを焼くべし」。

139——289頁　第2段落

まめな妻レベカは、到着時の空腹にそなえてすでに竈を掘り、石を熱くし、ウルの実の皮をむき、それから、空き家と分かったある《眠るためのファレ》の中に、筵のかわりに乾いた広い葉っぱを敷きつめていた。

▼W・エリス、［9］、第二巻、一九四頁。

一八一七年。食事の前。「……食物をあじわう前に彼（現地人）は慎み深く頭をたれ、額を手でおおい、前にならんでいる食べ物への神の祝福を願った」

140——292頁　第3段落

「**テ・トゥムだって。名前じゃないか。いいからわしの話をさえぎらないでおくれ**」

▼M・ド・ボヴィス、［2］、五一三頁（注釈）。

「……もしあなたがタヒティ人にある名詞☆1をあげてその意味を訊ねたとする。すると彼は『**それは名前だ**』意味などない、と答えるだろう。彼らにおける名詞の分析へのこの嫌悪は、彼らの生まれつきの怠惰をべつにすれば、その国語の中にありうる想像可能なあらゆる名詞が合成語であって、現に何らかのものを意味しているし、あるいは過去に何かを意味したということに由来する。その結果、彼らは音節の孤立した意味にはけっして注意しないという習わしを身につけたのだ……」まったくそのとおりなのであって、この言語ではしょっちゅうそれができるにもかかわらず、彼らにたった一つでも駄洒落を理解させることは不可能である。

☆1（訳注）—あるいは名前。フランス語の単語“nom”は、（ギリシア語のónomaもそうだが）ラテン語のnomenと同じく非分析的に名前（name）も名詞（noun）も意味する。

141——296頁 第5段落

だがパオファイは彼にとびかかり、息切れした声でとても早口にいう。「匿ってくれ、テリイ、お前のファレに……。お前は奴らの祭司なんだから」

▼J・ターンブル、［23］、三二四頁による。《マラエ》には不可侵権があった。

図版目録

［図1］タヒティのある竹製矢筒上の帯状焼絵。幅六センチの帯。拓本による。K. P. Emory, *Stone remains in the Society Island*（K・P・エモリー『ソサイエティ島の石製遺物』）、「バーニス・P・ビショップ博物館報」一一六、一九三三年、図三三による……10

［図2］葬儀用祭服。タヒティ。British Museum, *Handbook to the ethnographical collections*（大英博物館『民族誌資料ハンドブック』、一九二五年、図一五二、一六六頁による（以下『ハンドブック』と略記）……17

［図3］マラエ（宗教的儀式のための聖域）。K.P. Emory, *Polynesian Stone. Papers of the Peabody museum of American archaeology and ethnology*（K・P・エモリー『ポリネシアの石』、『アメリカ考古学・民族学ピバディ博物館論文集』）、ハーヴァード大学、第二〇巻、一九四三年、版画二による……24

［図4］飛び道具。「バーニス・P・ビショップ博物館報」、第二一号、七〇三……37

［図5］タヒヴィ・アヌンハウ。祈りつつ生贄に同伴する祭司が蝿を追っていた聖なる扇の柄。*The South sea Islander containing many interesting facts relative to the former and present state of society in the island of Otaheite with some remarks on the best mode of Civilising the heathen*（『南海の島民。オタヒティ島における以前と現在の社会状態に関する多くの興味ある事実をふくむ。加えて未開民を文明化する最良の方法についての若干の指摘』）（以下『南

海の島民』と略記)、ニューヨーク、一八二〇年、挿絵のデッサン九による……42
［図6］石刃の手斧。タヒティ群島。大英博物館『ハンドブック』、図一四四、一五八頁による……45
［図7］魔術用に組合わせたモティフの装飾。Willowdean C. Handy, *L'Art des Iles Marquises*（ウィロウディーン・C・ハンディ『マルキーズ諸島の美術』）、Paris : Les Éditions d'Art et d'Histoire, 一九三八年、図二四……49
［図8］貝殻を改造した楽器。W. Ellis, *Polynesian Researches*（W・エリス『ポリネシア研究』）、第一巻、一九六頁によるヴィクトール・セガレンのデッサン……56
［図9］ココヤシ材の太鼓。透かし模様つきの台。（パリの）人類博物館所蔵……76
［図10］家族のティキ。木製小像。『南海の島民』、挿絵のデッサン八による……90
［図11］二義性をもつデッサン。『マルキーズ諸島の美術』、図二三……104
［図12］羽毛の胸飾り。大英博物館『ハンドブック』、図一五五、一六九頁による……118
［図13］タヒティの双胴船。*British Museum*（「大英博物館」）、第二〇号、五〇二……145
［図14］櫂形偶像。「大英博物館」、第二〇号、五〇三……153
［図15］実生活の場面。図式的モティフ。『マルキーズ諸島の美術』、図二一による……161
［図16］オタヒティ人の柄付き蝿追い具。J. Cook, *Troisième voyage*（J・クック『第三の航海』）一七八五年版、第二巻、挿絵一四による……185
［図17］オタヒティにおける死者の安置。J・クック『第三の航海』、第二巻、挿絵一六による……199
［図18］テメハロ。ポマレ家の主神。またオタヒティ島の主神の一人ともいわれる。『南海の島民』、挿絵デッサン三による……215
［図19］ある女神像のための祭壇。大英博物館『ハンドブック』、図一五一、一六四頁による……228

［図20］オタヒティの守護神なるオロ大神の子テリイアポトゥウラおよびオタヒティの神々の一人テイイラ。『南海の島民』、挿絵デッサン一および七による……240
［図21］タンガロアの神像。「大英博物館」第二〇号、五〇二……249
［図22］タパ。桑の樹皮を木もしくは石の槌で打ってつくった布。装飾は染料を染みこませた葉。これをタパに押しつける。人類博物館所蔵……253
［図23］岩石の彫り物。ある小川の川床の岩。ティパエルイ（タヒティ）。K・P・エモリー『ソサイエティ島の石製遺物』、版画一九Aによる……263
［図24］木材および螺鈿製の釣針。大英博物館『ハンドブック』、図一三七、一五一頁による……286
［図25］聖なる装飾。W・エリス『ポリネシア研究』、第一巻、三五四頁による……291

地図目録

［地図1］J・クック大尉によるオタヒティ島地図（一七六九年）（『第一の航海』、第二巻、版画八）……20
［地図2］テリイの航路。ヴィクトール・セガレンのデッサン……134

解題

本書はVictor SEGALEN, *LES IMMÉMORIAUX*, Collection Terre Humaine, Paris: Éditions Plon, 1982の翻訳である。この版の紹介をするまえに、まず『記憶なき人々』の構想から出版にいたる経緯を、二三の研究にしたがって簡単に述べておこう。ここではセガレンの伝記にかかわる様々の問題、すなわち多くの文学者や芸術家との交渉、彼の家系や家族、時におそった神経症、阿片吸引、女性関係、さらに中国でのまた中国にかかわる文学活動も紹介できないことをお断りする。☆1

執筆と出版

ヴィクトール・セガレン（一八七八―一九一九）は一九〇二年にボルドーの海軍医学校で医者の資格を取得した。学位論文は『自然主義作家における医学上の観察』（別名『文芸臨床医』）で、すでに二十四歳の青年における医学と文学の二重の資質をみせている。タヒティにあった哨戒艇デュランス号の船医に任ぜられ、同年十月にル・アーヴルを発ち合衆国経由で赴任地にむかう。途中チフスにかかってサン・フランシスコで療養し、一ヵ月の休暇をとり、一九〇三年一月二十三日に目的地パペエテに着く。数日後、嵐の被害をうけたツアモツ諸島、ニユー・カレドニアで原住民の救助にあたる。彼はこれらのことを『島日記』および「罹災者に向かって」に書きつけている。☆2

セガレンはゴーギャンに会うことはなかった。当時マルキーズ島に移っていた画家は一九〇三年五月八日に他界する。セガレンは八月にヌク－ヒヴァで彼の遺物とりわけ多数の文書草稿を見るとともに、ヒヴァ－オアでその知人たちに会い、彼が住んでいた小屋（ファレ）を訪れている。九月にはパペエテで競売にでた「ブルターニュの村の雪景色」をふくむ七枚のキャンヴァス、数冊の手帳、その他を購入する。☆3画家の与えたインパクトを語る書簡の一節は有名である。「僕は、ゴーギャンのクロッキーをめくりそれをほとんど生きるまでは、この国やマオリ人の何にも見てなどいなかったといえる」（一九〇三年十一月十九日付G・D・ド・モンレッド宛）。そし

て「ゴーギャン最後の住居」を発表する。☆4
もっとも、ゴーギャンが『記憶なき人々』の着想をあたえたとするのは早計である。というのは、すでにその前にセガレンは作品の執筆を思いたっていた。日記をつける習慣をもっていたセガレンは数年後の書簡において、作品の最初の構想をタヒティ到着の一月あまり後の一九〇三年三月一日に位置づけているのである。☆5それは罹災者救助の旅につづき、再び医者として島々の巡回をおこなった頃、同時に青年が「ポリネシアの妻」マラエアなる女性との熱帯の幸福に酔っていた頃である。
それどころか、タヒティ到着のその日に両親にあてた手紙の中で彼はこう書いていた。「おそらく自然は傷ついてはいません。けれども文明はこの素晴らしいマオリ民族にとってこの上なく有害だったのです。」自然（本性）／文明の対比はルソー的ヴィジョンの反復である。しかしここではタヒティ社会そのものの内発的な発展（堕落）ではなく、西欧文明の破壊的な侵入という事件がモメントになっていることを忘れてはならない。後の作品が描くことになる二つの世界のコントラストがすでに予感されているのではないか。文明の到来、そしてキリスト教の宣教が分断したマオリの過去／現在、喜び／不幸、もしくはディオニュソス的なもの／アポロン的なものの対比である。ところでこれはタブラ・ラサの知性がうけた印象でも旅行者の偏見でもない。ブイイエによれば（同上「ポリネシア・サイクル」への「イントロダクション」一〇一頁）、船上で知り合ったルジャルなる学者の勧めもあって、セガレンはサン・フランシスコ滞在の時期からすでに自分の赴任する国についての文献調査を始めていた。「昔のタヒティを再構成するために、読みうる全てを読んだしこれからも読んでいくだろう」と彼は書いている（四月二十四日付エミル・ミニャール宛）。タヒティでは、（ゴーギャンもメランウットの書を借りた）植民者にして公証人オギュスト・グピルのポリネシア関係の専門蔵書を活用する。白人旅行者、植民者そして宣教師たち——まさに伝統崩壊のきっかけとなった人々——のものした文書である。彼の読んでいった文献は本書の「資料篇」に見ることができる。他方、デュランス号の船医は、「文明人」のもたらした阿片やブランディ、結核や黴毒……がマオリの民を蝕んでいるのを知った。その意味では『記憶なき人々』はヨーロッパ人による既存のポリネシア文学全体のフィールド・ワークおよび想像によるいわば「書き直し」となる[6]（時としてそこでニーチェやランボーの声の木霊が響くことがあるとしても）。

作品執筆のプロセスをしめすいくつかの目印をル・ブリが記載している。すなわち、翌一九〇四年二月には二つの章が書かれている。だが標題はまだ決まっていない[7]。四月から六月にかけてはヌーメアで「一日に一〇ページ」という規則的なペースで「長足の」進展を見せている（六月二日付両親宛）。七月から八月には第四章「奇蹟」の初稿を終え、つづく章を素描している。帰国後も仕事は続く。

一年半あまりの任務を終えての帰途——デュランス号は一九〇四年九月一日にフランスにむけて出発する——、船の故障のためにセイロンに二ヵ月間滞在。セガレンはここで仏教に関心をもつ[8]。またその頃、未完におわる『エグゾティスム試論』[9]を構想する。またヂブチではランボーの足跡について調査している。帰国後、一九〇五年から一九〇九年にかけては医者としてブレストで勤務。結婚し、しばしばパリに出てモンフレッドに会い、ゴーギャンの絵を見、ドビュッシーなどの知己を得る。ランボー論を発表し[10]、ドビュッシーからの共同制作の提案を受けて、音楽劇『オルペウス王』のテクストを書く[11]。その間一九〇六年夏には『記憶なき人々』の初稿が完成していた。勿論これには更に推敲がつづく。

それまでセガレンの文章を公にしてきたメルキュール・ド・フランス社は、この書の奇妙さにたじろぎ、自費出版の条件でしかこれを受諾しない。セガレンはゴーギャンの絵を一枚売却しさらに両親に借金をする。こうして一九〇七年九月、作品はマックス‐アネリ（Max-Anély）なる筆名で日の目をみた。これは姓名ではなく、（ジャン‐ジャックとかアンヌ‐マリーと同じような）二つの名である。「マックスは幼馴染みのMax Pratの名であり、アネリはセガレン夫人の名の一つAnnelyである」[12]、とクルトは説明している。もちろん「アネリ」の表記には小さな変更がある。セガレンはこのペン・ネイムをすでに八月に用いていた[13]。彼はこの作品でゴンクール賞を獲得することを望んだが、当時の批評界はこれを評価することができなかった。同じ年にマオリの音楽に関する論文を発表している。[☆14]

その後について一言すれば、セガレンはブレストの海事病院に勤務するとともに、一九〇九年から一九一七年にかけて三度にわたって中国に滞在し（一九一〇年二月には日本も訪れている）、通訳、医者、医学校教授、考古学調査、またフランスに「輸入」するアジア人労働者の募集などに従事する。その間に二三の詩集を発表し、小説も書き、最後にもう一つのゴーギャン論を公にする（死後出版）。[☆15]原因不明（過労？）の衰弱で療養していたセガレンは、一九一九年五月二十一日、フィニステールはユエルゴートの森のなかで足に負傷した死体で発見された。自殺の噂があったこと、それは今でも消えていないことを付け加えておく。[☆16]

セガレンの文学キャリアが、学位論文を別にすれば、ゴーギャンに始まりゴーギャンに終るのは象徴的である。同時にしかしその医学、美術、音楽、人類学、考古学、異文化、異宗教……にわたる関心や活動の多様さには驚かざるを得ない。古典語の知識は当然として英語や中国語もできた。マオリ語はどうであったか。本書には、視点をにないもしくは（ヘンリー・ジェイムズのいわゆる）リフレクターとなる主要登場人物が原住民であるという設定と相関して現地語が頻出する。

もっとも、一九〇八年以後タヒティの文化的運命への関心は後退し、中国への情熱がこれにとって代わるかとも見える。けれども、いずれもエグゾティスムの世界であり、それにいずれも非現代（非現実）的なものの最中から現代（現実）的なものを、いや恐らくそれ以上のものをひきだす文学的営みの場である点で、二つのパラダイムが通底することは明らかである。実際、セガレンは『記憶なき人々』を忘れるのでも否認するのでもない。一九〇七年にゴーギャンを主人公として作品の続編『悦楽の主』[☆17]を書き始めたものの完成することはなかったように、晩年の一九一六年八月（セガレン三十八歳）には、同じ独自のエグゾティスムの方法（これについては後に触れる）による「記憶なきブルターニュ人」を夢想することもあった。[☆18] ブルターニュが十七世紀以来フランスに完全に併合されてケルト文化を失っていった土地であることを思いださなければならない。しかし、これまた作家の思いつきにとどまった。セガレンは同じことを繰り返すこと、いわば自己自身を模倣することのできない作家であった。

以上、執筆と出版の概略である。次に、冒頭に掲げた「人間の土地」叢書の版を紹介しよう。

テクスト

我々が底本とする版は、プロン社が一九五六年に出版したテクストの改訂版である。この版は作品テクスト（pp. 1-211）以外に付録として以下のものを収めている。

a・文献目録（pp. 213-214）
b・民族誌の典拠（pp. 217-273）
c・索引（アンヌ・メゾニエ女史の作成になる事項索引および人名・地名・機関名の索引で一九八二年版での追加）（pp. 275-299）
d・批評文（一九〇七年の作品紹介の文および一九五六年から一九八二年にいたる十五編の批評文の抜粋で一九八二年版での追加）（pp. 301-309）
e・別刷挿絵（二十四枚のゴーギャンの複製および一枚のティキの写真）とその目録（pp. 313-314）
f・テクスト内図版（四十枚）とその目録（pp. 315-317）
g・地図（二枚）とその目録（p. 318）

本書では、以上のうちc、d、eをすべて割愛した。またfについては、民族誌の資料として作品の理解にとって有益と思われる二十五枚のみを採録した。残る十五枚の図版は全てゴーギャンのクロッキーやデッサンの類である。eの処理とあいまって、結果的にゴーギャンの作品を完全に排除することになった。

一言の弁明が必要であろう。それは訳者がマオリ人を描いた画家を好まないとか評価しないからではなく、まさに逆だからである。ゴーギャンがセガレンにおけるヴィジョンの確信にとって、したがって『記憶なき人々』の制作にとって一つの最重要のインパクトになったことは疑えないにしても、美術作品を文学作品の挿絵として扱うことは、テクストをイマージュの解説とするのと同様に、訳者には許されないことと思われた。少なくとも、テクストと他方の形・色彩・明暗による作品——それもレアリスムから程遠い——とを大胆にも記号体系間関係（intersémioticité）において考察するよりは、前者の形成にあずかった他の多くのテクストとの関係（intertextualité）の方がより直接的でより明証的な、したがって先行すべき参照事項であった。

かなり大部のそれらのノートについては「資料篇について」で概説したが、なお一二の点を追加しなければならない。まず「典拠」は、若干の私信や口頭の証言も含んでいるが、重要なのはセガレンによる資料批判のコメントとか、時には『記憶なき人々』の自己注解、創作ノートといった種類の文章もみえることである。文献の抜粋が人類学上の証言として興味ぶかいのはいうまでもないが、上の事情によって、もちろん情報を提供する資料があれば作品ができあがるわけでもなく、典拠を知ることで作品の解釈が完了するわけでもないけれども、これはいわばセガレンの仕事の現場に立ち会うことを可能にしてくれるのである。それだけではない。場合によっては、本文が必ずしも明記しない事柄が、これらのノートで明示されることもある。例えば物語の時期、テリイの年齢、標題の語（les *immémoriaux*）の意味（これについては間もなく触れる）、イギリス人宣教師たちのもたらす宗教の「セクト」としての名などである。

以上、底本の構成および訳者がおこなった取捨選択の説明である。では初版はどのような形で出版されたのかという疑問があろう。底本とは別の版も流通しているのか。初期の二三のエディションおよび最近のそれを見ることによって、底本と本訳書とを位置づけることができる。

エディション

以下出版の年代順に諸版を記述する。

(A)（初版） MAX-ANÉLY, *LES IMMÉMORIAUX*, Paris: Société du Mercure de France, 1907, 345 p.

題辞——. . . Voici la terre Tahiti. Mais où sont les / hommes qui la peuplent? Ceux-ci. . . Ceux- / là. . . Des hommes Maori? Je ne les connais / plus: ils ont changé de peau.

（これがタヒティの土地だ。だがこの土地に住む人間たちはどこにいる。この連中……あの連中……これがマオリの人間なのか。わしにはもはや見覚えがない。連中は皮をとりかえたのだ）

献辞——忘れられた時代のマオリ人たちにささぐ

もちろん題辞は裁判にかけられた大祭司パオファイの言葉（第三部「新しい律法」参照）からとられている。この事実は、作者の権威（auctor）の故に、読み手におけるパオファイの、ひいては作品全体の思想的な解釈を決定的に方向づけるであろう。ともあれこれが著者の手になる唯一の出版である。

(B) VICTOR SÉGALEN, *LES IMMÉMORIAUX*, Paris: Les Éditions G. Crès & Cie, 1921, 312 p.

題辞——初版のそれに同じ。

献辞——初版のそれに同じ。

図版——ゴーギャンのデッサンによるモンフレッド（G. D. de Monfreid）の木版画。

ペン・ネイムではなく作者の実名が入る。ただしそれはアクセント付きの Ségalen と表記されている。表紙のそれを除いて三枚の図版が各部の冒頭（pp. 11, 135, 173）を飾っている。図版の挿入は、セガレン―ゴーギャンの結合を開始する一つの事件である。

(C) VICTOR SEGALEN, *LES IMMEMORIAUX*, Paris: Librairie Plon, 1929, 6e édition, 312 p.

題辞――初版に同じ。
献辞――初版に同じ。
図版――一九二一年版のそれに同じ（ただし表紙には図版がない）。
作者名がアクセント符号なしで表記されている（変更はセガレン自身が生前にその姓をブルターニュ風の表記に変えていたことに由来する）[☆19]。これは(B)の完全な復刻版で、版権も G. Crès & Cie, 1921 となっている。第六版なる記載からみて、本の構成は一九二一年以来確定したかにみえる。またこの小説が、時代の論壇のレヴェルをこえるものであったとはいえ、読者の間ではそれほど不人気ではなかったということもわかる。現在の通説に反する事実である。そのことは、彼の幾多の作品――『絵画』『碑』『オルペウス王』『ルネ・レイス』『頌歌』『羈旅』――が二〇年代に入って公刊ないし再版を見ている事実によっても裏付けられるだろう。

途中を省略し、訳者の見ている最近の刊本を掲げよう。かなりの数に上るので、特別な場合をのぞいて記述は最小限にとどめ、後の一覧表にかえることにする。

(D) Victor SEGALEN, *LES IMMÊMORIAUX*, Nouvelle édition revue, corrigée, augmentée d'un index et de débats et critiques, Collection Terre Humaine, Éditions Plon, 1956 et 1982, 319 p.

題辞――Mon ami! . . . dans quel état mon / pays, est-il tombé! O O-taiti! Ahouai! / Ahouai! Ahouai!
Le dernier grand prêtre maori/ à Mœrenhout（*1831*）.
献辞――初版に同じ。
図版――四十枚の図版および二枚の地図。さらに大部分ゴーギャンからとられた二十五枚の挿絵。
巻末の付録つき。

我々の底本であるが、この版は二つの特徴をもつ。まず民族誌にかかわる文献と典拠の掲載、地図や図版の収録そして索引類の追加である。それはこの作品が収録された、人類学上の報告や研究（例えばレヴィ＝ストロースの『悲しき南回帰線』など）を公刊する叢書の性格に由来する。同じことが題辞の恣意的な変更（改竄）を説明すると思われる。二つの点を指摘する必要がある。まずそのイタリック体による出典の指示は「最後のマオリ大祭司によるメランウット宛書翰」と読まれるはずであるが、ルネ・ユイッグが示したように、実際にはこの言葉は手紙の引用ではない。大祭司とメランウットの奇蹟的な初めての対面に際して前者が後者に発した言葉なのである。[☆20] 冒頭に《paroles dites par》（メランウットに向けて最後のマオリ大祭司が発した言葉）とか《le cri adressé par》（……が発した叫び）とでも補う必要があっただろう。翻訳では故意に字面通りには翻訳しなかった。第二に、もっと由々しい問題がある。なるほどこれは意味内容については初版の題辞に共通している。けれどもその「身分」は全く異なるのである。初版のそれは登場人物の、従って虚構のセリフである。ここに作品内の一部分が作品全体を象徴する一種の入籠構造をみることができる。それに対して他方はテクスト外にある現実世界の人間の、従って事実に属する証言である。新たな題辞の設置は、作品に過度の現実効果をあたえてこれを脱虚構し、したがって脱文学化する企てであった、と解釈することができる。

もう一つの特徴は、言うまでもなく多数の図版や挿絵の導入によるセガレン―ゴーギャンの組織的な関連づけである。これらの特徴はいずれも、書物は著者なきあとは編集者によって作り直される運命にあることをしめす事実である。今となってはいささかの疑問もあるにせよ、ともかくこの版は、現代におけるセガレン回帰の一つの端緒になった。

(E) Victor SEGALEN, *LES IMMÊMORIAUX*, Postface d'Henry Amer, Collection 10/18, U. G. E.（Ch. Bourgeois/ Dominique de Roux）, imp. 1972, 375 p.
版権および印刷年の記載からみて、この廉価版はプロン社一九五六年版の再版である。ただし、巻末にセガレンの簡単な年譜（pp. 343–344）およびアンリ・アメールの研究（pp. 345–369）を収めている。

(F) VICTOR SEGALEN, *LES IMMÊMORIAUX*, Plon, 1956 et 1982, imp. 1983, 339 p.
(D)のポケット版。付録に関しては取捨選択をしている。

(G) Victor Segalen, *Les Immémoriaux*, Collection Points, Éd. du Seuil, imp. 1985, 221 p.
初版(A)の再版文庫本。付録は一切ない。もちろん題辞も初版のそれである。

(H) LES IMMÉMORIAUX, in Victor Segalen, *Voyages au pays du réel: Œuvres littéraires*, Édition présentée et annotée par M. Le Bris, Éditions Complexe, 1995, 1230 p.
『記憶なき人々』はこのセガレン『文学作品集』中の「ポリネシア・サイクル」の最後（pp. 147–314）を占める。編集者は資料文献を典拠の箇所（引用文はない）とともに巻末の編者注（pp. 1170–1176）に纏めている。それどころか初版から作品本体に付されてきた原注にも同じ処理をしている。

版	構成要素		献辞	題辞		文献	典拠	地図	図版	挿絵	
	版権	出版		セガレン	大祭司					G.D.M	＊1 G.
(A)	Mer-cure 1907	Mer-cure 1907	○	○		—		—	—	—	
(B)	Crès 1921	Crès 1921	○	○		—		—	—	○	
(C)	Crès 1921	Plon 1929	○	○		—		—	—	○	
(D)	Plon 1956 1982	Plon imp. 1983	○		○	○		○ (2)	○ (40)		○
(E)	Plon 1956	U.G.E. 1972	○		○	○		○ (2)	△ (25)	—	
(F)	Plon 1956 1982	Presses Pocket 1983	○		○	○		○ (2)	○ (40)	—	
(G)	—	Seuil 1985	○	○		—		—	—	—	
(H)	— —	Compl. 1995	○		○	○ 編者	—	—	—		—
(I)	Plon 1956 1982	Laffont 1995	—	—		＊2 ○		△ (1)	—		—

＊1―G.D.M. はモンフレッド、G. はゴーギャンの略記。

＊2―(I)の文献リストは、(D)において書物名が空欄になっている著者(?)名を省いている。

(I) LES IMMÉMORIAUX, in *Œuvres Complètes* de VICTOR SEGALEN, Édition établie et présentée par Henry Bouillier, Collection Bouquins, Paris: Éd. Robert Laffont, 1995, tome I, 1334 p.

上記(H)と同時期に刊行をみたセガレン最初の『全集』二巻本。『記憶なき人々』は第一巻のこれまた「ポリネシア・サイクル」のしかし冒頭(pp. 107-247)にくる。(D)の再録である。典拠を作品の後につける(pp. 247-286)点では(D)に倣っているが、地図については「テリイの航路」(p. 165)のみを収録している。ブイイエは、著者自身によらない題辞をテクストに冠することを不当と判断したのであろう、これを削除している。しかし同時に献辞をも捨てる理由があっただろうか。

訳者の見た版は以上である。異同を俯瞰するために諸版の（本文テクストをのぞく）構成を一覧表にまとめる。版権や出版社とともに本の構成を観察することによって、これら全てをいくつかの系統に分類することができる。すなわち、

1　(A)、(G)…初版およびその再版。
1.2　(B)、(C)…ゴーギャンによるモンフレッドの版画つき。
1.3　(D)………題辞の変更、資料（文献、典拠等）や図版およびゴーギャンの複製挿絵の付加。
1.3.2　(E)………(D)の収録する挿絵はまだない。図版も二十五枚にとどまる。
1.3.3　(F)………(D)から挿絵を除去。
1.3.4　(H)………(D)から典拠、地図、図版、挿絵を削除。原注・文献名の編者注への変更。
1.3.5　(I)………(D)から献辞と題辞を削除、図版・挿絵の削除、地図一枚の採用。

多様性をしめす諸版のなかで我々の底本(D)がどこに位置するかが、(H)はいうまでもなく(I)を選ばない理由とともにわかるだろう。その付録資料の提供の故に(D)を選ぶとはいえ、そこに取捨選択をおこなったことは、この版の重大な欠点である恣意的な題辞の導入が陥らせかねない誤解とともに先に指摘した。本訳書の構成は結果的に(E)版のそれと同じになった。

最後に、我々の翻訳について一二点に限って説明しよう。

翻訳

まず、時に誤解を受けてきた標題の語 immémoriaux（単数 immémorial）の意味について注釈しなければならない。この語が現代の普通の語義――「起源があまりにも古いのでその記憶が失われた（人々）」とか「大昔の、太古の（人々）」（仏語辞典『ロゴス』による定義）――、つまり否定される記憶の対象としての人々を意味しないことは、公刊時の作者による「紹介の栞」を知るまでもなく☆21、「民族誌上の典拠」**112**の原注を見るまでもなく、作者が一九〇四年二月頃に考えていた標題（注☆7参照）を考慮するまでもなく、作品を一読すればわかる。第一部の冒頭からして作者は、テリイを登場させつつウォーリスやクックのタヒティ到来に言及することによって、物語の時代を十八世紀末から十九世紀初頭に位置づけているのである。更に時期を画定するための注釈もつける（「語り人」の章第二の原注〔本訳書一五頁〕、「オロ」の原注〔同六七頁〕）。またそれから十年ないし二十年後を描く第三部の「受洗者たち」の章にはキリスト紀元一八一五年とか一八一九年という指定をテクスト内で与えている〔同二一一頁〕。セガレンにおいてしばしば見られるように、この語は語源的な意味で「記憶しない、忘れっぽい（人々）」――否定される記憶の主体――を意味する。中世ラテン語の immemorialis を考えよう。

標題の意味は作品の主題に関連せざるを得ない。いささか解釈の域にはいる危険はあるが、作品の主題の一つを指摘しておこう。実際、とりわけ言語にかかわることの多い記憶―忘却のテーマは、集団的でいわば意識的な忘却をふくめて、全ての主な登場人物の生きる状況に応じて多様な変異をみせながら、一貫して提示されている。テリイによる伝えられた語りの失念の挿話からはじまる決定的な挫折の事件はもとより、ポマレ王による名称の廃止と新設、言い伝えを託された（預言者）トゥプアの死による言葉の死、標《しるし》（文字）を目で追いつつ、したがって記憶などせず延々と「話す」蒼白い人――プラトン、ルソー、デリダで周知の「危険な」代補――、マオリ特有の標をもとめて島々を遍歴する大祭司（これまた言葉を預かる人）パオファイ、孤立したイギリス人青年アウテによる伝承の採集と記録の試み――民族学者の形象――、アウテの気をそらすために出まかせの伝承を口にするテリイ――「お前さん、ほんとうに忘れたんだ。」――、政治的な利害から伝統信仰を裏切る大祭司ハアマニヒ、まずエスパーニャ風カトリシスムへの改宗によって伝統を放棄し（しかし宣教はとだえる）、次に後に到来するメソディスト教会の拒否とともについにカルト集団の指導者となるテアオの屈折した過去との関係……そしてテリイによる最終的なパオファイ否認――父親殺しにしてことば殺し――である。これらが人物たちの個別性をこえて民族性の破壊（ethnocide）、更には民族性の自己破壊（ethno-sui-cide）の徴候であることはいうまでもない。タヒティ人たちは「皮をとりかえる」ことによってタヒティ人ではなくなったのである。こうして作品は登場人物たちによって「忘れられた人々」（否定される記憶の対象）――いうなれば「太古の人々」――に捧げられた記念碑（mêmorial）となる。

　もう一つは、原テクストの至るところに現れるマオリ語の処理である。日本語の文章への頻繁な異語の介入は、分かり易さを期待する読者にとっては障碍となるにちがいない。けれども訳者は、これは日本語に置き換えるべきでも注釈をつけるべきでもなく、そのまま片カナで音表記すべきだと判断した。その理由は、まず作者自身がこれらの語句をフランス語の文中で用いていることである。確かに彼は親切に注をつけることもある。しかし、大部分についてはマオリ語をそのまま音表記している。テクストは、マオリ語を知らない読み手でもその意味を文脈によって推測し、ついにはそれを発見できるような具合に書かれている。あるいはマオリ語(X)がフランス語の名詞や動詞(A)につづく(A+X)。この連辞構造はすでにXの意味を示唆し得る。例えば「人々がこれをアトゥアとして崇めた」(「語り人」第二段落〔本訳書一四頁〕)。もっと明示的にマオリの語句の前か後かにフランス語での言い換え(訳語、同格辞、パラフラーズ、ペリフラーズ)が来ることもある(B+X、X+B)。例えば「《夜歩く者》ハエレ - ポ」(「語り人」第一段落〔同一三頁〕)。しかも同様の構文が反復を見るのみならず、場合によってはXをフランス語表現で言い換えた形(B+Y)で現れることもある。例えば「大きなフェイの房」にすぐ続くバナナへの言及(「オロ」第八段落〔同五七頁〕)。その上、巻末に収録した「典拠」を参照するならば、もしかしたら読者は必要以上に、つまりそれを刊行しなかった作者の意図を裏切るやり方で知識を獲得することになりかねない。

　実際、セガレンによる異語の自在な使用は、単にあれこれの語や事柄が理解できるか否かとか、いかにして理解すればよいのかというい わゆるエグゾティスム文学にとって端的に問われる問題レヴェルをこえて、全体として小説の方法の問題を提起するものだと筆者には思われる。再び作品の解釈に入ることになるが、そのことを最後に指摘しておく。

　ロマン派の文学は、夥しい数の旅行記とともに異国におもむいた白人の物語を産み出した。[☆22] メリメの『カルメン』、希代の流行作家ロティの『ロティの結婚』をふくむ諸作品、ゴーギャンの『ノア・ノア』、その他多くのいわゆるエグゾティスム小説である。それらは生成的に日記や旅行記に由来する。ところでこれらの大多数は、主人公ないし視点の提供者もしくはリフレクターとして白人旅行者を設定する。更に、登場人物はまた語り手「私」であるという二重性をもつ。つまり構造がまた旅行記のそれなのである。それに対して『記憶なき人々』は、セガレンのタヒティ体験なくしては生まれ得なかったことは断言できるとしても、そこに上述のような白人の主人公や語り手「私」は現れない。登場人物は、重要であるとはいえ脇役、「他者」にすぎないアウテ(この孤独の青年にもしかしたらヴィクトールの分身を探ることができる)やイギリス人宣教師たち、それに背景をなすフランス人水夫たちをのぞけば、全て原住民である。作家は自己、自民族の中心から外れて異文化――しかももはや存在しない――のなかに埋没し、それを「内から」描き出す。エグゾティスム文学の図式の転倒である。文学における「コペルニクス的転回」を語ることができよう。

だがそれだけではない。三人称の作品である『記憶なき人々』には一見して語り手はいない。歴史説話についてバンヴェニストが指摘したように、あたかも事件は自らを語るかのようである。しかし語りがある以上、語り手がいないことは不可能である。では誰が語るのか。登場人物としても証人としても自己を指示することがなく、したがって「不在者」と見える語り手、説話学者いうところの「いわば脱人格化された」語り手、「暗黙の語り手」(narrateur implicite) が語るのである。☆23 とはいえ、これは必ずしも無色透明のガラスではない。人格ならざる者がそれなりの偏向を、つまり一種の個性をもつのである。それは語りの言語、比喩や語彙の選び方にあらわれる。それにタヒティを中心とするポリネシアに関する膨大な知識(衣食住、言語、信仰、歴史、政治状況、神話……)が語りを特徴づける。何よりそれらを自明のこととして語る語り口がある。これは幸いにして「記憶を有する」タヒティ人の個性でなくて何であろうか。それゆえ、たとえば種々の病気が話題になる件において、軍医であるセガレンなら知っていた近代医学の術語による説明はまったく介入することはなく、様々の症状がタヒティ人の知覚や常識をとおして、ひたすらにいわば「現象学的に」記述される。初めてキリスト教にふれたハアマニヒをはじめとするタヒティ人達の奇妙な反応の描写――シュクロフスキーのいわゆる「異化」の手法――も同様である。要するに、虚構の語り手が失われた時代と人々を回想しつつ(一貫した半過去時制の使用)物語るのである。

ではしかし、語り手はその語りを誰に宛てるのか。ここで我々は、語り手の相関者としてこれまた虚構の「暗黙の聞き手(読み手)」を措定しなければならない。それも、語りの言語や従って語りの伝達をささえる諸々の知識をもっている筈の、少なくとも記念碑によってそれらを想起して認知することのできると想定されるところの聞き手を。すなわちマオリ人である。フランス語で書かれているのだから、物語は現実にはまずフランス語の読者（邦訳はむろん日本語の読者）を対象としている。しかしそれだけでは十分ではなく、この直接的な関係のレヴェルをこえて理想的には読み手はマオリ人にならなければならないのである。マオリ語の自在な駆使という方法がこれを要請している。だが「記憶なき人々」であるかもしれない貴方や私はこの要請に応えることができるか。否である。こうして、語り手—聞き手の関係は、最良の場合でも、いやむしろ最良の場合にこそ不可能なフィクションとなる。そこに実は文学というゲイムの本質はあるのではないだろうか。

本書の刊行にあたって、訳者の提案を快くお引受けくだされた国書刊行会、編集に際して多大の御配慮をいただいた礒崎純一、工藤宏路の両氏に感謝申しあげる。

二〇〇〇年一月十四日　　　　末松　壽

☆1——木下誠氏によるセガレンの詳しい年譜は、セガレンの邦訳書『〈エグゾティスム〉に関する試論／羈旅』、現代企画室、一九九五年、二一五—二四一頁に見ることができる。

☆2——Victor Segalen, *Journal des îles* (1956), suivi de《Vers les sinistrés》(1903), Préface de Anne Joly-

Segalen, Fata Morgana, 1988; *Œuvres Complètes* de Victor Segalen, tome I, R. Laffont, 1995, pp. 395-479 et 513-519;《Vers les sinistrés》, in *Voyages au pays du réel: Œuvres littéraires* de Victor Segalen, Éd. Complexe, 1995, pp. 71-77.

☆3——小林秀雄『近代絵画』（昭和三十三年）、ゴーギャンの章の終り参照。「ヴィクトール・セガランという海軍軍医が一九〇三年、タヒチに行った時、ゴーガンに会おうとしたが……」と著者は記載している。これはもしかしたら日本における最初のセガレンへの言及である。なおゴーギャンとセガレンの関係については最近の研究としてI. Cahn,《Segalen et Gauguin》, in *Victor Segalen: Actes du Colloque de Brest, 26 au 28 octobre 1994*, Centre de Recherche Bretonne et Celtique, 1995, pp. 147-157 参照。

☆4——Victor Segalen,《Gauguin dans son dernier décor》, *Mercure de France*（一九〇四年六月）; Fata Morgana, 1986; *O. C., I, op. cit.*, pp. 287-291; *Voyages. . . , op. cit.*, pp. 78-87.

☆5——一九〇九年八月八日付妻イヴォンヌ宛書簡。（H. Bouillier,《Introduction》au Cycle Polynésien, *O. C., I, op. cit.*, p. 101 参照）

☆6——民族誌の所与にたいする作者の重要な作為として、彼がポリネシアの敗北の決定的な開始をヨーロッパとの最初の接触にではなく、二十年後の福音の到来に位置づけたこと（J.-J. Scemla,《*Les Immémoriaux* et l'Océanie aujourd'hui》, *Actes du Colloque de Brest, op. cit.*, p. 238）、さらに《言の葉の起り》の組紐をマルキーズ島からタヒティに移したこと、年代記に無理強いしてママイアの逸話を挿入したこと、ポマレ二世を意図的に誹謗（訳者ならむしろ戯画化と言う）していること（M. Ollier, art. cité, *ibid.*, p. 101）が指摘されている。

☆7——著者は「記憶なき人」「夜歩く者」「ハヴァイ」「記憶なき移住者」「第五世界の物語」「記憶なき旅人」の間で迷っていた（M. Le Bris,《Présentation》des *Immémoriaux*, in *Voyages. . . , op. cit.*, p. 146）。名詞であれ形容詞であれ、三度現れる immémorial が全て単数であることに注目しよう。テリイを指すのである。

☆8——セガレンは後に五幕散文劇 *Siddhârtha*（1974），*O. C.*, I, pp. 569-616 を書く。

☆9——Victor Segalen, *Essai sur l'exotisme*, Fata Morgana, 1978; L. G. F., 1986（二つのゴーギャン論その他をふくむ）; *O. C.*, I, pp. 745-781. 邦訳については注☆1参照。

☆10——Victor Segalen, 《Le Double Rimbaud》, *Mercure de France*（一九〇六年一月）; *O. C.*, I, pp. 481-511（付録テクストをふくむ）; *Voyages*. . . , pp. 321-340.

☆11——Victor Segalen, *Orphée-Roi*（1921）, in *Segalen et Debussy*, éd. A. Joly-Segalen et A. Schaeffner, Monaco: Éd. du Rocher, 1961; *O. C.*, I, pp. 667-702; *Voyages*. . . , pp. 397-465.

☆12——C. Courtot, *Victor Segalen*, H. Veyrier, 1984, p. 15.

☆13——Max-Anély, *Dans un monde sonore*, in *Mercure de France*（一九〇七年八月）; in *Segalen et Debussy*, *op. cit.*; *O. C.*, I, pp. 551-567; *Voyages*. . . , pp. 376-396.

☆14——Max-Anély, 《Voix mortes, musiques Maori》, *Mercure musical*（一九〇七年十月）; *Segalen et Debussy*, *op. cit.*; *O. C.*, I, pp. 531-549; *Voyages*. . . , pp. 353-375.

☆15——Victor Segalen, 《Hommage à Gauguin》, Préface des *Lettres* de P. Gauguin à G. D. de Monfreid, Crès, 1919; *O. C.*, I, pp. 349-373; *Voyages*. . . , pp. 88-117.

☆16——自殺説をとる最近の注目すべき論考は D. Mabin, 《La mort de Victor Segalen》, *Cahier de l'Herne*, 1998, pp. 121-144 に見ることができる。

☆17——Victor Segalen, *Le Maître-du-jouir*, *O. C.*, I, pp. 293-348. 本書第一部の最終章が複数形で同じ語のタイトルをもつことに注意しよう。

☆18——Victor Segalen, 《Les Immémoriaux Bretons》, in *Voyages*. . . , pp. 1098-1099.

☆19——一九一二年の *Stèles*『碑』の出版時からである。この改名については、Y. Le Gallo, 《Un Brestois: Victor Ségalen（1878-1919）ou Comment ne pas être Breton》, in *Actes du Colloque de Brest*, *op. cit.*, pp. 52-

53参照。セガレンを「本物」のブルトンと見做さない著者は彼の名にアクセント符号をつけている。

☆20—— R. Huyghe, *La Clef de Noa-Noa*, prêsentation de l'*Ancien Culte Mahorie* de P. Gauguin, La Palme, 1951, p. 29.

☆21—— Henry Bouillier,《Introduction》du Cycle Polynêsien, *O. C.*, I, p. 104.

☆22—— Cf. P. Jourda, *L'Exotisme dans la littérature française depuis Chateaubriand*, 2 tomes（1938, 1956), Slatkine Reprints, 1970.

☆23—— W. Kaiser,《Qui raconte le roman?》（1958), in *Poétique du récit*, Collectif, Seuil, 1977, p. 72. 著者は『ボヴァリ夫人』を例にとっている。

訳者略歴
末松　壽（すえまつひさし）
1939年生まれ
九州大学大学院修士課程修了（フランス文学）
パリ大学博士（哲学）
西南学院大学、山口大学を経て現在九州大学教授
主要著書
　La Dialectique Pascalienne（西南学院大学）
　『パンセ』における声（九州大学出版会）
主要訳書
　川端康成『山の音』『伊豆の踊子』の仏訳（共訳）
　アンドレ・マソン『寓意の図像学』（白水社）
　ロベール・エスカルピ『文字とコミュニケーション』（白水社）

記憶《きおく》なき人々《ひとびと》
Les Immémoriaux

2000年1月14日初版第1刷発行

著者　ヴィクトール・セガレン
訳者　末松　壽

装幀　桂川　潤

発行者　佐藤今朝夫
発行所　株式会社国書刊行会
東京都板橋区志村1-13-15　郵便番号174-0056
電話　03-5970-7421（代表）

印刷所　株式会社キャップス
製本所　（有）青木製本
ISBN4-336-04209-8　　落丁・乱丁本はお取替えいたします。